£1.50

Public
Pughan

El hilo de la costurera

El hilo
de la costurera

DAGMAR TRODLER

Traducción de Ana Guelbenzu

Barcelona • Madrid • Bogotá • Buenos Aires • Caracas • México D.F. • Miami • Montevideo • Santiago de Chile

Título original: *Der Duft der Pfirsichblüte. Eine Australien-Saga*
Traducción: Ana Guelbenzu

© Aufbau Verlag GmbH & Co. KG, Berlín 2009 und 2011
© Ediciones B, S.A., 2014
 Consell de Cent 425-427 -08009 Barcelona (España)
 www.edicionesb.com
Impreso en Argentina-Printed in Argentine
ISBN: 978-84-666-5425-8
Depósito legal: B. 27.447-2013

Impreso por Printing Books, Mario Bravo 835,
Avellaneda, Buenos Aires, en el mes de octubre de 2014.

Todos los derechos reservados. Bajo las sanciones establecidas en las leyes, queda rigurosamente prohibida, sin autorización escrita de los titulares del *copyright*, la reproducción total o parcial de esta obra por cualquier medio o procedimiento, comprendidos la reprografía y el tratamiento informático, así como la distribución de ejemplares mediante alquiler o préstamo públicos.

Prólogo

Todo empezó con una rama seca y roja.

Alguien la colocó en un vaso de agua y, cuando ya había echado raíces, la plantó en una maceta de barro llena de tierra. No era una maceta bonita, y la rama tenía un aspecto un tanto miserable. El sol de primavera no consiguió arrancarle hojas, por más que acariciara la rama, pero aparecieron unos brotes pequeños y duros muy juntos a su alrededor. Ansiaban el calor del sur para desarrollarse, y el sol dio lo mejor de sí para ayudarlos.

La capa marrón de brotes ya no tenía espacio suficiente. Las flores la iban retirando y se estiraban hacia el sol. Abrieron sus cálices de color rosa para absorber la luz y taparon con sus hojas la rama y las hojas verdes que crecían con timidez por detrás.

La mujer acarició el melocotón con los dedos, suavemente. A pesar de que era casi ciega, había presenciado su desarrollo desde el momento en que los brotes emergieron de la rama, cuando con el tiempo las flores desprendían un delicado aroma hasta llegar a la maduración del fruto jugoso. Sus manos habían captado lo que los ojos ya no veían.

Sabía lo que significaba arrancar esa capa marrón e insignificante y poco a poco irse estirando hacia el sol para ir creciendo. Ningún fruto del mundo era tan parecido al tacto a la piel de una persona.

Prólogo

1

*Ella teje de día y de noche
una mágica red de alegres colores.
Ha oído murmullos que le dicen,
que una maldición cae sobre ella...*

ALFRED TENNYSON,
La dama de Shalott

La aguja plateada apareció como un pececillo brillante entre las ondas de hilo.

Ella perseguía el hilo a una velocidad vertiginosa con el delicado gancho y lo atrapaba. Dudaba un instante, luego lo tensaba y lo preparaba para sumergirse de nuevo. El hilo se dejaba arrastrar, complaciente, por los delgados dedos de la chica y la seguía por el agujero que formaba el punto para dar un salto en el aire como había sucedido ya miles de veces. La aguja de ganchillo lo guiaba, lo atraía y lo seducía, y una puntada después estaba enredado en las ondas encrespadas de la labor de encaje, blanca como la nieve... la aguja atrapaba el hilo, una y otra vez. Cuando la serie de ondas llegaba a su fin, la aguja daba la vuelta y volvía a sumergirse, incansable.

Penelope suspiró para sus adentros. Dejó vagar la mirada de derecha a izquierda y cuando nadie la veía dejó el cuello de encaje sobre la mesa, peligrosamente cerca de la vela que lo podía echar todo a perder porque era de mala calidad, producía hollín y podía volcarse. Cada dos encajeras compartían una vela, cuya luz se ampliaba un poco a través del matraz de cristal lleno de agua que tenía delante. El día anterior la gruesa Prudy volcó el matraz de cristal con un movimiento brusco y llenó la mesa de agua. El grito de madame Harcotte seguía presente en las cortinas del taller, así como el alarido de Prudy después de los golpes que madame Harcotte le propinó en la cabeza y en la espalda con la caña de bambú...

Penelope se estaba helando. El bidón de agua caliente estaba debajo de la silla de Gwyneth. Solo había uno para compartir, y cada día una chica distinta se lo ponía debajo de la falda para calentarse. A Penelope le había tocado por la mañana. Disfrutó de tener las piernas calientes, pero sabía lo fácil que era escaldarse con el bidón de metal. Hacía tiempo que había vuelto el frío. Penelope apretó las manos con disimulo entre las arrugas de la falda y se las frotó hasta que desapareció la rigidez de las articulaciones. Con los dedos entumecidos la labor salía irregular, lo que disminuía el precio del encaje.

A madame Harcotte no le gustaba nada ver errores en los artículos. Llevaba con orgullo el nombre hugonote de su difunto abuelo, y arrugaba la frente indignada al oír cómo esos británicos deformaban su nombre. Por supuesto, nadie sabía tanto de encajes y seda como ella, una auténtica oriunda de Lyon. Probablemente solo Penelope, que había aprendido un par de cosas de Serge, el sastre jacobino de la esquina, se había fijado en que no hablaba una palabra de francés y ni siquiera tenía acento galo. Sin embargo, el gusto de madame Harcotte por el lino y el encaje era sin duda francés. En todo caso, eso pensaban sus clientes.

Madame Harcotte revoloteaba por la sala con su lámpara de petróleo como una mariposa exaltada, recogía los carretes de hilo caídos, echaba pestes sobre el desorden reinante y metía prisas a las chicas. Cuando lo juzgaba necesario hacía uso de los coscorrones, y las chicas se limitaban a balancearse como marionetas adelante y atrás sin decir ni pío, pues sabían que solo serviría para ganarse otro doloroso capirotazo.

«Sois unas vagas descaradas», maldecía madame Harcotte, «nunca había tenido gente tan holgazana en mi taller, me vais a arruinar, malditas mocosas, jamás podré vender la porquería que estáis haciendo, jamás».

Penelope se enfadaba al oír esas bobadas. Madame Harcotte vendía los cuellos de encaje con filigranas hechas por las seis chicas que tenía bajo su tutela a damas de la aristocracia, y alardeaba con orgullo de que en toda la ciudad se alababa su calidad. Penelope tardó un tiempo en comprender que todas esas quejas formaban parte de un taller de encaje. Otras supervisoras también refunfuñaban, según había oído, y utilizaban la vara de bambú aún con mayor frecuencia. En los talleres de Londres había infinidad de encajeras, y ninguna osaría arriesgarse a perder el trabajo por sus quejas. Si acababas en la calle luego era difícil encontrar otro trabajo.

Antes de que madame Harcotte llegara a su silla, Penelope ya tenía de nuevo su labor entre los dedos y daba puntadas con la fina aguja de ganchillo. Procuraba que el cuello de encaje se extendiera en todo su esplendor sobre su falda para evitar las críticas por perder el tiempo. Un punto al aire, un punto entero, medio hacia atrás, uno entero adelante... seguía teniendo frío. No había té caliente hasta el fin de la jornada, y solo porque madame Harcotte disfrutaba cuando el reverendo Arnold la elogiaba en el sermón por ser una patrona temerosa de Dios y de buen corazón, un ejemplo para todos. Una vez finalizado el sermón, ella agachaba la cabeza para que no vieran su sonrisa autocomplaciente por debajo del sombrero. De vez en cuando el sábado cocinaba una sopa ligera de avena cuando las chicas parecían demasiado pálidas y trabajaban con excesiva lentitud. La sopa estaba sosa porque la sal era muy cara, y solo en Navidad alegraba el contenido de la olla con canela y azúcar mezcladas. Aun así, las encajeras la engullían a cucharadas rápidas y en silencio. También podían llevarse la comida a dondequiera que se alojaran.

Penelope prefería comer en casa. En sus quince años de vida solo había pasado algunas cenas sin la compañía de su madre, y sabía que el caso de algunas amigas era distinto. Habían cambiado muchas cosas desde que el mundo ahí fuera parecía reducirse al emperador francés Napoleón y su bloqueo continental, que separaba Gran Bretaña del resto del mundo. El bloqueo encarecía la vida diaria y hacía que cada vez se acercara más la temida pobreza. De momento, en 1809 el emperador francés casi había conseguido llevar Inglaterra al borde del abismo. En el continente había ganado una batalla tras otra, y ahora intentaba someter la isla. Prohibió a todos los países entablar relaciones comerciales con el Imperio británico. Al principio en las calles de Londres se bromeaba sobre el tema: «¿qué es lo que quiere prohibir ese pequeño presuntuoso?» Sin embargo, luego ese pretencioso le dio una lección a Inglaterra, pues sus aduaneros realmente consiguieron paralizar el comercio europeo.

Una de las consecuencias fue que floreció el comercio clandestino. El contrabando era una actividad tan emocionante como peligrosa que madame Harcotte aún comprendía menos, puesto que precisamente los artículos que ella fabricaba eran originariamente de producción francesa y estaban muy solicitados en la alta sociedad: encajes para cuellos y pañuelos, puntillas finas como un soplo de viento.

Un ejército entero de habilidosas tejedoras poblaba los cuartos traseros de Londres para proveer a la insaciable aristocracia de mercancías. La oferta abarcaba desde pañuelos hasta vestidos y cortinas enteras, pasando por velos, pero algunos nobles eran de la opinión de que solo en Brügger o Gent se encontraban los mejores encajes y buscaban vías para introducirlos de contrabando en el país.

—Imaginad, ayer volvieron a atrapar a otro contrabandista. —Resonaba la voz de madame Harcotte. Penelope aguzó el oído—. Uno de esos canallas que me están arruinando el negocio. Tenía que abastecer a las damas finas. Llevaba seda en los arcones y... ¡un hombre! Además era su hermano, que por lo visto cayó en Jena y cuyos restos mortales debía llevar a la tumba inglesa, ¡ja! —Madame Harcotte correteaba enfadada por la oscuridad con la lámpara de petróleo—. ¡Ese hermano estaba hecho de encaje de bolillos de Brügger! ¡Todo el ataúd estaba lleno de encajes, y ni rastro del hermano muerto! ¡Habrase visto!

Ninguna de las chicas osó decir una palabra. Nunca sabían si sus comentarios serían bienvenidos o no ni qué reacción merecería un golpe con la caña de bambú. Pero todas escucharon en tensión cómo continuaba la historia, mientras la patrona rodeaba la mesa con su lámpara.

—Lo han detenido y le han confiscado allí mismo su maldito ataúd de contrabando. ¡Deberían colgarlo, colgarlo como a todos los contrabandistas y ladrones! Pero tal vez... —bajó la voz para despertar la intriga, pues madame Harcotte era una narradora elocuente— ... tal vez le sale aún mejor y lo envían... ¡lo envían a un barco! ¡Ja! ¡Así podrá hacer contrabando en las colonias con sus argollas sujetas al tobillo, si no se lo comen antes los peces! —Las encajeras soltaron una carcajada maligna al oír su ocurrencia.

Prudy suspiró. Hacía unas semanas que su hermano mayor estaba preso tras ser detenido por sustraer un saco de avena. Justo al día siguiente lo condenaron a muerte en la soga. El amigo que había cometido el robo junto a él había sido indultado, es decir, estaba esperando a ser enviado a realizar trabajos forzados en las colonias. Debido al bloqueo marítimo de los franceses, pocos barcos conseguían encontrar un escondrijo en las rutas marítimas vigiladas. El plan de Napoleón había salido bien: el tráfico marítimo con el resto del mundo estaba en gran parte paralizado. Los barcos esperaban en los puertos británicos, a veces durante varias semanas, hasta que corría la voz de que alguien había encontrado una ruta medio segura hacia el sur.

Penelope se frotó con disimulo la nariz empapada. La historia del hermano de Prudy seguía preocupándole. Madame Harcotte había descrito con palabras tétricas los barcos-prisión en el muelle, junto al patíbulo que llamaban la yegua de tres patas. Junto a las tres patas de madera, el ahorcado era la cuarta pata. Casi a diario se ahorcaba a ladrones y delincuentes, pero las cárceles seguían abarrotadas, de ahí que se les hubiera ocurrido convertir barcos en prisiones. En casi todos los grandes puertos británicos había barcos enormes con velas pesadas que eclipsaban el cielo. Los presos encadenados eran hacinados a bordo y luego los enviaban de viaje, pero no más allá del horizonte. Con tantas dificultades a bordo un barco solo podía hundirse, madame Harcotte estaba convencida de ello. Y si esos barcos no se hundían, navegarían hasta caer en manos de ese francés pretencioso, que les dispararía cañonazos y los enviaría al infierno.

Prudy se había pasado el día entero llorando, pero nadie la consolaba. Cada uno debía procurarse su propio consuelo.

—Llegas tarde —afirmó Mary MacFadden sin volverse para mirar a su hija.

Penelope abrió el cerrojo con sentimiento de culpa y se desató el lazo de la capa. Los ganchos de la pared saltaban de un lado a otro cuando quiso colgar la capa. La prenda cayó al suelo...

—¡Ten cuidado, niña! —masculló Mary, malhumorada—. La gente ya empieza a dar a la lengua sobre tu torpeza.

Tiritando de frío, Penelope se encogió de hombros.

—Le he llevado carbón a la vieja Lou —murmuró, con la esperanza de que la madre lo aceptara como disculpa.

Lou vivía con su perro sarnoso en un cobertizo detrás de la pocilga. Penelope sabía que robaba comida del comedero de los cerdos para saciarse ella y su perro, que compartía lecho con ella y le daba calor, y en teoría también la protegía. Tenía un morro tan terrorífico que nadie osaba llevar a la anciana a la casa de beneficencia. Lou afirmaba que la comida del comedero de cerdos era mucho mejor que lo que daban en el asilo, pero si la sorprendían robando en el comedero la ahorcarían.

—La horca es una vecina más compasiva que el hambre

—murmuraba Lou cuando Penelope le pedía que se anduviera con cuidado, pues a veces parecía que precisamente pretendiera que la pillaran.

—Lou Herriot tiene un nieto que puede llevarle carbón. No necesita a mi hija. —Mary no tenía compasión, en Southwark no había espacio para ese tipo de sentimientos. Quien al salir de casa se hundía en la inmundicia hasta las rodillas solo tenía ojos para sí mismo. Southwark tenía sus propias leyes secretas, y una de ellas rezaba: «no vuelvas la cabeza, ¡sobrevive!».

El hambre extirpaba la compasión en la gente. Ni siquiera los curas creían en lo que contaban en sus servicios religiosos y arrancaban los mendrugos de pan de las manos a sus propios hijos hambrientos. Penelope lo había visto con sus propios ojos cuando entregaba una cinta de encaje remendada al reverendo Arnold. El párroco se había gastado sus honorarios de la iglesia en la bodega de ron de la taberna, como tantas otras veces, mientras su demacrada esposa intentaba calmar a los niños con oraciones. El cuenco con las limosnas de la parroquia también estaba vacío, por lo que Penelope se llevó de vuelta la cinta al taller de madame Harcotte, pues solo entregaba los artículos previo pago, también a los curas.

—Si el nieto de Lou es tan trasnochador es por su culpa. —Mary no aflojaba—. Hay que ver a tiempo que está pasando algo. Tampoco nadie cuida de mí, pero por lo menos he reservado algunas monedas...

Lanzó una mirada furibunda a su hija y calló porque sabía lo injustas que eran sus palabras. El sueldo de Penelope ayudaba a pagar el alquiler y a llevar pan a la mesa. De momento jamás habían tenido que pasar hambre, a diferencia de muchos otros del barrio. Mary se avergonzó un poco de su amargura.

Mary era la única mujer soltera del callejón. Era escocesa, de un poblacho del que nadie había oído hablar, y había dado a luz a una niña de cuyo padre jamás hablaba. Su silencio solo podía ocultar una gran tristeza o un terrible secreto, en eso coincidía todo el mundo. Así que la gente cotilleaba un poco, pero no se atrevían a reírse de Mary. La necesitaban y además le tenían cierto miedo. Mary sabía de heridas y enfermedades, y era la mejor atendiendo a las mujeres después del parto. Algunos decían que había aprendido aquel arte del diablo porque tenía una bolsa con utensilios que solo utilizaba un médico, así que debía de haber vendido su alma para conseguirlos. La verdad solo la conocía aquel médico del hospital St. Mary de Manchester del cual fue su estudiante preferida.

Mary tenía unas manos extremadamente habilidosas y cobraba menos que los médicos. Aun así, las embarazadas de los barrios elegantes preferían parteras junto a su lecho. Mary Mac-Fadden era de esas mujeres cuyo nombre se pronunciaba con un gran secretismo.

Lanzó un suspiro y salió de su ensimismamiento.

—Tengo un trabajo nuevo para ti —le dijo a su hija. Hurgó con las dos manos en la cuba de la ropa, era una de las pocas mujeres que hervía en el fuego con regularidad la ropa interior porque a su modo de ver así alejaba las enfermedades. El propietario de la casa no compartía su opinión, por lo que Mary tenía que discutir con él una y otra vez por los cubos adicionales de agua. Pero ahora la cuba echaba vapor y llenaba la cocina de un calor poco habitual—. Es un buen trabajo —siguió hablando—. A lo mejor ahí te dan más de comer. No tienes nada en las costillas, y el invierno que viene será duro. No sé si podré conseguir carbón suficiente para las dos. Los negocios no van bien... tal vez incluso puedas vivir allí si están contentos contigo.

A Penelope se le aceleró el corazón. ¡Su madre le había prometido a alguien que ella trabajaría de sirvienta! Tendría que recoger sus cosas como le había pasado a Heather, una chica del vecindario a la que el invierno pasado su padre envió a Birmingham porque la comida escaseaba en la familia de siete miembros. Y nunca más volvieron a saber de ella.

—Madre, por favor... no me eches —murmuró con mirada suplicante, mientras intentaba contener las lágrimas.

En ese momento Mary se dio la vuelta. «Eres clavada a tu padre, maldita sea», pensó. Los ojos, la voz, los movimientos. «Le echo de menos, y cuando te miro aún duele más...» Nunca le había hablado a su hija del hombre que había sido su amante durante unos meses de ensueño, en aquella casita a las puertas de Manchester. Allí estuvieron juntos e hicieron planes, habían engendrado a una niña con ganas y creyeron en el futuro. Trabajaron durante días juntos en el hospital, él era su profesor y ella su mejor estudiante. El día que ella quería comunicarle su embarazo lo detuvieron por posesión de documentación falsa. La falsificación se castigaba con la pena de muerte, y aquellos esbirros se lo llevaron de la mesa de operaciones a Londres. Solo le quedaban unas cuantas cartas desde la prisión. En un momento dado dejaron de llegar cartas y Mary jamás volvió a saber de él. Le había costado todas sus fuerzas e ingenio seguir trabajando para ganar dinero a pesar del embarazo secreto. Tras el parto no tuvo valor para dar a su hija, como hacían muchas mujeres. Le recordaba a él, eso le producía dolor y era una carga al mismo tiempo, y se había preocupado porque siguiera viva.

«No, no eres como él», pensó. Él era fuerte y valiente. Tenía unas creencias y dignidad. Sin embargo, le dio un abrazo a su hija, no soportaba las lágrimas.

—No me eches —susurró Penelope, y apoyó la cabeza en el pecho de su madre, que hacía años que no apretujaba con un corpiño porque la presión era una tortura. Cruzó los brazos tras la espalda de Mary como si no quisiera soltarla nunca más—. No me eches... —A Penelope le falló la voz al notar que Mary le daba un beso en la cabeza y decía que no en voz baja.

Un gélido soplo de viento se coló por debajo de la puerta, y el momento de cariño se desvaneció tan rápido como había llegado.

Mary se separó de ella.

—Hoy he estado en Belgravia —anunció.

Sus rasgos demacrados se endurecieron. Las arrugas entre las mejillas y la nariz parecían dos líneas negras que se encontraban por encima de la base de la nariz en un punto oscuro. A veces ese punto se agrandaba y a Penelope le parecía un tercer ojo. Con él su madre veía cosas que los demás no veían, de eso estaba convencida.

—Una criada está en apuros, la chica ha dado a luz un engendro. —Mary frunció los labios y se ahorró más descripciones. Tal vez el niño no tenía cabeza o tenía tres brazos, tal vez solo era un amasijo de carne cruda. A veces le contaba esos partos antes de dormir, cuando estaban en la cama. Como si quisiera desahogar rápido las penas del día para poder pasar la noche tranquila. Pero luego las historias quedaban dando vueltas entre las mantas. La madre dormía, y Penelope se quedaba en vela intentando librarse de aquellas imágenes—. Casi se muere, pero la chica no quería llamar a un médico.

Penelope sabía por qué. Con el médico también habría acudido el cura, y con él surgirían preguntas curiosas, tal vez un interrogatorio, porque la parturienta debía de haber tenido pensamientos demoníacos, de lo contrario habría dado a luz un niño normal. Penelope dedujo que el niño deforme tenía un aspecto horrible.

—Entonces... ¿estaba muerto?

Mary asintió.

—El niño nació muerto. Lo dejamos en la chimenea... —Calló, se dio la vuelta y se puso de nuevo a hurgar en la cuba de la ropa para ahuyentar el recuerdo del hedor a carne quemada. Los huesos no se podían quemar del todo, así que cuando el fuego se hubo extinguido relucían blancos entre las cenizas. Se preguntó qué había hecho la señorita con ellos.

Con un movimiento hábil Mary retiró la tina de la ropa del fuego, el resto de las brasas bastarían para calentar la sopa de pan del día anterior y tal vez para hacer un pan plano. El agua caliente de la ropa calentaba en un recipiente de cobre su lecho común. Aún no había terminado de contar la historia. La visita que había tenido un comienzo tan difícil en realidad terminó bien, a su juicio.

—La señorita está buscando una costurera mañosa —le explicó a Penelope—. Su sirvienta tenía fiebre ya antes del parto, probablemente no sobrevivirá. Le he dicho a la señorita que irías a su casa a enseñarle lo que sabes hacer.

Mary miró por encima del hombro y levantó las cejas con

un suspiro al ver la expresión de asombro de su hija. Luego se dedicó a sacar con la cuchara de madera las camisas del agua sucia y caliente, a doblarlas y escurrirlas. El agua caliente le hinchaba las manos, las ponía de color rojo intenso y casi se le quedaban insensibles. El dolor quedaba oculto por esa punzada intensa que sentía en el pecho y lo mitigaba. Era lo que la chica tenía que aprender: a apretar los dientes y mirar hacia delante.

Sabía que Penelope a menudo sentía miedo, pero así no se avanza en la vida. Era acertado enviarla a otro sitio.

Por la mañana soplaba en los callejones un viento gélido procedente del Támesis que empujaba a la gente gris que, con las mejillas hundidas del hambre, iba de camino al trabajo: a la cervecería, los talleres de costura y la multitud de salas de trabajo que había en los apestosos patios traseros de Southwark. Los que estaban en la calle de camino a London Bridge caminaban un poco más erguidos. Se ganaban los chelines al otro lado del Támesis, donde el pan era un poco más claro y la ropa era colorida.

Para Penelope era como si fuera la primera vez que pasaba por London Bridge. Seguro que había estado varias veces al otro lado del río, pero esta vez era distinto. En esta ocasión iba sola y tenía un destino especial: un nuevo puesto de trabajo. El ruido de las ruedas de los coches y el martilleo de los cascos de los caballos adquirían otro matiz. El rumor al otro lado del puente tenía un tono majestuoso porque el viento encontraba en las calles anchas el espacio suficiente para llevarlo lejos y hacerle dar vueltas a su gusto antes de dejarlo caer en el suelo como si fuera un juego. También era maravillosa la sensación de caminar sobre adoquines regulares y redondos y sentir la forma a cada paso bajo las finas suelas de piel. Nadie tiraba la basura en la calle, y las gaviotas picaban con regularidad los excrementos omnipresentes de los animales que tiraban de los carruajes en busca de granos de avena. Cualquier aguacero se llevaba la porquería hacia el arroyo, y era fácil imaginar que los adoquines se convertían en un tapiz negro y brillante sobre el que caminar como una dama distinguida.

Penelope sacudió la cabeza al pensar en las tonterías que se le ocurrían. Ella no era una dama distinguida, en el mejor de los casos iba de camino a casa de una, aunque sin saber si sería bienvenida. Su madre solo le había escrito en un papel la dirección y el nombre de la señorita para que si se perdía pudiera preguntar cómo llegar. «Señorita Rose Winfield», se sabía el nombre de memoria, igual que la dirección en Belgravia. Llevaba su mejor vestido bajo el viejo abrigo de lana, al que le había alargado las mangas con tanta destreza con un ribete bordado que solo los observadores más atentos se darían cuenta de lo gastados que estaban los bordes de las costuras. Las gotas de lluvia brillaban como pequeñas piedras preciosas sobre el fieltro.

Al amanecer su madre le había calentado excepcionalmente el agua de la colada y había gastado un pedazo del valioso jabón para lavar. Como recibía muy de vez en cuando esas joyas como pago de sus servicios, Mary no lo derrochaba. Sin embargo, aquel día había demostrado una generosidad inusual y había ayudado a Penelope también a lavarse el pelo y hacerse la trenza. El pelo aún le olía a jabón. Admiró en secreto en una ventana el brillo intenso de las trenzas de color rubio oscuro. Ese peinado le quedaba bien y resaltaba el cuello largo y bonito. Penelope se sentía como si fuera a una boda.

Cuanto más se acercaba a Sloane Square, mejor le parecía todo. Las entradas de las casas olían a fenol y productos de limpieza. Las cocineras, bien acicaladas, metían las compras en las entradas del servicio, que desprendían un aroma a pan recién hecho. Las damas elegantes caminaban sobre el pavimento barrido, seguidas de criadas con elegantes abrigos, incluso los carruajes que pasaban despacio por las calles brillaban bajo las gotas de lluvia porque los cocheros limpiaban todos los días hasta el último rastro de suciedad. Las gotas corrían como perlas negras por el coche de caballos, y Penelope pensó que con tanto esplendor el imperio del rey inglés tenía que parecerse al cielo. De todos modos sabía que los habitantes del palacio de St. James, al otro lado del parque homónimo, eran de alta cuna, pero habían conseguido endeudarse de tal manera gracias a su extravagante estilo de vida que el Parlamento había tenido que eximirles de sus deudas, algo que irritaba sobremanera a sus súbditos. Aún resonaba en sus oídos la indignación de madame Harcotte. A un rey le condonaban las deudas y un buen artesano acababa en la cárcel para morosos, ¡habrase visto! Las malas lenguas decían que el rey Jorge III estaba loco, y ella compartía esa opinión. En Belgravia ni siquiera vivía la gente fina de verdad. El señor Winfield, el padre de la señorita Rose, era un comerciante de telas que había hecho fortuna con el algodón de las colonias. Por sus negocios tenía tratos frecuentes con las cortes. Lo único que no le había concedido la suerte, así se lo contó su madre por la mañana, era el nombramiento como proveedor real de la corte. Pero ese nombramiento se hacía esperar, pues el rey prefería delegar las decisiones en su primer ministro, y en ese momento lord Liverpool tenía otras preocupaciones, pues debía lidiar con el corso engreído que con su bloqueo marítimo estaba dificultando varios asuntos, aparte del comercio de algodón. El señor Winfield, por tanto, solo podía seguir acumulando bienes y quedar a la espera de que un día alguien le escuchara.

—Para que sepas hacia dónde nos dirigimos —dijo Mary a modo de despedida, y le dio a Penelope un beso en la frente. Apenas podía ocultar el orgullo que sentía por enviar a su hija a una casa tan elegante.

El número 28 era una casa que hacía esquina, blanca impoluta, en Sloane Square. En las ventanas de celosía abrillantadas se reflejaba el castaño que había en la esquina de la calle, y los antepechos relucían como si estuvieran recién pintados. Los escalones que conducían a la entrada del servicio estaban limpios, y la escoba apoyada junto a la puerta parecía nueva. A Penelope se le aceleró el corazón. Rezó medio avemaría enfrente de la puerta e inspiró el aroma a lentejas cocidas. Cuando finalmente se decidió a agarrar la aldaba, la puerta se abrió sola.

Delante de ella había una persona delgada y espigada vestida de lino muy blanco, inmaculado. La cofia blanca y almidonada coronaba su cabello como si fuera un trozo de merengue artificial y resaltaba sus pequeños ojos negros. Debajo del rostro, la enorme papada quedaba oprimida bajo el cuello abrochado.

—¿Qué traes? —preguntó el ama de llaves del número 28, que obviamente había abierto la puerta por un motivo completamente distinto, y miró con desdén la sencilla vestimenta de Penelope.

—Yo... yo... —tartamudeó Penelope—. Me han... estoy... mi madre envía... —Respiró hondo y contuvo su timidez—. He venido a hacer remiendos. Mi madre era la partera...

La puerta se abrió más, el ama de llaves retrocedió un paso y su rostro enjuto casi parecía amable.

—¡Pasa, el trabajo te está esperando!

El ama de llaves hizo pasar a Penelope por la cocina, donde un chico removía dos calderas en medio del vapor del fuego. En la sala del servicio había preparadas bandejas de puré para el desayuno. Una puerta estrecha ocultaba la sala de la ropa como si fuera una fuente secreta de limpieza. Con una pureza sosegada, los paños y sábanas yacían en montones ordenados en estanterías de rayas blancas. Una de las chicas se colocó junto a la puerta contra la pared cuando entró el ama de llaves.

—A partir de ahora este será tu sitio. Jane se ocupará de almidonar y planchar. Tu tarea es hacer remiendos. En aquella cesta está la ropa que hay que arreglar. La señorita también tiene encajes que mejorar, te bajaré la cesta. —El ama de llaves hizo una breve pausa y levantó el dedo—. La señorita está arriba, nosotras abajo. No se te ha perdido nada arriba. Aunque haga sonar la campanilla o nos llame. Nunca, ¿me has entendido? —Sus ojos pequeños adquirieron un brillo amenazador. Luego le señaló a Penelope un taburete, encendió la lámpara de petróleo de la mesa y asintió—. Bueno, ya puedes empezar.

Penelope suspiró cuando la mujer salió de la sala. El olor de la sémola condimentada del desayuno llegó hasta su nariz, oía la cháchara del personal de servicio, pero nadie la invitó a participar de la comida. Aún no era digna de ello, primero tenía que ganarse el puré, y el ama de llaves le acababa de enseñar que tendría que esforzarse. Los remiendos no eran su fuerte. Las manos se movían con torpeza con la aguja, se pinchó porque le costaba ver el hilo, y al cabo de unas horas le dolían los ojos de tanto forzar la vista.

¡Era mucho más fácil hacer puntillas! El hilo le obedecía con la misma voluntad que las agujas de ganchillo, que esperaban abandonadas en su bolso, ambos bailaban de punto a punto para ella y formaban dibujos muy artísticos, encajes de una ligereza vaporosa, delicada...

La ropa de lino grueso tenía agujeros deshilachados. Había que coser remiendos. El ama de llaves no había dicho nada, pero estaba claro que no quería ver una costura por ningún lado.

Para almorzar llamaron a Penelope para que saliera. Parpadeó al ver la luz solar, a la que ya no estaba acostumbrada. En la chimenea de la sala del servicio ardía un fuego que olía a resina conífera. Inspiró con avidez el aroma, muy distinto del fuerte olor a carbón al que se había habituado en casa. Le indicaron un sitio en la mesa. No hablaron mucho. Tres chicos, el cochero y dos chicas de la edad de Penelope ya estaban sentados a la mesa, engullían la comida en silencio y con prisas. Lo que uno tenía en el cuerpo ya no se lo podían quitar. Junto al ama de llaves habían tomado asiento la cocinera y dos doncellas. Penelope percibía sus miradas escrutadoras clavadas en los hombros, y se sintió más pequeña de lo que era.

Nadie le dirigió la palabra, pero el día en aquella estrecha sala terminó bien. El petróleo ya se estaba acabando. La primera cesta con ropa para remendar estaba casi vacía, y fuera, en el pasillo, sonó un reloj con un estruendo horroroso. Penelope olvidó contar las horas cuando de pronto se abrió la puerta de la sala con un chirrido y entró el ama de llaves. La luz de petróleo tituló, mientras ella agarraba con ambas manos un montón de ropa remendada. Repasó con los dedos las costuras, revisó la zona del remiendo y tiró de la prenda de lino para ver si la chica nueva había cosido mal en algún lugar. Penelope estaba con la cabeza gacha. Así los castigos eran más fáciles de soportar y menos dolorosos. La vara de bambú de madame Harcotte siempre era más rápida que su voz cuando no estaba satisfecha con un trabajo... pero el ama de llaves no llevaba vara de bambú.

—Has trabajado bien —dijo, tras algunos titubeos—. Todo parece muy pulcro y ordenado. —Luego colocó los dedos debajo de la barbilla de Penelope y le levantó la cara—. Puedes volver mañana. Ven un poco antes y habrá desayuno para ti, estás muy delgada.

Por primera vez desde que Penelope había entrado en la casa número 28 alguien le sonrió con amabilidad.

La sala de la ropa se convirtió en su nuevo hogar. Al principio le había parecido muy estrecha, pero en cuanto la lámpara de petróleo se encendía del todo se veía clara y limpia, transmitía orden entre todos los montones y estanterías. Incluso la ropa que necesitaba remiendos de las cestas estaba doblada de forma ordenada, y era una sensación increíblemente agradable colocar las prendas listas debajo de la plancha y aplicar calor a la ropa. Además, el calor del fuego de la cocina se colaba por debajo de la puerta y al cabo de unos días Penelope ya casi había olvidado lo mucho que quemaba el recipiente del agua caliente en el taller de madame Harcotte. Era maravilloso empezar la jornada con unas gachas en el estómago, y un sueño encontrar una apetitosa sopa en el plato para almorzar.

Antes de que Penelope emprendiera el camino de regreso a casa por la tarde, la mayoría de las veces la cocinera le daba un buen pedazo de pan con mantequilla, y cuando después de la primera semana le pagaron el sueldo había un bombón. La cocinera soltó una sonora carcajada al ver que Penelope no había comido bombones en su vida.

La casa número 28 parecía la entrada al paraíso.

—Pero si parece una dama elegante. —Se rio con sarcasmo la gruesa Prudy cuando después de la misa se quedaron un rato juntas delante de la puerta de San Salvador para ver quién salía de la iglesia—. Entonces ya no necesitas hacer encaje con nosotras, ¿no?

—Tonterías —gruñó Penelope.

El cura no estaba del todo sobrio, durante el sermón se había hecho tal lío que había tenido que empezar desde el principio y luego simplemente lo dejó, una reacción muy graciosa teniendo en cuenta que iba sobre la lujuria y el alcoholismo. El párroco fue el último en salir de la iglesia, estaba muy pálido. Seguramente le esperaba una buena tormenta en casa. La plaza de la iglesia se vació y la mayoría se encerró en casa para comer.

—Nuestra Penny ya no hace encajes. Nuestra Penny ahora va a una casa distinguida y remienda calzas largas. —Emily se rio, y los grandes pechos le rebotaron en el torso delgado arriba y abajo.

—Aaaaaah... ¡calzas largas! Eso es otra cosa... —Las dos chicas se rieron como niñas.

—Mientras las calzas lleven encaje, sabrá lo que tiene que hacer. —Prudy jadeó para tomar aire—. Ella siente la puntilla...

—Y si se descuida y se equivoca también notará qué cuelga de las calzas.

Las chicas reían a carcajadas. Emily tuvo que abanicarse, tenía la cara roja como un tomate de tanto reír.

Penelope se quedó un momento observando a las chicas. Antes eran amigas íntimas, habían aprendido a leer y escribir juntas en la escuela y compartido muchos secretos. Habían soportado juntas los golpes de madame Harcotte y se consolaban las unas a las otras cuando las cosas no iban bien en el trabajo.

Penelope aprendió lo efímero que era todo eso en cuanto apareció la envidia. Como de costumbre, no se le ocurrió qué responder a sus palabras malintencionadas, así que dio media vuelta, se tragó el nudo que tenía en la garganta y caminó hacia casa sobre el manto de nieve.

—¿Dónde está la costurera? —chillaba una voz por toda la casa—. ¿Dónde está la costurera? ¡Por el amor de Dios, esto hay que hacerlo enseguida, ahora mismo! ¿Es que no hay ninguna? ¿Anabell? ¿Rita? —En la escalera había un gran alboroto. Volvió a sonar el timbre, pero nadie se movió en la casa.

Penelope levantó la cabeza. ¿Dónde se habían metido todas las sirvientas?

Los pasos acelerados se fueron acercando, corretearon por la cocina, luego en la sala del servicio y alrededor de la mesa.

—¿Anabell?

El ama de llaves parecía haberse desvanecido en el aire. Penelope no tuvo valor para abrir la puerta de la sala de la ropa, aunque habría sido muy fácil porque Rita solo la había entornado. Dejó su trabajo con cuidado sobre la mesa. ¿Debería irse de la sala? ¿Qué ocurriría si la señorita entraba y la descubría curioseando? Fuera alguien iba dando pisotones y maldiciendo en voz alta.

Penelope abrió los ojos de par en par. Una señorita no se comportaría así, ¡jamás!

De pronto la puerta de la sala se abrió y la señorita Winfield apareció en el umbral: era aproximadamente igual de ancha que la puerta.

—Aquí hay alguien. —La señorita se detuvo y estiró el cuello para ver mejor en la penumbra.

Penelope vio en el brillo de los ojos que probablemente era corta de vista, aunque sin duda tenía unas gafas de ampliación para ver con claridad su mundo.

—¿Eres la costurera? ¿Sí? Pues ven, necesito ayuda ahora mismo. Ya, no puedo esperar...

—Sí, madame —murmuró Penelope, que salió de su mesa sin comprender aún dónde se había metido todo el servicio para que la señorita hubiera tenido que bajar a buscarles. La señorita Winfield cogió a Penelope de la mano sin rodeos y la sacó de la sala de la ropa para llevarla a la sala del servicio. Allí la miró de arriba abajo, asintió y salió del sótano al gran pasillo a una velocidad de la que Penelope no la creía capaz. De ahí subió corriendo una escalinata de mármol. Penelope apenas tuvo tiempo de poner la mano sobre la barandilla pulida y lacada en negro porque la señorita Rose subía los escalones de dos en dos, algo muy impropio de una dama.

Arriba se detuvo un momento, jadeando y apoyada en la barandilla pero sin soltar a Penelope. Luego soltó una carcajada contagiosa, burbujeante, que parecía salirle de lo más profundo de su impresionante pecho. Los senos se bamboleaban con alegría, y con una respiración fuerte se le bajó tanto la puntilla del vestido de lana violeta que se le veía el inicio de un pezón de color marrón oscuro. Penelope no sabía dónde mirar de pura vergüenza.

—No puedo más, niña. Necesito algo dulce. ¡Ven, niña! —Desvió la mirada con picardía hacia la cara de Penelope—. ¡Ven, que te enseño una cosa!

Al final del pasillo, tapizado con seda roja, presionó un picaporte y se abrió ante sus ojos un salón que olía a agua de rosas.

—Ven —insistió la señorita, que por lo visto no tenía la sensación de estar abochornando a una sirvienta.

Penelope se quedó mirando horrorizada el salón y pensó cómo ponerse a salvo, pues aún resonaba en sus oídos la amenaza del ama de llaves Anabell de no entrar bajo ningún concepto en la planta superior de los señores. La señora Anabell no se había extendido mucho sobre el castigo, aunque el tono de voz había bastado. A Penelope se le aceleró el corazón, pero era demasiado tarde para huir.

—¡Come algo, niña! —La señorita se acercó a ella con una bandeja de porcelana—. Antes de pasar a los asuntos importantes. —En su rostro redondo apareció una sonrisa—. No he subido esa escalera interminable corriendo por placer.

En el fondo de la bandeja había unas bolas de color marrón claro que emanaban un aroma embriagador. La señorita le acercó un poco más la bandeja a modo de invitación, y a Penelope no le quedó más remedio que comer una bola. El olor le penetró en la nariz, dulce y fuerte al mismo tiempo, y pensó que aquella tentación estaba entrando en su boca de la mano del diablo. El sabor a praliné, canela y nueces le inundó el paladar y la sumió por un momento en una nube de despreocupación...

—Es muy delicado, ¿verdad? —La señorita se metió dos bolas a la vez entre los labios rosas. Por unos instantes el silencio solo se vio interrumpido por el ruido que hacía al masticar.

Mientras Penelope relamía el resto de su bombón, paseó la mirada con prudencia por la habitación de la señorita. Llena a rebosar, unos cojines de plumas con preciosos bordados yacían sobre un sofá tapizado con seda blanca. Entre los cojines se había acomodado un gato, que obviamente se sentía muy a gusto en aquel sofá y no consideró que valiera la pena abrir del todo los ojos por la invitada. Solo los bigotes negros le temblaron al emitir un leve maullido por las molestias. La señorita Rose echó al gato del sofá con un gesto rápido. Los vasos de la vitrina tintinearon un poco cuando el suelo tembló bajo sus pies. El gato se paseó con engreimiento alrededor del sofá y esperó la ocasión para continuar durmiendo.

La señorita Rose se metió en la boca dos bolas marrones más y dejó la bandeja en la mesa sin volver a ofrecerle a Penelope. El gato desapareció debajo de un armario y quedó a la espera.

—¡Maldita bestia! —dijo la señorita con la boca llena—. ¡Pero mira esto! Es mi chal preferido. Es horrible, está destrozado. El gato, el maldito gato, ha estado jugando con él. Está destrozado, completamente destrozado. ¡Míralo!

De una cesta de mimbre sacó un chal de encaje de hilos de seda brillantes del que colgaban hilos sueltos, vestigios de la refinada labor que formaban antes de que las garras del gato blanco como la nieve destrozaran la obra para siempre.

—*Milady*, yo... —Penelope se quedó callada.

—Bueno, ¿qué dices? Se puede... ¿se puede salvar? —Los ojos de color azul claro de la señorita la observaban suplicantes. Luego la mirada se volvió exigente, como la de un niño acostumbrado a que todos sus deseos se cumplan.

Penelope empezó a hablar de nuevo.

—*Milady*, me temo... —Se maldijo al notar que le fallaba la voz. La inquietante mezcla del salón blanco, el sofá blanco y el sabor del bombón de praliné en la boca le intimidaban—. Madame. —Se puso erguida y colocó el maltrecho chal sobre la mesa—, me temo que el chal está destrozado. No se puede remendar. Hay demasiados hilos rotos, se verían los nudos. —Le señaló las finas puntadas, donde se veían irregularidades incluso en los hilos tejidos.

La señorita Rose tenía la cara desencajada. En las pupilas apareció un brillo artificial, y luego empezaron a rodarle lágrimas por las mejillas redondas, aún más rojas de correr por la escalera, una tras otra, hasta caer sobre el escote, casi blanco, desde donde emprendían un camino conjunto entre los pechos y desaparecían en el agujero oscuro que quedaba debajo del encaje.

—El chal era de mi querida madre... —sollozó la señorita Rose—. Le tengo tanto cariño...

—Lo siento —murmuró Penelope, impotente. Con la lengua pescó detrás de las muelas un resto diminuto del bombón de praliné, y tal vez fue lo que le dio la arrogancia suficiente como para hacer la siguiente propuesta—: Yo podría tejerle un chal parecido, *milady*.

Silencio. Debía de haberse vuelto loca. Una encajera no debía dirigir jamás la palabra a su señorita. En Bedlam la encerrarían en el manicomio por ello, podía ocurrir en cualquier momento. Se abriría la puerta, aparecerían de pronto dos esbirros con palos, la meterían esposada en el coche jaula como hicieron con Evelyn Newland, cuyos lloriqueos por la muerte de su marido dejaron de oírse. Siguió llorando durante una semana en Bedlam, luego murió, según decían. Las palabras de arrogancia eran también un síntoma de locura inminente...

Sin embargo, no pasó nada. El motivo del silencio era muy distinto. A la señorita Rose empezaron a brillarle los ojos, y las últimas lágrimas adquirieron un brillo de emoción antes de gotear desde los párpados a las mejillas. El olor a praliné llenaba el aire que había entre Penelope y la señorita entrada en carnes cuando esta abrió la boca y profirió un estridente grito de entusiasmo.

—¿Puedes hacerlo? ¿De verdad? ¿Sabes crear esas obras de arte? ¿De verdad, niña?

—Sí, sé hacerlo. —Penelope se reprendió por su soberbia, pero ya estaba hecho—. Soy encajera, *milady*. —Sonaba realmente pretencioso, mucho, pero en cierto modo también le dio el empujón: era una de las mejores encajeras, según había dicho madame Harcotte en varias ocasiones.

—Ya lo sé. —La señorita se acercó un paso más a ella y le puso un dedo debajo de la barbilla—. Eres la hija de la escocesa que la semana pasada... eh... visitó a la sirvienta de la cocina. Me habló de ti, lo recuerdo. —Le guiñó el ojo—. Dijo que eras muy capaz, y estaba orgullosa de ti. Debes de ser muy buena.

¡Su madre estaba orgullosa de ella! Aquellas palabras le provocaron un estremecimiento cálido en la espalda.

—Puedo tejerle un chal parecido, si lo desea, *milady* —dijo, ahora con voz más firme—. Totalmente a su gusto. El chal más bonito que haya tenido en las manos.

La señorita esbozó una sonrisa de oreja a oreja. El chal destrozado cayó volando en un rincón.

—Empecemos, niña, estoy ansiosa. ¡Cuidado! —Revoloteó por la habitación como un pájaro alegre, abrió el armario y luego una cómoda. El suelo de madera tembló de nuevo bajo sus pies, mientras el vestido de seda ondeaba con un susurro tras ella.

»¡Ah! ¡Espera, ya lo tengo!

Y mientras abría el arcón blanco del rincón y se agachaba para hurgar en su interior, el enorme trasero se bamboleaba bajo la ropa. Penelope la oyó resoplar con fuerza, pues tenía el brazo demasiado corto o la barriga demasiado abultada. Luego soltó un grito de entusiasmo: la señorita había encontrado lo que había estado buscando todo el tiempo.

—¡Mira! Este maravilloso hilo me lo dejó en herencia una tía que falleció el año pasado. ¿Puedes hacer algo con él? ¿Un chal que me cubra los hombros... hasta aquí? —Los hombros carnosos de la señorita Rose eran una superficie enorme que tejer, de modo que Penelope supo enseguida que tendría que dedicar varias semanas a ese trabajo. Su arrogancia la empujó hacia delante. Hacer encaje durante muchos días significaba también quedarse varias semanas en aquella casa, con los pies calientes, el estómago lleno y tal vez otro bombón de praliné.

—Puedo tejérselo, *milady* —dijo, y observó con atención el ovillo de hilo. Era un material caro, tejido con seda fina de morera, probablemente hecho en una hilandería del Lejano Oriente. El color rosa era fantástico... como ese salón blanco que olía a praliné, que pendía como una jaula encantada del castaño que había junto a la casa y tenía tan poca pinta de pertenecer al resto de la casa como el pájaro que revoloteaba en su interior con su vestido de seda...

—¡Fantástico! —La señorita Rose apretó a Penelope contra su pecho blando, entusiasmada. Por un momento el fuerte olor a perfume de rosas le nubló los sentidos. «Estoy soñando», pensó, «estoy soñando, maldita sea»—. ¡Ven! —Enseguida se dirigió a un mirador situado en la fachada de ventanales—. Voy a enseñarte algo. Ven, deprisa.

Un habilidoso arquitecto había construido en aquel mirador una especie de jardín suspendido. Los rosales plantados en macetas parecían esperar la primavera en fila junto a la pared, los brotes de color verde claro recordaban a sus predecesores. En el lado sur del mirador una planta curiosa se enfilaba por la pared: un árbol joven con las ramas de color granate y sin hojas en las que había unas flores rosas que parecían mariposas. Los pistilos granates se elevaban orgullosos en el aire y emanaban un aroma dulce y tentador.

—Es un melocotonero —le explicó la señorita Rose, contenta—. Me lo trajo mi padre del Extremo Oriente. ¡Y no ha muerto, como todos habían vaticinado! ¡Mira qué flores más maravillosas! Es el primer árbol en florecer. Primero echa las flores, luego las hojas, y luego los frutos... ¡ñam! —Su mirada de ilusión dejaba claro qué era lo que más le gustaba—. Y ahora mira aquí, ¿qué te parece? —Puso uno de los ovillos contra una flor. Era casi del mismo color—. ¿No es maravilloso? ¿Fascinante? ¡Como si mi querida tía lo supiera! ¡Bueno, seguro que lo sabía! ¡Quiero un chal de flores de melocotón! ¿Puedes tejer algo así, niña?

Penelope se acercó al árbol. Las flores la miraron con simpatía, era como si en ese momento dirigieran su aroma hacia ella para que se quedara y recibiera bailando con ellas el verano... sacudió la cabeza. ¡Qué sandeces! Esas flores de olor dulce eran perfectas para un ave del paraíso despreocupada como la señorita Rose. Penelope se encargaría de crearlas... cogió con cuidado el hilo de la mano de la señorita Rose, acarició con los dedos delgados el ovillo y soltó un hilo. Al tacto parecía que el hilo estuviera embrujado, y el color rosa intenso quitaba el aliento. Entonces, llevada por su arrogancia, cometió un error: contradijo a la señorita.

—*Milady*, las mujeres de Marsella reproducen esas flores con tela acolchada, les dan forma con algodón y luego las cosen. Pero no las hacen de encaje...

—Quiero un chal de encaje, niña. Como el que ha destrozado el gato. —La señorita Rose empleó un tono grave, como cuando quería dejar clara su voluntad, el que temía todo el mundo en la casa porque no admitía réplicas.

La señorita Rose abrió la cortina y se inclinó sobre las rosas, con los labios gruesos apretados en una mueca de disgusto.

—En esta casa no hay chismes franceses. No quiero volver a oír una bobada semejante, ¿me has entendido?

—Sí, *milady*.

—No vuelvas a mencionar jamás cosas de franceses —repitió la señorita, y recogió una hoja marchita del rosal—. Esta es una casa honorable, no necesitamos cosas francesas.

Las flores de melocotón se balancearon asombradas... tonterías, por supuesto, estaban igual que antes en su rama granate. La vista le había jugado de nuevo una mala pasada a Penelope al anochecer. Entonces se abrió la puerta del salón.

—¡Qué descaro, es inadmisible! Ahora mismo te vas de esta casa, inmediatamente. —El enfado de la señorita Anabell llenó el salón. Fulminó con la mirada a Penelope en el mirador, que aparentemente estaba sola porque la señorita quedaba es-

condida por la cortina—. Y antes te enseñaré a golpes cómo...
A medida que avanzaba el ama de llaves se tambaleaban los vasos de la vitrina y se oían los bufidos del gato, que corría por el suelo de madera con las garras extendidas. El ama de llaves retiró enseguida la mano que tenía abierta hacia Penelope gracias a la presencia de la señorita Rose, al ver que la costurera no estaba sola en el mirador.
—Yo... qué... yo... *milady*, no entiendo...
—Estamos hablando de modelos de ganchillo. —El suelo del mirador aromático se tambaleó. Rose se había vuelto de un salto hacia el ama de llaves—. Estábamos hablando de muestras de ganchillo, mi querida ama de llaves.
Hasta las flores de melocotón sonrieron al oír esa sencilla frase. Tal vez era también por ver la ira de las dos mujeres, que ahora se acechaban mutuamente como dos gatos, listas para agarrar de los pelos a la otra. Sin duda ninguna de las dos lo haría, pero la idea era maravillosa. Penelope sentía que se le iba a salir el corazón del pecho. ¿Esos extravagantes pensamientos no serían una prueba de que estaba al borde de la locura?
—Hablábamos sobre muestras de ganchillo —repitió la señorita Rose—. Esta chica me va a hacer un encaje como nunca haya visto usted. Estará aquí todas las tardes, en el mirador, para hacerme un chal. —Su sonrisa reflejaba el ambiguo dulzor del bombón de praliné y tuvo el efecto deseado: el ama de llaves hizo una reverencia y salió del salón.

Mary MacFadden miró a su hija con incredulidad.
—¿Que le has prometido... qué? Esa gente te ha contratado para que hagas remiendos en la ropa, incluso te dan bien de comer, ¿y a ti no se te ocurre nada mejor que... prometerle unos encajes? ¿Es que te has vuelto loca? —Soltó una carcajada breve y dura, de todo menos sincera—. Bueno, tú verás cómo sales de esta.
Mary se dio media vuelta y se puso a limpiar los instrumentos sobre la mesa en una palangana, los mismos con los que ha-

cia medio día había salvado a una joven de una gran vergüenza. Penelope observó asqueada las varillas de plata sucias de sangre y mucosidades que su madre cuidaba como si fueran un precioso tesoro, pues gracias a ellas podía abrir sin dolor el cuerpo de una mujer cuando había que extraer el fruto no deseado. Muy pocos médicos tenían esos instrumentos, pero eso no la convertía en mejor persona. Penelope arrugó la frente, enfadada, y se permitió un pensamiento que en realidad se producía antes de quedarse dormida... desde hacía ya muchos años. Su madre jamás hablaba de su padre, siempre contestaba con un silencio rotundo a todas sus preguntas y ruegos. Aun así, su padre se había colado en la mente de Penelope y estaba junto a ella cuando necesitaba un apoyo. En su imaginación era un médico inteligente que solo hacía el bien con las manos. Nada de infamias, como su madre. ¿Qué haría él en esos momentos? Seguro que le arrebataría todos esos instrumentos y los destruiría...

—Llegarás lejos, Penelope MacFadden, si sigues así —gruñó Mary, y los pensamientos sobre su padre se desvanecieron.

Penelope sintió en su interior una obstinación infantil.

«¡Sí, llegaré lejos!», pensó. ¡Pronto sus labores de encaje lucirían tranquilamente sobre la mesa del salón blanco! Uno tras otro: elegantes cuellos, puntillas para mangas, ribetes cortos y el chal, todo lo que quisiera la señorita. Un trabajo de una inocencia absoluta, exclusivamente para complacer a una persona. Sin sangre, ni miseria ni pobreza. Penelope respiró hondo: se limitaría a crear objetos que dieran alegrías. Le gustaba la idea. La casa del número 28 le proporcionaba cosas nuevas: buena comida, la capacidad de andar erguida, pensamientos valientes... esbozó a espaldas de su madre una sonrisa casi triunfal. Aún tenía muchas sorpresas que darle a su madre.

Prudy y Emily la acompañaban todas mañanas con sus burlas hasta la iglesia, donde sus caminos se desviaban.

—¡Zurcidora de calzas! —le gritaban—. ¡Zurcidora de calzas!

Como sonaba gracioso, los mugrientos chicos de la calle se sumaban a ellas sin saber exactamente de quién se estaban mofando, pero eso no importaba. Penelope llevaba tiempo suficiente viviendo cerca de ellos para saber que no necesitaban motivos.

Eran unos fideos piojosos y escuálidos que dormían en algún rincón de los establos y se peleaban con los perros por la basura. La mayoría no vivía con sus padres. Si los esbirros recogían a diez de ellos del arroyo, les daban una paliza y los llevaban al hospicio, donde les hacían trabajar, al día siguiente había otros diez que se dedicaban a alborotar, robar y sacar de quicio a los cocheros con sus impertinencias. Algunos compartían lecho con gente aparentemente bienintencionada. Sin embargo, pagaban caro aquel lujo, pues a menudo tenían que robar para esa gente sin recibir nada a cambio. Durante las últimas semanas habían ahorcado a uno de esos chicos en Seven Sisters después de sorprenderle robando una patata. Los habitantes de Southwark opinaban que el castigo era justo: uno menos que iba a hurgar en sus bolsas en la tienda, uno menos que iba a defecar delante de su puerta por la mañana.

Cuando Penelope notó que un terrón de tierra le daba en la espalda, se dio la vuelta enfurecida.

—¡La horca es demasiado suave para vosotros, cerdos miserables! ¡Deberían meteros en un barco, todos juntos! ¡Así podríais estirar la pata al ritmo de las olas! —Era una expresión que utilizaba mucha gente. Nadie sabía si era cierto que estiraban la pata al ritmo de las olas, pero esos barcos volvían vacíos, y era una de las maldiciones más fuertes que conocía.

Sin embargo, esos repugnantes mocosos se echaron a reír, y uno agitó el gorro.

—Ja, ja, zurcidora de calzas, ¡ve tú al barco a remendarle los calzones al capitán!

—¡Estará muy contento! —gritó el más alto. Formó con las manos una enorme verga y se puso a hacer movimientos obscenos...

La envidia era lo que les conduciría a todos al infierno, y la que hacía que la casa número 28 brillara con una luz cada vez más rosada. Calor, buena comida, un trabajo bonito... le encantaba la sensación que tenía cuando aparecía ante sus ojos la casa blanca y el ruido alegre de la abundancia llegaba a sus oídos. En ese momento dejaba atrás por un día entero la suciedad y ese hedor dulzón a ropa sin lavar que la perseguía todas las mañanas por London Bridge. Por la tarde el olor regresaba, lo percibía en Vaughn Lane, donde se hundía en excrementos de caballo e inmundicia al cambiar de acera para llegar a casa por el patio trasero, pasando junto al cobertizo de Lou. El hedor era omnipresente, pues penetraba también por las paredes enmohecidas y se asentaba en los techos helados, y por la mañana le azotaba en la cara con el agua helada de la ropa.

La envidia y aquel hedor eran inseparables.

2

*Oh, cuán débil es el poder del hombre,
que si falla la suerte
no puede añadir una hora más
ni recordar una hora perdida.*

JOHN DONNE

En la casa del número 28 tardaron un tiempo en aceptar que Penelope, la chica de Southwark, se pasaba la mitad del día con la señorita Rose en el salón haciendo encaje para ella. El ama de llaves, Anabell, no dejaba pasar un día sin manifestar su desaprobación, y en ese caso no le importaba en absoluto si la señorita estaba presente o no.

—La chica trabaja bien —afirmaba la señorita Rose, y luego se apoyaba en el reposabrazos del sofá para seguir el nacimiento de una nueva flor de melocotón—. Este chal será más bonito que el de mi querida madre, debe reconocerlo.

Sin embargo, el ama de llaves no daba su brazo a torcer, sino que abandonaba el salón disgustada y murmurando:

—Lo que más le convendría es el matrimonio.

—Siempre encuentra algo que criticar. —La señorita Rose se quitó de una sacudida las zapatillas de los pies y subió las piernas al sofá, algo que no le estaba permitido a nadie en la casa—. De verdad, no sé qué veía mi padre en ella, se pasa el día vociferando. ¿Puedes poner otro brote ahí, junto a la flor? Sería maravilloso. —Y la última galleta untada con mantequilla dorada desapareció en su boca rosada.

Nunca se veía a la señorita Rose trabajar. Era como un algodón grueso y redondo, blando por todas partes, agradable al tacto, que rodaba de sofá en sofá pero que no servía de mucho. Todo el mundo daba por hecho que pronto su padre le habría conseguido un muy buen partido. Por lo visto la señorita Anabell sabía incluso a quién había elegido.

—Gracias a la inconmensurable riqueza de su padre, los jóvenes caballeros ya se frotan las manos pensando en ella —le susurró Amy, la descarada criada de la cocina, a Penelope mientras comían—. ¡Ya verás, cuando el señor vuelva, habrá cola para hacerle la corte a su hija!

—¿Y puede recibirlos a todos? ¿Sola? —se asombró Penelope. ¡Qué casa tan rara!

—Por supuesto que no —murmuró Amy—. Pero la señorita Rose tiene cabeza y sabe cómo saltarse las órdenes, como te habrás dado cuenta. El ama de llaves siempre la llama «la señorita imposible»... La última gobernanta, según dicen, emprendió la huida después de que la señorita la dejara encerrada en su habitación para que no la molestaran con el profesor de piano... Bueno... cuando vivía la tía aún reinaba cierto orden aquí, pero murió el año pasado, y se rumorea que el señor Winfield lamentó mucho la noticia.

—Estaba enamorado de ella —susurró el mozo de cuadra.

—Pero ¿cómo sabes tú eso? —le interrumpió Amy—. Bobadas. Eran primos, nada más.

—Entonces ¿por qué no se casó nunca? Porque quería a su prima. —El mozo de cuadra no paraba de hacer gestos con las cejas—. No era fea, la prima... y no me extraña que la joven señorita tuviera ideas tan extravagantes. El profesor de piano...

—¡Aquí no se viene a cuchichear! —El ama de llaves, Anabell, dio un golpe en la mesa—. Esta es una casa honorable, no tolero esos chismorreos.

—Solo digo que... —Antes de que pudiera seguir hablando

el ama de llaves ya le había lanzado un trapo de secar y todos desaparecieron de la cocina para ir a hacer su trabajo.

Sin embargo, cuando Penelope subió la escalera por la tarde veía con otros ojos a la joven «imposible», con esa familia tan extravagante.

La señorita Rose se pasaba el día entero bailando por el salón, tocaba su piano con decoración de marfil o tarareaba arias de Henry Purcell, al que adoraba profundamente. No tenía paciencia para bordar, que era a lo que se dedicaban las señoritas finas por la tarde, y tal vez, eso pensó Penelope sin ningún respeto, le costaba mucho colocar los brazos sobre la redonda barriga para sujetar el bastidor. Sin embargo, le encantaba observar a Penelope mientras hacía ganchillo. Se pasaba horas así, y todos los días el bombón de la bandeja de porcelana era de un color distinto.

A medida que pasaban los días, Penelope estaba más convencida de haber topado con el paraíso. La buena comida se asentaba como una manta blanda en las costillas y le confería un tono saludable a las mejillas, según revelaba el espejo de la señorita. Cuando no la veían se observaba y daba media vuelta de aquí para allá para contemplar la forma de los pechos y pasarse las manos por la cintura... Era solo una chica sencilla, pero más guapa que la mayoría. Se lo había dicho el hombre que se colaba en sus pensamientos por las noches...

Su aspecto de estar bien nutrida provocó aún más envidia en sus antiguas amigas.

—¡Mira la cara tan gorda que se le ha puesto! —chillaba Prudy cuando se encontraban junto al campanario de San Salvador.

—Nuestra zurcidora de calzas. —Su amiga Heather soltó una risita—. ¡Se deja cebar como un pato!

—Bueno, de todos modos es mejor tener a una costurera gorda en la cama que a una prostituta flaca, diría yo. —Los ojos de Prudy brillaron de odio.

De nuevo a Penelope no se le ocurrió nada para defenderse, así que huyó de las risas de las chicas y salió corriendo hacia el laberinto de callejones de Southwark.

Había empezado a lloviznar. La humedad tejió un velo de gotas finas sobre la inmundicia y olía a moho. Penelope intentaba contener las arcadas. El olor a humedad intentó llevarla con sus largos tentáculos hasta el arroyo y engañarla, como siempre hacía. Asqueada, sacudió la cabeza y se tapó la nariz. ¡Qué raro! Antes jamás se le habría ocurrido ofrecer resistencia.

Algo había cambiado desde que trabajaba en la casa número 28. El aroma de las flores de melocotón se había clavado como si fuera un fino encaje en su alma y le había hecho olvidar a qué olía la realidad...

—Eso sí que es algo que de verdad puedo enseñar. ¡Eres toda una artista!

La señorita retiró los pies del sofá y bailó por el salón con el chal a medio hacer que le había quitado a Penelope para probárselo.

—¡Precioso! Mi padre volverá pronto de su viaje. ¡Tu trabajo le gustará mucho! —Se dio media vuelta con tanto ímpetu que la vitrina tintineó un poco—. ¿Y sabes qué? Han atracado aún más barcos, nos lo ha contado el cochero. Recibiré visitas. —Sus ojos reflejaban cierto aire de conspiración—. Recibiré visitas. Visitas...

Penelope se quedó perpleja al ver que la señorita se volvía hacia la ventana. Se quedó ahí quieta por un momento, ya no parecía tan gruesa ni hinchada. Estiró el cuello, y la mano acariciaba distraída la piel blanca de la sien, mientras la otra quedaba apoyada en la gruesa cintura y dejaba vagar los dedos con cariño arriba y abajo... ¡la señorita se estaba acariciando! Penelope abrió bien los ojos para ver si era cierta aquella imagen pecaminosa, pero no tuvo ocasión de seguir pensándolo porque el ama de llaves Anabell entró corriendo en el salón y avisó a la criada para que retirara la ceniza de la chimenea.

—¡Y tienes que hacerlo bien! ¡No quiero volver a ver ceniza en el suelo! —gruñó.

Penelope agachó la cabeza hacia su labor de ganchillo y se alegró de que fuera Emma y no ella quien tuviera que hacer esa desagradable tarea.

La señorita Rose se quedó de pie junto a la ventana. Las manos estaban quietas, parecían a la espera de que alguien asumiera su función...

Pronto todo el mundo se enteró de la inminente visita.

—¿Dónde ha estado el padre de la señorita Rose? —osó preguntar Penelope cuando se quedaron sentados un momento después de comer.

El ama de llaves Anabell no solía aceptar muestras de curiosidad, pero aquel día reinaba un ambiente distinto en la casa. Sonreía, algo para lo que rara vez encontraba motivo.

—El señor Winfield ha estado de viaje en la India. Vuelve a casa tras casi siete meses. —Su sonrisa adquirió un rictus más severo—. Y también el joven señor Chester ha llegado de nuevo a puerto tras cuatro meses: estaba prestando su servicio a la corona británica en el mar. La señorita Rose le tiene mucho cariño, y al señor Winfield no le hace mucha gracia.

Comprobó que llevaba bien colocada la cofia impoluta y se levantó. Había terminado la hora de la cháchara. Las chicas se separaron con gran alboroto, cuchicheando, susurrando lo increíblemente guapo que era el señor Chester... pero era demasiado pobre, decían que el señor Winfield no lo quería como yerno, ¡por el amor de Dios!

Aquel día tan emocionante destinaron a Penelope a la cocina de forma excepcional, después de pasar una eternidad examinando manteles y servilletas en busca de agujeros.

—Al señor Winfield le encanta comer en abundancia —le explicó la cocinera—. Odia la comida en mal estado del barco. No hay nada fresco, solo cosas fermentadas y maceradas, al final del viaje solo quedan montones de pan y agua salobre para beber, puedes imaginarte lo mucho que se alegra de disfrutar de una buena comida. —La cocinera sacó una hogaza de pan blanco caliente del horno y se la puso a Penelope debajo de la nariz—. Hago para él migas de azúcar de caña. ¡Huele!

El calor casi estuvo a punto de cortarle la respiración a Penelope, pero el azúcar olía a través del vapor. ¡Qué lujo tan increíble mezclar azúcar con el pan!

Antes de que el alboroto en la cocina llegara a su punto álgido porque en realidad el señor Winfield debería haber llegado hacía tiempo, Penelope aprovechó un momento en que no la veía nadie para subir a hurtadillas la escalera y recoger su preciosa labor de ganchillo, que siempre se llevaba a casa y el día anterior había olvidado en el salón. Todo el servicio correteaba por el sótano siguiendo las instrucciones de Anabell, mientras que arriba reinaba una calma celestial. La última vez que habían visto a la señorita Rose había sido en el jardín, donde cortó algunas ramas para los jarrones.

Penelope llegó al salón y se estremeció del susto: se oían voces. Era obvio que la señorita no se encontraba en el jardín, ni estaba sola.

—Habéis pasado por delante de todos a escondidas por mí... humm, humm —susurró con dulzura—. Os habéis puesto en peligro... humm, humm... no conocéis al ama de llaves...

—El ama de llaves no me conoce. —Se oyó una voz masculina. Luego una tela se rompió.

»¡Rosie! ¡He soñado todas las noches contigo! —El hombre gimió y luego crujió el sofá.

Penelope se quedó de piedra. Ella solo quería... era el momento de huir, pero la puerta estaba entornada y le pudo más la curiosidad.

La madera crujió, se oyó más tela que se rasgaba y la mesa rayó el suelo a modo de advertencia. Los ruidos y gemidos lo acompañaban como una melodía clásica, y cuando Penelope le dio un empujón suave a la puerta comprendió por qué; la señorita estaba debajo de su visita masculina en el sofá. El vestido blanco de seda tapaba los cojines y el tapizado y caía hasta el suelo, sus gruesos muslos blancos pataleaban en el aire de un lado a otro mientras la visita masculina se afanaba boca abajo.

El hombre estaba encima y medio apoyado en ella, con los pantalones de felpa blancos por las rodillas. Los movimientos enérgicos de la espalda, clara y estirada de costado, demostraban que se esforzaba por entrar en aquel voluminoso cuerpo de mujer. Una rodilla estaba en el suelo de apoyo, pero no podía evitar que el sofá se desplazara por el salón, con todo lo que había encima, un poco más con cada empujón.

—Peligro... chico... ¡peligro! Quiero más... humm, humm... más... con eso no basta, no basta, no basta. —La voz de lady Rose ya no recordaba en absoluto a la chica que comía bombones y se pasaba el día en el salón. La señorita había desaparecido y en su lugar se contorneaba una furcia lasciva, medio desnuda en manos de su visita.

Cuando de repente levantó la cabeza con un fuerte gemido para lamer con la lengua el rostro de su visita, sus ojos se encontraron con los de Penelope y esta cerró la puerta enseguida, como si la hubiera atravesado un rayo.

Los gemidos rítmicos de la señorita Rose seguían resonando en sus oídos cuando bajaba la escalera, hacia los aromas de la cocina y el horno que ennoblecían la mesa del café en honor del invitado. Nadie sabía que él estaba saciando su apetito en otra parte. Penelope se agarró a la barandilla sin aliento e intentó recobrar la calma para que nadie se percatara de que tenía las mejillas sonrosadas. No era la primera vez que lo veía. En casa de Elly, la prostituta de Southwark, ocurría lo mismo todo el día, a veces con dos o tres hombres a la vez, y se veía por la ventana, que siempre tenía abierta.

Penelope sacudió la cabeza. No estaba en Southwark, aquello era Belgravia, maldita sea.

En la cocina había un gran ajetreo. Las chicas corrían de aquí para allá con bandejas, sacaban brillo a la plata por última vez con trapos suaves y luego correteaban en el gran salón, bajo la atenta mirada del ama de llaves Anabell, alrededor de la mesa, que estaba dispuesta a la perfección cuando el señor de la casa por fin volvió por la noche.

La señorita Rose sabía perfectamente cuándo podía recibir su visita sin que la molestaran. Penelope sintió una gran indignación por el comportamiento de la señorita, tenía ganas de delatarla, pero entonces perdería su pequeño paraíso, probablemente para siempre. Por eso se calló y bajó la mirada cuando la señorita se tiró al cuello de su padre y, sin parar de hablar, desenvolvió como un pajarito las joyas que él le había llevado, y fue bailando de espejo en espejo, mientras los invitados esperaban con paciencia a que tomara asiento en la mesa para por fin poder servir la cena.

El comerciante de algodón no duró mucho en casa. Era un hombre flaco, sin sentido del humor, mucho más interesado en los números que en las personas, con una excepción: el señor Winfield sentía un amor desmedido por su hija. Le concedía todo lo que le pedía y no se le ocurría ni en sueños que la querida niña de sus ojos tuviera una relación íntima con un señor al que no tenía en gran estima.

El señor Chester no era de su agrado como marido, pero aun así era recibido como pretendiente, y como el señor Winfield daba prioridad a los números ni se le pasaba por la cabeza que su hija pasara tanto tiempo sin compañía con su admirador. Penelope sabía qué hacían y dónde. Tal vez los demás también.

Sin embargo, nadie los delataba. ¡No quería ni pensar cómo pondría la señorita Rose el grito en el cielo! Al final el problema se solucionó por sí solo, porque pronto el señor Winfield se embarcaría de nuevo para intentar romper el bloqueo marítimo de Napoleón. El señor Chester desapareció de improviso y se fue con un regimiento a la costa. El servicio ni siquiera osaba cotillear sobre aquellas curiosas coincidencias.

De nuevo regresó al número 28 la calma refinada, el crepitar del fuego de la chimenea, las bolas que olían a canela y el chal de flores de melocotón rosas que iba creciendo día a día y

Penelope ya tejía de memoria porque las flores del mirador se habían marchitado, y las dos observaban en tensión cómo iban creciendo pequeños frutos de los cálices.

Sin embargo, en la memoria de Penelope las flores seguían en las ramas. Como si fueran pequeñas hadas de color rosa, lanzaban nubecitas de aroma sobre su alma y soplaban polen hacia las mejillas y los párpados. Gracias a él le daban un soplo rosado al rostro pálido y brillo a los ojos.

Un día de primavera el sol calentaba de tal manera que Penelope se atrevió a abrirse el botón superior de la chaqueta. Disfrutó de la caricia del viento en el cuello, que jugaba con el pelo en la nuca, en la esquina de la calle de pronto ganaba fuerza e intentaba levantarle la falda. El viento primaveral era como un amante: embaucador, cariñoso, juguetón y cuando no le observaban tensaba la cuerda con suavidad. Penelope sonrió y se abrió otro botón de la chaqueta mientras inspiraba con avidez el aroma de la tierra del jardín que despertaba y que alguien removía entre las casas. Llegó al número 28 de buen humor, y se disponía a bajar los escalones hasta la entrada del servicio cuando se abrió la puerta de la casa y apareció el rostro redondo de la señorita Rose. Estaba blanca como una sábana.

—¡Ven! —susurró en voz baja—. Ahora mismo, ¿me oyes? Yo... ¡ven enseguida a mi salón!

Penelope se quedó estupefacta. Era obvio que la señorita la estaba esperando, ¿qué podía ser tan importante para necesitar así a la costurera? ¿Y cómo iba a pasar por delante del ama de llaves Anabell, que todas las mañanas la cubría con montañas de ropa para remendar, como si intentara evitar que le quedara tiempo para hacer ganchillo en el salón? Aun así, no lo conseguía porque la señorita Rose la llamaba si no aparecía en el salón a la hora acordada.

Por suerte el ama de llaves se encontraba en el comedor comentando el menú de la cena de la tarde. Cuando el señor Winfield regresaba de un viaje era un fastidio porque el ama de llaves se inmiscuía en todas las tareas de la casa. Su voz estridente penetraba por el hueco de la escalera, pero la puerta del salón estaba cerrada, así que Penelope no lo dudó y subió a toda prisa la escalera hasta la primera planta, donde se sumergió en las sombras del pasillo pintado de rojo.

Un rayo de sol se extendió ante ella por toda la pared, que cobraba vida de un modo inquietante y brillaba como si alguien hubiera derramado sangre fresca encima. Penelope sintió un escalofrío en la espalda y se detuvo con el corazón acelerado. El rayo de sol se desvaneció. En el pasillo todo estaba como siempre, a oscuras y en silencio. Dio media vuelta. No había ninguna fuente de luz, ni un tragaluz o una ventana de donde pudiera llegar el rayo.

Penelope respiró hondo. Su madre sabría de dónde procedía la luz, tal vez le habría dicho que era una señal. Algunos días podía leer esas señales, luego esperaba ensimismada a que se cumplieran. Tenía que contarle a su madre lo del rayo de sol... se oían ruidos procedentes del salón. Penelope intentó averiguar si había alguien más allí a quien debiera evitar. ¿Acaso el señor Winfield ya había llegado a casa? Bajó con cuidado el picaporte de latón y abrió una rendija la puerta. Oyó los sollozos desesperados de una mujer.

La señorita Rose estaba en una nube de algodón de color rosa claro sobre el sofá. La nube temblaba y se balanceaba entre sus sollozos. Se había soltado el recogido del pelo y una reluciente cascada negra caía lisa sobre los hombros hasta el suelo, donde el gato se acariciaba con las trenzas, maullando.

—Ay, ayúdame, madre de Dios, ayúdame... —se oía desde los cojines.

—Señora... —Penelope entró como pudo por la rendija y cerró la puerta tras de sí—. Señora... ¿quiere que llame a alguien...?, ¿quiere que...? —Se acercó con cuidado—. ¿Quiere que...?

La nube hizo un movimiento y el pelo negro resbaló sobre la tela de color rosa. La señorita Rose se dio la vuelta en el sofá con agilidad, sorprendida.

—¡Tú! ¡Por fin llegas! —Unas manchas rojas cubrían la piel blanca, y tenía los párpados hinchados de llorar—. Por fin lle-

gas... —Se incorporó para quedar sentada y estiró la mano hacia Penelope—. Ven y ayúdame... ayúdame...
—Señora, cómo puedo...
Al cabo de un momento Penelope estaba sentada en el sofá blanco, junto a uno de los cojines de la señorita.
—Penelope, necesito tu ayuda —dijo la señorita con la voz ronca, al tiempo que le agarraba la mano—. Tienes que llevarme a ver a tu madre.
—A mi... —Penelope tragó saliva. Le vino a la cabeza el juego de luces del pasillo oscuro y se le puso la piel de gallina en los brazos—. Quiere ir a ver a mi madre. —Solo había un motivo por el que una mujer quería ir a ver a Mary MacFadden. Respiró hondo mientras la señorita Rose asentía en silencio.
»Dios mío... —susurró Penelope—. ¿Cuándo?
—Pronto, muy pronto, niña. —Rose se limpió con el pañuelo las mejillas llorosas—. Mi padre me ha dicho esta mañana que me ha buscado un marido. —Se detuvo y respiró hondo.
Penelope sabía cuál era el motivo de sus lágrimas, las había visto a menudo en el dormitorio de su madre, aún notaba el olor amargo del miedo a las habladurías de la gente y a lo que les iba a hacer su madre en la habitación. La mayoría de las mujeres salían de allí hechas un baño de lágrimas, después de ahogar un grito de dolor contra un pañuelo para que los vecinos no se enteraran del tipo de visitas que recibía Mary MacFadden.
Una señorita elegante como Rose no había estado nunca en casa de Mary. ¡Era completamente impensable llevarla a una vivienda tan humilde! Pero era evidente que era justo eso lo que pretendía la señorita Rose.
—Cuando anochezca iremos juntas a ver a tu madre, niña —susurró la señorita—. Me esperarás y me enseñarás el camino. De noche nadie nos reconocerá.
—Señorita, pero mi madre ya estuvo aquí una vez —se atrevió a sugerir Penelope.
—¡Por una criada! —gritó la señorita—. ¿Qué crees que diría el ama de llaves si viniera a verme a mí? ¡Mañana lo sabría la ciudad entera! Por el amor de Dios, ¡serás boba! —Arrugó

la frente, probablemente pensaba lo mismo que Penelope, que el servicio ya sabía de su relación pero nadie la había delatado. En todo caso, era excesivo hacer ir a la casa a una mujer que practicaba abortos.

»Estoy perdida... —murmuró—. Estoy perdida, deshonrada, para siempre...

—Señorita —susurró Penelope. Posó con suavidad la mano sobre el brazo blanco de Rose y reprimió un comentario malicioso. La desesperación de la joven señorita la conmovió—. Señorita, la ayudaré.

—Esta noche mi padre estará en el teatro para encontrarse de nuevo con el caballero que ha elegido para mí. —La señorita Rose buscó un pañuelo mientras lloriqueaba—. Podemos irnos en cuanto esté fuera.

—Yo... vivo en Southwark. Está muy lejos para ir andando —insinuó Penelope—. Debería ir en el coche de caballos...

—No, lo utilizará mi padre para ir al teatro. —La señorita Rose no encontró un pañuelo, así que se limpió con el dorso de la mano las lágrimas de las mejillas—. Ay, niña, todo esto es tan horrible... —Dejó caer la mano mojada en el regazo—. ¿Cuánto hay que caminar?

Penelope lanzó un suspiro. Seguro que la señorita nunca había caminado ni una hora por el duro pavimento adoquinado de Londres ni los callejones sucios del barrio pobre... probablemente ni siquiera tenía una capa que fuera lo bastante oscura para esconderse de miradas curiosas. ¡La noche londinense escupía por todas partes personajes que podían ser peligrosos para una mujer bien nutrida y evidentemente rica!

Sin embargo, finalmente Penelope no tuvo valor para negarse a cumplir el deseo de la señorita. Tenía demasiado miedo a perder su nuevo hogar en el número 28, al que tenía tanto cariño.

—Por fin llegas... ¿quién está contigo? —Mary observó a su hija y a la visita que la seguía con una capa oscura. Durante toda la tarde había tenido un presentimiento, había encendido más velas de lo habitual en la habitación para combatir la oscuridad, pero no lo había conseguido. Sabía que algo iba a ocurrir y que tendría que ver con su hija. No paraba de caminar de aquí para allá por la habitación, nerviosa y hablando sola.

»Serás boba, ¿por qué tengo que preocuparme? —susurraba—. ¿Por qué no eres como las demás chicas? ¿Por qué no te dedicas a tu trabajo, encuentras pronto a un tipo que te haga niños y te alimente, y llevas una vida normal? ¿Por qué tengo que preocuparme cuando te estoy esperando? —Una vela se apagó con tanto lamento, y Mary se quedó quieta, pensativa. No era capaz de deshacerse de esas ideas, así que finalmente se sentó a la mesa y se limitó a esperar en la penumbra.

No supuso ningún alivio ver que las dos chicas entraban en la casa cogidas como si fueran amigas. Penelope nunca llevaba amigas a casa. Aquella mujer gorda no era una amiga.

Mary MacFadden era de baja estatura y nervuda, pero hasta el momento las adversidades de la vida no habían conseguido tumbarla. El destino la llevó a desempeñar esa profesión, ella no la escogió. No se podían tener dudas para sobrevivir mucho tiempo ejerciendo aquella actividad. En aquel momento, por primera vez parecía que la abandonaban las fuerzas. Le sobrevinieron multitud de pensamientos.

«¡Mira! —susurraron—. ¡Fíjate bien!»

Se recompuso y se plantó delante de aquella silueta oscura, que no daba muestras de quitarse la capa. La mujer emanaba ese aroma dulce a riqueza y ocio que por sí solo ya debía servir de advertencia suficiente. Era un error dejarla pasar, pero ya estaba ahí, por eso Mary pronunció las palabras que dirigía a todas sus visitas:

—No haré preguntas, y usted olvidará dónde ha estado.

Se oyó que alguien se sorbía la nariz bajo la capucha a modo de respuesta. Luego el pesado tejido se deslizó por el cabello y Mary sintió que se le helaba la sangre al reconocer a quien tenía delante.

—Esto... no puede ir en serio —susurró, y miró a su hija.

Parecía que las paredes de la habitación se cernían sobre ella, le faltaba el aire. ¡Por el amor de Dios! Aún estaba a tiempo de dar marcha atrás. Tenía que hacerlo y echar a aquella mujer antes de que se quitara la capa. Por un breve instante el silencio se cernió sobre la pequeña vivienda, y con sus frías alas les rozó las mejillas de un modo desagradable. Como tantas otras veces, el silencio se acomodó en la repisa de la chimenea y observó a aquellas tres personas, esta vez con una gran tristeza.

—No podía... madre, tenía que... —El susurro impotente de Penelope quedó silenciado por el crujir de la capa del cochero al caer...

—Pagaré, mujer. Te pagaré bien —dijo la señorita de Sloane Square, que se puso a hurgar en su monedero—. Mira esto, te lo puedes quedar todo. Seguro que es mucho más de lo que te pagan las mujeres pobres. —Dejó caer al suelo con la mano temblorosa monedas y billetes bien doblados, que se posaron como angelitos ante los pies de Mary, donde brillaban con claridad bajo la luz de la vela.

Bastaba para el alquiler, pagar un abrigo, un par de zapatos nuevos para Penelope y mucho más. Acabaría con las preocupaciones que ocultaba debajo de la tapa de la olla de ahorro. Mary dejó a un lado todas sus inquietudes. Los billetes se le pegaban a la mano y le daban seguridad. Después de aquel trato se tomaría un gran vaso de ginebra, se acostaría temprano y olvidaría sin más aquella noche. La señorita no dejaba de ser una mujer en apuros.

—No haré preguntas, y usted olvidará dónde ha estado —repitió, esta vez en voz baja y en tono de súplica. Luego le quitó del todo la capa. El vestido de seda de color amarillo claro parecía fuera de lugar en aquel cuarto de estar sombrío, iluminado solo por una lámpara de petróleo y con las paredes casi negras del humo. La señorita Rose miró alrededor, temerosa.

»Por aquí —dijo Mary, que lanzó la capa a la silla de la cocina.

Rose se acercó un paso a la lámpara, y por un instante parecía que estuviera bañada en oro. Penelope sintió que se le cortaba la respiración. ¿Acaso estaba soñando? Las imágenes se confundían como si fueran relámpagos en su cabeza: su labor de encaje, que ya casi cubría los hombros de la señorita; el hilo rosa, el salón blanco, las flores del melocotonero, su aroma, el polvo mágico en sus mejillas... nada de todo aquello encajaba con su casa.

Entretanto Mary había empezado a preparar la cama en el dormitorio. Penelope conocía hasta el último ruido. Luego se abrió la puerta y apareció Mary en silencio en el umbral. Nunca decía nada cuando alguien iba a visitarla. Las mujeres tomaban su decisión sobre ese paso, y Mary sabía lo que tenía que hacer. No estaba allí para dar consuelo.

—No tenga miedo, señorita —susurró Penelope, que sintió la necesidad de poner una mano sobre el brazo de la señorita a modo de consuelo.

—No —susurró Rose con la voz quebrada.

Penelope sentía casi como si fuera una amiga suya la que atravesaba la puerta del dormitorio, aunque no era cierto y lo sabía. Su madre y ella ayudaron en silencio a la señorita a quitarse el vestido. Estaba sobre la silla como un extravagante ser dorado de fábula cuando Rose, ahora rígida del miedo, se tumbó en el lecho con las sábanas lisas. Penelope obedeció al gesto de su madre y se sentó junto a la señorita. Tenía el corazón acelerado, como cada vez que debía estar presente. Su madre no se lo pedía a menudo.

Sobraban las palabras. Ahora la tranquilidad guiaba la mano de Mary. El silencio era su aliado para que nada saliera de aquella habitación, ni un ruido ni un quejido. El silencio extendía un grueso manto sobre todas ellas, ayudaba a que aquel negocio secreto funcionara y conducía a la joven fuera de su aposento. Siempre había sido así. Todas las cortinas estaban corridas y las puertas cerradas. El silencio se instaló en el alféizar de la ventana, desplegó sus alas y mantuvo alejado todo lo que pudiera llegar de fuera.

La madre levantó la enagua de la señorita por encima de las piernas con varios movimientos hábiles. Rose alzó la cabeza, le sudaba la frente del miedo. Mary abrió su bolsa y acercó el taburete con la lámpara de petróleo. Los instrumentos brillaban bajo la luz titilante de la lámpara. Penelope evitaba mirar las odiosas herramientas plateadas.

—Yo he... yo... —tartamudeó Rose, que se agarraba la enagua al pecho mientras Mary se inclinaba sobre ella y colocaba la mano izquierda en el cuerpo blando, blanco como la nieve—. Señora, yo...

—Déjeme hacer mi trabajo —dijo Mary en tono severo.

Luego metió los dedos de la mano derecha en el orificio que ella había ofrecido a un hombre, pese a tenerlo prohibido. Rose profirió un grito agudo y juntó las piernas. Penelope la agarró del brazo y le acarició el rostro con ternura.

—Calma, señorita...

—Déjeme hacer mi trabajo —repitió Mary, huraña, al tiempo que intentaba separar de nuevo las piernas de la señorita.

Rose jadeaba de miedo. El cuerpo blanco temblaba como si fuera un flan enorme mientras abría despacio las piernas, con lo que la mano de la partera se introdujo en lo más profundo para palpar hasta dónde había llegado la desgracia. Rose rompió a llorar, agarrada a Penelope con ambas manos...

—Era el momento justo para venir —comentó Mary, que sacó la mano de entre los muslos—. Ya no puedo dejar que se vaya a casa. —Sin vacilar, cogió una larga varilla plateada y la untó con un ungüento de una cacerola.

Penelope contuvo la respiración. Le horrorizaban la varilla y el modo inflexible en que desaparecería en el interior de aquella mujer. No obstante, sabía que su madre tenía experiencia suficiente para encontrar el momento adecuado para la punzada.

—Tranquila, señorita —susurró Penelope—, tiene que estar tranquila. —El corazón le latía a mil revoluciones, aunque la varilla no fuera para ella y su madre dominara la situación.

Mary acercó el taburete. Inclinó la cabeza entre las piernas abiertas de la señorita y le indicó por señas a Penelope que sujetara las rodillas. Abrió el orificio con dos dedos y metió de nuevo la mano derecha. Con la izquierda introdujo la varilla junto a la otra mano en el interior de la mujer. De pronto la señorita levantó la cabeza al sentir el objeto frío, y las piernas se le habrían dislocado de no ser por Penelope, que las sujetaba.

—¡Qué haces! —jadeó la señorita—. ¡Quítame eso!

—Silencio —gruñó Mary, que tenía los ojos cerrados para palpar lo que no veía.

—¡No quiero eso! —gritó Rose, presa del pánico.

—Tranquila, señorita, enseguida se acaba —intentó calmarla Penelope.

—No quiero que me haga lo que les hace a esas pendencieras. ¡Apártese de mí! —gritó Rose mientras Mary avanzaba en su camino con las manos, lenta pero con paso seguro, para extraer lo que no debía vivir.

Penelope luchaba con las rodillas carnosas, se colocó encima de la señorita y con el rabillo del ojo vio como se movían las cejas de su madre: había encontrado el fruto prohibido. Metió la varilla y pinchó, con calma y seguridad, como había hecho cientos de veces.

Rose gritó como si la atravesaran con una lanza. Empujó hacia fuera con la pelvis rolliza y Mary estuvo a punto de caerse del taburete. Sin embargo, la madre consiguió mantener la calma en las manos, pero cuando Rose empezó a retorcerse, patalear y a dar golpes tuvo que retirar las manos con el instrumento. Tal vez un instante, una fracción de segundo demasiado tarde. Tenía los dedos de la mano derecha ensangrentados, y seguía dejando un rastro de sangre.

—Señorita, por favor... —Penelope se había lanzado con ímpetu junto a Rose, le agarraba la cabeza con ambos brazos, la mecía, la abrazaba con fuerza contra el pecho para ahogar los gritos—. Silencio, por favor, silencio...

—Dios mío... —Mary lanzó un profundo suspiro. Luego enmudeció.

Penelope vio el lecho ensangrentado antes de que Mary lo tapara con una sábana limpia. Si todo iba bien, no tenía por qué haber sangre, eso lo sabía... ahora lo único que podía hacer era rezar y esperar. La señorita Rose se calmó y cerró los ojos. El silencio se impuso de nuevo.

Era una pausa, pero la señorita no lo sospechaba. Penelope le cepillaba el pelo. La madre había salido cerrando la puerta tras de sí para preparar una bebida purificante para la señorita. Se oía cómo calentaba el agua y hierbas que crujían. La lámpara de petróleo ardía impávida. Las horas parecían colarse por las paredes y reunirse en pequeños riachuelos que no podían conducir a ninguna parte.

Tampoco sucedió nada cuando lady Rose se tomó ese mejunje de hierbas sin rechistar, pero Penelope sabía que Mary estaba muy preocupada. La señorita no podía quedarse allí toda la noche, como muy tarde por la mañana la buscarían por todas partes.

El brebaje de Mary MacFadden de tanaceto, perejil y una tercera hierba que apestaba no funcionó. Cuando poco después de medianoche empezaron las contracciones, Rose se puso a gritar de nuevo. Llegaron sin previo aviso y tendieron su espesa red de dolor sobre el cuerpo blanco de la mujer. Los gritos de la señorita eran tan penetrantes que solo era cuestión de tiempo que su actividad clandestina quedara al descubierto. Penelope lanzó una mirada a Mary esperando ver el pánico reflejado en su rostro, pero no encontró más que una gris resignación a un destino que debería haber previsto.

Luego todo fue muy rápido.

La señorita Rose gritaba con las contracciones, la cama crujía bajo su peso mientras la puerta de la casa temblaba por las fuertes patadas que alguien le daba. Se oyeron retumbar unas zancadas sobre el suelo de madera. Jack Bryant, el desollador, se plantó en la puerta del dormitorio, junto a él la vieja Susanna Mowes de enfrente, que siempre amenazaba con hacerle sentir a Mary la maldita soga en el cuello por su sangrienta actividad.

—Pero ¿qué dia... dia... pero qué dia... diablos? —tartamudeó Jack Bryant, luego uno de los esbirros lo apartó a un lado.

Hal Edwards era antipático e incorruptible. Era nuevo en el barrio, era de Nottingham, algunos decían que era codicioso y un alguacil incansable. Si Hal descubría un delito, perseguía al malhechor como un perro rabioso y no se calmaba hasta haberlo enviado ante un juez, y sospechaba que en aquella habitación se encontraba un delincuente.

—Ma... ma... madre mía, Hal... —Jack señaló la sangre.

La vieja Susanna recibió una patada y cayó a los pies del esbirro aullando. Hal Edwards arrancó de la pared la mitad del marco de la puerta con su capa ancha y apartó a Jack con la vara. Esta vez el palo, que de noche golpeaba con fuerza sobre el pavimento, no podría evitar el delito. Pero Hal podía coger al criminal.

Penelope reconoció enseguida al hombre de la nariz aguileña torcida que pagaba a sus soplones con pan en vez de con ginebra. Los tres se quedaron anonadados al ver el abdomen de la señorita gruesa que se retorcía de dolor y los coágulos de sangre que salían de la mujer, ya que la vieja Susanna había apartado la sábana desde el suelo y señalaba con ambas manos aquel acto horrible.

—¡Ahorcadla! ¡Ahorcad a esa maldita extirpaniños, colgadla!

—¡Rápido, un médico, un coche, rápido! —gritaba otra voz por la casa, luego se acercaron aún más mujeres a la estrecha habitación, miraron boquiabiertas la sangre en los muslos blancos, el vestido dorado, cuchichearon horrorizadas y finalmente sacaron a la fuerza a Mary MacFadden como si fueran animales tras su presa. La madre de Penelope permanecía callada, sin pronunciar un solo sonido.

En medio de aquel tumulto, Penelope no se había separado de la señorita Rose, cuyos gritos se habían transformado en sollozos. Ninguno de los presentes se atrevía a tocar a la señorita elegante. De todos modos, ya no tenía sentido.

Aunque tal vez se pudiera salvar la vida a la señorita Rose. Penelope se estremeció al cruzar la mirada con Mary. Las dos estaban perdidas.

Cuando más tarde avanzaban traqueteando en el carro apestoso del alguacil por el Londres nocturno, con las manos esposadas a los tablones y tiritando del frío porque ni siquiera les habían permitido coger los abrigos, su madre no habló. Ella también callaba mientras los golfos les arrojaban piedras y los borrachos golpeaban con el bastón contra el carro y se burlaban de la yegua de tres patas que se mearía en su cabeza.

—¿Adónde vamos? —susurró Penelope. Ya no soportaba el silencio de Mary.

—A Newgate. —Fue la lacónica respuesta.

Todo el mundo conocía Newgate. Esa palabra bastó para que a Penelope se le acelerara el corazón. Mary estaba sentada junto a ella, inmóvil, su sombra se deslizaba por las paredes de las casas. Ni siquiera se movió cuando el carro se detuvo delante de la lúgubre prisión, que se erguía en silencio en el cielo nocturno.

El aborto estaba prohibido, además de penalizado con la muerte, tal y como les explicó el juez Smythe. Llevaba la peluca torcida, tal vez porque no utilizaba espejo o porque no estaba del todo sobrio. En aquella mugrienta sala se imponía un olor intenso a cerveza. También olía fatal en la sala en la que tendrían que esperar el juicio durante unos días interminables, en un banco duro, con una puerta cerrada delante que solo parecía abrirse cuando entraba un nuevo acusado o repartían la comida. Casi nadie osaba hablar, el miedo impregnaba hasta la conversación más insignificante, así que en realidad era un alivio ir al juicio.

—... ¡juzgado según la ley de *lord* Ellenborough! —rugió el juez Smythe, que sacó a Penelope de sus pensamientos—. 43... punto 58... sorprendido en plena actuación...

Alguien gritó fuera. Dos alguaciles entraron en la sala llevando a un irlandés que se resistía con fuerza, por lo que uno de los esbirros le azotó con el palo...

—Aún no he terminado —gruñó el juez Smythe, al tiempo que se colocaba la peluca al otro lado—. Por dónde íbamos... *lord* Ellenborough, eh... punto... eh... la horca. Exacto. Mary MacFadden, has sido sorprendida practicando un aborto a la venerable señorita Rose Winfield. La respetable señorita estaba ensangrentada cuando te detuvieron. Es repugnante. —Se colocó las gafas en la frente y se volvió hacia el secretario—. Por supuesto, no escriba lo de repugnante. —El juez Smythe se rascó la oreja y la peluca se tambaleó—. Has practicado un aborto, mujer. Un hecho deplorable. —Calló como si esperara una reacción de la acusada, pero Mary seguía con la cabeza gacha y en silencio—. ¿Te gustaría saber si la señorita sigue viva? —preguntó.

Mary levantó la cabeza y asintió.

—Merecerías morir en la ignorancia, mujer —continuó el juez—. Pero no quiero que sea así. La señorita ha sobrevivido, de milagro. Sí, un milagro, y tanto. Escríbalo. ¡No, no lo escriba! —Sacudió enfadado el brazo del secretario, que logró salvar por los pelos el tintero—. Sobrevivió a ese acto atroz, mujer, pero le has arruinado la vida. Por eso te condeno a muerte en la horca, sí, que Dios se apiade de ti. No creo que quiera provocar otro milagro. —Smythe guiñaba los ojos por encima de la montura torcida de las gafas—. ¡Dios mío, mujer, has sido una irresponsable! ¿Por qué no te buscas un trabajo honrado si no encuentras a un hombre que se ocupe de ti? ¡Qué insensatez, qué derroche! —La observaba sacudiendo la cabeza, y una peculiar tristeza se reflejaba en su mirada—. Y ahora tengo que condenarte a muerte... ¿crees que me alegro?

—Pues claro que te alegras. —Resonó una voz que rezumaba odio desde un lado. El irlandés sonreía. Cuando el palo del alguacil le dio en la espalda soltó un grito.

El juez Smythe dio un golpe con la mano abierta en los folios jurídicos.

—¡Cierra esa maldita boca, pelirrojo, y espera tu turno! —bramó, y luego hizo una mueca.

El irlandés soltó una maldición y clavó los dientes en la pierna del vigilante. Recibió otro golpe. Cayó al suelo y ya no se movió...

El juez Smythe continuó con su trabajo, al fin y al cabo había varios acusados que esperaban su sentencia. Pronto le tocaría también al irlandés. Penelope no podía apartar la mirada del cogote ensangrentado del hombre. ¿Respiraba o el vigilante le había dado el golpe de gracia? Se compadecía de él, a pesar de no conocerlo y no tener vínculo alguno más que el hecho de que todas las puertas de aquel edificio llevaban al patíbulo.

El juez Smythe había tratado el caso de Penelope sin que ella le escuchara con atención, y anunció su sentencia.

—... te sentencio, Penelope MacFadden, por ser cómplice de ese infame aborto, a la muerte en la horca. —Se detuvo y levantó la mirada de los folios—. Dios mío, tan joven y guapa. Y ya está perdida.

La peluca se bamboleaba de lado a lado en la cabeza. Muerte en la horca. Sentía como si una mano helada la agarrara del pecho. Se quedó con la mirada perdida al frente. Muerte. A su lado, Mary soltó un gemido. Luego la madre se bajó del banco y cayó de rodillas.

—¡Tenga compasión de ella, tenga compasión, venerable caballero, tenga misericordia, salve a mi hija! —suplicó.

—¿Quieres misericordia? —El juez apoyó los codos en la mesa. Estuvo a punto de caérsele la peluca de la cabeza, pero enseguida la empujó hacia atrás—. ¿Eras tú compasiva con esas mujeres?

—No le estoy suplicando por mí. Muestre compasión con mi hija, se lo ruego. —Mary bajó el tono de voz, que se volvió suplicante.

El juez se sujetó la peluca por los dos extremos encima de las orejas. De nuevo se oyó un grito desde el pasillo. Miró a Penelope con el ceño fruncido. Cuando ella se atrevió a levantar la mirada creyó vislumbrar compasión en su rostro.

—Algo me dice que sois buenas mujeres. —Esbozó una débil sonrisa—. Sí, seríais buenas mujeres si os llevaran por el buen camino. Tal vez sea una lástima que acabéis en la horca. Además, a fin de cuentas la mujer sigue con vida. La señorita, es decir, la víctima, tu... —Se volvió hacia el escritorio—. Voy a cambiar mi sentencia a la deportación: catorce años para ti, Mary MacFadden, y catorce para ti, niña. Espero que ahí abajo reflexionéis sobre vuestros pecados y hagáis algo decente con vuestras vidas. —Aguzó la mirada—. Dios mío, mi hija tiene la misma edad que tú... —murmuró. Luego el martillo golpeó en la mesa y acabó con todo rastro de compasión—. ¡En nombre de la ley, siguiente! ¡Fuera vosotras!

Penelope dio un paso.

—¡Vamos, moveos, mujeres! —soltó el ujier, que las empujaba cuando le parecía que iban demasiado lentas. Cuando Mary se cayó la levantó con tal brusquedad que se le rompió el vestido en la espalda. No pronunciaron ni una palabra de queja.

—¿Qué significa «deportación»?

¿Cuántas veces surgía esa pregunta en las charlas de las demás presas? Nadie parecía escucharla. Había veinte mujeres en aquella estrecha sala, cada una tenía su estera de fieltro colgada de un gancho en la pared, lo que le daba cierto aspecto de orden al espacio. Penelope y Mary tenían que desplegar sus esteras debajo de la mesa porque ya no quedaba sitio junto a las paredes. La paja resbaladiza y marrón que cubría el suelo de la celda apestaba debajo de la mesa a restos de comida podrida. Además, subía un olor asqueroso desde el cubo de los excrementos. Cuando estaba lleno, las mujeres orinaban en la paja. Penelope metió la nariz en la manga y se imaginó una ráfaga del olor acogedor de la casa número 28.

La vigilante se ocupaba de que nadie durmiera más de lo permitido y que cada reclusa tuviera recogidas sus pertenencias: la manta, la cuchara y el cuenco para la sopa de pan aguada que preparaban las mujeres tres veces al día en una olla sobre el fuego. El reparto de la sopa siempre era motivo de disputa por los escasos pedazos de carne. Lo hacía Sibylla, que solo era una presa, pero que debía de haberse ganado el puesto. Su palabra era decisiva en la celda.

Nadie hablaba con las dos mujeres nuevas. Penelope y Mary solo eran observadas por prostitutas, ladronas y dos viejas que recogían excrementos de perro cuyos harapos revelaban su miserable y apestoso oficio. Con los excrementos que ellas recogían los curtidores adobaban la piel. Además había en cuclillas criadas que habían robado ropa y una comerciante estafadora. A todas les esperaba la horca.

Por lo visto todas y cada una sabían por qué Penelope y Mary estaban ahí. Mary creía percibir el asco que sentían esas mujeres hacia su oficio. Sin embargo, ninguna dudaría en acudir a una mujer como ella en caso de necesidad, pensó con amargura. Penelope, por su parte, no cedía ni un milímetro, lo que la ponía de los nervios en aquella sala abarrotada. Lo único que hacía su hija era pasarse el día entero cepillándose el pelo, como si esperara a un príncipe. Mary cada vez estaba más furiosa. ¿De verdad esa niña era tan tonta que no sabía hacia dónde las llevaba a las dos su insensatez? ¿Tenía que hacer preguntas todo el tiempo como una niña pequeña? Mary estaba tan furiosa que apenas pronunciaba palabra, y sabía que las demás percibían su silencio como una amenaza.

—¿Es que se ha vuelto loca? —preguntó una mañana la recolectora de excrementos, que se acercó de rodillas a la estera de Penelope.

Mary levantó la cabeza.

—¿Qué significa «deportación»? —preguntó de repente la hija en voz baja.

—¿No lo sabes? —La vieja se rio con malicia—. Pero si lo saben hasta los pilluelos de la calle.

Penelope torció el gesto y Mary pensó que iba a dar una respuesta estúpida.

—Me dedico a hacer encaje —repuso—, no soy una pilla de la calle. Mi patrona vive en Belgravia. No sé esas cosas, vieja.

La vieja se dio un golpe en el muslo delgado y retorció todo el cuerpo flaco de la risa.

—Belgravia... ¡ya nunca volveré! —exclamó entre carcajadas.

Las mujeres se dieron la vuelta. Su curiosidad avanzó por la paja resbaladiza. Mary no pudo contenerse más: Penelope estaba a punto de mencionar el nombre de su señora. Fuera de sí, agarró del pelo a Penelope y la arrastró con tanta fuerza hacia sí que su hija cayó en el charco que había junto al cubo del orín.

—¡Cierra ahora mismo esa boca de chismosa! —le dijo entre dientes al oído—. Ni una palabra más, ¿me oyes? ¡Maldita costurera! ¡Aprende de una vez a callarte!

Penelope se quedó amedrentada en cuclillas junto al cubo, incluso cuando la gruesa comerciante se dejó caer sobre él y lo hizo sonar con sus flatulencias. Por la mañana habían metido a dos mujeres más en la celda, así que ahora estaban tan apretadas que incluso la vigilante protestaba, pero el empleado de la prisión se limitó a reír...

Mientras estaban en el patio al mediodía, Penelope se separó de su madre por primera vez desde que estaba en Newgate. Mary seguía callada, como siempre, ni siquiera levantaba la mirada al caminar. Sin embargo, la acompañaba su rabia, que parecía vigilarla para que no hablara y despertara la envidia y el odio en el resto de las mujeres. Penelope se propuso mantener la boca cerrada. El sol brillaba en el patio. Estiró el cuello hacia él y disfrutó del calor en la piel...

—¿Hace mucho que estás aquí? —susurró alguien a su lado.

Penelope se dio la vuelta con desgana. Una chica joven de la edad de la señorita Rose se había colocado en cuclillas a su lado. El vestido estaba hecho jirones, que llevaba atados sobre los hombros huesudos. Tenía la piel pálida llena de abscesos y picaduras de pulgas que se había rascado. Tenía placas de porquería incrustadas en la espalda, en el omoplato derecho. Tal vez no tenía flexibilidad suficiente para quitárselas. Colocó los pies en el banco y se volvió hacia Penelope, de modo que ya no se le veía la asquerosa espalda.

—Mucho tiempo —repuso Penelope. Sí... ¿cuánto llevaba ahí? Al principio intentaba contar los días. Luego perdió la cuenta y ya dejó de hacerlo. Ya no tenía sentido.

La joven sonrió.

—Seguro que tú llevas más tiempo aquí. No me acuerdo de tu llegada. —Entonces le tendió la mano, una mano delgada y fina de costurera—. Me llamo Caroline. Me quieren ahorcar por mis hurtos. He robado perlas. Las perlas son lágrimas, las mujeres viejas tenían razón. Las robas y ellas lloran por ti, y eres tonta si no te das cuenta. Hace ya tres años que espero la horca, a lo mejor nunca ocurrirá nada. Las perlas han llorado en vano. —Su risa sonaba histérica.

—¿Qué significa «deportación»? —Penelope sintió un escalofrío porque no había notado ningún tipo de interés en el rostro de la mujer, ni el más mínimo. ¿Así quedaba una en Newgate?

Caroline se pasó la mano sucia por la cara.

—¿Deportación? ¿A Botany Bay? —Puso el semblante serio—. ¿Es que no sabes dónde está?

Penelope sacudió la cabeza. ¿Había oído hablar alguna vez de Botany Bay? En prisión los recuerdos se iban desvaneciendo hasta transformarse en enmarañados ovillos de pensamientos que no se podían desenredar porque no encontrabas el extremo del hilo, que era lo peor que le podía pasar a una costurera. Sí, tal vez ya había oído ese nombre.

—Os llevarán en barco a Nueva Gales del Sur. Estaréis medio año navegando por el mundo, y allí, en Nueva Gales del Sur, han construido una cárcel nueva. Es al aire libre, y hace tanto calor que se te derrite el cerebro con el sol. Tal vez es mejor que tener que ahogarse aquí con la lluvia inglesa. —Guiñó el ojo un momento, luego volvió a ponerse seria—. En Nueva Gales del Sur no hay un Londres, ni rey, ni Kensington Park, ni gente elegante. Allí solo hay delincuentes, además de irlandeses. —Pronunció la última palabra con el máximo desprecio posible. ¡Irlandeses! Se decía que Dios los había creado para fastidiar a Londres. Todo lo malo era culpa de los irlandeses, la viruela, los piojos, incluso la sífilis.

—¿Y qué hacen ahí? En... Botany... —susurró Penelope.

Caroline dejó al descubierto unos relucientes dientes blancos.

—Trabajar, supongo. Hasta que te sangra el trasero. Una vez conocí a uno que había sobrevivido, incluso pudo volver. «Sé valiente y cierra la boca», decía siempre. «Con la boca cerrada duele menos», decía. ¿Qué más decía? Ya no lo sé, hace ya tiempo. —Se mordisqueó los pulgares, que ya tenían heridas alrededor de la uña—. También decía: «Haces lo que te dicen y ellos hacen lo que quieren.»

—¿Te habló de esclavos? —preguntó Penelope con cautela—. ¿Como en las colonias del algodón?

—Parece que no, por lo visto quieren progresar. «Hay que hacer lo que quieren», decía. Sí. Eso decía. —Caroline se quedó con la mirada perdida al frente y luego se dio la vuelta como si ya hubiera hablado suficiente.

La última vez que Penelope vio a Caroline fue un domingo en la capilla de Newgate. Estaba ahí sentada con cuatro hombres en el banco pintado de negro que estaba reservado para los condenados a muerte, oyendo la misa por su alma. Parecía pequeña y delgada junto a aquellos tipos, dos asesinos y un salvaje. La espalda sobresalía claramente porque tenía la cabeza gacha y las manos entre las piernas, como si quisiera darse calor por última vez mientras sonaba el *Kyrie eleison*. A su lado había un ataúd abierto. Era demasiado grande para ella, y estaba lleno de arañazos de trasladarlo por la capilla. Aquel ataúd no salía nunca de allí, pues su destino no era la tierra. El lecho de muerte de los ahorcados era una fosa común en las afueras de la ciudad.

3

*La Oscuridad no necesitaba
de su ayuda.
Ella era el universo.*

LORD BYRON,
Oscuridad

El banco de niebla se cernía como un grueso manto gris sobre los barcos y los espectadores tenían la sensación de que se había tragado los mástiles y velas. La larga fila de barcos amarrados unos a otros, inservibles para navegar sin mástiles ni velas, parecía haber sido ensartada por el diablo como perlas que formaran una lúgubre cadena. Además la niebla pendía sobre el agua de Portsmouth...
    Penelope se pasó los primeros días vomitando casi sin parar.
    —Acostúmbrate, jamás volverás a pisar tierra firme —le dijo el carretero, que hacía pasar a las mujeres por el tablón que llevaba al barco con un palo, cuando Penelope pasó por el lado tambaleándose, exhausta y congelada tras el largo trayecto bajo la lluvia y la tormenta en un carro de tiro.
    El cochero solo se paró para cambiar los caballos, los enganchó deprisa, hizo sus necesidades en un árbol y siguió adelante. Tenía que estar por la tarde en Portsmouth, así que ni siquiera tenía tiempo para tomar un vaso de ginebra en la taberna.

—Vaya un trabajo miserable tienes —le dijo el mozo de los caballos—. Si por lo menos pudieras fornicar con las mujeres... pero para eso hay demasiadas en el carro.

El cochero se limitó a maldecir y azotar con el látigo a los caballos porque volvía a llover, más de lo que nunca había llovido en un maldito traslado de mujeres como ese.

Nadie les había dicho a las mujeres adónde les llevaba el viaje desde Londres cuando las ataron muy juntas con cuerdas a los puntales de madera del carro. Más tarde una susurró «Portsmouth». Nadie tenía ni idea de cómo se había enterado. Una de las mujeres profirió un grito, pero el carretero le dio una bofetada y se quedó callada durante el resto del viaje.

Mary se ocupó de tener el lecho al lado de su hija. En el rincón bajo cubierta que les habían asignado el suelo apestaba a los vómitos de Penelope, que no podía limpiar porque no tenía trapos ni agua. El único cubo que había en aquel minúsculo espacio, donde la mayoría de las mujeres solo podían moverse agachadas, rebosaba excrementos. Una ráfaga de viento hizo que el barco se balanceara y el cubo se volcó. Las cadenas relucientes y la paja vieja y aplastada junto al cubo eran señal de que poco antes había alguien ahí. Ahora el lugar estaba vacío.

Penelope sintió que era como un milagro al ver una cara conocida en el barco: Jenny, la vieja recolectora de excrementos de Newgate, se le acercó desde un rincón oscuro. Su sonrisa le sentó bien, pues allí nadie sonreía.

—¿Cómo... cómo has llegado hasta aquí? —Penelope estaba perpleja, y sintió un escalofrío cuando se le cruzó un pensamiento sombrío: ¿por qué Caroline tuvo que morir y esa anciana seguía con vida?

—Me han indultado. —La vieja sonrió—. Indulto real, lo llaman, cuando les sale demasiado caro ponerte la soga al cuello y prefieren enviarte a la muerte en un barco. Niña, pronto echarás de menos la horca.

Mary sacudió la cabeza al ver que Penelope en cierto modo huyó de las palabras de la vieja, cruzó por el tablón al otro lado para no oírla y enseguida la hicieron retroceder. Reprimió la sensación de lástima: Penelope tenía que aprender cuál era su lugar si quería sobrevivir allí. Mary había encontrado su sitio, como tantas otras veces en su vida: guardaba un silencio obstinado y disfrutaba del espacio que le proporcionaba, pues las mujeres poco a poco empezaron a tenerle miedo, como en Newgate... Penelope tendría que encontrar su sitio allí, el viaje a lo desconocido acababa de empezar.

El miedo era letal, eso lo sabía Mary. Pero la dureza, a su vez, mataba el miedo. Ella prefería estar preparada. La cháchara de las mujeres le ponía de los nervios. Se comentaba hasta el último detalle, cada incidente, cualquier menudencia que diferenciara un día de otro: si había llovido más que el día anterior o si había más habas para comer que una semana antes. A algunas les provocaban flatulencias, otras llenaban los cubos de heces. Parloteaban sobre las calles donde vivían, y de los hombres a los que habían amado. Algunas mujeres lloraban por ellos, otras por sus hijos. Esas lágrimas eran las peores, ni siquiera la ginebra que daban a las mujeres cada varios días conseguía secarlas.

Penelope se acostumbró a beberse rápidamente la ginebra. Le gustaba el estado de embriaguez que enseguida se apoderaba de ella, y durante un rato flotaba en un lugar de ensueño sin pensar.

—Acéptalo tal como es —le dijo Jenny con una sonrisa—. Cuando una está borracha todo se olvida un momento, lo demás son cosas de malditos ricos.

Llamaban «cosas de malditos ricos» a aquello que parecía pequeño y distinguido. Un día hubo panecillos, los había donado una dama elegante a las reclusas porque estaban en Adviento.

—¡Adviento! —exclamó Penelope. Miró los panecillos, confusa.

—¿Lo quieres o no? —preguntó Jenny con la boca llena—. Con esas malditas cosas de ricos uno no se llena. —Como Penelope seguía sacudiendo la cabeza consternada, Jenny le cogió el panecillo de la mano sin más y se lo metió en la boca.

El tipo no dejaba de mirarla. Penelope volvió a ver el tupé pelirrojo. Lo pasaba mal con el aire enrarecido bajo cubierta, y se le había debilitado la vista. A veces le dolían los ojos de tanto forzarlos, y no conseguía ver con mayor nitidez el mundo que la rodeaba. Había visto al chico una vez de cerca, en una de las raras ocasiones en que no separaban a mujeres y hombres. Algo había ido mal durante el reparto de la comida y solo había un cubo para todos los presos. Penelope estaba muy cerca de él, y pudo ver que tenía los ojos verdes.

—Es irlandés —susurró una de las mujeres—, un maldito irlandés. ¡Aléjate de él, niña!

Él la miró de nuevo con ojos hambrientos, pero no de pan. Penelope se estremeció. Nunca la había mirado así un hombre, con tanto deseo, el mismo que vio en los ojos de la señorita Rose cuando compartía el sofá con el señor Chester. El ansia del irlandés era aún más descarada. Era el único hombre que la miraba siempre que ella se daba la vuelta. Se sorprendió mirándolo cada vez más a menudo.

Era lo último que veía por la noche antes de que la hicieran subir por la escalera hacia la oscuridad, donde siempre se resbalaba delante de la escotilla. La mirada del chico la perseguía hasta que volvía a ponerse en pie... y era el primero al que se encontraba por la mañana cuando el vigilante volvía a hacerle bajar por la maldita escalera mientras la maldecía por su lentitud y torpeza, siempre la última... El irlandés y su mirada de deseo, eso veía ella al caer sobre los duros cabos cuando el vigilante le daba una patada o la lanzaba contra la pared de su camarote porque había tropezado después de que Carrie Farlowe le pusiera la zancadilla. Veía al irlandés después de comer, no era de los hombres que iban a remo a tierra por la mañana para quitar con la pala la arena del puerto o construir andamios. Tal vez había pagado dinero para poder quedarse a bordo.

El viento trajo una brisa salada. Penelope cerró los ojos e inspiró el olor. Cualquier cosa era mejor que la peste a orín de la cubierta inferior, que se aferraba a la mente como un casco pegajoso y la agotaba.

—¿Botany Bay? —murmuraron tras ella. Ella se dio media vuelta y se encontró de frente con el irlandés—. ¿Vas a Botany Bay?

Un lugar al otro lado del mundo. Hacía tiempo que Penelope no pensaba en ese sitio, solo existían el barco y la niebla... Se esforzó en pensar, pues cuanto más tiempo pasaba allí, más le costaba.

—Yo... sí, creo que sí.

—¡Cásate conmigo! —Le brillaron los ojos—. ¡Cásate conmigo! Y huyamos en cuanto tomemos tierra.

—¿Qué? —Penelope no podía creer lo que estaba oyendo y, sin realmente quererlo, le dio una bofetada con la mano delgada—. ¡Grosero!

El irlandés se tocó la mejilla como si hubiera sido el roce de una caricia. Había algo irresistible en su sonrisa que compensaba la insolencia.

—¡Cásate conmigo! ¿Cómo te llamas, niña?

—Penelope —susurró ella.

Él asintió.

—Yo me llamo Liam, soy de Dublín. Intenté prender fuego a la casa del obispo. Un incendio provocado, eso no les hace ninguna gracia. ¿Y tú? ¿Por qué estás aquí?

Penelope sacudió la cabeza. Liam esperó un momento y ella disfrutó de su mirada como si fuera un breve baño de sol.

—Penélope —repitió él—. Así se llamaba la mujer de la *Odisea*. ¿Conoces la historia? —Sonrió—. Esperó durante diez años a su esposo. Penélope era la mejor esposa del mundo.

Penelope se atrevió a mirarle a los ojos. Estaba tan cerca de ella que veía hasta el último detalle, los matices cromáticos, las pequeñas púas en el borde del iris, las pestañas claras y la extensa sombra oscura que el hambre dibujaba en el rostro de las personas. El irlandés tenía el rostro plagado de pecas claras, en los buenos tiempos debía de haber sido un hombre guapo.

—Penny tiene un admirador —decían las mujeres que les habían estado observando mientras comían, y se reían entre dientes. Le agarraban el pelo desgreñado para recogérselo como si fuera una dama elegante—. ¡Penny tiene un galán!

Mary observaba con cara de pocos amigos el rubor en las mejillas de su hija. Así empezaba, siempre era igual. Luego llegaba ese ardor en el pecho y surgía el deseo de un encuentro físico. Mary sabía muy bien lo que era consumirse de deseo por un hombre. Su hija estaba muy guapa con su cabello rubio oscuro y el rostro delgado en forma de corazón. Estaba en la edad en que las chicas aún no sabían nada de su belleza, cuando los pechos aún no habían alcanzado la forma definitiva pero ya sonreían con descaro a un hombre. Mary nunca había hablado claro con Penelope de su físico, pues de todos modos el pecado entraría pronto en su vida.

Ella también se había percatado de las miradas entre Penelope y ese maldito irlandés, y empezaba a preocuparse.

En el barco nada pasaba desapercibido. Las paredes tenían ojos, parecía que hasta los tornillos de los tablones escuchaban cuando dos personas conversaban. Nunca había soledad, ni cuando dormían ni al comer ni al defecar. Siempre había miradas, curiosidad, cháchara tontas. El aburrimiento hacía que a los demás se les ocurrieran ideas descabelladas y canalladas que a los vigilantes les importaban poco mientras no supusieran una molestia para ellos.

Así, los presos se miraban unos a otros porque no podían contemplar los bancos de niebla que separaban el barco del mundo exterior. En la siguiente ocasión, Liam le llevó algo. A Penelope le habían asignado rascar la capa de la borda que el viento y el agua marina habían desgastado. El cepillo que le había dado Mike, el vigilante de las mujeres, apenas tenía cerdas, y Penelope sabía que al final del día habría discusiones por no haber cumplido con suficiente corrección la tarea que le habían encargado. Probablemente por ese enfado se quedaría sin comida. Intentó rascar la capa con las uñas, desesperada, pero dejó caer los brazos con resignación al ver que era demasiado gruesa.

—Esas no son manos para semejante tarea.

Tenía delante de las narices el regalo del irlandés, deforme y gris: un mendrugo de pan.

—Para ti —anunció Liam, con el silbido del viento de fondo. ¿Acaso pensaba que se iría a dormir sin comer?

El pan que le ofrecía estaba enmohecido, pero el hambre le había enseñado que el asco no saciaba. Ahora devoraba todo lo que le ofrecían tal y como se lo dieran. Aun así, tuvo sus dudas. Por el ansia en la mirada del chico sabía que aquel pan tenía un precio.

—¿Es que no lo quieres? —preguntó él, atónito.

—Claro que sí —se apresuró a contestar ella, y agarró el pan. Se metió dos grandes bocados en la boca y el resto lo guardó en el escote roto del vestido.

Liam siguió con la mirada sus manos, se detuvo en los pechos medio desnudos, pero parecía contento por otra cosa. Tal vez que hubiera aceptado el pan. En todo caso, sonreía. Luego Mike le dio con el palo en la espalda. Liam gritó del susto y cayó encima de ella, y por un instante fugaz sus rostros estuvieron muy cerca, mientras él se agarraba a la barandilla para no aplastarla...

—Cásate conmigo, niña —soltó—. Cásate conmigo... —El golpe debía de dolerle, pero consiguió rozarle la mejilla con los labios antes de que Mike lo sacara a rastras soltando improperios para hacerle saber en un rincón escondido que estaba estrictamente prohibido tener contacto con las mujeres.

Las demás lo habían visto todo.

—¿Le ha dado tiempo de darte lo tuyo? —preguntó Carrie Farlowe, que dejó al descubierto sus preciosos dientes de ratón al reír—. ¿Habéis tenido tiempo suficiente? Se puede hacer muy rápido...

—No va a estar esperándote, niña. —La vieja Jenny también sonreía—. La próxima vez tienes que servirte.

—Seguro que la tiene grande. —Carrie se echó a reír—. Tienes que fijarte bien.

—Tiene razón, Penny, quién sabe cuándo volverá a acercarse un hombre. Aquí las chicas no se ponen más guapas, precisamente. —Thelma, que antes trabajaba en una tintorería, siempre era muy directa.

Penelope se quedó callada. Solo sabía cómo se llamaba el irlandés. Casarse... ¿cómo podía casarse con un hombre así? ¿Acaso unas miradas lujuriosas eran motivo suficiente para casarse? Su mirada la perseguía todo el día con ese aire sombrío hasta su lecho bajo cubierta, donde Penelope se sumía en una inquieta duermevela de la que siempre despertaba con un sobresalto desde que la habían metido en aquel bote de la desesperanza. Los pensamientos sobre el irlandés ocupaban el lugar reservado para su padre, aquel hombre que solo existía en su mente... sus sueños se volvieron más intensos, cada vez más físicos, y por la mañana despertaba bañada en sudor bajo la cubierta. Mary la escudriñaba con la mirada y le tocaba la frente.

—Tu hija no tiene fiebre. —Se reía Jenny—. Como mucho tiene la fiebre de una perra en celo. —Carrie y Thelma se retorcían de la risa tras ella—. Se le pasará en cuanto alguno se le meta entre las piernas...

Mary miró a una y a otra, despacio. Los comentarios pararon, pues temían demasiado el poder de la partera. Pellizcó a su hija en la mejilla hasta que Penelope hizo un gesto de dolor con los dientes.

—Ten... cuidado —gruñó.

El transporte de reclusos a las colonias solo salía de los puertos ingleses en tierras costeras dos veces al año, así que para algunos presos el tiempo de espera de una plaza se prolongaba durante años. No tenían derecho a reclamarla, pues ante la ley inglesa los proscritos estaban muertos.

A veces recibían visitas en los barcos. No todos los presos eran almas olvidadas, muchos tenían mujer e hijos en tierra, y Penelope oyó historias de esposas que hacían todo lo posible para ser deportadas a Botany Bay con sus maridos. Aquella tarde subió a bordo una de ellas. Se tiró a los brazos de su marido delante de todos y le limpió a besos las lágrimas que le corrían por el rostro. Luego, como todas las tardes, se lo llevaron a empujones bajo cubierta, pero se llevó un brillo de felicidad a la penumbra. Penelope envidiaba aquel soplo de felicidad.

—¡Penelope MacFadden! —rugió uno de los vigilantes—. ¡Tienes visita!

Las mujeres la miraron y empezaron a cuchichear. Les daban la comida después de los hombres, así que estaban haciendo una larga cola bajo la lluvia mientras el cocinero se quedaba mirando en vez de repartirla. ¡Una visita! Penelope puso los brazos en jarras en las estrechas caderas y avanzó, vacilante.

—Tienes visita —repitió el vigilante, que la empujó hacia la cámara de oficiales, donde unos caballeros vestidos con mucha elegancia rodeaban a una dama.

Penelope contuvo la respiración. Debajo de una sencilla capa de lana negra reconoció el rostro redondo de la señorita Rose. A diferencia de antes, estaba enmarcado en tela blanca...

—Cielo santo —susurró la señorita, que se abrió paso entre los caballeros—. Cielo santo, niña...

Repasó con una mirada confusa el pelo enmarañado y los hombros semidesnudos con heridas de picaduras de pulgas hasta llegar a los harapos que cubrían su cuerpo demacrado. Penelope llevaba el mismo vestido de aquella noche.

—Yo... cielo santo, niña... —La señorita hizo una mueca con su precioso rostro.

Penelope se quedó quieta sin decir nada, mientras le venían a la memoria las imágenes de aquella funesta noche, nítidas e imborrables. La sangre, los gritos y los injustos reproches después de que Rose hubiera solicitado ese servicio prohibido.

Penelope consideraba que la señorita no tenía derecho a presentarse allí y fingir consternación, y eso le dio fuerzas para erguirse y mirar a los ojos a su visita.

—Te he... traído algo, niña —tartamudeó la señorita, insegura—. Pero no sé si aquí... es decir... si aquí... si tú... si tal vez...

Hurgó en su bolso. Penelope sintió las miradas de curiosidad de las demás mujeres. Percibía su codicia y las ganas de arrebatarle algo antes siquiera de que lo tuviera en las manos. Se irguió un poco más, en realidad era más alta que la señorita Rose.

—No necesito nada —dijo—. Aquí no necesito nada.
—Aquellas palabras le sentaron bien—. No quiero nada de usted, señora.

—Te he traído algo, niña. —La señorita había recuperado la compostura—. Como ves, llevo velo y me he puesto al servicio de Cristo. He renunciado a todos y a todas mis posesiones, he dado mis vestidos y encajes. Pero quiero que sepas que nunca había tenido una prenda tan perfecta como tu chal. Quédatelo como agradecimiento.

Con un gesto displicente propio de Belgravia, la señorita le puso a Penelope en la mano un pequeño fardo. Hizo un breve movimiento con la cabeza y se fue apresuradamente. La misericordia tenía sus límites incluso para una novia de Cristo.

Penelope la siguió con la mirada en silencio. La señorita le había dado el chal.

Las flores de melocotón brillaron en su mente: su indescriptible aroma, y las delicadas imágenes de color rosa en las que se impregnaba el olor y se hacía tangible. La época de las flores de melocotón, rebosante de olorosa limpieza y despreocupación, un sueño de aromas y felicidad...

Fin.

Agarrándose a la borda con las dos manos, Penelope se juró que, fuera cual fuera el destino de aquel maldito barco, jamás haría encaje para otros.

Mary vio cómo las manos de su hija se deslizaban de la borda. Por un momento se sintió orgullosa de la serenidad con la que la chica había despachado a la señorita. Penelope no era una blandengue, un ser miserable que se dejara vapulear como un esclavo del algodón... ¡le había hecho frente a la dama! Las mujeres se acercaron intrigadas por lo que le había querido llevar la visita. Todo tenía un valor en el bote de la desesperación; el robo y el comercio prosperaban allí igual que en su antigua vida en Londres. Mary olió el peligro. Antes de que llegaran las primeras le arrebató el paquete de las manos. No habría ningún lugar en el barco donde pudiera abrirlo sin que la vieran, y de todos modos no tenía fuerzas para defenderla de aquellas mujeres codiciosas.

A Mary MacFadden nadie le quitaba nada, las mujeres temían demasiado su silencio. Con ella el paquete estaba a salvo de las manos largas. Penelope no se resistió, miraba en silencio la embarcación que se llevaba a la señora a tierra, y Mary no logró adivinar qué estaba pensando.

La tormenta rugía ya desde la mañana. Alguien había dicho que no era de extrañar porque ya se acercaba la Navidad. ¿Navidad? Estaban en plena discusión sobre si hacía ya tiempo que estaban en enero, dos mujeres habían iniciado una pelea y las habían separado con un látigo. Penelope también había recibido un golpe por no ser capaz de huir a tiempo. Su vestido andrajoso se abrió del todo en la espalda. Sintió que el aire gélido le mordía la piel, y las gotas de lluvia caían del cielo cada vez más densas. Desde el mediodía no sentía los pies. El frío le paralizaba las extremidades, pero las mujeres tenían que hacer su trabajo en cubierta hiciera el tiempo que hiciera. Si una moría, como había ocurrido dos días antes con Elsie Coburn tras un ataque de tos con sangre, arrojaban el cadáver al bote de remos y lo llevaban a la orilla, donde lo enterraban.

—¿Tienes frío? —susurró alguien en la penumbra. Penelope se estremeció y encogió las piernas hacia el cuerpo. Sin embargo, no consiguió meterse entre las maderas de las que intentaba rascar la caliza desde primera hora de la mañana. A Mike, el vigilante, le divertía hacerle rascar todos los días algo distinto—. ¿Tienes frío, niña?

¡El irlandés! Un escalofrío le recorrió la espalda. Hacía unos días que no lo veía, por mucho que lo buscara con la vista, incluso había llegado a pensar que se encontraba en el bote de los cadáveres junto a la difunta Elsie. Liam estaba tan cerca frente a ella que prefirió levantarse como pudo, dividida entre el miedo y el alivio porque estuviera vivo. Había soñado con él, lo vio claro en el momento en que dio un paso hacia ella. Había tenido sueños que sin duda no debía tener. El vestido desgarrado se le deslizó por el hombro. En un intento frustrado de tapárselo, aún se le resbaló más la tela.

—No, no tengo frío —murmuró, pero él ya la había agarrado por los hombros desnudos y la abrasaba con sus manos ardientes.

—Cásate conmigo... —Liam la apretó contra su cuerpo, posó la boca sobre su rostro y soltó de nuevo «cásate conmigo».

Penelope sintió que se le contraía el abdomen al sentir que aquello con lo que había soñado la noche anterior estaba duro entre sus piernas. El deseo tiene muchas caras, pero ella no conocía el impulso que se apoderaba de ella sin más.

En vez de apartar a Liam, se acercó a él. Sus bocas se encontraron y se fundieron durante un largo instante que no logró satisfacerla y no sirvió más que para acelerarlo todo... tal vez lo que hacían sus bocas se llamaba beso... No, había perdido la inocencia, estaba ante las puertas del infierno, y Liam tenía la llave. Deslizó la mano izquierda por la espalda dolorida y con la derecha le subió la falda, y cuando por un breve instante ella se resistió por miedo, supo convencerla con la lengua de que lo deseaba, en ese momento.

Cuando Liam la levantó, ella lo rodeó con las dos piernas. Lo buscó con sus manos inexpertas para que todo fuera más rápido. Él se bebió los jadeos de los labios de Penelope, luego los sofocó con su boca, exigió más, sujetó su cuerpo tembloroso contra él mientras con la mano preparaba el camino entre sus piernas. No tuvo que utilizar la fuerza cuando finalmente entró en su interior.

Penelope perdió el mundo de vista, se dejó llevar entre las cajas de amarras contra las que la había empujado él y fue muy fácil seguir las potentes caderas, que le proponían un ritmo rápido. Ella empujaba siguiendo las ondas de la lujuria, no sentía nada más: ni dolor ni frío ni aversión, incluso el miedo desapareció.

Cuando se separaron, se quedó tumbada sobre la caja, aturdida, sin oír el grito del vigilante ni los latigazos que destrozaban la piel de Liam.

—¿Es que nadie te ha dicho que está prohibido fornicar aquí? —preguntó Mike, que la levantó de un tirón de la caja—. En realidad a las prostitutas les cuesta unos golpes... —La sacudió del brazo y la obligó a ponerse en pie frente a él—. Pero tú me das pena, eres una mujer peculiar, maldita sea. Te lo ahorraré.

Penelope rompió a llorar cuando detectó algo parecido a la compasión en aquella mirada que solía ser implacable: era el primer llanto desde que vivía en aquel horrible lugar.

—Eh, niña —dijo Mike. Las sacudidas perdieron fuerza, y finalmente la sujetó con ambas manos en vez de hacerle daño—. ¿Por lo menos te ha fornicado bien? A veces solo ocurre una vez.

Pese a lo horrible que sonaba, la intención era buena. Mike le fue colocando los harapos hasta que el pecho al descubierto quedó tapado, y sus vergüenzas, ocultas. Ella se atrevió a mirarle a la cara y se limpió las lágrimas de los ojos. Vislumbró el contorno del rostro del vigilante, reconoció una barba rubia mal afeitada, unas arrugas profundas que parecían cinceladas en las mejillas y los ojos acuosos que la observaban. Su inesperada amabilidad estuvo a punto de hacerle perder la razón. Antes de que alguien pudiera hacer preguntas o reclamara un castigo, Mike la llevó hacia la escotilla y la obligó a bajar los escalones con menos brusquedad de la habitual. La cubierta de dormir estaba vacía, se oían los ruidos de las mujeres arriba con las cazuelas y las peleas por una ración de puchero.

—Quién sabe qué te ha traído hasta aquí, niña, pero no te lo merecías —rezongó Mike—. Deberían haberte ahorcado, así te ahorrarían el sufrimiento.

No le dio tiempo a reflexionar sobre aquella frase. Mike le enseñó con la linterna adónde la llevaba, y cuando las esposas

de acero que había junto al cubo de los excrementos se cerraron alrededor de las muñecas, el rostro del vigilante se mostraba tan imperturbable como siempre a la luz de la linterna. Las cadenas resonaron mientras él comprobaba dónde se sentaba la chica. Finalmente se incorporó todo lo que podía con su altura bajo cubierta y dijo:
—Ya está.
Luego se fue, como una sombra agazapada que no deja rastro.
Penelope sintió pánico. Se incorporó e intentó seguirle en un gesto absurdo, pues las cadenas estaban clavadas a la pared de madera. Primero tropezó con el cubo, luego con sus propios pies, cayó de rodillas y de nuevo se encontró en el apestoso charco mientras la linterna se alejaba balanceándose. Luego la escotilla se cerró y la oscuridad la estrechó entre sus brazos.
Penelope gritó como nunca antes en su vida. El grito atravesó su cuerpo e invadió la cubierta completamente a oscuras con su desesperación.
—¡Dejadme salir!

Ninguna de las mujeres habló con ella cuando las empujaron escalera abajo tras una eternidad. Parecía que todas supieran lo que había ocurrido. Las noticias volaban en el maldito barco de la desesperación. Se había dejado fornicar por un hombre, a plena luz del día y en la cubierta. Todo el mundo sabía que en el barco estaba prohibido y que eran inflexibles con el castigo. No había compasión. Si alguien necesitaba hacerlo, mejor no ser descubierto. Las mujeres pasaban en silencio por su lado, cada una hacia su lecho, y se oían algunos cuchicheos, aunque normalmente hablaban mucho más alto. Penelope era la más joven, y eso empeoraba las burlas. Tuvo la esperanza hasta el final de que alguien acudiera en su ayuda, pero los susurros se fueron extinguiendo y las primeras respiraciones profundas revelaron que estaban durmiendo. Ahora solo se oían los golpes de las olas contra el costado del barco.

Penelope tiró con fuerza de las cadenas. Sintió que la impotencia le ardía en la garganta: ¿de verdad nadie la veía? ¿Nadie la oía?

—Ayudadme —susurró, con la voz ronca de tanto gritar. Nadie acudió. Se hizo el silencio, y la noche se impuso en la cubierta inferior.

La impotencia atenazaba su cuerpo. Tiraba de ella en una lucha absurda contra las cadenas que paralizaban sus miembros y se agotó. En algún momento dejó caer la cabeza sin fuerzas en la paja. El recuerdo del irlandés y lo que habían hecho juntos en aquellos momentos la salvó de ceder ante la debilidad y simplemente dejar de respirar. Así encontró algo en lo que pensar en la oscuridad infinita. Huyó de las cadenas entrando mentalmente en un país de ensueño donde de nuevo encontraba a Liam: su boca, su lengua y el deseo, que había pasado de ser una flor rosada de aroma dulce a convertirse en una cascada espumosa. Ella había estado bajo esa cascada, se había fundido en uno con el delicioso líquido, y aquel recuerdo lograba aplacar un poco su desesperación...

Mary no sabía si debía despertarla. Tras oír los gritos y los llantos, se le rompió el corazón y finalmente se acercó a su hija. Tenía que despertarla, no había alternativa, y le dolía ver cómo intentaba, igual que un animal asustado, zafarse de ella para ponerse a salvo de más suplicios.

—Tranquila. —Mary estrechó entre sus brazos a su hija y la abrazó con toda la fuerza posible en aquel rincón. Sintió que Penelope se dejaba llevar por aquel abrazo que la mecía y sollozaba en silencio sobre su hombro desnudo. Las cadenas sonaron un poco. El tiempo se detuvo, luego retrocedió y le concedió cierto sosiego.

Cuando Penelope se hubo calmado, Mary habló en serio con ella por primera vez en mucho tiempo.

—Penny. —La última vez que la llamó así era una niña, y hacía tiempo que no lo era. Había llegado el momento de darle algo. Apartó un poco a su hija—. Penny, tengo que decirte algo. Tu padre... tu padre también estuvo en un barco como este. —Sintió que la chica levantaba la cabeza y volvía a la vida. Su plan funcionaba. Las ganas de saber sobre su padre mantendrían con vida a Penelope, había acertado al contarle la verdad en ese momento—. Fue juzgado por falsificador, Penny. Se lo llevaron encadenado a Nueva Gales del Sur. Le pusieron las mismas cadenas que a ti...

—¡Madre! —exclamó Penelope.

—Tu padre era un hombre fuerte y bueno. —Mary se alegraba de que la oscuridad ocultara sus lágrimas—. No lograron vencerle.

—Mi padre —susurró la chica con dificultad.

—Sobrevivió a este barco. —Mary se acercó un poco más y abrazó de nuevo a la niña—. Se llamaba Stephen Finch. Nos conocimos en el hospital. Las cadenas no pudieron con él, piénsalo cuando te aprieten demasiado...

—Sí —susurró Penelope—, sí, sí...

Su desconcierto era evidente, pero por suerte no hizo preguntas, así que Mary no le contó el resto de la historia. Ya era lo bastante duro soportarla. ¡Stephen! Era increíble el tiempo que pasó esperando noticias de él. Su hija llevaba el nombre de Penelope, la que espera, la esposa del héroe mitológico que aguardó su regreso durante veinte años. Stephen no volvió. Se enteró de su muerte cuando su hija tenía dos años. Había fallecido por el tifus en un campo de prisioneros en Sídney, según le habían comunicado a su familia. Aún sentía el dolor, pero Mary se lo sacudió de encima. No servía de nada.

—Penny, has tenido la valentía de romper las reglas, ahora tendrás fuerza suficiente para soportarlo todo. —Mary se levantó y se fue. Se sintió aliviada tras tantos años de silencio.

En algún momento aquellos hombres le volvieron a abrir las cadenas, y la vida en el barco continuó... Penelope no tenía ni idea de cuánto tiempo había estado encadenada bajo cubierta, pero tampoco importaba. Desde que se fue su madre tras su visita nocturna, había estado pasando de un sueño a otro, rodeada de historias que se confundían unas con otras: Liam, su padre, Liam...

Al final el tiempo que había pasado encadenada se fue borrando. Solo las cicatrices que le habían dejado las esposas en las muñecas le recordaban un contratiempo en su vida que había terminado en silencio y en el que procuraba no pensar. Sin embargo, conservaba como un preciado tesoro la información sobre su padre en un rincón de la memoria. Siempre había sabido que existía. Ahora tenía un nombre, y eso había cambiado algo. No volvió a ver al irlandés. Tal vez lo habían matado a golpes.

Las mujeres no hablaban de él. Trataban a Penelope de otra manera, de vez en cuando se burlaban de ella, pero no la molestaban porque Mary las vigilaba en silencio. Solo la vieja recolectora de excrementos miraba a Penelope con compasión.

—No era el hombre adecuado —dijo—. Tenía la mirada salvaje, niña.

Penelope asintió en silencio.

Jenny le acarició el hombro delgado y siguió hablando.

—Aún eres joven, ya verás que hay tipos que son mansos y, cuando llega el momento, pueden ser salvajes. Ya entenderás lo que te quiero decir.

—Entiendo lo que quieres decir. —Penelope sonrió—. Pero suena bien lo de ser salvaje, Jenny. ¿O acaso hay que querer tener a un tipo manso?

—Mientras no sea manso en la cama... —La vieja le guiñó el ojo y sus rasgos adquirieron un brillo de juventud—. Un día recibirás al hombre adecuado con un vestido elegante, niña. Con una puntilla de encaje en el cuello y una cofia delicada. Conocerás al hombre adecuado, niña.

—¿Cómo? —susurró Penelope.

Un rayo de esperanza se coló a través del pesado cansancio del día. ¿Un hombre adecuado para ella...? Sonaba demasiado bonito para ser verdad. Sacudió la cabeza. Estaban allí sentadas en el barco de la desesperanza, en caso de que llegara el hombre adecuado encontraría su rostro surcado por las horribles arrugas del hambre. ¿Y quién iba a fijarse en ella? Jenny reflexionó un momento. Luego esbozó una sonrisa con su rostro acongojado.

—Lo reconocerás porque te abrirá una puerta —dijo, ensimismada—. Tal vez también te dará la libertad. Ten los ojos bien abiertos, lo encontrarás.

Penelope vio mentalmente una puerta. Estaba bien cerrada, pero un día se abriría sola y los rayos de luz que en el barco solo intuían a través de las rendijas deslumbrarían a Penelope. Y alguien se plantaría delante de ella para protegerla...

Cuando llegaron los botes de remos y los obligaron a subir a fuerza de golpes y patadas no hubo lágrimas, ni gestos, ni un último saludo. Algunas se quedaron en cubierta sin saber por qué. A los convictos les negaban el derecho a saber cuál sería su destino. Los reclusos del barco habían sido sentenciados por la ley sin que les hubieran colgado en el patíbulo, su traslado era únicamente cuestión de tiempo. Algunos llevaban años esperando ese bote y anhelaban su llegada. Todos sabían que con el bote de remos empezaba una etapa nueva en su vida: el traslado a Botany Bay.

—Thelma dice que podríamos morir —susurró Penelope—. Dice que nos ahogaremos todos.

—El barco de la desesperación es como una muerte a plazos —rugió la vieja Jenny, a la que habían embarcado con ellas en el bote de remos—. Preferiría tirarme al mar, a lo mejor consigo escapar en algún momento.

—¿Escapar? —Penelope no podía creer lo que estaba oyendo. ¿Huir del laberinto de cadenas, candados y collares?—. ¡Estás loca! ¿De verdad crees que es posible?

—Siempre hay alguien que consigue huir, niña —murmuró la anciana—. Algunos incluso logran regresar a Inglaterra, ¡yo conocí a uno! Recorrió en un bote de remos todo el trayecto por mar a China hasta llegar a los hombres amarillos.

—¡No!

—¡Pues sí! Remó hasta China y allí se escondió en casa de un holandés, que lo llevó de regreso a Inglaterra, donde ahora...

—Está en Newport —se apresuró a interrumpir a la vieja Eliza Cornell—. Ya me sé la historia, ¡no expliques mentiras! ¡Nadie sale impune de Botany Bay! Tienen vigilantes y perros rabiosos por todas partes, y si te atrapan hacen que el látigo baile sobre tu espalda, ¡quinientos azotes, eso me han dicho! Y si por casualidad consigues escabullirte, te estarán esperando los negros salvajes, con sus lanzas venenosas, que encuentran a todo el mundo porque vuelan a una velocidad increíble, y si te dan agonizas durante horas, si no mueres antes de sed por el calor. —Eliza era una narradora nata, pero ¿hasta qué punto lo que decía se correspondía con la verdad?

—Bueno, esperemos a ver qué pasa —dijo Jenny para calmar a Penelope—. No conviene subir con miedo a un barco nuevo.

Penelope estaba temblando. Tenía ganas de vomitar mientras los remos golpeaban el agua a un ritmo monótono y no había ninguna pista de adónde las llevaban ni cuándo llegarían. Últimamente se mareaba con frecuencia. Mary se había recluido de nuevo en su silencio lleno de reproches tras aquella noche en el calabozo, y Penelope no se había atrevido a romperlo, pues sabía cuánto odiaba su madre las quejas, sobre todo porque estaban en aquel bote por culpa de Penelope. La vieja Jenny, en cambio, la reconfortaba con su amable cercanía, y a ella sí le hacía confidencias. Cuando vomitó estando aún en el barco le dijo que era por la mala comida, y ahora también la cogía de la mano mientras se desahogaba por encima de la borda al agua.

—Ya está, niña —dijo, y le acarició la espalda.

Poco después el bote de remos atracó con las mujeres en el puerto de Portsmouth, donde estaban ancladas las embarcaciones grandes. Allí no había una niebla tétrica ni barcos de la desesperación. Penelope oyó los gritos y cantos de los marineros, y por encima de la frenética actividad las gaviotas planeaban con el viento y esperaban a que los barcos izaran las velas y se adentraran en mar abierto.

Los presos tuvieron poco tiempo para echar un vistazo. Una minoría había estado alguna vez cerca de esos barcos enormes, y cuando los vigilantes colocaron la escalera de cuerda no se resistieron y se concentraron en cruzar, pues debajo se abría el profundo abismo del mar. Penelope intentaba controlar las náuseas y olvidar la idea de lo bonito que sería soltar los travesaños sin más y dejarse caer...

—¡Vamos, continúa! —gruñó un hombre con el látigo para bueyes con el que empujaba a las mujeres para que subieran tres a la vez por la escalera.

A Penelope y Mary las habían separado ya en el bote, y cuando Penelope pasó junto a la borda intentó salir de la fila de mujeres para buscar con la vista a su madre. Sintió un golpe directo en la espalda y un ardor.

—Tenga compasión —gimió—, mi madre... por favor, déjeme ir con mi madre.

—Déjala, es una niña. —Sonó una voz masculina más conciliadora de lo habitual.

El hombre del látigo soltó un insulto.

—Levántate, niña, enseguida estarán todas arriba y podrás seguir. —El hombre de la voz bonita tapó el sol cuando se agachó para acercarse a ella. Los años al aire libre habían grabado arrugas profundas en su rostro, cuyos rasgos transmitían una amabilidad sosegada, algo poco habitual en aquel sitio. Los botones brillantes de su chaqueta le delataron como un hombre de rango, tal vez fuera un oficial. Penelope no podía apartar la vista de los botones. De pronto se sintió aún más mareada y perdió el conocimiento.

Alguien volcó un cubo de agua salada del puerto encima de Penelope. Por un momento pensó que la habían arrojado al mar. Se puso de costado, tosiendo y escupiendo, pero solo vio tablones.

—Mi madre... ¿dónde está mi madre? —dijo entre jadeos.
Mary se inclinó sobre ella. Junto con la vieja Jenny, pusieron a Penelope en pie y la sujetaron mientras el del látigo seguía gritando:
—¡Vamos, vamos, furcias... moved esos culos grasientos, adelante, vamos!
Entonces una ola golpeó el barco por la proa y de pronto se encabritó delante de ellas, Penelope resbaló y perdió el equilibrio. No sintió nada más cuando aquel hombre simplemente la arrojó por la escalera. No sentía los huesos, ni el dolor... nada más que entumecimiento. La oscuridad se apoderó de ella, interrumpida de vez en cuando por linternas oscilantes y los llantos desgarrados e incesantes de las mujeres que eran llevadas bajo cubierta. El ruido de cadenas se aferró a la conciencia de Penelope. Ya lo conocía, sabía lo que se sentía cuando las esposas de acero se cerraban alrededor de las muñecas y una pesada cadena colgaba entre las piernas.
El hombre de la voz bonita se había quedado en cubierta, así que no había nadie que le dijera cuánto tiempo estarían encadenadas. Una sola linterna se balanceaba desde la cubierta, pero no tenía luz suficiente para ver dónde se había instalado su madre.
—Dicen que estaremos todo el viaje encadenadas —susurró una mujer a su lado—. Dicen que algunos se mueren de debilidad... —Luego rompió a llorar.
—Deberían habernos ahorcado, maldita sea —afirmó Jenny con aspereza—. Por lo menos así sabes a qué atenerte. —Sus cadenas resonaron sobre el suelo de madera desnuda mientras buscaba una postura más cómoda—. No parece que nos vayan a traer almohadas de plumones. Por lo menos no tenemos pulgas.
—No creo que sea tan horrible —susurró otra—. Conocí a un hombre que regresó después de su pena. Le dieron comida suficiente...
—¿Como en los botes? —preguntó Jenny, y soltó una carcajada—. Os diré algo. Primero dejarán que nos pudramos aquí

abajo y, cuando la mierda llegue hasta la cubierta, nos sacarán fuera para que la limpiemos. Ya lo veréis.

Tal vez tuviera razón en eso. Nadie se inmutaba ante los gritos y las lágrimas. Nadie acudió cuando una mujer se puso a gritar como una histérica al final de la cubierta inferior y solo se calló al perder el conocimiento. Al principio hubo algunas palabras de consuelo y gritos de indignación, pero ninguna tenía fuerzas suficientes para ayudarla. Todas estaban atrapadas en su propio miedo e intentaban combatir el pánico y la claustrofobia. Las horas pasaban volando. En algún momento Penelope olvidó que la mujer había gritado, olvidó quién había a su derecha y quién a la izquierda... El barco se había puesto en movimiento... ¿hacía días? En la oscuridad que reinaba bajo la cubierta uno perdía la noción del tiempo. Tal vez llevaban ya un año metidas en esa cárcel asfixiante. El tiempo era un invento de los seres humanos que la habían condenado por sus actos, así como los que se paseaban por cubierta y dividían la existencia de los reclusos en gritos durante el día y silencio de noche. El tiempo no estaba en manos de los presos. El único tiempo que les habían concedido era el de su pena.

Siete años.

Catorce años.

La mayoría no era capaz ni de hacerse una idea.

El barco se balanceaba de aquí para allá, gemía, crujía, retumbaba, los tablones proferirían amenazas oscuras de romperse y entregar a todos los presos al mar, y marcaban un ritmo terrorífico. Penelope hizo fuerza contra la pared del barco. Tenía el trasero llagado, y le escocía por mucho que cambiara de postura. Al principio se resistió a las necesidades de sus intestinos, pero en algún momento se rindió. A sus vecinas les ocurrió lo mismo. Estaban agazapadas entre sus propios excrementos. Era imposible arrodillarse, y las cadenas no permitían tumbarse. De las mujeres que tenía al lado solo oía gemidos o discretos sollozos. La mayoría se había quedado inmóvil, igual que ella aquella vez en el barco de la desesperación, cuando le pusieron las cadenas por primera vez. Penelope, que ya conocía la sensación, sabía cómo huir de la angustia para ahorrar fuerzas. La vela de la linterna hacía tiempo que se había extinguido. Nadie la había sustituido.

Solo entraba luz cuando la escotilla se abría hacia arriba. Entonces dos hombres bajaban la escalera con gran alboroto y linternas relucientes, cargando con una caldera, y uno de ellos con un saco al hombro lleno de cuencos de madera. El reparto de comida se llevaba a cabo con tal rapidez que algunas mujeres apenas lograban despertar de su sopor y no recibían nada.

—Una de nosotras debería hacer guardia —propuso Carrie.

—¿Cómo vamos a organizarlo? —refunfuñó la gorda galesa, a la que apenas se le entendía porque el vigilante le había dejado la mandíbula torcida a golpes en la gabarra—. ¿Quieres quedarte despierta? ¡Pues que vaya bien, lista!

—Haremos turnos —la interrumpió Carrie, enfadada—, y si vienen nos despertaremos unas a otras. ¿O queréis morir de hambre? ¡Eso es lo que sucederá si no se nos ocurre algo!

No, nadie quería morir de hambre, en eso estaban todas de acuerdo... así que en el siguiente reparto de comida hicieron el puntapié de la vecina, como lo llamaba Carrie: todas daban puntapiés a derecha e izquierda para que nadie quedara olvidada y todas estuvieran despiertas cuando llegaran los hombres con la comida.

La escotilla se abrió. Dos hombres bajaron la caldera por la estrecha escalera y la arrastraron a lo largo de la fila de reclusas. Era toda una proeza recoger el cuenco a pesar de las cadenas y sujetarlo de manera que el puré no se derramara cuando aquellos dos lo repartieran. Esta vez Penelope había sido demasiado lenta, y la papilla de avena caliente se le cayó al suelo entre las piernas.

—¡No! —le salió, furiosa, luego calló de repente porque los hombres dejaron la caldera y se acercaron con la linterna.

—¿Algún problema? —preguntó uno.

—¿Es que no te gusta? —interpeló el otro con aspereza.

—¿Necesitas sal?

—¿O a lo mejor un poco de pimienta en el culo? —se burló el segundo.

Penelope no veía bien a ninguno de los dos porque le cegaba la linterna.

—Vamos, come, no se puede repetir, y menos las vacas flacas como tú. —El que sujetaba el cucharón soltó una risa sarcástica y lo movió en el aire.

Penelope consiguió esquivarlo.

—A lo mejor quiere que la ayudemos a lamer.

—¡Ja! —gritó el tipo de la linterna—. ¡Prefiero esperar a una puta limpia en Ciudad del Cabo!

—Dejad en paz a la niña —rugió Jenny—. No puede hacer nada...

El cucharón silbó de nuevo en el aire y le dio a Jenny en la cabeza. Penelope se quedó petrificada. Solo se atrevió a moverse cuando la escotilla estaba cerrada y las envolvió la oscuridad de siempre.

Nadie decía nada, solo se oían los ruidos al comer y los lametazos de las demás, que se esmeraban en vaciar sus cuencos sin cuchara lo antes posible. Penelope intentaba reprimir las lágrimas. Solo tenía para comer lo que se le había quedado pegado en las piernas. La vergüenza que sintió al recoger los restos de comida antes de deslizarse hasta Jenny la mantuvo en vela toda la noche...

Su malestar aumentó durante los días siguientes.

Tenía la mirada perdida al frente. El barco cada vez se movía más debajo de ella, como si cobrara vida. El agua rompía rítmicamente contra la pared del barco. Se dio la vuelta, todo lo que le permitían las cadenas, y espió por una hendidura lo que estaba perdiendo en ese momento: Inglaterra se alejaba en un día espléndido. La costa cretácea de Dover que solo conocía por dibujos brillaba a modo de despedida bajo el sol matutino. Le asaltaron los recuerdos: las casas de Southwark, la pequeña habitación, el ganchillo, su vestido marrón preferido, los pasteles de sirope en Navidad, los cojines de lavanda y el tafetán blanco en un sofá, los pétalos rosas en una rama granate sin hojas, unas flores cuyo aroma se desvanecía cuanto más se alejaba de ellas.

El barco surcó las olas y comenzó un baile para el que el ser humano simplemente no estaba hecho. Todas bajo cubierta empezaron a vomitar bilis verde y sintieron las náuseas del mar, que les acabó de sorber de los huesos el último resto de fuerza.

—Ni siquiera hemos llegado a la costa española. ¡Haced el favor de controlaros! Es mucho más divertido vomitar en el Cabo de Buena Esperanza. —Se oyó poco después. El tipo de la caldera se rio y sujetó en alto la tea—. Vaya, huele peor aquí que en un establo...

Se apresuraron más aún en repartir la comida y cerrar la escotilla tras de sí.

Penelope se metió con ansias la papilla en la boca, que estaba un poco más sabrosa. Incluso encontró un trozo de carne en el cuenco.

—Dicen que hay un médico a bordo —anunció Carrie a su lado.

—Dos médicos —dijo una mujer que se había instalado delante de la escalera y siempre lo sabía todo.

—A lo mejor están haciendo pócimas. —La risa de Carrie se cortó, luego se le cayó el cuenco de las manos y vomitó lo que acababa de tragar.

Penelope se apartó. A veces espiaba por la hendidura de la pared del barco. La luz que penetraba en los ojos desacostumbrados le ayudaba un poco a combatir las náuseas. Ya no recordaba qué era no tener esa sensación de debilidad en el estómago.

—¿Cuánto más va a durar este viaje? —susurró Penelope a través de la rendija. Pensaba en Liam, en sus ojos irlandeses y en la libertad que había sentido en su interior, y en el hombre que había sido su padre y que también había estado en un barco así.

«Eternamente», borboteaba el agua, eternamente como las olas, olas, olas...

Y en las mejillas las lágrimas se mezclaban con la fina niebla que desde el mar penetraba a través de la rendija entre los tablones. La sal se posaba como una máscara sobre su rostro y finalmente cubrió con su costra también el corazón. En los momentos de profunda desesperación sentía como si unos dedos acariciaran esa costra, como si dos manos formaran una armadura suave para el corazón. Su padre siempre la había acompañado cuando tenía miedo de la oscuridad. Allí, bajo cubierta, lo sentía especialmente cerca: había llevado las mismas cadenas, y había sobrevivido a ellas. Ella también lo haría...

Sin embargo, cuando abría los ojos no había nadie en la oscuridad. Ni su padre ni el recuerdo de Liam, que también se iba disipando para dejar espacio a la idea de que solo se había aprovechado de su deseo. La madre tenía su lecho muy cerca, pero no decía nada, y Penelope no se atrevía a llamarla.

—¿Estás viva? —preguntaba Jenny de vez en cuando, y siempre dejaba escapar su risa suave y demencial.

—¿Por qué lo preguntas? —contestó una vez Penelope.

—Bueno, pensaba que estaría bien saber si la vecina seguía viva para comer su ración. Podría llegar el día en que tal vez tú te comas mi ración, niña. Y no se lo dirás a nadie porque tienes hambre.

Penelope tendió la mano hacia ella.

—Jamás haría eso, Jenny. —Nada más decirlo se avergonzó de mentir, pues probablemente Jenny tenía razón. Ya se estaban peleando por el saco de mendrugos caídos. Pero aún estaban vivas todas las que habían llegado al barco desde el barco de la desesperación.

—Tu madre está bien —le confirmaba Carrie después de cada reparto de comida, pues Mary estaba a su lado.

Penelope se acariciaba con calma la barriga, el mejor lugar donde poner las manos, pues era curioso, pero allí se calmaban.

Al cabo de unos días la escotilla no se abrió para el reparto de comida. Los dos hombres solo llevaban una llave encima, y poco después hicieron sonar las cadenas con un ruido ensordecedor entre las argollas de los pies y las manos de las mujeres. Eran libres...

—¡Fuera, vamos! —rugió el vigilante—. ¡Al aire! ¡Moved esos culos de furcias! ¡Moveos si no queréis pudriros aquí!

Tardaron un rato en llegar todas a cubierta. Mary comprendió que los empujones no les ayudaban a ir más rápido. Le pareció que tardaban una eternidad en subir los escalones. Como las demás mujeres, ella también tuvo que agarrarse y en cubierta acabó a rastras, más que caminar. Estaban demasiado débiles, les fallaban las rodillas como si fueran de pergamino.

—Dios mío —gimió Carrie tras ella—, el sol, ¡el sol! —Llorando de la conmoción, se vino abajo.

Uno de los vigilantes pasó deprisa a su lado y dio un latigazo junto a ella en los tablones. Al ver que no se movía le pegó con las manos profiriendo insultos horribles. Penelope, que estaba agachada en los tablones delante de Carrie, cometió el error de darse la vuelta y levantar las manos para apaciguarlo... entonces le golpeó el látigo. Mary sintió que se le encogía el corazón al oírlo, no soportaba ver las heridas abiertas y sangrantes de su hija. Pero Penelope no emitió un solo sonido. Había aprendido a no hacerlo.

—Dejad a las pobres criaturas en paz —dijo aquella voz que una vez la había tratado con tanta amabilidad en el barco. Era obvio que el hombre era extranjero, tenía un acento peculiar, pero muy cálido, eso aún lo recordaba Penelope—. Dejad en paz a las mujeres, no están causando problemas. —Miró de arriba abajo al hombre bajo de rostro rubicundo, era evidente que le afectaba más el calor que las náuseas. No le dio miedo poner freno a los todopoderosos vigilantes.

—¿Es usted el defensor de las mujeres? —El hombre del látigo se dio la vuelta, furioso—. ¿Es que ahora tenemos un defensor de las mujeres a bordo?

—Soy uno de los médicos a bordo del *Miracle* —contestó el otro, impertérrito—. Ayudo al doctor Reid.

Mary asintió en silencio, ya lo sabía. La medicina formaba personas honradas.

—Es médico —se burló el vigilante—. Ayuda al doctor Reid.
—Es médico de verdad —explicó otro vigilante—. Reid lleva todo el día borracho en el camarote. Alguien tiene que hacer su trabajo. Se llama Kreuz...
—Bernhard Kreuz —aclaró el médico—. Deberían haberos presentado a los compañeros de viaje. No podíais saber quién soy.

Mary vio que Penelope levantaba la cabeza. El médico no dejaba de mirarla, como aquella vez cuando la llevaron del bote al barco. El hombre ya no era joven, había pasado sus mejores años, pero tal vez fuera eso lo que ayudó a la chica a mirarlo, quizá para librarse del dolor después del golpe. Quizá también lo mirara porque le quemaban los ojos de tanto llorar y él tenía el agua para apagar el fuego. Aquellas miradas fueron como una puñalada para Mary.

Él dio un paso hacia Penelope, vacilante, se arrodilló a su lado y se quitó la chaqueta azul. Se la colocó con cuidado sobre los hombros para tapar el sol y ofrecerle una agradecida sombra fresca. El pelo escaso y plateado le brillaba bajo la luz del sol. Mary no podía apartar la mirada de él, de sus ojos cálidos, que calmaban a Penelope. Era especial, aunque nadie parecía darse cuenta.

—Lo que yo decía, el defensor de las mujeres —murmuró el vigilante del látigo, que lo hizo restallar en el aire.

—¿Puedo quedarme con su camisa, doctor? —Una mujer se echó a reír—. ¿O con los pantalones?

El médico tenía la mirada perdida al frente, pensativo, y desvió la vista hacia la chaqueta. Penelope se derrumbó y Mary vio que se le llenaban los ojos de lágrimas y le empezaban a caer una tras otra por las mejillas.

—Perdona, niña —dijo Bernhard Kreuz en voz baja, y se volvió a poner la chaqueta—. No puedo hacerlo.

—Qué hombre más listo —murmuró Mary—. Muy listo. Ha hecho lo correcto.

Penelope dejó caer la mano que tenía tendida hacia él cuando el médico se fue.

—¿Por qué lo dices? —preguntó con la voz ahogada por las lágrimas y llena de desilusión.

Mary disimuló la compasión que sentía y buscó las palabras adecuadas para que la chica comprendiera que ese médico no era tan común como los vigilantes.

—Te ha protegido, niña —insistió—. ¿Qué crees que te pasaría si llevaras la chaqueta del médico? —Le dio la vuelta a Penelope a rastras y la agarró por la barbilla—. Solo te estaba protegiendo —repitió con insistencia, y leyó en sus ojos que aquellas palabras eran un consuelo.

Durante el reparto de comida, que esta vez se realizó en cubierta, uno de los vigilantes agarró a Penelope del brazo y la separó del grupo de mujeres que se cobijaban del sol y el viento bajo una de las velas que ondeaban al viento. No dijo nada, solo la arrastró tras de sí pasando por enormes montones de sogas, cajas atornilladas y mástiles gruesos. Luego se detuvieron delante de la parte del barco donde se alojaban los pasajeros libres.

—¡Eh, doctor! Usted quería a esta mujer, aquí la tiene —gritó el vigilante a través de la puerta entreabierta del camarote, y sonrió—. Pero vendré a recogerla. Si quiere quedarse con la hembra tiene que pedir permiso al capitán, hay que pedir autorización para las furcias.

Sonaron unos pasos quedos y apareció Kreuz en la puerta. Se había quitado la chaqueta, llevaba la camisa bastante abierta y estaba muy sudoroso. Era una de esas personas de piel clara con sobrepeso que no aguantaba el sol y a la que tampoco le sentaba bien un viento excesivo...

—Ah, eres tú —dijo un tanto confuso—. Quería... quiero... —Señaló el arañazo, que ya había formado una costra, sobre el que Penelope se sujetaba el resto del vestido para que no se le viera el pecho—. Quiero curártelo para que no tengas fiebre. El doctor Reid y yo, bueno, estamos aquí para ocuparnos de que la gente que está bajo cubierta esté bien.

Desde el camarote se oían fuertes ronquidos y el olor a ron

lo inundaba todo. Reid combatía las náuseas con ron, y para no tener que caminar tanto tenía un barril junto a la cama.

—Entra. —Kreuz se detuvo—. No, no, espera aquí.

A Penelope ni se le ocurrió dar un paso por iniciativa propia, solo siguió al médico con la mirada.

—Para que no tengas fiebre —se burló alguien tras ella. Los hombres se rieron. Una ola salpicó la cubierta—. Fiebre, imagínate, fiebre.

Penelope se dio la vuelta despacio. El *Miracle* hospedaba también a un pequeño grupo de presos que se alojaban justo al lado de la cámara de oficiales y eran controlados por dos vigilantes. Pese a estar igual de pálidos y escuálidos que las mujeres, aquellos tipos seguían teniendo energía para reírse de todo lo que ocurría ante sus ojos. Eran figuras andrajosas y medio desnudas con barbas enredadas que desprendían un intenso olor, y aun así no se les apagaba la risa.

Uno no se reía. Estaba sentado fuera del grupo, con los hombros apoyados en la borda. Los rizos pelirrojos le habían crecido y le llegaban por los hombros. Su mirada verde, aún penetrante, le conmovió el corazón. Como si Liam hubiera notado que tenía la mirada clavada en él, esbozó una sonrisa y dibujó con los labios las únicas palabras que ella aún recordaba: «cásate conmigo».

El médico la salvó. Volvió con una botella, vio a los tipos que se reían y la invitó a pasar con un gesto.

—Pasa, aquí no nos molestarán.

El corazón le iba a mil revoluciones cuando pasó por su lado para entrar en la fría cámara de oficiales: ¡nunca un hombre le había sujetado la puerta para que pasara! No notó lo que le hizo después en la herida porque el taburete duro le provocaba casi más dolor en el trasero atormentado que el vendaje.

—Enseguida pasará, solo te dolerá un momento —se disculpó Kreuz.

Se le acercó mucho. Penelope notó el olor a jabón bueno, como cuando se ponía junto a la señorita Rose al lado del cubo de la colada. Le colocó las dos manos sobre los hombros y le dio unos golpecitos en la herida por última vez con el líquido que escocía... quizá para poder contemplarla un poco más. Eso fue lo que hizo...

—¿Qué te trae a este barco? —preguntó en voz baja y un tanto presuroso.

Penelope levantó la mirada.

—Una sentencia.

—¿Qué delito cometiste? —preguntó él.

Ella dudó un momento.

—Eso ya no importa.

Kreuz no se rendía.

—¿Cómo te llamas?

Por un momento se hizo tal silencio que parecía que las olas hubieran dejado de romper contra el barco.

—Eso tampoco importa ya, señor —contestó Penelope.

—Dime tu nombre —suplicó él.

Aquellos ojos grises le inspiraban confianza, era incapaz de desprenderse de ellos. La dejaría marchar cuando supiera su nombre.

—Penelope, señor.

—Penelope —repitió él, casi al mismo tiempo, como si ya supiera cómo se llamaba. Luego le agarró la mano para contemplarla—. ¿En qué... trabajabas? ¿En Londres? Tienes unas manos tan finas...

—No son manos de obrera, ¿verdad? —dijo ella con aspereza.

—No —contestó él para su sorpresa—. No son manos de obrera.

Ella se lo quedó mirando. Su interés parecía sincero, y no le había soltado las manos. Por eso se decidió a abrirle la puerta a su pasado.

—Hacía ganchillo, señor. Hacía encajes preciosos. —Disfrutó con la mirada de asombro del médico—. Era de las mejores —añadió, testaruda.

El médico asintió despacio.

—Entonces tienes algo que te motiva —le explicó él, pensativo.

—¿A qué se refiere? —Seguro que no debería hacer preguntas tontas, pero a Bernhard Kreuz no le importaba, tampoco qué la había llevado hasta ese barco...

—Necesitas un objetivo —dijo con énfasis—. Tener un objetivo ayuda a la gente a encontrar su hogar.

—Yo ya no tengo hogar —respondió ella, vacilante.

—Entonces ese objetivo puede ayudarte a encontrarlo —insistió. Aquellas palabras sonaban estupendamente, como una maravillosa mentira. Por un breve instante logró que olvidara las esposas que le pesaban en las extremidades.

—¿Tiene usted un objetivo? —preguntó en voz baja.

—Yo... —Se la quedó mirando—. Yo... no lo sé. —Se le ensombreció la mirada—. ¿Sabes la historia de tu nombre, Penelope?

Ella asintió, sin entender qué pretendía.

—Mi madre me la ha contado. Penélope era una reina griega que esperó a su marido. Mi padre...

—Yo soy como un Odiseo —le interrumpió él—. Era soldado, y después de la guerra cuesta encontrar un hogar.

—¿Qué es lo que le mueve a usted? —susurró ella, consciente de que era una pregunta atrevida.

—Mucho menos que a ti, Penelope —le contestó en un murmullo.

Ella se estremeció al oír la respuesta y retrocedió. Él quiso agarrarla, pero ella se zafó y pasó corriendo por su lado hasta la puerta, aún medio desnuda y muy confusa por la extraña conversación. El sol la encontró en el umbral. Se deslumbró y Penelope echó de menos el agradable frescor y la aromática oscuridad del cuarto del médico.

La reacción de las mujeres no se hizo esperar.

—Has estado mucho tiempo ahí dentro. ¿Qué ha hecho contigo? —gritó una.

Y otra:

—¿Te ha tocado?

—Podrías quedarte con él, ¿lo sabes? —gritó una tercera.

—Ann vive con un oficial —le informó una mujer—. Come de su plato...

—Y duerme en su cama —terminó otra.
—Tal vez no es lo que quiere.
—Tampoco está tan mal el doctor.
—Que se ocupe de que haya buena comida, da igual cómo sea en la cama. —Carrie se echó a reír.
—¿Le han gustado tus tetas? ¿Te las ha tocado?

La tarde no terminó ahí. Los dos doctores fueron bajo cubierta y echaron un vistazo a los lugares donde dormían las reclusas. El doctor Kreuz, según contó una mujer después, se desmayó ahí abajo, y el otro vomitó en la paja.
—No soportaban la peste, los muy señoritos —murmuró.
Luego se produjo una fuerte discusión en la cámara de oficiales. Reid, mareado, había ahogado las penas en otra jarra de ron en la cama, y Kreuz se había retirado a meditar.
—¿Cómo sabéis todo eso? —preguntó Penelope. Se sentía un poco mejor desde que Kreuz le había curado las heridas. ¿O desde que habían hablado? Había relegado la conversación a un rincón de la memoria, como si fuera un preciado tesoro. Solo su amistad había sido como un bálsamo para ella, y estaba más relajada cuando se estiraba en la sombra. Para colmo ahora les daban una ración de fruta. Todavía sentía los dedos pegajosos del dulce zumo, y lo lamió con deleite.
Jenny se rio con un cacareo.
—Si prestaras atención a los vigilantes, tal vez tú también te enterarías de cosas.
Penelope calló. «Prestar atención» a los vigilantes significaba abrirse de piernas para ellos. Había chicas a las que eso les divertía, o a las que no les parecía un precio muy alto por una jarra de ron, un pedazo de pan o algo de información. Además, no había castigo por tener a un vigilante entre las piernas, siempre y cuando no te sorprendiera un oficial. Las reclusas más bellas realmente podían elegir, si se atrevían a hacerlo. Penelope nunca se había atrevido.
Sin embargo, esta vez parecía que había algo de verdad en

las historias de Jenny, pues por la tarde los vigilantes lanzaron gruesos paquetes de tela a los dos grupos de presas.

—¡A coser ropa! —ordenó uno con nariz de viruela—. El médico alemán no quiere veros más desnudas, tullidas.

—¿El médico es un mojigato y un puritano o somos feos para él? —Se oyó que decía con insolencia alguien del grupo de hombres.

Nariz de viruela estaba de mal humor. Hizo restallar su látigo de bueyes, agarró al descarado y lo tumbó de un golpe. Tras el tercer latigazo paró, su ira se había evaporado. Nadie dijo nada, ninguno de los oficiales lo había visto.

A Penelope se le estaba redondeando la barriga. Era el refugio para sus manos, el lugar de retiro, el único sitio de su maltrecho cuerpo donde encontraban la calma. Mary notó que ponía las manos en la barriga muy a menudo, igual que las embarazadas. Intentó reprimir su preocupación. La chica era demasiado joven y débil de cuerpo y de voluntad para dar a luz. Habría que hacer algo a tiempo, pero en el barco no había nada, ni instrumentos, ni hierbas, ni jabón, nada. Mary no podía plantearse salvar a su propia hija de la desgracia. Tuvo que limitarse a ser testigo de cómo el cuerpo de su hija engordaba cada vez más.

La tela se había repartido de forma justa, de eso se encargó el médico. Mary trabajaba en su vestido en silencio. Con una pieza de madera hizo agujeros en la tela de lino, arrancó un jirón en forma de franja estrecha y ató las piezas de lino. No había agujas ni herramientas, pero las reclusas lograron apañárselas. Las mujeres habían dejado espacio a Mary de forma natural al lado de su hija, así que de nuevo estaban juntas. A Penelope no se le ocurría nada de lo que hablar, y la costura exigía toda su concentración. Mary vio que su hija parpadeaba. Tal vez fuera también el viento el que hacía que asomaran las lágrimas. Se pasó la mano por la cara con un suspiro. La luz era igual de perjudicial que la penumbra en la que habían dejado a las encajeras. Mary sabía de una mujer que había quedado ciega. Su hija había tenido más suerte, aunque cada vez tenía peor la vista. Stephen también había tenido que llevar gafas...

Un joven oficial pasó por su lado. Su espada golpeaba a cada paso contra la costura de los pantalones, y con la mano derecha sujetaba un pañuelo contra la nariz.

Carrie tenía ganas de bromear.

—Ya he terminado mi vestido, ¿quiere que le haga uno? —le dijo al joven con voz ronca.

Él la miró horrorizado, era obvio que jamás le había dirigido la palabra una reclusa. Entonces entrecerró los ojos y, con toda la arrogancia que le otorgaba su situación privilegiada, retiró el pañuelo del rostro.

—La tela era para un proyecto médico en Sídney. El médico alemán lo ha repartido sin que lo sepa el doctor Reid. Mejor que te cubras con este regalo antes de que despierte y se entere de esta barbaridad.

—¡La ha cogido sin pedir permiso! —murmuró Jenny con los ojos desorbitados—. ¡Es todo un héroe!

—Nos volverán a quitar la ropa —vaticinó Carrie en tono sombrío, y apretó su labor contra el pecho.

Las mujeres que habían oído la conversación se apresuraron a ponerse los vestidos, estuvieran terminados o no. El hecho de tapar sus cuerpos desnudos y protegerse del sol les devolvió algo de dignidad. Jamás volvieron a poner verde al médico alemán.

El vestido de Mary estaba casi terminado. Lo extendió sobre sus piernas delgadas y lo estiró en el medio para comprobar que aguantaba.

—Es para ti —le dijo a su hija—. Lo necesitarás de este tamaño.

Penelope se la quedó mirando sin entenderla. Mary frunció el ceño. ¿De verdad no sabía que estaba esperando un niño? Sacudió la cabeza y le dejó el vestido sobre los brazos, cogió el trabajo que Penelope tenía a medias y se levantó con mucho esfuerzo.

—Come todo lo que puedas, también lo necesitarás durante las próximas semanas. Ya no estás sola, Penny. —Luego se fue tambaleándose hacia el otro lado del grupo, rígida como una anciana, pues le costaba mucho mantener el equilibrio con los movimientos del barco.

—¿Qué ha dicho? —preguntó Carrie, intrigada.

—¿Qué te ha dicho, Penny? dínoslo —insistió también Emma, que se acercó a rastras.

—Me ha regalado el vestido. —Oyó Mary que susurraba su hija. Luego la chica se retiró.

Cuando hacía buen tiempo dejaban que las presas pasaran día y noche en la cubierta porque los médicos habían encontrado demasiado sucio el suelo donde dormían y de momento no habían tenido ocasión de limpiarlo. Las reclusas estaban demasiado débiles para acometer la tarea. Los vigilantes destacaban por su holgazanería, y de todos modos la mayoría de ellos estaban borrachos, aunque se decía que las raciones de ron se habían repartido con todo rigor. Sin embargo, algunos solo soportaban el mareo con una jarra en la mano.

Para que tuvieran menos trabajo, las mujeres estaban amontonadas en un espacio tan reducido que cada una tenía menos sitio que bajo cubierta. Por más vueltas que dieran, siempre sentían cuerpos semidesnudos y sudorosos al lado, detrás, delante, además del parloteo incesante, los cuchicheos y risitas, y durante el día, cuando el sol ardía sin piedad, las quejas y lamentaciones por las quemaduras en la piel, la sed y el dolor de cabeza.

Mary vio que Penelope se sentaba en su sitio. Tenía los ojos cerrados la mayor parte del tiempo. Mary notaba que su hija intentaba prepararse para el niño que tenía que venir.

África ya no estaba muy lejos. Era el país donde vivían los negros y se comían a las personas, donde había monstruos, serpientes y arañas del tamaño de una cabeza. A Esther, de pelo largo, le divertía inventar historias cada vez más abstrusas y cuentos horripilantes, y luego las mujeres discutían sobre hasta qué punto eran ciertas.

—*When we dwell on the lips of the lass we adore* —sonó un día desde el otro lado del barco—, *not a pleasure in nature is missing*.

Uno de los presos se había puesto a cantar, por primera vez desde que los habían dejado en cubierta. Su voz profunda y plena penetró sin esfuerzo el rumor de las olas, y el viento no se atrevió a llevársela. Incluso las gaviotas, que siempre graznaban, callaron al vuelo para escuchar su canción.

—*May his soul be in heaven, he deserves it, I'm sure, who was the first inventor of kissing...*

—*May his soul be in heaven* —se unieron más hombres, que repitieron el verso y el coro de sus voces ascendió en el cielo azul y envió a las mujeres un saludo alegre por encima de todas las barreras.

El buen tiempo aguantó. El sol ardía sin compasión y no aumentaron la ración de agua. Si uno tenía la mala suerte de no encontrar un sitio con sombra, con toda seguridad hacia mediodía habría perdido ya el conocimiento. El doctor Kreuz se paseaba con regularidad por cubierta y ayudaba a recoger a los que estaban inconscientes y llevarlos a la sombra. Él tampoco tenía más agua.

Es decir, el médico no podía dársela. Reid seguía acostado en su camarote, borracho, y le había prohibido cualquier intervención tras enfadarse con él por repartir la ropa sin autorización. El capitán tenía milimetrada la cantidad de barriles de provisiones que llevaban para tener más espacio para las mercancías que tenía que cargar a bordo en Ciudad del Cabo. No había más agua potable, así que había que aguantar con poca. Nadie se atrevía a quejarse, pues el capitán tenía fama de irascible e irreflexivo.

Las mujeres se hicieron toldos con los restos de lino, y Carrie consiguió que cada una tuviera sitio debajo de ellos durante un rato para refugiarse del calor.

—Intentad disfrutarlo, un tipo me dijo que pronto tendremos que ir bajo cubierta.

El día que las reclusas bajaron la escalera porque el viento era peligroso y las primeras presas volvieron a marearse, un hombre perdió los estribos. Empezó a gritar y a dar golpes alrededor, Penelope lo vio porque aquella mañana Jenny le había conseguido un sitio delante del toldo, cerca del mástil, donde estaba mejor protegida de la espuma de las olas.

El hombre intentó salir de la cola, y, aunque los que aún no esperaban junto a la escotilla intentaron detenerle, él los esquivó y consiguió ir corriendo hasta la borda. Con la fuerza de la desesperación se subió sobre la madera mojada y agarró el cabo. Alguien gritó:

—¡Déjalo! ¡No lo hagas, estúpido!

Pero ya era demasiado tarde. Con un grito agudo e inhumano aquel hombre se arrojó al mar embravecido, como una pequeña mancha oscura que las olas hambrientas agarraron con mil dedos para devorarlo. Sus compañeros se abalanzaron sobre la borda, gritando perplejos hacia el fondo del mar... Uno que destacaba por su pelo rojo gritaba con más fuerza que los demás.

—¡Ni se os ocurra! —gritó Liam—. ¡Mañana se suicida el siguiente, y pasado mañana vosotros! Luchad contra vuestro destino, luchad...

Un compañero le dio un puñetazo en la cara al irlandés, obviamente para que callara, pero hacía tiempo que el vigilante lo había visto y había oído las palabras de Liam. Uno salió corriendo por el puente, y el capitán, al que Penelope no había visto nunca, salió corriendo tras él. Entre los gritos exaltados se oía la palabra «¡Motín!».

Los vigilantes y oficiales reunieron a todos los presos, esta vez sin distinguir entre hombres y mujeres. Los nervios estaban a flor de pie por miedo a que se produjera un motín, la pesadilla de todos los navegantes.

Fueron reuniéndolos con palos y látigos, alguien cogió a Penelope del brazo y sintió que Jenny se aferraba a ella por detrás. Luego fue la anciana quien recibió el golpe, y no Penelope. Jenny se derrumbó en silencio.

Entretanto dos vigilantes habían tirado al suelo al irlandés y le habían puesto los brazos a la espalda. El capitán estaba delante de ellos, deliberando con su suboficial. El sosiego con el que hablaba transmitía una enorme frialdad.

—Pobre tipo —murmuró Carrie por detrás—. Seguramente están contando cuántos latigazos le costará, y nosotras tendremos que mirar. Esos malditos cerdos, ¡al infierno todos!

Pero al infierno solo fue el irlandés. Carrie tenía razón, Liam recibiría los azotes delante de toda la jauría de presos. Los vigilantes no esperaron mucho: la situación les parecía demasiado peligrosa con los hombres fuera de sí y las mujeres llorando, una incluso se atrevió a suplicar piedad para el irlandés.

—¡Doscientos latigazos! —sentenció el capitán con un grito—. Y ya veremos luego si sigues amotinándote.

—¡Doscientos! —se oyó un murmullo entre la gente—. Doscientos...

Nadie sobrevivía a doscientos latigazos.

Fueron a sacar al doctor Reid de la cama para llevarlo a cubierta a comprobar los latigazos y que supervisara la flagelación: era la tarea habitual de un médico. Según una mujer, Kreuz se había negado en redondo a hacerlo, pero el capitán no había prestado atención a sus protestas.

Los dos vigilantes escogidos para el cumplimiento de la pena ataron al irlandés al mástil como si quisiera abrazarlo. Luego le pegaron. Tenían práctica, conocían bien los látigos, los llamaban «gatos de nueve colas». Le azotaban por turnos. Como si siguieran el ritmo de un tambor, el extremo del temido látigo impactaba en la espalda del preso una y otra vez. Devoró primero la piel, luego clavó los dientes en la carne. Habían reunido al resto de los convictos cerca del lugar donde se cumplía la pena, y Penelope estaba en primera fila.

Liam la miró cuando recibió el primer golpe. Torció el gesto con una mueca violenta de dolor. Sin embargo, no emitió un solo sonido. Solo se le ensombreció la mirada, que se volvió más intensa y quedó clavada en ella, como si fuera su único apoyo mientras la sangre salpicaba por todas partes.

Una de las mujeres se puso a rezar. Su voz monótona acompañaba el sonido del látigo, con un ruego tras otro...
—Padre nuestro, apiádate de él. Dios, apiádate de tu hijo.
—Apiádate de él —se unieron dos mujeres más.
—Dios todopoderoso, apiádate de él —rezó una tercera mujer. El látigo restallaba en el aire—. Santísima Trinidad... líbranos del mal y la desgracia, del orgullo, la vanidad, la hipocresía, la envidia, el odio y los celos, y de todos los males líbranos, Señor.

Penelope nunca había rezado mucho, pero ahora que sentía hasta qué punto era un apoyo y una esperanza para aquel hombre maltratado las palabras salían de su boca con naturalidad, para él. Liam cerró los ojos cuando el látigo se clavó de nuevo y se comió un pedacito de espalda.

—De los pecados de cuerpo y alma, de las tentaciones del mundo, de la carne y del diablo, líbranos, Señor. —La ropa de los presentes estaba salpicada de sangre del condenado.

—En los momentos de tristeza, en los momentos de alegría, en la hora de nuestra muerte y el día de nuestro nacimiento, líbranos, Señor...

El látigo gritó con furia cuando su víctima lanzó una última mirada a Penelope y quedó inconsciente. Penelope sintió una punzada en el corazón y se puso a chillar. Aun así, los verdugos llevaron su siniestra tarea hasta el final. Aún faltaban diez latigazos, y el doctor Reid, atrapado en la niebla del ron, no supo dar ningún motivo para detenerlos. Penelope ya no presenció el último azote: cayó sobre los tablones del barco.

4

*No sé por qué
logré sobrevivir.
No me quedaba esperanza sino fe
y eso me impidió buscar la muerte.*

LORD BYRON,
El prisionero de Chillon

En algún momento la sangre que tenía entre las piernas se secó.
Ya no se acordaba.
Recordaba al médico, su rostro de preocupación, su bonita voz. Y la de su madre.
—Tal vez le queden dos meses, quizá menos. Dios quiera que lo pierda, le ahorrará mucho sufrimiento.
También recordaba las manos del médico sobre su cuerpo mientras le hacía la revisión. Y que la había agarrado con cuidado por los brazos y la había llevado a ese rincón mientras los vigilantes separaban a los reclusos a golpes y disolvían la espeluznante reunión. Penelope llevaba mucho tiempo tumbada en la sala que había junto a la cámara de oficiales, donde se almacenaban los barriles de ron. El médico había ido a verla varias veces con una linterna, la inspeccionaba y se sentaba en silencio. Le sujetaba la cabeza cuando tenía que vomitar porque el mar cada vez estaba más revuelto y lanzaba el barco al aire.

Recordaba su cara. ¿De verdad era la suya? ¿O se confundía con los rostros que se le aparecían en la oscuridad, que le sonreían para darle ánimos y le servían para sacar fuerzas? O con el rostro del hombre que había estado allí antes que ella encadenado y con el que soñaba a veces que la liberaba y la sacaba a la luz en brazos... Se llamaba Stephen, según su madre. Aquel nombre era como un bálsamo en sus labios. Era obvio que el médico no se atrevía a sacarla de sus pensamientos, pues no hablaba. Sin embargo, ella recordaba sus manos cuidadosas y amables, que siempre encontraban un motivo para rozarla. Y en cuanto se iba, soñaba que se recostaba en esas manos.

Sin embargo, no lograba olvidar la mirada de Liam torturada por el dolor, y a veces incluso creía oír su voz. Le rompía el corazón.

Kreuz le había llevado parte de su comida y la había alimentado en aquel rincón oscuro, cucharada a cucharada, y alguna incluso se le había asentado en el estómago.

—Come —le decía sin parar—, come, necesitas cada bocado. —Ella masticaba y tragaba con valentía, y le asombró lo que le daba hasta que cayó en la cuenta de que era un privilegiado y no tenía que comer de la olla de los reclusos.

A veces oía un gemido en algún lugar detrás de los barriles. Había un hombre al que el médico prefería cuidar allí, pues la verdadera sala de enfermería, según le había dicho Howard, uno de los vigilantes, estaba llena hasta el techo de barriles de ron desde Río de Janeiro.

—Cuando estemos enfermas, simplemente beberemos ron —bromeó Carrie. Sin embargo, Howard no entendió la broma y gracias a ese comentario la ración semanal de ron de Carrie fue anulada. Pero no era tonta: se abrió de piernas bajo el sol abrasador para el compañero de Howard detrás de los cabos, le gimió algo al oído muy excitada y a cambio recibió un barril de ron.

Penelope se sentía demasiado débil para llegar de rodillas hasta el hombre que se lamentaba detrás de los barriles. Tampoco tenía importancia quién hubiera allí escondido. Sin embargo, le picó la curiosidad al oír una maldición. Empezó a arrastrarse, pasando junto a los barriles atados con cuerdas que, aun así, se tambaleaban violentamente con las olas. En un charco tocó unas piernas semidesnudas, unos harapos mojados cubrían la piel tersa. El hombre estaba tumbado boca abajo, y cuando ella le tocó la espalda ensangrentada con la mano, se limitó a susurrar:

—Ten piedad...

Iba a morir. Nadie sobrevivía a semejante tortura. Ni siquiera Liam, al que hasta entonces no había vencido ningún golpe.

—Tú... —susurró ella horrorizada—. Madre de Dios, tú...
—Notó que los dedos de Liam subían hasta sus rodillas buscándole la mano.

—Casi consiguen matarme a golpes. —Oyó que decía—. Casi, niña... casi.

—Estás vivo —musitó ella, aliviada. Se arrastró un poco más y le acarició con cuidado el brazo izquierdo, que tenía intacto. Sintió los músculos que le rodeaban el antebrazo como gruesas trenzas y un escalofrío le recorrió la piel. Le sonrió en la oscuridad.

La timidez se apoderó de ellos. Habían compartido algo que era propio solo de amantes, el día de su castigo habían compartido el mayor sufrimiento, y Penelope había rezado por él como si fuera su amado. Y ahora no sabían qué decir. Él se agarró a la pierna de Penelope e hizo acopio de todas sus fuerzas. Se estiró antes de que ella pudiera reaccionar, con la cabeza y el pecho en su regazo, y la abrazó por la cintura. Levantó la cabeza por un instante y le puso una mano sobre la barriga redonda.

—¿Eso es mío? —preguntó con voz ronca.

—Sí —susurró ella.

Se quedó callado, y luego ella supo que estaba sonriendo.

—Llámala Lily, si la niña es tan guapa como tú.

Ella sintió un extraño escalofrío. Realmente aquello los unía y era más importante que todas las palabras que jamás pudieran intercambiar.

—Lily... es un nombre muy común —dijo ella en voz baja—. Me parece...

—Mi madre se llamaba Lily —la interrumpió Liam. Luego volvió a apoyar la cabeza sobre su regazo sin decir nada. Ella lo abrazó y todo le pareció bien.
Incluso el nombre Lily.

De noche podía dormir cobijada en el cobertizo, pero durante el día tenía que volver con las mujeres, que se burlaban de ese trato especial. A Penelope no le molestaba. El médico cuidaba de ella, era lo único que importaba.

—¿Sabes que puedes ganarte el pase de oro? —le preguntó Carrie un día con una sonrisa.

—¿El pase de oro? —Penelope se limpió el sudor de la frente y se quedó mirando su plato de madera medio vacío. El cocinero se había ahorrado la sal, y el resultado no era muy apetitoso. Se empezaron a oír quejas de la comida. Esther ya había aventurado que el cocinero estaba enfermo.

—O tal vez esté muerto —bromeó—. Por lo menos así sabe esto.

—¿Qué es un pase de oro? —Penelope no aflojó, la comida quedaba en un segundo plano.

—Con el pase de oro te liberan de tu condena antes de tiempo. Si encuentras a un buen tipo en Botany Bay que se case contigo, te darán el pase. O si los señores del barco te escriben una recomendación. —Se echó a reír—. Y para conseguirlo se pueden hacer varias cosas, ¿verdad? —Por lo visto Carrie no había encontrado al hombre adecuado en el barco, pero todas conocían sus planes de pescar en Botany Bay al hombre más rico y poderoso y mostrárselo al mundo entero.

—Y, por supuesto, solo las mujeres reciben el pase —añadió Carrie.

—Si eres hombre tienes que portarte muy bien. —Esther soltó una risita, y a todas les pareció muy gracioso porque no era ningún secreto cuál era el oficial con el que prefería servirse por detrás.

Penelope se alegró de poder refugiarse en su rincón apartado por la noche para escapar de la cháchara, pero el irlandés seguía ahí. Oía su respiración y temía que le dirigiera la palabra. Sin embargo, no lo hizo. No había nada que decir. Penelope se acurrucó en silencio en su rincón.

El trato cercano del médico, que aquella noche también fue a comprobar que todo estaba en orden, adquiría otra dimensión después de saber de la existencia de ese pase de oro. No pronunció ni una sola palabra más. Carrie se había reído, pero por muchas vueltas que le diera, a Penelope no se le ocurría cómo podía hacer que el alemán la recomendara para un pase de oro, no después de que él le hubiera abierto su corazón. Así que la dejó ahí sola, sacudiendo la cabeza, no sin antes haberle puesto una naranja en la mano. Al morder la fruta, hambrienta, y lamerse el zumo de los brazos, pensó si un pase de oro empezaba así...

Esther tenía razón con sus bromas, el cocinero tenía fiebre. Estuvo dos días vomitando en el almacén, sacando hasta el alma del cuerpo, luego murió sin decir palabra, según les informó Howard.

—El médico podría haberse ahorrado el láudano —murmuró el vigilante—. Quién sabe qué más ocurrirá. Tampoco se pierde nada con un cocinero así.

Era uno de esos raros días en los que el doctor Reid aparecía tambaleándose en cubierta. Su asistente se mantenía en un segundo plano educadamente, pero todos tenían claro que se trataba de nuevo de la comida. Las mujeres hicieron su ronda aquella mañana en cubierta y Jenny, que dirigía su grupo, supo arreglárselas para pasar lo más cerca posible de los caballeros.

—Sería mucho más fácil separar la cocina de la tripulación y de los reclusos, con su permiso —intervino Kreuz en la conversación que estaban manteniendo el doctor Reid y el capitán—. Cada uno podría centrarse en una tarea, y las disputas se quedarían en las divisiones correspondientes.

El capitán lanzó una mirada sombría al alemán.

—Centrarse, división... ¡vaya un vocabulario de alemanes! —gruñó.

Jenny pasó junto a ellos lentamente.

—Pero qué diablos, Kreuz, cuando tiene razón... —continuó el capitán—. Cuanto menos sepamos de esa gentuza, mejor. Estoy realmente harto de las eternas quejas. —Llamó a Haddock, su primer oficial, y le dio instrucciones de que el carpintero del barco construyera algo en la cubierta que pudiera albergar un puesto de cocina cuando hiciera mal tiempo.

—¿Quién de vosotras sabe cocinar? —gritó entonces a las mujeres que tenía cerca.

Penelope se estremeció del susto. Había olvidado el pase de oro, ahora solo pensaba en lo suelto que tenía el látigo en la mano y en que no dudaría a hacerlo restallar sobre las mujeres.

—Yo puedo cocinar para la gente. —Mary se había plantado delante del capitán.

—¡Yo era cocinera! —gritó otra, pero demasiado tarde.

El capitán se quedó mirando a Mary, primero con severidad, luego con más amabilidad.

—Tú, lo harás tú. Pareces decente —dijo.

Luego los hombres empezaron a corretear por la cubierta, arrastrando madera y tornillos, y se pusieron a dar martillazos bajo la supervisión del carpintero del barco durante medio día. Finalmente colgaron unas telas para proteger la cocina del sol, y por la noche Mary pudo instalarse en la cabaña con cajas de provisiones, una balanza y el plan de raciones calculado por el doctor Reid para preparar las comidas de los presos. Estuvieron un rato observando con atención cómo hacía el trabajo, sin parar de amenazarla con castigos, luego los vigilantes perdieron el interés por ella porque simplemente no había nada que ver, y tampoco nada que tocar, como esperaba alguno. Mary mantenía las cajas igual de cerradas que su falda, y al final en el barco corrió el rumor de que podía apagar el fuego por la noche solo con su mirada gélida. Con el fuego de un hombre, en cambio, le costaría más, podía caérsele la verga, tendrían que preguntárselo al cocinero, pero por desgracia estaba muerto.

Por mucho que fueran historias, lo cierto es que al anochecer nadie de la tripulación se atrevía a acercársele, y Mary disfrutaba de su tranquilidad.

No obstante, no pudo evitar que las raciones de comida siguieran reduciéndose. Un hombre de confianza del capitán iba y toqueteaba la balanza.

—No es correcto —murmuró—. ¡Quita las manos de ahí!

Mary sabía que había manipulado la balanza y que la comida prevista para los presos serviría para otro objetivo.

—Te reportará un buen dinero cuando la vendas, ¿verdad? —le masculló al oído por detrás, y lo hizo de tal manera que los pechos frotaron contra su espalda. El tipo se dio la vuelta y ella clavó su mirada en él. Hacía años que no tenía relaciones con un hombre, pero aún sabía cómo tratarlos—. Será mejor que vuelvas en otro momento o la gente lo notará. Ya sabes el miedo que tiene el capitán a los motines.

Él la agarró del pecho. Ella le apartó la mano y en cambio le agarró el miembro con fuerza. Su mirada fría hizo que él mantuviera las distancias, y justo eso era lo que quería. No necesitó mucho tiempo. Mary manejaba con destreza su pequeña mano.

—Más —jadeó él.

Mary se separó un poco de él para que no notara el desprecio que sentía.

—Tú vuelve —dijo.

Cuando se fue, ella paseó un poco de aquí para allá, pensativa. Quería ver cómo manipulaba la balanza por orden del capitán y prolongar así la comida. Con movimientos lentos y uniformes trituró las patatas para la mesa de oficiales: los señoritos enseguida descubrieron que realmente sabía cocinar y también le encargaron que preparara su comida. Así que pronto estuvo entre las dos cocinas, supervisando bajo cubierta en la cámara de oficiales a un joven cocinero, veía y oía esto y lo otro y se confundía de tal manera con la organización del barco que se olvidaron de ella. Nadie notó que tenía el pelo un poco más corto porque se lo cortaba poco a poco para mezclarlo con cuidado en el puré de patata del capitán. Las puntas se le quedarían pegadas en el estómago y ahí, lentas pero seguras, se tomarían la revancha. Hacía tiempo que Mary MacFadden había entendido que se trataba de seguir con vida. La vida devoraba a los débiles.

La marejada se intensificó. Al principio el *Miracle* se deslizaba sin esfuerzo sobre la cresta de las olas, pero el mar estaba cada vez más bravo y hacía que el barco gimiera y se tambaleara. A través de las hendiduras de su cobertizo, Penelope vio a tres marineros que se colgaban de las sogas en tensión para arrizar las velas. El agua golpeaba ansiosa por encima de la borda, lamía los tablones, los limpiaba como si fueran una mesa antes de comer. Pero los marineros eran demasiado astutos para dejarse engañar. No se veía a nadie más. Penelope dobló las piernas contra el cuerpo y se volvió a un lado con sus harapos. Estaba sumida en una niebla gris de náuseas cuando la puerta se abrió y el médico se arrodilló de nuevo a su lado.

—Ahora tienes que volver abajo —dijo Kreuz, y le posó una mano en el hombro—. Órdenes del capitán: nos acercamos al Cabo de Buena Esperanza. Todos los viajeros deben ir bajo cubierta.

—El Cabo de Buena Esperanza —se oyó en tono de sorna desde el rincón—. No me hagas reír. ¿Quién puede tener esperanzas ahí?

Fueron las últimas palabras que Penelope oyó al irlandés. Había escuchado su respiración durante tres noches. La fiebre lo había alejado a otro mundo, y como a veces daba fuertes puñetazos al aire, ya no se atrevía a acercarse.

Kreuz le agarró de la mano con fuerza mientras la acompañaba a la salida del cobertizo. Ella lo miró varias veces y vio que entrecerraba los ojos por la espuma. Se estaba helando, pero la mano del médico le daba calor y Penelope deseaba que no la soltara nunca. Delante de la escotilla se detuvo y, por un breve instante antes de entregársela a los vigilantes, esbozó su sonrisa tímida.

—Penelope... —Notó lo inadecuado que era despedirse de ella con las habituales fórmulas de cortesía, y le apretó la mano por un momento. La acompañó con los ojos grises a su cárcel.

Durante los días soleados habían limpiado bien y fumigado la cubierta de los reclusos, pero el único recuerdo que quedaba de eso era el olor a carbonizado. Todo lo demás estaba como antes: el suelo resbaladizo, los colchones húmedos, el aire tan enrarecido que se podía cortar. El capitán había dispuesto que los presos tenían que estar encadenados, aunque no había motivo para ello, tal y como uno de los vigilantes comentó en voz baja.

—Sois una panda de furcias, pero no por eso...

—¡Panda de furcias! —le interrumpió otro—. ¡Las mujeres se lo merecen, eso dice el capitán!

Las cadenas sonaban como una cascada de acero en la penumbra. Sin embargo, la contundencia de aquel ruido ya no resultaba tan amenazadora como otras veces. No sabía si eran los ojos grises o el hecho de saber de su padre lo que le daba fuerzas, ¿o era el niño que cada vez sentía con más claridad en su interior? Ahora Penelope tenía fuerza suficiente para soportar la oscuridad.

El *Miracle* estuvo anclado en el Cabo de Buena Esperanza durante unas tres semanas para subir a bordo provisiones y agua potable, además de madera para el carpintero, cuya tarea consistía en llevar a cabo las reparaciones necesarias debido a las tormentas. Desde primera hora hasta la noche se le oía dando martillazos y golpes, arrastraba madera por los tablones y los vigilantes gritaban más de lo normal. Dejaron a los presos en cubierta, donde vegetaban con la escasa ración de agua bajo el sol de Sudáfrica.

Hacía mucho que Penelope había perdido la noción del tiempo, que era como las olas de ahí fuera: cuanto más tiempo las contemplabas, más insensible te volvías a ellas. Pasaban bailando, todas con el mismo sombrerito de espuma, y era imposible averiguar si una era más bonita que la otra, porque al cabo de un instante habían desaparecido. Entonces ¿qué importaba ese instante concreto?

—Pero ¿es que no lo ves? ¡Mira, ahí vuela un pez! —Jenny señalaba el brillante océano gris azulado.

Penelope siguió su gesto con la mirada cansada.

—¿Dónde? —Las pequeñas olas le provocaban náuseas, o tal vez fuera por el sol o la sed.

—Vuela un momento antes de sumergirse en el agua. —La anciana la agarró de la mano—. Cada instante lo es todo, niña —dijo—. Solo tienes el presente, disfrútalo. —Su rostro arrugado desprendía un brillo melancólico—. Eres joven, disfruta de la vida, por muy duro que sea estar aquí. Todos los días tienen algo que ofrecerte. Hoy es un pez volador, a ver qué te depara mañana. —Sonrió.

Penelope se la quedó mirando. ¿Qué sabía de la vida una mujer que se había pasado los últimos años de su desgraciada existencia recogiendo excrementos de perro para las curtidurías? ¿Había vida fuera de ese barco, de las cadenas, los harapos y la perspectiva de seguir encadenada en un país lejano? La orilla estaba lejos, como si fuera un sueño, así que era mejor no mirar hacia allí. Había perdido toda esperanza, se recluía en los recuerdos que en otras ocasiones la habían ayudado a aguantar.

El niño que llevaba en sus entrañas estaba tranquilo, y la tierra que tenían delante, en cambio, llena de color y vida. Había árboles verdes, casas blancas como la nieve y gente junto al paseo del puerto con vestidos tan coloridos que apenas se notaba que muchos tenían la piel negra. Penelope no veía nada, los colores seguían grises y apagados.

Todos los días había para cenar fruta cuyo nombre Penelope no había oído jamás. El velo gris de sus ojos parecía enturbiar la dulzura de esos alimentos.

—Es lo que pasa cuando estás embarazada —dijo Carrie—. Todas las embarazadas son un poco raras. Ya verás que cuando el niño haya salido te volverá a gustar la comida y también podrás reír de nuevo. Ya verás. —Sonrió—. Es mucho más divertido hacer niños que tenerlos.

Las demás mujeres asintieron y se echaron a reír, luego se turnaron para contar historias de partos. Carrie se quedó con ella, la comida era un tema mucho mejor para las embarazadas que las escalofriantes historias de las demás mujeres.

—Una vez oí que... —Movió la naranja, cuyo zumo goteaba en el suelo— que en Botany Bay caen cosas parecidas de los árboles, y que se pueden recoger sin más.

—¿Y por qué llevamos entonces toneladas de provisiones por los mares del mundo si en las colonias la comida cae de los árboles? —preguntó Esther, cuya mayor preocupación era el hambre y que había sido condenada a siete años de deportación por robar dos panecillos—. ¿Lo has pensado? Además, estas naranjas no llenan. —Fue royendo con esmero la parte blanca de la piel hasta que dejó de percibir el sabor amargo—. Yo creo que ahí abajo no hay nada de comer —concluyó.

Cuando de nuevo estuvieron en el mar, Penelope pensó que probablemente Esther tenía razón. Tal vez el médico podría aclararle algo, pero no lo había vuelto a ver desde que la sacaron del cobertizo. Quizás estaba enfermo o no había regresado de su paseo por tierra. Tal vez estuviera paseando con una dama elegante como la señorita Rose bajo las palmeras, sujetándole el parasol. Quizá tenía un objetivo y había encontrado su hogar. Penelope se quedó un rato pensando y le sorprendió ver hasta qué punto le entristecía pensarlo.

Pero el médico no estaba enfermo. También hacía unos días que no veían al capitán, y Burns, el locuaz timonel, les dijo a las mujeres que el hombre de Inverness de actitud insensible estaba en cama recibiendo los cuidados del médico.

—También ha llamado a mi Ida para que vaya a su lecho —alardeó. Burns era uno de los marineros que iba acompañado por su mujer porque quería quedarse en la colonia y empezar una nueva vida allí.

—Voluntariamente —murmuró Esther—, ¿cómo puede alguien ir voluntariamente...?

—Si vas sin cadenas, tal vez la calle esté llena de oro —dijo Carrie, y se encogió de hombros—. Solo se puede coger si eres libre. Y mirad lo que os digo. —Estiró los delgados hombros—. Un día seremos libres. Ya sea allí o cuando estemos de nuevo en Inglaterra. Ningún castigo dura para siempre, siete años se cuentan con los dedos de las manos. Se pueden ir contando, un año tras otro, ¡ya lo veréis! Igual que aquí hemos ido contando los días. ¡Yo seré libre!

—¡Yo también! —gritó otra.

—¡Libre! —exclamaron cada vez más mujeres desde el rincón, como animales tímidos que miraban alrededor con prudencia.

—¡Libre! —Sonó una vez más cuando un oficial acudió corriendo para ver si las mujeres se estaban amotinando.

Entonces se cogieron de la mano y susurraron su canción acompañadas por el viento, que soplaba intrigado alrededor del barco, recogió sus voces y las elevó hacia los aparejos que daban golpes.

—¡Libre, libre, un día seré libre!

—Libre —murmuró Penelope, y soltó una carcajada. Su pena era de catorce años. Eso no era tan fácil de contar. Los dedos de las manos ya no bastaban para contar catorce años.

Al capitán no le quedaban ni dos semanas. Los oficiales caminaban con gesto adusto, los vigilantes se reunían en grupitos y cuchicheaban, y esta vez ninguno estaba dispuesto ni a un favor rápido detrás del puesto de la cocina.

Hacia mediodía de un día muy soleado, cuando no tenían nada delante más que el océano, el médico alemán salió del camarote del capitán. Todo el mundo sabía que el doctor Reid, que en realidad era el responsable de la salud de los viajeros, estaba mareado o borracho y seguramente ni siquiera sabía lo que anunció Kreuz en su lugar.

—Tengo que comunicarles la triste noticia de que el capitán MacArthur acaba de fallecer. Hacía unos días que vomitaba sangre, pero no he podido hacer más por ayudarle. —Las palabras del médico sonaban muy sobrias, y no solo por el peculiar acento alemán, duro—. Que Dios se apiade de su alma —añadió.

Los oficiales y marineros se quitaron los sombreros en silencio, algunas mujeres se levantaron, pero no todas. Los reclusos estaban encadenados bajo cubierta desde que el barco había zarpado en el cabo: uno de ellos se había quejado por el agua salada. Seguramente, en vez de dar el pésame habrían preferido escupir al suelo, igual que hizo Mary.

—¡Vete al infierno! Yo ya te he abierto la puerta.

Penelope, horrorizada y en silencio, escudriñó el rostro de su madre y empezó a sospechar. ¡No, no podía ser! Sin embargo, el gesto de satisfacción tenía que tener algo que ver con la muerte del patrón. Penelope pensó que jamás obtendría una respuesta si lo preguntaba, y se mordió los labios. Y cuando entregaron al capitán muerto al mar envuelto en una sábana blanca, pensó que rara vez la vida repartía bien las cosas: para todos ellos era el infierno, pero para el alma diabólica del capitán debía de significar su salvación.

El primer oficial, James Haddock, se hizo con el mando. Era un hombre grueso y parco en palabras al que le unía una curiosa amistad con el médico alemán. Se les veía juntos con frecuencia, moviendo las cabezas, pensativos, y la mayor parte del tiempo era el médico el que hablaba. De vez en cuando se oían las palabras «ministerio de Marina» o «situación insostenible», así como expresiones complicadas como «delicada en cuanto a la salud».

—Lo sabemos todos —no paraba de afirmar el médico, y se quitó el sombrero para limpiarse el sudor de la frente enrojecida—. Lo hemos estudiado y publicado. ¿Por qué no hacemos nada aquí para evitarlo?

Haddock movía la cabeza de un lado a otro, miró alrededor y luego, para sorpresa de los presentes, siguió las recomendaciones del médico del barco, que solo actuaba como sustituto, pero con una gran pasión. Parecía que Haddock no pudiera quitárselo de encima. Tal vez simplemente era una persona débil a la que le resultaba más fácil obedecer a alguien que pensar por sí misma, como decía la vieja Jenny.

—Ese alemán es un pelmazo y un aguafiestas —dijo entre risas.

—Le llaman el sabelotodo —les informó Carrie—. Incluso les dice a los marineros cómo tienen que lavarse.

—No me había dado cuenta de nada —dijo Anna, morena, una de las preferidas para ofrecer sus servicios a los marineros—. Si nos pusiéramos a contar ladillas, encontraría más en los chicos que ellos en mí.

—El doctor no se calla hasta que hace lo que pide —dijo Jenny.

Haddock no paraba de suspirar atormentado, pues las explicaciones del médico cada vez eran más extensas, y al final dispuso que se abrieran las cajas de provisiones, se volvieran a pesar los productos frescos que se habían cargado en el cabo y se repartieran. La cocina de los presos recibió un nuevo plan, elaborado por el médico del barco, que ahora intervenía cuando ponían la sal en la sopa. Mary sonreía satisfecha cada vez que cortaba las piezas de carne y contaba las remolachas.

Habían colocado delante el barril de chucrut, y en vez de una vez por semana ahora había col a diario mezclada con malta para todos, y Mary supervisaba junto con el médico que en las cajas de limones no hubiera humedad para que la fruta no se pudriera antes de tiempo. El sangrado de las encías seguía atormentando a los presos, las heridas sin tratar continuaban supurando, algunos seguían sacando hasta el alma del cuerpo, pero ya no hubo más enfermos del maldito escorbuto, que era el azote del mar, tal y como Kreuz le hizo saber al nuevo capitán con aire triunfal.

—Contra un enemigo conocido se puede luchar —dijo, y se puso tan rígido que realmente uno creía que llevaba un largo servicio militar.

La rutina se extendió como un manto por el *Miracle*. De noche los presos dormían bajo cubierta en sus colchones, y de día se sentaban en la cubierta, hacían bajo vigilancia las rondas previstas, comían, cantaban y charlaban. Estaba prohibido bailar, pues el peligro de libertinaje era demasiado alto. Sin embargo, todo el mundo sabía que las mujeres lo hacían en los rincones y que el comercio con ron, botones y cucharas de plata era próspero en las cámaras de los oficiales, donde las más astutas ofrecían servicios de higiene y limpieza y trabajaban en sus pases de oro, como Jenny comentó de pasada. El nuevo capitán encargaba a un joven falsificador rubio que le lavara la ropa, lo que le costaba las burlas de sus compañeros. Él no soltaba ni una sola palabra de sus servicios, pero todos se fijaron en lo bien alimentado que parecía el joven al poco tiempo.

—Tienes que alimentar también la verga, que tantos resultados te da. —Las mujeres esbozaron una sonrisa de complicidad—. Una mano enjabona la otra, siempre ha sido así.

A veces Penelope tenía la sensación de que el médico la espiaba. ¿Acaso quería que se ganara el pase de oro? No sabía interpretar sus miradas, seguro que todo eran imaginaciones suyas, su rostro quemado por el sol era un círculo rojo sin contorno delante de la puerta de la cámara de oficiales. Igual que ella apenas lo reconocía, todo lo demás también se desdibujó en su pequeño mundo aparte de los montones de aparejos de detrás del puesto de cocina, donde Mary, gracias a su poder como cocinera de los presos, le había reservado el mejor sitio. Las nubes parecían un puré gris, y las gaviotas eran sombras lóbregas que dibujaban círculos lentos y amenazadores alrededor de los mástiles y graznaban a la espera de ver qué caía por la borda de la basura.

A veces se podía cazar una de esas aves si era demasiado audaz y bajaba a cubierta. Todos estaban ansiosos por comer la carne de pájaro. Con los huesos los hombres tallaban agujas y cucharas que decoraban durante las largas horas que pasaban en cubierta y las intercambiaban por botones de madera o un vaso de ron, o por dinero, que corría de forma inexplicable entre los presos sin bienes.

En el barco se había instaurado una cotidianeidad con el desayuno, el trabajo, las pausas y la hora de acostarse, con domingos y sermones que pronunciaba un capellán bajito y pálido que había acabado en el barco por casualidad, o tal vez por una noche de borrachera en el puerto de Portsmouth, pues pasaba la mayor parte del tiempo enfermo en su camarote, como el doctor Reid. A veces escuchaba confesiones, durante las cuales siempre se le ponían las orejas rojas. Tal vez ni siquiera fuera cura, pues las mujeres contaban con una sonrisa maliciosa que le horrorizaba lo que oía. O tal vez fuera un santo que no entendía en absoluto lo que le estaban confesando. Una vez visto, enseguida lo volvían a olvidar, sus sermones se desvanecían con el susurro del viento.

¿Qué mantenía en pie a Penelope? No pensaba que Dios manejara su destino. Durante las horas de oscuridad bajo cubierta, la idea de que su padre había sobrevivido a todo aquello le daba fuerza y energía. Él la animaba todas las noches, la cogería de la mano y la acompañaría a tierra. Su padre había sobrevivido a aquel viaje, y ella también lo haría. Y cuando hubiera salido del barco iniciaría la búsqueda de su padre. El nuevo país lo cambiaría todo. Recordó la conversación con el médico.

¿Era suficiente aquel objetivo?

El niño cada vez le provocaba más dolores. Intentaba con los brazos y las piernas liberarse de la estrechez de su vientre. Penelope trataba de aguantarlo todo. En la sala de las cadenas había aprendido que era inútil luchar contra una cárcel. Se quedaba quieta y le dejaba luchar, pero Mary temía lo peor en el parto. Tenía un mal presentimiento. La chica estaba demasiado débil, aunque últimamente le había puesto a escondidas más carne de la normal en el cuenco. Cuando las primeras contracciones hicieron que a Penelope se le saltaran las lágrimas, Mary abandonó su puesto de cocinera, pasó su trabajo a otra y fue a buscar al médico alemán a su camarote.

—¿Qué hace aquí? —dijo Penelope entre jadeos cuando su madre regresó con el médico. Se daba golpes con los puños en la barriga porque así mitigaba el dolor.

Mary le apartó los puños.

—¡Para!

—Nunca habías necesitado un médico...

—Pues será la primera vez —la interrumpió Mary—. Y no es asunto tuyo cómo hago mi trabajo ni quién dejo que lo haga.

Kreuz hizo una mueca de sorpresa cuando le contó dónde había aprendido su profesión. No le explicó a qué se dedicaba en realidad, pero probablemente lo sabía de todos modos. Cuando terminó su breve relato, él asintió despacio.

—Entiendo por qué no quieres hacerlo tú. Yo haría... yo...
—Enmudeció.

Fuera lo que fuese lo que intentaba decir, Mary le dio a entender sin palabras que él iba a asistir el parto. Le daba igual lo mucho que le importara Penelope, pues era obvio que le importaba. Sin embargo, se mantuvo objetivo, escuchó su evaluación y luego fue a buscar su maletín para desplegar su contenido metálico y tintineante junto a Penelope.

—No —jadeó Penelope—, ¡vete! ¡Llévate esos cuchillos!
—Y con una fuerza que en realidad debería haber reservado para su hijo, intentó zafarse y apartar al médico con las manos.

La agarraron entre tres personas por los brazos y la obligaron a tumbarse de nuevo, y Penelope se derrumbó, llorando. Mary la abrazó. Le costaba mucho disimular su enfado al ver la debilidad de su propia hija.

—Escúchame bien, solo te lo diré una vez —refunfuñó—. Tu estupidez y mi torpeza nos trajeron hasta este barco. Tu estupidez te ha hecho echar tripa. Traerás este niño al mundo como yo considere que debes hacerlo, y mantendrás la boca cerrada. —Le daba miedo que Penelope se diera cuenta de que ya no se fiaba de sus propias manos, antes tan expertas. Por eso repitió con aspereza—: Vas a mantener la boca cerrada, maldita sea.

La vieja Jenny tendió los retazos de lino de manera que a Penelope no le diera el sol en la cara. Hacía días que un calor despiadado los atormentaba, incluso el viento era como una mano cálida en la nuca. Las contracciones se prolongaron eternamente, constreñían su cuerpo como una cinta de calor. Penelope apenas notaba las pausas entre las contracciones. Las manos frías, los ánimos, el agua servían de poco, porque el dolor que se producía era como el de las cadenas hasta que Jenny susurró sacudiendo la cabeza que era la primera mujer que no tenía la voluntad de dar a luz a su hijo.

Tuvieron que sacárselo del cuerpo cuando llegó el momento. Ni siquiera las caricias en las mejillas de su madre hicieron que Penelope soportara las contracciones con valentía. Finalmente el médico no se anduvo con contemplaciones. Deslizó los dedos por última vez en su interior y pasó la otra mano por la barriga contraída.

—Si está ahí, todo tiene sentido. Ya veremos. Sé valiente. —Sus palabras llegaron hasta ella. Él sonrió.

Penelope cerró los ojos y le agarró la mano. Él presionó durante un rato y le dio confianza. Luego unos fórceps metálicos brillaron al sol. Penelope intentó gritar, pero su madre y Jenny la sujetaron mientras Bernhard Kreuz untaba los fórceps con grasa y los introducía en su cuerpo.

Las cadenas se abrieron.

Se rompieron en mil pedazos cuando la mano de apoyo agarró y sujetó al niño. La mano lo mantuvo agarrado con cuidado y lo sacó de su interior con amable insistencia al ritmo de las contracciones. Mary y Bernhard sabían lo que tenían que hacer, y durante los segundos en que Penelope abrió los ojos vio un rostro concentrado y sereno tras el de su madre, que se había colocado en perpendicular a su barriga para oprimir al niño. ¿Era Kreuz? ¿O era esa cara conocida de su imaginación que ahuyentaba el miedo por las noches? Se aferró a sus rasgos con la mirada y por fin comprendió cuál era su tarea. Con las últimas contracciones Penelope encontró el valor y la fuerza para colaborar, y logró respirar al ritmo adecuado. Entregó el niño en las manos del médico. Luego se desmayó.

Fue como si el bebé hubiera tendido un velo de inocencia sobre el *Miracle*. Desde su nacimiento el sol no parecía tan despiadado, sino amable y como si atravesara una capa de vapor. Una brisa ligera mitigaba el calor. Ahora permitían a las mujeres quedarse en cubierta también de noche después de que una de las viejas más debilitadas fuera atacada por las ratas en su lecho abajo mientras dormía. Los marineros se burlaron del incidente, pero el médico del barco asumió el mando de la situación y volvió a meter en la cabeza de su superior ciertas decisiones. Los vigilantes se quejaron porque ahora tenían que vigilar a los odiados presos todo el día.

—Limpiaréis la cubierta de vuestra mierda tres veces al día —soltó uno de los hombres, al tiempo que repartía cepillos.

Así que las mujeres estaban arrodilladas frotando la cubierta. De todos modos, ya no las pisaban siempre que tenían ocasión, como si quisieran proteger a la niña. El vello dorado que tenía en la cabeza y los ojos azul marino le daban un aspecto angelical. Tal vez había llegado un ángel.

La niña determinaba en su entorno la vida de las mujeres. Todas estiraban el cuello cuando lloraba e intentaban echarle un vistazo, y todas observaban a Penelope en sus intentos inexpertos de calmarla. Al principio todo eran gestos de impaciencia y consejos, pero Jenny y Mary la protegieron del exceso de curiosidad y tomaron a la niña bajo su protección.

Penelope les estaba muy agradecida. La niña era un milagro en su vida con el que aún no acababa de arreglárselas. A menudo se la quedaba mirando inmóvil y maravillada, en vez de dedicarse a algo más práctico. Ahora era madre, como Mary. Cada vez con más frecuencia se le dibujaba una sonrisa cuando tenía a la pequeña en brazos y dormía plácidamente.

Como el capellán estaba demasiado indispuesto, el capitán James Haddock bautizó a la niña con el nombre de Lily y la encomendó al cuidado de Dios. Una madre tan joven en aquel viaje lo necesitaría, en eso coincidían todos. Solo muy al principio algunas mujeres preguntaron por el padre, intrigadas, pero también con interés sincero. Penelope respondía a la pregunta con un silencio obstinado. No había vuelto a ver a Liam. El irlandés estaba muerto, no había padre.

La niña también hizo revivir los cantos en el barco. Al principio del viaje los hombres cantaban mucho, pero con las tormentas, los mareos y los duros castigos del antiguo capitán se extinguieron las melodías. El látigo finalmente acalló las últimas voces. Desde que James Haddock estaba al mando, los grupitos de cantantes habían vuelto a sus canciones, y durante las horas vespertinas, cuando la luz de los Mares del Sur se reflejaba con suavidad en las velas, sonaba la melodía con la que habían abandonado Londres, como una canción de cuna, no solo para la niña pequeña de ojos azules, sino para todos los que echaban de menos un hogar y un abrazo cariñoso.

«When we dwell on lips of the lass we adore, not a pleasure in nature is missing. May his soul be in heaven, he deserves it, I'm sure, who was first the inventor of kissing...»

La canción ayudaba a combatir el mareo constante y las leves náuseas que tras muchas semanas en el mar no les abandonaban y fatigaban a algunos. Sin embargo, las mujeres se animaban entre sí a comer, cada una cuidaba de la vecina. El tiempo que estuvieron encadenadas había fortalecido su pequeña comunidad.

Los hombres estaban muy animados, según les contó Carrie. Pasaban el tiempo sobre todo con juegos, algo que estaba totalmente prohibido y que los aburridos oficiales observaban con recelo. No obstante, de un modo misterioso el juego les había abierto el camino a los barriles de ron, esos dichosos barriles por los que habían sacrificado el agua potable. Al final del viaje el ron generaba dinero, y un tonel de agua, en cambio, no tenía valor alguno. El difunto capitán ya no dispondría del dinero que esperaba. Ya no había más puertos hasta Botany Bay donde se pudiera subir agua a bordo, así que un trago de ron aumentó considerablemente de valor.

El rostro de Penelope fue perdiendo poco a poco la palidez, y Mary se alegró de que volviera a participar de la vida en el barco. De vez en cuando incluso cantaba con los demás. Era el momento de darle algo que hacer para que no se recluyera en la antigua apatía. Mary se puso a trastear detrás de sus cajas.

—Yo... tengo algo para ti. —Tal y como sujetaba Mary el paquetito en la mano parecía un regalo, y se sonrojó al darse cuenta. Nunca le había regalado nada a su hija. Southwark no era lugar para regalos.

»Te lo trajo esa mujer, en Portsmouth. —Mary respiró hondo—. Es tuyo. —Sacó de los jirones el pequeño fardo que la señorita Rose había dejado en su visita al barco de la desesperación. Era un ovillo de hilo de seda de color rosa—. Cuando una está criando a un niño es el momento de hacer algo bonito.

Penelope alzó la vista, perpleja. Su madre había sabido guardar el regalo durante todos aquellos meses de manera que ni el moho ni los bichos pudieran dañarlo. Tenía el ovillo en la mano, nuevo y esperanzador. La luz del atardecer del sur acarició con suavidad los colores y liberó con toda precaución los recuerdos de aquel salón blanco, de las hojas de color verde claro en el enrejado y las aromáticas flores de color rosa que recibían el beso de un dulce sol primaveral...

Penelope estuvo días sentada en su sitio a la sombra en cubierta con el ovillo, acariciando los hilos. Inspiraba el aroma que desprendía en busca de una idea que la ayudara a convertir el hilo en otra cosa. Igual que antes, cuando nunca le faltaban ideas cuando se trataba de hacer una labor. Sin embargo, aquel hilo rosa parecía sonreírle y decirle que había perdido el inicio del hilo y tenía que quedarse así, completo y entero. Penelope se rio al pensarlo y con una sensación de felicidad sentía el precioso ovillo en las manos.

—¿Vas a necesitar esto? —preguntó una voz ronca. Uno de los marineros aprovechó la ocasión porque no había nadie cerca y le dirigió la palabra, aunque no estuviera permitido. Había dejado caer la cuerda que estaba enrollando y buscaba algo en el bolsillo del pantalón.

—No... no necesito nada... —Penelope se incorporó e hizo el amago de irse. No tenía el estómago de ofrecer a los hombres con tanto descaro lo que otras mujeres hacían a diario cuando querían conseguir algo. Aquel tipo no podía tener buenas intenciones, y la manera que tenía de rebuscar en los pantalones le dio miedo. Sin embargo, no se alejó mucho, porque él se atrevió a agarrarla del brazo y ella sintió ganas de gritar.

—Solo quiero darte una cosa, niña —susurró él—. Hace unos días vi el precioso hilo que tienes. Entonces pensé... —En su mano apareció una aguja de coser llena de filigranas, hecha con un hueso de pájaro—. Mi madre me lo enseñó —dijo él a modo de disculpa porque la delicada aguja no encajaba en absoluto con aquella mano callosa—. Hacía puntilla...

—Yo también me dedicaba a eso —se apresuró a interrumpirle Penelope.

El marinero sonrió contento por poder darle una alegría.

—Es muy delicada —dijo—. Así puedes hacerme una camisa con el ovillo o tejerle algo a la niña. —Señaló el pequeño bulto de mantas que tenía ella al lado—. Sí, hazle algo a la niña. Vivirá más que yo. —Le hizo una señal tímida con la mano para despedirse.

La aguja era preciosa, brillante y suavemente pulida, parecía haber estado esperando el hilo rosa. Penelope apretó su tesoro contra el pecho. Estuvo ahí sentada la mitad de la tarde sin empezar, extasiada con el color intenso y disfrutando de la sensación de notar los hilos ligeros y frescos entre los dedos.

Luego se puso a hacer encaje como antes. Despacio y con cierta torpeza, porque tenía los dedos entumecidos por la humedad y la brisa marina, fue enlazando punto por punto, hacía girar los hilos con la delicada aguja y fue creando de memoria una pieza más pequeña que una moneda que le llevaba hasta su regazo el aroma del salón blanco de Belgravia. No se atrevía a tejer las flores de melocotón tan exuberantes como quiso la señorita Rose aquella vez, pues habría agotado el hilo demasiado rápido. Así que creó una pequeña flor con muchas hojas que sobresalían como si tuvieran que crecer. El aroma que aportó ella de su recuerdo le dio nuevas fuerzas a su alma.

Penelope tejió como una posesa, creaba una hoja tras otra,

y luego formó una delicada cenefa de puntos. Como no hablaba, la dejaban tranquila, pero las mujeres estiraban el cuello, intrigadas, para averiguar qué hacía detrás de la cocina, donde Mary y Jenny la protegían con su hija. No se les ocurría chismorrear. Era como si el largo viaje en barco hubiera agotado todos los cotilleos.

Además, en el barco iba aumentando la inquietud... «tres días más», oyeron que murmuraban los marineros, y: «¡pronto habrá terminado, pronto!». Los vigilantes también se recostaban en la borda en vez de cumplir con sus funciones, y cada vez había que recordarles con más frecuencia que tenían que vigilar a los presos. ¡Tenían delante Nueva Gales del Sur, solo era cuestión de tiempo ver tierra! ¡Tierra, después de tantas semanas! Penelope era la única que no miraba al horizonte. De todos modos no habría visto nada, pues el agua salada y el viento le nublaban la vista, quizá también aquella luz tan peculiar. Era la única que hacía algo constante con las manos. Era un consuelo tener tan claro aquel trabajo. No sabía lo mucho que echaba de menos hacer encaje, esos movimientos conocidos y la leve sensación de felicidad cuando creaba algo con los dedos. El pensar tranquilamente en los puntos, el aislamiento espiritual en el espacio tranquilo que había entre ellos. Siempre se sentía segura tejiendo, y sabía que ahora estaba trabajando en algo maravilloso. Cuanto más crecía la flor, más segura estaba Penelope de que un día podría dedicarse de nuevo a eso: a crear piezas preciosas, pero esta vez no para una patrona codiciosa, sino para ella. Se ganaría su sustento, el suyo y el de la niña, con una profesión honrada, no como su madre.

Sintió una dolorosa punzada en el pecho cuando terminó la labor. La flor de melocotón parecía una pequeña sonrisa en la mano, dulce, representada con excelencia. Solo había un lugar en el mundo donde la flor y todos los pensamientos que había depositado en ella estarían a buen recaudo. Sintió una felicidad incontenible al observar a su hija. Estaba junto a ella, envuelta en los harapos que le habían dado las mujeres, y le devolvió la mirada. Esbozó una enorme sonrisa cuando le puso el collar sobre la cabeza dorada y le escondió la flor en el pecho, entre los harapos, para protegerlo de miradas curiosas. Sí, tenía algo a lo que dedicarse. El médico tenía razón.

—Lily es un nombre maravilloso —susurró Penelope con una sonrisa.

Cuando apareció la costa ante sus ojos, se pusieron todos a correr de aquí para allá y a darse empujones junto a la barandilla. James Haddock demostró una severidad inusitada porque temía que alguien se lanzara por la borda para llegar antes a la orilla. Dio instrucciones a los vigilantes de separar a hombres y mujeres y vigilarlos de cerca. Además, a los hombres les pusieron argollas en los pies. Aun así, les permitió quedarse en cubierta. Las mujeres solo llevaban esposas: si se rebelaban, enseguida les pondrían las cadenas... Refunfuñando, se apretujaron y estiraron la cabeza para echar un vistazo a lo que la tela de lino del puesto de cocina que ondeaba al viento les impedía ver.

El sol se esforzó mucho por presentarles Nueva Gales del Sur con todo su colorido: una tierra de color rojo intenso rodeada hasta la orilla por árboles verdes. Las olas de color verde claro lamían la arena blanca de la playa, el calor centelleaba en el aire. Las gaviotas se deslizaban por encima del agua. Habían desaparecido durante muchas semanas, lo que no hizo más que reforzar la sensación de inmensa soledad en el mar. Habían navegado por lugares donde ni siquiera las gaviotas se atrevían a volar, murmuró una mujer. Pero ahora revoloteaban de nuevo por el barco, y sus gritos y lamentos eran como música para los oídos de los reclusos.

—Vaya, pensaba que no llegaríamos jamás —dijo un vigilante, pensativo, junto a Penelope. Ella se volvió, asombrada. Nunca uno de ellos la había tratado con amabilidad—. Pero siempre es así —añadió—. Ya he navegado hasta aquí dos veces. Luchamos con la depresión y nos pudrimos por el escorbuto, uno tras otro. Bajo cubierta mueren de tifus y por la fiebre... pero cuando no hay nada que llevarse a la boca, no hay elección. Mi chica en Brighton se ha buscado a otro, uno que vuelva por las noches y le caliente la cama. Ya no había nada para mí allí, así que me volví a enrolar. Por lo menos en el barco te dan de comer, no tienes que robar. —Una sonrisa cohibida deformó sus rasgos duros—. Pero ya basta. Esta vez me quedo aquí...

—¿Voluntariamente? —soltó ella.

—¿Por qué no? Algo habrá aquí para un hombre libre, más que en el maldito Londres, donde casi no ves el cielo y los prestamistas te arrancan la piel de los huesos. A veces en la vida hay que empezar de nuevo. Bueno, vosotros los reclusos no tenéis elección. —Sonrió por su mal chiste—. Pero de verdad, niña, creo que si uno es listo y no es un maldito irlandés, puede llegar a algo aquí. Piénsalo: lo que tienes delante de ti es tierra firme. Solo se puede caminar sobre tierra. Nunca mires atrás. —Agarró la soga de los obenques con las dos manos como si quisiera demostrar cómo pretendía abordar su nueva vida.

A Penelope se le contagió su fuerza de voluntad, pero aun así titubeaba. La resignación que había sentido en la sala de las cadenas quería regresar, la tenía colgada de la espalda como un saco pesado, impidiendo que se recuperara. Era el momento de deshacerse del saco.

—Mira los colores que tiene esta tierra —exclamó él—. Cuando la luz vespertina cae sobre las montañas rojas, parece que alguien las haya incendiado. Y los enormes árboles... ¡en ningún sitio de Inglaterra crecen árboles tan altos! Y he visto unos animales muy raros que saltan, y pájaros de colores...

—¿Puedo ir bajo cubierta antes de llegar a tierra? —preguntó Penelope, pues se le había ocurrido una idea.

El hombre, asombrado, la miró de soslayo.

—Yo... mi... —Penelope tartamudeó que los restos harapientos de una capa le podrían servir en tierra. La había escondido por miedo a que se la robaran. Durante las últimas semanas habían robado todo lo que se pudiera cambiar por ron, a algunos realmente solo les quedaban los trapos que llevaban sobre el cuerpo.

—Bueno, date prisa —dijo el vigilante—. ¡Aún no había visto nunca que alguien quisiera bajar voluntariamente! —Le guiñó un ojo para animarla y ella se alegró de que no hiciera más preguntas—. Pero date prisa, que nadie piense que allí abajo estás mejor atendida. —Encendió su linterna y se la dio.

—Gracias —susurró Penelope.

¿Era la imprudencia la que le hizo bajar la escalera, por los escalones resbaladizos, con la mano apoyada en la cuerda putrefacta? Antes era lisa, pero las largas semanas de quietud habían hecho que se salieran las fibras, estaba áspera y extraña al tacto.

Parecía que quisiera reprocharle que no se le había perdido nada por allí.

—Quiero terminar algo —susurró ella.

No era solo la capa escondida la que la impulsaba a bajar: ahora que vislumbraba la penumbra sabía que debía despedirse para poder empezar de nuevo. Tenía que tocar por última vez las argollas, respirar el aire enrarecido, pensar por última vez en el miedo terrible que la había atenazado durante semanas. Despojarse de ese temor que se había aferrado a su espalda, que la paralizaba y le quitaba el aire. Quería tomar tierra sin ese lastre.

Se sentía un poco perdida sin la niña que últimamente dormía cada vez más tranquila con ella, como si por fin se hubiera acostumbrado a su madre. La había dejado en brazos de Mary, no le pareció bien llevarla a la oscuridad con esos cabellos dorados y brillantes de ángel.

Los tablones estaban cubiertos de moho verdoso que se colaba entre los dedos de los pies y le subía por el empeine. Hacía tiempo que nadie había estado allí. Las ratas se habían repartido la cubierta y chillaban enfurecidas por la intromisión. Una le saltó a la pierna e intentó morderla. Ella se quitó el animal de encima con un grito y dio un pisotón en el suelo para ahuyentar a las demás por un instante. Levantó un poco la linterna, asqueada, y se esforzó por no mirar al suelo. ¿Cómo había soportado aquello durante tantas semanas, agachada en el suelo, encadenada? ¿Cómo lo habría soportado con una niña en brazos, víctima de la crueldad del capitán MacArthur? Pero el capitán se hallaba en el fondo del mar y no llegó a ver a su hija...

Ralentizó el paso y finalmente se quedó quieta, inmóvil. Parecía que las paredes se inclinaban hacia ella por todas partes. Su madre siempre le decía que no había casualidades en la vida, que el azar formaba parte de un plan que les había ayudado a sobrevivir... recordó el gesto de satisfacción de Mary cuando el cadáver cayó al mar. Le estremeció su sangre fría. ¿Qué le había puesto en la comida?

—¿Te han enviado ellos? —Una voz masculina la sacó de sus pensamientos—. ¿Es que son demasiado cobardes para venir a ver si sigo vivo?

Penelope se dio media vuelta y estuvo a punto de dejar caer la linterna del susto.

Enseguida supo a quién pertenecía aquella voz. No, en la vida no había casualidades. Liam no estaba muerto, seguía vivo allí, en aquella pesadilla de hedor y moho.

—Estoy donde nos esconden cuando nos tienen miedo —continuó. Ella sintió su sonrisa, en algún lugar en la oscuridad y muy cerca de ella—. En la pared, encadenado, Penny, ¿dónde quieres que esté? Donde estabais las mujeres hay más ratas que en ningún otro sitio. O pensaban que el olor a mujer aún sería mayor tormento para mí... —Se rio con desdén.

Probablemente fue pura casualidad que lo encadenaran en la cubierta de las mujeres, u holgazanería de los vigilantes, que no dieron ni un paso más estando tan cerca de su destino. Sin embargo, el capitán Haddock hizo que le pusieran las cadenas durante las últimas millas, subrayando lo peligroso que consideraba al irlandés rebelde. Penelope sintió que un escalofrío le recorría la espalda y se preguntó por qué se sentía atraída precisamente por un hombre así.

—¿Qué has hecho? —susurró ella.

—Uno de los chicos me llamó «cerdo irlandés». —Liam soltó una carcajada sarcástica—. Tuve que aclararlo, y acto seguido llegaron ellos. Malditos cerdos.

Por encima de ellos se oía ruido sobre los tablones. Por un momento escucharon juntos. Algunos marineros volvían a llevar zapatos de madera de la ilusión que les hacía ver tierra. Por lo visto se estaban preparando para atracar, se oían órdenes a gritos y arrastraban sogas por la cubierta. El viento hacía trizas los gritos de los oficiales, metía esos fragmentos entre los tablones y allí se quedaban atrapados, impotentes, mientras en las órdenes de los oficiales faltaban palabras como «estribor» o «atrás» y nadie entendía lo que querían. A Penelope le gustó la idea.

—¡Ven aquí! —le gritó el irlandés—. Penny. —Era la única persona que la llamaba así sin que sonara a nombre infantil.

Sonaron las cadenas y en la penumbra Penelope vio que tenía la mano tendida. Ella se arrodilló y la linterna cayó con un golpe al suelo. La vela desapareció en su lecho de cera, pero no se apagó del todo.

»Ven —repitió él.

Penelope lo olvidó todo. La tierra que tenían delante, la niña, la esperanza que se había apoderado de ella antes. Entre la maloliente inmundicia se deslizó hacia él con la esperanza de poder tocarle. Quería acariciarle, y recorrió su cuerpo con las manos, temblando al pasar sobre los profundos surcos que le había dejado el látigo. Él la rodeó y le dio un abrazo. Sus labios toparon con el rostro de Penelope y sin vacilar recorrió su piel con la lengua hasta introducirla en su boca. Se bebieron el uno al otro, y por un momento ella creyó que él iba a continuar donde lo habían dejado aquella vez...

—¿Estás ahí abajo? —gritó el vigilante por la escotilla.

Aquella pregunta fue como un cuchillo en el silencio de su beso. Lo destrozó, y nadie podría volver a reunirlo.

—Chisss —dijo Liam. Sonó la cadena mientras él le acariciaba la cara con la mano—. Tienes que hacer algo por mí, Penny, antes de irte.

—¿Qué? —preguntó ella, incapaz de alejarse de él por el deseo—. ¿Qué tengo que hacer?

—La llave —dijo él—. La llave de las cadenas está colgada

de la escalera, tienes que ir a buscarla. Dejarán que me pudra aquí...

—No lo harán —susurró ella—. No podrían...

—Quiero irme antes de que vengan a buscarme. Tienes que ayudarme, Penny. ¡Coge la llave! —Y como para seducirla, jugó con la mano y el bajo vientre de Penelope.

—Por favor —dijo ella entre jadeos, pero Liam se movió y Penelope ya no lo veía. Solo le quedaba su mano tentadora entre las piernas y el tono de súplica al oído: «la llave, Penny, la llave».

Casi no podía caminar de la excitación, después de dar tres pasos se arrodilló y siguió a rastras por la escalera donde en principio colgaba la llave, y donde el vigilante seguía con la escotilla abierta buscándola con la mirada.

—¿Hola? ¿Sigues ahí? —repitió la pregunta.

—Sí —contestó ella con la voz entrecortada, con miedo a desvelarlo todo y traerle mala suerte de nuevo a Liam—. Sí, ya voy... yo... quería llevarme algo.

—Bueno, estoy ansioso por verlo. —El hombre se echó a reír—. Llama cuando quieras salir. —Dejó caer la tapa. La oscuridad era absoluta bajo cubierta, y ella solo podía fiarse de sus dedos, recorrió a tientas los escalones y encontró la cuerda y la tabla atornillada de donde colgaban un látigo, cadenas de acero y un manojo de llaves.

—La tengo —susurró, emocionada—, tengo la llave, Liam...

—Bien —susurró él—. Vuelve hasta mí, Penny, ven con la llave.

El leve ruido de las cadenas le indicó el camino, él se movió, tal vez estiró los brazos hacia ella. Penelope presionaba el manojo de llaves contra el pecho y recorría el camino de vuelta a rastras, segura de sí misma y contenta de poder ayudarle, y al mismo tiempo sintiendo ardor por él. La vela de la linterna se había recuperado de la caída y volvía a emitir una luz serena sobre el suelo. La silueta de Liam junto a la pared era solo una sombra, y ella se acercó con todo el cuerpo temblando.

—¿Dónde está la llave? Dámela, Penny —susurró él con la voz ronca.

Ella encontró sus piernas y se deslizó a gatas y abierta como una puerta hacia él. Volvieron a sonar las cadenas. Él le arrebató la llave y soltó una leve risa triunfal.

—Buena chica. ¡Espera! —Con un movimiento fugaz le abrió las piernas y se colocó a la chica encima... le levantó el vestido, la agarró de la pelvis y la penetró con todas sus fuerzas. Empujó varias veces con dureza como un tronco de tal manera que ella estuvo a punto de desgarrarse. No le dejó nada más que su sello frío. Tras la última estocada se retiró y la bajó de su cuerpo.

»Lárgate, niña, antes de que sospechen. Yo tengo que hacer una cosa. —Mientras ella lloraba, él la cogió por la nuca y se acercó de nuevo a ella—. Eres la mujer más bonita que he tenido jamás —dijo con la voz ronca—. Cásate conmigo, maldita sea. —Al ver que ella no reaccionaba, la besó por última vez con labios ardientes y susurró—: Entonces sal la primera del barco, Penny. Ve la primera a tierra, ¿me oyes?

Penelope ya no recordaba cómo había subido los escalones. Mil peldaños, tal vez más, le quemaban bajo los pies. Le abrieron la tapa, salió a la luz, luego la dejaron sentarse. Sentía el corazón entumecido, no podía coger en brazos a la niña ahora que la tenía Mary. El dolor era demasiado profundo para contestar preguntas.

5

*La mañana llegó, y se fue, y llegó, y no trajo
el día,
y los hombres olvidaron sus pasiones ante el
terror de esta desolación
y todos los corazones
se helaron en una plegaria egoísta por luz.*

LORD BYRON, *Oscuridad*

Al principio pensaron que la puesta de sol les engañaba con su colorido, que simulaba mucho más de lo que en realidad era. Creían que el sol había dado un salto en el aire para darles la bienvenida a Nueva Gales del Sur, tanto a los voluntarios como a los proscritos, como prueba de que la nueva tierra no era un espejismo que centelleaba por el calor, y que tras la prolongada oscuridad les esperaba la luz. Sin embargo, el ocaso se ocultaba tras el fuego, que se extendió a toda prisa desde el almacén de provisiones situado junto a la cubierta femenina. Originado por una llamita en un montón de ropa olvidada, primero se propagó por la cubierta inferior y luego echó llamaradas por las escotillas enrejadas hacia el aire.

—¡Fuego! —gritó un marinero—. ¡Fuego a bordo! —Salió corriendo hacia la cámara de oficiales agitando los brazos, como si se pudiera hacer algo contra las llamas. Sin embargo, el barco llevaba el fuego en las entrañas como una cría malvada que esperaba el momento adecuado para salir a la luz del día.

Haddock se encontraba en una situación extremadamente complicada: se dirigían directamente al puerto de Sídney, los mástiles de dos barcos escondían el mar de casas de la colonia. Parecía inevitable una catástrofe. Los cañones del *Miracle* estaban cargados porque en la calma del océano pululaban piratas, según le habían contado. En realidad no habían avistado ningún barco pirata, pero las balas y la pólvora estaban en los cañones a punto de explotar. Era el precio de su precaución.

—¡A los botes! —gritó el capitán Haddock—. ¡Todos los botes al agua! ¡Recoged las velas, dirigíos a estribor y esperad allí!

Desde que se habían adentrado en la bahía de Port Jackson, los marineros tenían las miradas de añoranza clavadas en la orilla verde. Los oficiales se apartaban los unos a otros a puntapiés y se forzaban a trabajar, también los vigilantes tuvieron que echar una mano. El caos en el barco fue aumentando. En algún lugar se oyó un disparo. Las mujeres se colocaron asustadas contra la pared del barco, como si pudiera servirles de escondite.

—Maldita sea, vamos a saltar todos por los aires. —Presa del pánico, Carrie recogió su fardo de harapos, dispuesta a huir en cuanto tuviera ocasión.

Mary oteó por encima de la barandilla y apretó la cabecita de Lily contra su pecho.

—Vienen barcos —dijo con la voz ronca—. Seguro que nos sacarán de aquí. No sacrificarán a un barco entero de presos, al fin y al cabo les hemos costado mucho dinero.

Jenny soltó una risa sarcástica.

—¡Eso sí que es un buen motivo! ¡Y piensa en todas las provisiones que se han reservado para vender!

La risa de Jenny fue lo último que oyeron antes de que su mundo se incendiara. La cámara de oficiales saltó por los aires con un ruido ensordecedor. El fuego se propagaba por el puente a toda velocidad, ya no se veía a James Haddock tras el recinto, solo resonaban sus órdenes fantasmales a través del ruido. Había dos hombres al timón, las velas daban vueltas y bajaron el ancla. Si no conseguían girar a tiempo, el barco haría una maniobra brusca gracias al ancla y tal vez zozobrarían, pero no seguirían avanzando hacia el puerto. Los marineros, con un coraje fruto de la desesperación, trepaban por los obenques y recogían las telas. No era para salvarlas de las llamas, sino para aprovechar cada minuto y que el barco diera media vuelta más rápido antes de que el fuego impusiera su ritmo.

En el puerto doblaron unas campanas. La alarma contra incendios sonaba imprecisa y monótona en el agua. ¡Menuda bienvenida!

Desde que habían pasado junto a Botany Bay, a donde iban los primeros presos del país, Penelope sentía que su corazón latía de nuevo. «Nada de mirar atrás», se decía a sí misma, «hay que mirar hacia delante, detrás solo queda el mar... y delante la esperanza. ¡Recuérdalo! Tienes un objetivo. Tu padre sobrevivió al barco, tú también lo conseguirás».

Se aferraba a aquella idea. No le habían hecho preguntas, como si las mujeres supieran también esta vez lo que había ocurrido. Por fin era una de ellas, una flor marchita, con la diferencia de que a ellas les pagaban por sus servicios y a Penelope la engañaban en cada relación. La vergüenza que sentía le quemaba más que cualquier fuego, y el trago de ron que había tomado para celebrar la llegada tampoco pudo atenuar esa sensación. Dos mujeres compasivas le ofrecieron su cucharón en silencio, y ella bebió sin rechistar. Cuando después empezó la embriaguez, pudo incluso dirigir la mirada hacia los árboles que había a lo largo de la orilla y convencerse de que la maleza verde era el inicio de una nueva vida, con el cielo despejado y la niña en brazos. Todo era posible porque había sobrevivido.

Pero la verdad estaba en el barco. Sídney estaba a la vista: ese grupo de casas de tierra roja donde se adivinaba la filigrana que formaban los mástiles de dos barcos. Al cabo de un segundo perdió su sentido como objetivo de su viaje. Toda la estructura del *Miracle* estaba ardiendo en llamas, que salían de todas las escotillas. Los hombres gritaban palabras sueltas, como «¡cañones!». Consiguieron tirar dos de ellos al agua, pero ¿qué eran dos cañones en comparación con catorce más? Hombres desesperados intentaban salvar todo lo posible de los camarotes: ropa, bolsas, incluso la vajilla salió volando por la borda para que no la devorara el fuego. Uno de los soldados más jóvenes sacó a rastras por la puerta una caja y la levantó por la borda. Cuando la arrojó fuera del barco, un superior lo arrancó de allí y le exigió a patadas que retrocediera y fuera a donde se necesitaban todas las manos posibles para salvar a personas del fuego.

Una violenta explosión sacudió el barco entero. Junto a la escotilla donde antes bajaban los hombres a su prisión casi se derrumbó el techo: el primer barril de pólvora había sido pasto de las llamas y había saltado por los aires. Era el final. Penelope gritó como una posesa. Había huido a su viejo escondite junto a los cabos y salió despedida por la onda expansiva. Alguien la vio tumbada sobre los tablones, la levantó por los brazos y la empujó hacia el timón, donde el fuego aún no se había abierto paso.

—¡Adelante! —rugió el vigilante—. ¡Muévete, no queda nadie atrás!

—¡Mi hija! —le gritó Penelope—. Mi hija, ¿dónde está mi hija?, ¡mi hija!

—¡Tú procura salvar tu culo! —le contestó él a gritos, y le dio una patada con todas sus fuerzas en el trasero.

Al caer, el vigilante la agarró de la camisa y la llevó a rastras a su lado mientras caminaba. Habían reunido a las mujeres, que no paraban de gritar, junto al timón, y el capitán en persona se encargaba de levantarlas por encima del barco. Desde abajo media docena de brazos se estiraban hacia ellas: el primer bote de salvamento había llegado al *Miracle*.

Fueron saltando por los aires una tras otra, como si fueran bultos que daban gritos. Penelope miró alrededor aterrorizada. ¿Dónde estaba Mary, dónde estaba Mary con su hija? Tras el marinero que estaba junto a la borda reconoció el cabello rubio de Carrie y oyó sus gritos. Thelma cayó directamente en brazos de un asistente y lo arrastró por la borda del pequeño bote. Pudieron volver a meterlos dentro con rapidez. Jenny se resistía a las manos del oficial, que aun así la lanzó y no acertó por poco. Jenny golpeó primero de frente el borde del bote, luego cayó al agua inerte.

—¿Madre? —Penelope recuperó la voz, tenía a dos mujeres delante y ninguna detrás. ¿Dónde estaba? ¿Y dónde estaba Lily, si la había dejado en brazos de su madre?—. ¡Madre! —gritó, aterrorizada—. ¡Madre, Lily!

Haddock la agarró y la levantó. Pasó por encima de la barandilla sin decir palabra, pues era solo una de tantas con ropa de presa. Luego Penelope abandonó el barco. No fue la primera como le había aconsejado Liam, y además todo había sucedido de manera muy distinta a como lo había imaginado.

En el aire dio una vuelta sobre sí misma como un gato. Lo último que vio fueron los brazos tendidos y la expresión de horror de Bernhard Kreuz.

Mary vio a su hija volar por los aires. La habían dejado bajar una de las primeras por la niña que llevaba en brazos, y se sentó en un lugar seguro en el bote de salvamento, que se alejó del barco en cuanto estuvo lleno. Se prohibió gritar al ver caer a su hija. Hasta que le tocó a Jenny, que había golpeado contra el borde del bote, todas las mujeres habían caído ilesas en el bote. ¿Por qué iba a ser distinto con Penelope? Las llamas se elevaban en el cielo, un cañón explotó, luego el siguiente, y el bote se rompió bajo sus pies. Salió disparada al aire, todo empezó a dar vueltas, acabó en el agua y se hundió.

Mary luchó por regresar a la superficie, con la niña apretada contra el pecho, pero le costaba nadar con un brazo, y cada vez que respiraba le entraba agua en la boca. Alrededor había personas por todas partes que luchaban contra las olas que provocaba el barco, que se hundía. Piezas del barco, cajas, cascotes, todo bailaba sobre las olas, y cuando eran demasiado grandes cortaban a la gente que intentaba nadar. Mary avanzó a nado, tosiendo. La niña que llevaba en el brazo no paraba de sumergirse en el agua, no sabía si seguía con vida. Las fuerzas iban menguando. Aprovechó el último impulso para subir a la niña a un baúl de viaje que vagaba a la deriva, pero cuando intentó agarrarse al asa que tenía en un lateral se le resbaló de las manos y el baúl se fue alejando. Una ola la engulló. Cuando volvió a aparecer tosiendo e intentando respirar, el baúl de viaje había desaparecido con Lily.

Se fueron acercando más botes desde tierra. Mary oyó campanas de iglesia, una lúgubre música de fondo para su húmedo entierro. Mientras pensaba que la muerte tenía un sabor salado, las manos enérgicas seguían saliendo del agua y se agitaban con todas sus fuerzas para alejarse del barco en llamas, que estaba medio de costado. Tras una última explosión se hundió en el mar. Los cascotes volaban como proyectiles por encima de sus cabezas, la onda expansiva en el agua atrapó un bote y lo volcó con todos sus ocupantes.

Carrie estuvo sentada un rato a su lado. La había encontrado en la orilla, donde habían colocado a los presos en fila para contarlos y contabilizar las pérdidas. Thelma. Jenny. Mary MacFadden. Por mucho que Penelope mirara alrededor, no vio a su madre entre los supervivientes, así que el nombre de Mary fue incluido en la lista de desaparecidos. Penelope era incapaz de pronunciar siquiera el nombre de su hija, solo podía temblar y apoyar la cabeza en el hombro de Carrie.

Los oficiales se dispersaron para llevar a los heridos a un lugar mejor. Haddock llamó a su primer oficial, y el médico del barco se encontraba vomitando bajo la sombra de una palmera. La mayoría de los náufragos estaban en cuclillas en la arena caliente, con la mirada perdida al frente, sin ni siquiera reaccionar cuando les colocaban mantas encima y les llevaban jarras con vino fino.

Con la última luz del día se había hundido en el horizonte

el barco en llamas junto con los cañones cargados: el peligro había pasado definitivamente.

—Y a nadie le interesarán ya los chanchullos de ese putero —dijo alguien junto a Penelope.

—¿Qué...? —Levantó la mirada, aturdida.

Carrie se arrimó más a ella. El cabello rubio y mojado le colgaba hasta el pecho desnudo.

—Bueno, se ha quemado todo, todos los libros donde registraban quién era golpeado y quién moría. Y cuánta comida habían repartido. Más de un capitán ha tenido que pagar por su crueldad.

—Pero el capitán ya está muerto. —Aquella palabra tenía un eco tétrico. No podía seguir pensando.

—Cierto, y de qué manera. —La voz de Carrie sonaba demasiado animada.

¿Por qué hablaba así? Penelope no soportaba la charla, tenía ganas de levantarse e irse, pero las piernas se le doblegaron al dar dos pasos, y cayó sobre la arena caliente... la arena ardía sobre la piel del rostro, se le metía entre los labios resecos. Quería quedarse ahí tumbada, esperar a que el dolor sordo que sentía en el corazón desapareciera. Esperar a que ocurriera algo bueno, a que llegara su madre, con la niña...

—Rápido, siéntate, niña, vienen los hombres. —Carrie la levantó por detrás y la arrastró para colocarla a su lado—. Arréglate el pelo, ¡que vienen! ¡Los hombres que buscan esposa!

—Pensaba que íbamos a la cárcel.

—¡Si tenemos suerte, iremos a un hogar!

—Pero... ya hemos sido juzgadas: ¡catorce años! —Le costaba tanto hablar... Penelope se frotó los ojos como si le fuera a ayudar a entender mejor la emoción de Carrie. No le sirvió, aunque Carrie se esforzaba mucho.

—Olvida el pasado, Penny —insistió ella—. No mires atrás. Ahora tienes que labrarte tu camino, ¡ahora! ¡Mira, ahí vienen! Solo tienes esta oportunidad, Penny. ¡Uno de esos tipos libres tiene que ser para ti!

Sídney no conocía la compasión. Ahora que los presos del *Miracle* estaban en tierra, aunque no hubieran llegado por la vía habitual, ya podían repartírselos, como hacían siempre que llegaba un barco. La playa y el muelle se llenaron de gente, carros y coches de caballo. Chuchos peludos correteaban husmeando entre los náufragos, persiguiendo las manos que los rechazaban. Señores rechonchos escogían a los hombres más fuertes y los cargaban en carros. «Hombres de campo», se oía, «tendrán que matarse a trabajar, que Dios se apiade de ellos». Los agarraban del brazo y les levantaban las camisas desgarradas para ver los músculos del pecho. Penelope gritó horrorizada cuando un hombre se plantó frente a ella, la puso de pie y con la mano derecha le apretó el brazo y con la izquierda los pechos doloridos.

—¡Esta aún tiene leche! —Soltó una carcajada grosera y la dejó caer en la arena.

Ella se acurrucó llorando y ya no reaccionó cuando el hombre le dio una patada.

Otras mujeres eran más listas. Con la cabeza entre los brazos vio cómo se hacían trenzas rápidamente y se las peinaban, vio rostros con sonrisas esperanzadas... mujeres que se ofrecían. Su cerebro iba demasiado lento... ¿qué hacía esa mujer en brazos de aquel tipo? ¿Y qué pasaba con las que nadie quería?

—Es tu única oportunidad.

Penelope levantó la cabeza demasiado tarde para ver quién tenía delante, pero ya no había nadie. El gentío y el lío de voces habían terminado, y la arena estaba llena de pisadas. La habían pasado por alto. Ahora la gente se acumulaba alrededor de un puesto de madera donde alguien meneaba una lista y gritaba nombres de presas. «¡Thelma Brown!», oyó. «¡Elizabeth Smythe!» La mayoría los de hombres tenían una mujer al lado a la que querían rescatar... Ahora entendía lo que Carrie intentaba explicarle: la mano de un colono libre era el pase de oro, y su propuesta de matrimonio la única vía legal para evitar el destierro.

Carrie se había ido.

Todas las que Penelope conocía se habían ido. Dominó el

pánico. Las mujeres de alrededor se juntaron más, como si quisieran hacerse fuertes aunque nadie las hubiera querido por ser demasiado viejas, débiles o feas. O, como Penelope, porque se les había pasado el momento. Miró alrededor con cuidado. Ninguna de las mujeres había advertido su presencia. Ahora solo había una persona en el mundo que podía ayudarla: ella misma.

—Esas mujeres tienen que vestirse antes de subir al bote. Tienen un aspecto deplorable: tenéis que darles ropa. No se puede aguantar una cosa así. —La voz sonaba un poco gangosa, pero en el fondo amable—. Todo el mundo pensará que solo vienen prostitutas a nuestra tierra.

—Pero es que solo vienen prostitutas a nuestro país, señora —replicó otra voz, de alguien que se aclaró la garganta antes de dar la siguiente explicación—: Son prostitutas de las peores, de lo contrario estas mujeres no estarían aquí y llevarían una vida decente en Inglaterra con un marido e hijos.

—¡Pero no por eso tenemos que humillarlas con su desnudez! —La mujer no cedía.

—A esa chusma no se le puede ni humillar, señora Macquarie...

—No quiero oír más tonterías. Que les traigan ropa, y vista a esas lastimosas criaturas antes de que caiga la noche y se congelen. —Las faldas crujían, tal vez llevaba dos, una encima de la otra, olían a jabón cuando pasaban por delante sujetas por una mano delgada.

El viento intentó salvar a Penelope. Hizo que el pañuelo de encaje de seda de la dama cayera delante de sus pies, se quedó enredado, ella lo recogió y sus dedos reconocieron enseguida un precioso encaje. Ella acarició con nostalgia la pieza de color amarillo brillante que la dama sujetaba delante de la nariz para protegerse del hedor que emanaban las recién llegadas. Una dulce ráfaga de perfume le llegó desde el pañuelo y le envió saludos desde un salón blanco en la otra punta del mundo.

—¡Aparta tus mugrientas zarpas, ladrona! —le gruñó el criado, que se inclinó para arrebatarle el pañuelo.

La dama se volvió sorprendida.

—Pero, Thomas...

«Ahora», le susurraba el viento, «¡ahora!».

—Yo... sé hacerlo —tartamudeó Penelope—, sé hacer encaje... —El pañuelo se le resbaló de los dedos.

El criado frunció el ceño, y cuando le entregó el pañuelo a su señora se acercó a Penelope con una mirada de curiosidad.

—¿Sabes hacerlo? ¿De verdad? —le preguntó, incrédulo.

Penelope asintió con energía.

Los ojos severos de Elizabeth Macquarie la escudriñaron con atención, repasaron su rostro enjuto y las manos temblorosas de la agitación, que tras tantos meses en el mar en realidad no tenían aspecto de haberse dedicado a las labores.

—Yo era encajera en Londres, señora —susurró Penelope.

Entonces alguien se acercó corriendo a la señora.

—Señora, su esposo la está buscando, espera en el coche. Ha dicho...

—Yo hacía encaje. —Penelope intentó dar un salto para que la señora no se fuera, pero era demasiado tarde. El momento mágico había pasado. Elizabeth Macquarie se había dado la vuelta sin decir nada y siguió a aquel hombre. «Boba», le reprendió el viento, y luego regresó al mar. «Tú verás cómo te las arreglas.»

Penelope se vino abajo.

—De verdad que sé hacer encaje —no paraba de decir en voz baja para sus adentros, pero nadie la oía.

Hacía tiempo que la señora había desaparecido de la playa. Sin embargo, por lo visto sus deseos fueron escuchados, pues dos hombres con ropa de reclusos descargaban de un carro mantas y ropa para que las que quedaban pudieran tapar sus vergüenzas. Se repartieron pantalones, camisas y vestidos sencillos que se ataban a la cintura con una cuerda. La tela áspera tenía el mismo color que el suelo que pisaban. Entre los árboles habían levantado un campamento provisional, controlado por dos vigilantes que se tomaban su trabajo muy en serio. El pago especial de dos jarras de ron los hacía más rigurosos. Un intento de fuga acababa en paliza. Penelope observaba su comportamiento: cómo empinaban el codo, se pavoneaban o hacían girar el látigo. Era inútil intentarlo, esos dos lo veían todo. No tenía sentido buscar a Mary.

El puerto de Sídney se vació y la noche se cernió sobre Nueva Gales del Sur.

Era su primera noche como presa de la colonia británica en la otra punta del mundo.

A nadie le interesaban ya los que habían quedado cuando atravesaron Sídney. La mayoría estaba demasiado débil para caminar, así que los habían cargado en carros. Un anciano murió durante el trayecto. Las mujeres lo colocaron en el suelo entre sus pies. Por lo menos una le tapó la cabeza con un pañuelo.

—Qué calor —murmuró la vecina de Penelope—, maldito calor... nadie nos habló de él.

—Nadie nos contó nada —replicó esta. Comprobó que le sentaba bien hablar porque la distraía. De noche temía enloquecer por el dolor que le causaba tanta pérdida—. ¿Sabes adónde nos llevan? —le preguntó Penelope, que se sentía más valiente.

El nuevo día amaneció con un sol como jamás había visto en Inglaterra. Consiguió infundir confianza en los corazones y cubrir a los náufragos con un calor agradable. Penelope se metió en la boca el último pedazo de pan. Todos habían aceptado agradecidos el pequeño desayuno por la mañana, ella incluso se lo comió con hambre. Luego le resultó más fácil ordenar los pensamientos y reflexionar sobre cómo podía buscar a Mary. Su madre fue la última que estuvo con la niña, así que tenía que encontrar a Mary.

—He oído que nos llevan a la fábrica de Parramatta —dijo la mujer—. Se ve que es muy bonito.

—Parramatta. ¿Y no a Sídney? —Penelope frunció el ceño. Parramatta sonaba a desierto. ¿Cómo iba a buscar entonces a su madre?

El carro traqueteaba sobre el pavimento irregular al pasar

junto a unas casas bajas que se protegían del calor entre árboles altos. Penelope aguzó la vista y vio unas vallas, arbustos en flor y pequeños huertos. La imagen era en cierto modo parecida a Inglaterra. De todas partes salía gente para observar a los ocupantes del carro. El cochero se detuvo en una conversación.

—¡No llevas nada para mí, Jones! —le gritó un hombre bronceado que agitaba su sombrero de ala ancha—. La próxima vez que sean más jóvenes...

—Pero, Sam, las más guapas se las repartieron ayer por la tarde. Seguro que estabas acostado borracho otra vez —contestó el cochero.

El otro se echó a reír.

—Sí, por la tarde tengo otras cosas que hacer.

—La próxima vez haremos más ruido cuando hagamos saltar el barco por los aires para que en medio de la cogorza oigas que han descargado a presas nuevas. —Una mujer que acababa de llegar para ver al resto de los recién llegados soltó una fuerte carcajada.

—Ya, el barco, vamos, cuéntanoslo, ¿de verdad se incendió? —preguntó un tercero.

La gente se quedó quieta, comentando los dramáticos sucesos de la tarde anterior y a qué altura se habían elevado las llamas en el cielo, y Sam no paraba de sacudir la cabeza al comprobar que en realidad no se había enterado de nada. Con un fuerte acento escocés rogó que la próxima vez llamaran a su puerta y le dijeran a la empleada que le hacía la comida que lo sacara a rastras.

—Grita mucho cuando se ocupa de ti —soltó un anciano con una risita—, de todos modos no nos oiría.

—Ya tienes una empleada, ¿para qué necesitas otra? —se sorprendía otro.

—Una para la cama y otra para la cocina, y las dos tienen mucho que hacer —dijo la mujer entre risas.

Luego el carro siguió su camino con los presos, y nadie se volvió para mirarlos.

Mary había conseguido con sus últimas fuerzas enterrar las manos en la arena húmeda para luego arrastrarse por la orilla. El agua le había deformado el rostro. Apenas podía resistirse a que le entrara en la boca, y tenía náuseas del sabor a sal. Tosió. Más sal.

—¿A quién tenemos aquí?

Alguien intentó ponerla de costado con el pie. Estaba demasiado débil para oponer resistencia, pues la lucha contra las olas la había dejado exhausta. Cuando abrió los ojos vio que estaba sola en la arena. Cerró los ojos con resignación.

—Debe de venir del barco incendiado, ¡cielo santo!

—*Miracle* —susurró Mary, como si sirviera de ayuda—. *Miracle...*

—¡Madre de Dios, pero si está viva! —Una mujer se arrodilló a su lado y le apartó el cabello mojado de la cara—. Necesita ropa seca, Paul. ¡Ve a buscar el carro y ayúdame! ¡A qué esperas!

Jemimah Harris era una colona decidida y enérgica de Cornwall. Dirigía junto con su marido una pequeña granja de cría de ovejas al este de Sídney que les daba suficiente para alimentarse los dos y dar de comer durante unos días a una náufraga como Mary MacFadden hasta que recuperara las fuerzas.

—Pero ya sabes que tenemos que entregarte —le dijo al cabo de unos días por la tarde, mientras estaban sentadas en el banco de madera que había delante de la humilde casita, mirando cómo los gatos jóvenes alborotaban—. No necesitamos trabajadores. Tal vez el año que viene...

—Mi hija estaba en el barco —dijo Mary sin rodeos—. Mi hija y su hija pequeña.

Jemimah se la quedó mirando y luego asintió despacio.

—¿Sabes? Los días después del incendio encontraron muchos cuerpos. A lo mejor hay listas, quizá tienes suerte. Mañana lo veremos. —Vertió el agua caliente sobre las hojas de menta que cogía todos los días en el jardín—. Pero hoy aún tienes que descansar. —La menta de Jemimah emanaba olor a hierba y tenía un sabor peculiar. Daba energía y ánimos. Mary esperó con fuerzas a que llegara el nuevo día.

Tal vez el motivo por el cual la tarde anterior Ann Pebbles no había encontrado a un hombre que le comprara el pase de oro eran los dientes que le faltaban. Era una de las mujeres que se había pasado todo el trayecto desde Inglaterra en los camarotes de los oficiales, y según contaba al final su último bienhechor la molía a palos.

—Me pegaba hasta que escupía todos los dientes. —Antes de que la mataran el pus y la fiebre fue lo bastante lista para enjuagarse la boca con agua salada—. El dolor era horrible, pero era mejor que morir. —Se esforzó en sonreír—. La sal también ayudó a sobrevivir a los que habían recibido latigazos. A mí el látigo me dio en la cara. —Se encogió de hombros—. Podría haber sido peor, a algunos los mataban a golpes.

Penelope le colocó los dedos en la mejilla con cuidado. Cada vez tenía más calor. La hinchazón había convertido el rostro antes bello en una mueca grotesca.

—Supongo que los tipos de ayer tenían miedo de que los devorara si me llevaban con ellos. —Ann tragó deprisa la papilla que había aclarado con agua de su vaso. Comer le ocasionaba mucho dolor, pero eso no le interesaba a nadie: el médico que había examinado a los presos había pasado por delante de ella sin prestarle atención.

—¿Cómo era el médico? —preguntó Penelope con el corazón acelerado, pues tenía la esperanza de encontrar como mínimo a un conocido en su descripción, el médico alemán al que había perdido de vista con el naufragio.

Ann se encogió de hombros de nuevo.

—No lo sé, ni siquiera me examinó, sabía que estoy sana. Al fin y al cabo es médico. —La última frase rezumaba una ironía amarga, así que Penelope no se atrevió a hacer más preguntas.

Tras una breve noche en una barca de río, donde apenas durmieron, acurrucadas muy juntas por miedo a los animales salvajes que podían saltar a la barca desde la orilla, el bote atracó en medio del bosque por la mañana. No había habido desayuno, el barquero era de la opinión de que eso era asunto de la fábrica para la que iban a trabajar a partir de entonces.

—¡Pero nos prometieron una comida! —le gritó Ann Pebbles—. ¡La estás robando, maldito ladrón!

Las perlas que se había atado el barquero en la barba enmarañada temblaron primero, rompió a reír y luego le dio un puñetazo en la cara con tal rabia que la chica se tambaleó hacia atrás hasta caer en brazos de Penelope. Después se puso a llevar a la orilla las cajas de comida llenas, donde las cambió por un barril de ron.

Penelope comprendió cómo iban los negocios allí.

La fábrica de mujeres, un edificio inclinado y ruinoso, se encontraba cerca del embarcadero, junto al agua. Las crecidas habían corroído los fundamentos y dejado zonas mohosas. Dos pájaros de colores salieron volando desde la azotea y sobrevolaron las cabezas de las mujeres con ganas de atacar. Penelope agitó los brazos por instinto por encima de la cabeza para protegerse de los violentos picotazos. Más tarde se enteraría de que al señor Hershey, el supervisor de la fábrica, le divertía adiestrar a sus papagayos para que atacaran al vuelo.

Continuamente había que agachar la cabeza, igual que cuando las empujaban hacia el patio por la estrecha puerta de la fábrica, que apenas merecía ese nombre porque solo estaba compuesta por una sala alargada que en la planta baja estaba dividida en celdas y en la superior albergaba los talleres. El taller era una sala estrecha que olía a moho, tan baja que casi no podían ponerse de pie. La inmundicia resbalaba hasta las celdas a través de los tablones agujereados del suelo. En algún momento caería la primera trabajadora por un agujero y se rompería los huesos.

Los taburetes y los tornos de hilar estaban tan juntos que casi era imposible trabajar sin estar apretadas. Sobre las montañas de fieltro y de lana había unas mantas gruesas: por lo visto era el campamento nocturno de las presas que habían sido trasladadas a Parramatta. El dueño tenía las reglas vigentes muy claras.

—Quien no obedece es expulsada —anunció Hershey antes de que las mujeres ocuparan sus asientos junto a las ruecas.

Aquella misma tarde Penelope averiguó que lo mismo podía ocurrir sin haber hecho nada malo. Había estado todo el día sentada en la rueca junto a Ann Pebbles, tejiendo montañas interminables de lana afelpada para convertirlas en hilos más o menos rectos, estimulada por la señorita Soakes, que supervisaba el trabajo en la fábrica con la rabia de un bulldog y utilizaba una caña que hacía bailar sin previo aviso sobre las espaldas de las mujeres. Una de las mujeres mayores se dio la vuelta asustada hacia ella y gimió de dolor cuando la caña le impactó en la cara. Como castigo, la anciana tuvo que desmontar su lecho y dejar sitio para una más joven.

—Pero ¿por qué? —replicó Penelope, que llevaba todo el día soportando en silencio los gritos y la cháchara de la supervisora, como había aprendido en Londres con madame Harcotte.

La arbitrariedad en la colonia era de una dureza muy distinta del taller de madame Harcotte, pues la señorita Soakes se dio media vuelta, la observó con el ceño fruncido y le señaló la puerta.

—¡Fuera!

—Pero ¿por qué?

—¡Fuera!

Al ver que Penelope no se levantaba lo bastante rápido de la rueca, recurrió a la varilla, le pegó y le dio tal golpe por detrás en la espalda que Penelope cayó de cabeza por la escalera que tanto le había costado subir por la mañana.

—En mi casa no duermen rebeldes —resonaba la voz de la supervisora por el pasillo mohoso—. ¡Mañana a las ocho estarás aquí trabajando, de lo contrario mandaré que te vayan a buscar y desearás que no te encuentren!

Penelope estuvo vagando hasta el atardecer, entre las pocas casas de Parramatta. El calor despiadado hacía que se desplomara, y el estómago se rebelaba contra la grasienta sopa de carnero del mediodía. Tenía que luchar sin cesar contra las náuseas: agacharse, respirar. Levantarse, dar unos pasos, sin objetivo. No paraban de acercarse tipos que la agarraban, la llamaban prostituta y se reían de ella. La anciana que había sido expulsada de la fábrica antes que ella lo hacía con un colono en plena calle, junto a la taberna. Su trasero blanco y flácido brillaba en la penumbra. Penelope se apretó más la manta contra el cuerpo, asqueada.

—Así se consigue una cama aquí —comentó alguien tras ella—. Si quieres una cama para pasar la noche, ese es el precio. ¿Te parece demasiado?

Penelope quiso salir corriendo, pero una zarpa la agarró del brazo.

—¿Buscas una cama? Eres nueva por aquí, no te había visto nunca. Te daré una jarra de ron si ahora mismo...

—¡Búscate una prostituta, de mí no conseguirás algo así! —gritó ella sin mirar al hombre.

El tipo se echó a reír.

—Aquí todas son prostitutas, niña, y se puede conseguir todo de todas si se pregunta correctamente. Ya lo descubrirás. —Él le dio la vuelta y le obligó a mirarle a la cara. Los ojos reflexivos no encajaban ni con la barba enmarañada ni con la conversación insolente—. Me llamo Joshua Browne. He cumplido cuatro años de mi pena, solo me quedan tres, luego seré libre y volveré a Irlanda. Cuido el rebaño del reverendo Marsden. Me dio una tienda para que estuviera día y noche con sus malditas ovejas, pero es muy solitaria y fría. Si durante la noche mantienes el fuego y me cocinas algo, te puedo ofrecer protección. Piénsatelo. —Tenía una expresión sincera en el rostro.

Penelope no pudo evitar reírse para sus adentros. ¿Sincero? Allí nadie era sincero, todo el mundo tenía algo en mente, pensaba en su propio beneficio y no se detenía ante nada, eso lo había aprendido en poco tiempo.

—Déjame en paz —dijo ella finalmente.

—Como quieras. —Joshua se alejó unos pasos, luego se dio la vuelta una vez más—. Eres nueva en Parramatta. Aún no sabes cómo funcionan las cosas aquí. En este lugar la noche oculta algo tras cada roca.

Ella lo dejó plantado. Había sobrevivido al viaje en barco y había logrado llegar hasta allí sola. No necesitaba consejos, y mucho menos un protector que la manoseara entre las rocas.

Cuando caía la tarde Penelope tuvo que admitir que probablemente aquel hombre tenía razón.

Al anochecer el calor era obstinado y pegajoso. El viento se había detenido del todo. Penelope echaba de menos una tormenta de alivio, pero el cielo azul marino no parecía anunciar lluvia. Con la garganta seca le costaba tragar. Continuó su camino con gran esfuerzo. Parramatta no era grande, pronto llegó al final de la población sin ver apenas diferencias entre las casas modestas en el polvo. En todo caso unos habitantes tenían más cabras que otros, que balaban sin fuerza tras las vallas ladeadas, vigiladas por perros encadenados. Las casas estaban cerradas a cal y canto, no se veía ni un destello de luz tras los postigos. Quien estuviera deambulando por las calles no tenía nada decente en la cabeza, en eso la colonia no se diferenciaba de Londres.

Sombras tenebrosas pasaban con sigilo, y los gritos de los borrachos resonaban en las paredes de las casas. Voces femeninas estridentes como cacareos destacaban sobre el fondo de los gritos procedentes de la taberna, cuyo fuerte olor a alcohol llegaba hasta la calle. Penelope tuvo que agudizar la vista para distinguir algo en la oscuridad. En realidad estaba demasiado cansada, así que se acurrucó debajo de uno de los árboles altos para descansar un poco...

Unos pájaros de colores salieron volando y entonaron su

horrible canto como un coro de almas perdidas, tal vez las de los muertos del *Miracle*. Quizá fuera solo un canto a la desesperación. Luego llegó la oscuridad, antes de lo que había imaginado. La confusión era insoportable. Hasta entonces Penelope había sacado fuerzas de la esperanza de llegar a un sitio, un lecho que poder considerar propio. Pensaba que dormiría profundamente y que tendría nuevas perspectivas para el día siguiente. Aunque solo fuera tejer en una fábrica de lana y recibir un almuerzo, algo que la ayudaría a mirar hacia delante. Pero ya no lo creía, aquella noche era el final, un final horrible.

Una sombra delgada salió del fresco de la noche y pasó por delante de ella. La arena rojiza resplandecía en la piel negra, el blanco del globo ocular desprendía un brillo inquietante. Junto al hombre destacaba una lanza desde el suelo. Iba desnudo excepto por un taparrabos y se aguantaba sobre una pierna, hasta donde ella pudo ver. Le tendió una mano enorme al tiempo que profería gritos guturales.

Penelope se puso a gritar con todas sus fuerzas. Dio un salto hacia atrás, pero solo estaba el árbol y el fuerte choque casi le hace salir despedida. ¡Era uno de los salvajes que metían a sus víctimas en una caldera y las cocinaban hasta que se podían comer! ¡Se lo habían contado en el barco! No fue lo bastante rápida para recuperarse y huir, y el negro se puso a gesticular delante de ella, parecía que cada vez se acercaba más a la pata coja, le cortó el camino, llamó a otros...

Los perros aullaban en la noche. Eran toda una manada, tal vez fueran lobos. Sintió un nudo en la garganta de puro miedo. Nadie había reaccionado a sus gritos, nadie la había oído.

Echó a correr hacia la oscuridad. Le daba igual dónde acabar con tal de dejar atrás a esos negros... su carrera terminó pronto en brazos del pastor.

—¿Has cambiado de opinión? —preguntó Joshua.

Penelope creyó reconocer algo parecido a la compasión en su voz.

—Tienes suerte de que aún estuviera cerca... —Olía a alcohol, probablemente había estado en la taberna esperándola.

—¡Ese negro me quería matar! —exclamó, al tiempo que se apartaba de él.

—No va a matar a nadie. Se llama Apari. Habla un poco de inglés y aparece de vez en cuando. Dice que aquí en Parramatta viven sus padres. Aquí, alrededor, en el aire. —Soltó una risa bondadosa—. No tengo ni idea de qué quiere decir. Están todos un poco locos, esos negros. Pero también son peligrosos si aparecen unos cuantos en la oscuridad. Si vas a vivir conmigo, tienes que llevar siempre encima un cuchillo. Te daré uno.

Así consiguió Penelope su alojamiento: el miedo al negro y su lanza era mayor que sus reparos a seguir al pastor para salir de allí hacia el campo, donde la hierba seca arañaba las plantas de los pies y crujía debajo de la falda. El pastor siguió avanzando. Por lo visto no necesitaba luz, seguía su camino en la noche como un gato, pasando junto a los arbustos tras los que se ocultaban animales al acecho. A veces daba un golpe con un palo en el suelo y algo susurraba en la hierba.

—También necesitas zapatos —dijo él, sin detenerse—. Por aquí hay serpientes venenosas.

Penelope iba tras él tropezando, muda del miedo por sí misma, por estar siguiendo a un tipo al que no conocía, que apestaba a ganado y la llevaba al bosque, donde nadie la oiría gritar si le ocurría algo. Aquella noche no había luna, tal vez en aquel país no había y nunca encontraría el camino de vuelta.

—Ya hemos llegado, aquí vivo. Tienes que agacharte, pero si vienes del barco ya lo sabes. —Se rio en voz baja de su broma.

De hecho la tienda era un alojamiento inhumano. Desprendía un olor penetrante a oveja y lana, mucho antes de que abriera la entrada para iluminarle con la linterna el camino hacia el interior. Desde unos delgados troncos de árboles y unas telas que probablemente antes eran la vela de un barco se elevaba por encima de ellos la estructura en forma de cono, y en el medio ardía débilmente una hoguera. Eran excrementos secos de oveja, le explicó Joshua.

—No cuesta dinero, ahuyenta las moscas igual de bien y no arde en llamas. —Hurgó en las brasas—. El arroyo está a un trecho. Tienes que ir a buscar el agua a la luz del día, hay cocodrilos. No te metas descalza en el agua.

Penelope se lo quedó mirando desconcertada mientras él encendía una linterna y la sujetaba a un gancho. Luego sacó de las cenizas calientes una cazuelita tapada. Probó el contenido con una cuchara de madera y luego añadió en silencio un puñado de cebada perlada y trozos de remolacha picada a las gachas, que olían a grasa de oveja.

—¿Trabajas en la fábrica?

Ella asintió.

—¿Cuántos años...?

—Catorce —contestó ella en voz baja.

Joshua asintió y le dio un cuenco de madera donde la comida caliente humeaba. Allí todo apestaba a oveja: la sopa, el hombre que estaba a su lado, las mantas donde la había colocado... después de tantas semanas en el barco pensaba que ya no le importarían esas cosas, pero tal vez el hambre lo agudizaba todo. Finalmente Penelope consiguió superar el asco al pensar en el negro que estaba ahí fuera en algún lugar esperando con sus compinches. Engulló deprisa la comida: pasara lo que pasase, tendría el estómago lleno...

—Así que en la fábrica. Pues no es el peor lugar, que lo sepas —reanudó la conversación el pastor—. Te dan raciones de comida decentes, y cuando tienes la tarea terminada puedes trabajar en otra cosa y ganar dinero. Yo también lo hago. Aquí todo el mundo lo hace, y al Estado le da igual, siempre y cuando lleves a cabo el trabajo que te encargan ellos. Conocí a uno que era tan rápido que siempre había terminado después del mediodía. Luego hizo una pequeña fortuna con la tala. Dos años más y habrá cumplido su condena y será un hombre de fortuna. Se comprará un terreno y será más libre y más rico que antes en la maldita Irlanda. —Joshua le quitó de las manos el cuenco vacío—. Así funciona aquí. Mientras vives como un preso haces lo que dicen y ellos hacen lo que quieren. Pero todo el mundo intenta sacar el mayor provecho. —En el resplandor de las brasas Penelope vio que sonreía—. Es diferente que en casa, ya lo verás. Aquí no te ponen obstáculos con arrogancia y leyes para que hagas lo que quieras con tu miserable vida.

—¿Por qué estás aquí? —susurró ella con timidez.

El pastor hablaba con tanta amabilidad y sensatez que no imaginaba que pudiera haber cometido un crimen.

—Esquilé a escondidas las ovejas de mi jefe para que mi mujer tuviera lana que tejer. Solo me llevé un poco de lana, casi ni lo vieron. Entiendo de ovejas. —Sonrió—. Pero alguien me delató. Me espiaron... y ahí se acabó todo. Esperé medio año en la cárcel de Cork a que me llevaran a la horca, luego de pronto me trasladaron al barco. Mi Moira quería venir voluntariamente conmigo, pero no teníamos dinero. Cuando hayan pasado los siete años iré a trabajar para ganar dinero y poder pagarle el pasaje del barco. El reverendo Marsden ya me ha reservado terreno. Sabe que soy un buen pastor.

Penelope lo miró atónita. Nunca había oído una historia semejante de un preso. No era un delincuente, no era una persona que después de una pequeña falta se hubiera convertido en un criminal porque la vida, el hambre implacable o incluso el deseo de delinquir le hubiera llevado hasta allí. Alguien era el culpable de que hubiera acabado ante un tribunal... Joshua Browne aceptó la condena, en vez de luchar contra su destino o buscar culpables como casi todos los demás condenados que había conocido hasta entonces. Intentaba sacar lo mejor de la situación, y su fe en el futuro parecía inquebrantable.

—¿Y tú, por qué estás aquí? —Sacó de una caja una jarra de hojalata que olía a alcohol, sirvió dos vasos de barro de ron y le pasó uno—. ¿Bebes ron? Todas las mujeres beben ron... hace que se les suelte la lengua y se les aligere el espíritu. Y al final todo parece la mitad de desastroso. Ese es el ritmo de este maldito país: todo parece la mitad de malo cuando has bebido ron.

Joshua brindó con ella y se bebió su vaso de un trago. Penelope dudaba. Luego hizo lo mismo, cogió el caso, se lo colocó en los labios y tragó el ron. Sin embargo, enseguida se arrepintió de su ingenuidad infantil: ese ron era distinto del del barco. Le llenó la boca de una dureza gélida. El sabor era frío y extraño, y cuando al cabo de un momento se reavivó, se le instaló como un hierro candente en el paladar y empezó a toser de dolor.

—No tan deprisa, niña. Las prisas las abandonamos al llegar a Nueva Gales del Sur. —Joshua deslizó el brazo apoyándolo en los hombros de Penelope—. Esto de aquí no es como lo de los ricos. Con esto tienes que andarte con cuidado.

Mientras tosía el pastor le dio miedo, pero él no hizo nada más, se limitó a esperar.

Las brasas resplandecieron con furia cuando el pastor las removió con un palo. Llegó un momento en que Penelope no veía, pues tenía los ojos llorosos por las nubes de humo. Se sorbió los mocos, y, sin mediar palabra él le sirvió otro vaso lleno.

—Bébetelo muy despacio hasta que te acostumbres.

Penelope asintió, se secó la cara y decidió que el pastor tenía razón en todo. En primer lugar, mañana sería otro día. Por lo menos hoy tenía algo que comer y una cama. ¿Qué más quería? Por un momento se extrañó de que ya nada le pareciera raro.

Joshua colocó los cuencos vacíos uno encima del otro y los dejó en el borde de la tienda. Cerró la olla y la volvió a meter en las brasas.

—Aquí no tienes que contar nada de tu pasado, cada uno tiene una historia, cómo era su vida y qué se torció. No son más que historias de mierda, te lo digo. De todos modos llegará un momento en que ya no querrás oír más. —Joshua jugaba con la tapa de la lata de ron, no paraba de abrirla y cerrarla, una y otra vez—. En todos los casos aquí solo pueden ir a mejor. Todos nosotros hemos venido con una historia de mierda. La maldita sentencia te enseña a soltarte, a deshacerte de tu pasado y empezar algo nuevo. —La agarró de la barbilla y sonrió—. La cuestión es que los hijos de perra que nos han enviado aquí no piensan exactamente lo mismo.

Penelope lo miró desconcertada. El ron del segundo vaso le susurró que un día lo entendería. Luego hizo sus efectos y tendió una capa de indiferencia sobre su alma. Aquella capa transparente, blanda y pesada colgaba de ella y la dejaba hundirse y quedarse quieta voluntariamente en las mantas. Sin energía, se dejó coger en brazos por Joshua. Se hundió en la manta y cerró los ojos mientras el pastor la montaba y se cobraba el alojamiento. Incluso la piel le olía a oveja.

—Así que aquí te escondes. Te he buscado varias veces con la vista.
El rostro de Ann Pebbles se torció para esbozar una sonrisa al ver a Penelope junto al fuego.
—Ah... ¿te has buscado a un pastor? ¿Cuida bien de ti?
—Se agachó y entró a gachas en la tienda para colocarse junto a Penelope y acariciarle la espalda—. ¿Te pega?
Penelope se esforzó por reconocer a su vieja conocida entre la nebulosa que el ron había provocado en su cerebro. Ahora bebía a diario, pues Joshua era generoso con el ron. Cuando salía de la fábrica para ir con él a la tienda, la lata siempre estaba llena junto al fuego y no pedía nada extra a cambio. No era que le hiciera falta, pero estaba bien que la lata estuviera allí. Todos los días desde que vivía con él...
—Le hago la comida —dijo para describir sus tareas tras pensarlo bien.
—¿Te pega? —Ann le giró la cara hacia ella—. Estás completamente borracha, niña.
Penelope ya no pensaba que estuviera borracha. Su embriaguez había llegado justo a ese estado en que soportaba que el pastor volviera a casa, engullera la comida que le preparaba, hablara un poco con ella, la montara siempre de la misma manera y luego se quedara dormido encima de ella entre gruñidos. Se despertaba al amanecer, se apartaba, se ponía la ropa y se iba con sus ovejas. No, de hecho Joshua aún no le había pegado.
—Es un buen hombre —insistió ella. Se esforzó, buscó en la memoria, había habido algo—. Es un buen hombre. —Luego se le ocurrió una cosa—. Lo hace con sus ovejas. —Esbozó una sonrisa de oreja a oreja, como si fuera intencionada, como

si revelara su descubrimiento secreto, luego se rio en voz baja. Ann la agarró del brazo.

—¿Que hace qué? —susurró—. ¿Fornica con sus ovejas? Penny, podrían ahorcarlo por eso.

—Supongo que lo sabe, pero le encanta. Una vez lo seguí a escondidas. De verdad que le encanta. —Con la mano temblorosa, hundió una cuchara sopera tallada en la lata y llenó un cuenco para Ann—. ¡Toma, come! Añadiré agua, no se dará cuenta.

—¿Y si se da cuenta?

Penelope se encogió de hombros.

—Entonces lo olvidará enseguida. ¿Sabes? Ahora puedo hacerlo. Sé cómo tengo que tocarle.

La otra la observó con dureza.

—Has aprendido muchas estupideces, niña. No está bien, eres demasiado joven. —Ann comió unas cucharadas de la sopa grasienta.

Penelope la contemplaba en silencio. Le corría sudor por las sienes. Siempre hacía calor, daba igual dónde estuvieras. En la fábrica no había ni una brisa, en la tienda no corría el aire, fuera el sol ardía sin piedad hasta bien entrada la tarde en un cielo de color azul metálico, por lo que lo mejor era quedarse en la tienda, no moverse y soportar el sudor hasta olvidarse de él. Eso lo aprendió en el barco. Sin embargo, allí no había polvo, que se posaba como una máscara pegajosa sobre el rostro sudoroso. En el barco había sal que se enterraba en el rostro, allí era el polvo, que cubría la piel de tal manera que uno olvidaba la risa. Aunque también olvidaba el llanto.

—Demasiado joven —repitió ella en tono despectivo—. ¿Hasta cuándo una es demasiado joven para... cosas? —Sin querer se le llenaron los ojos de lágrimas que le quemaron las mejillas—. ¿Qué significa «demasiado joven», Ann?

Rompió a llorar, maldito ron, siempre le ponía así de sentimental, por eso a veces se quedaba en los brazos de Joshua cuando él terminaba con lo suyo y se dejaba besar por él, aunque no quisiera. Maldito ron, que la debilitaba a una cuando no había

bebido suficiente... nunca era suficiente, le susurraba la tarde.
La vida devoraba a las personas débiles, le dijeron en una ocasión.

—Eres demasiado joven para todo lo que ocurre aquí.

—Mi vida se ha terminado, Ann —exclamó ella—. Tenía una hija y la he perdido. Una dulce niña pequeña, cayó al agua con mi madre, simplemente se cayó, no sé si están vivas o muertas, se han ido, Ann, se han ido...

—Una niña... —Ann la interrumpió—. ¿Cuánto tiempo tenía tu niña?

—Unas semanas —contestó Penelope entre sollozos.

—Vaya, tan pequeña. —Le acarició la espalda—. Lo superarás.

—No he sabido cuidarla. Está muerta porque no he sabido cuidarla. Está muerta porque yo... —El recuerdo le devolvió todo lo ocurrido y que el ron había colocado en su nube de embriaguez durante los últimos meses. Su estupidez, su deseo, su egoísmo... su culpa.

Ann fue muy comprensiva, pero también muy curiosa, así que siguió preguntando: en el barco no se había enterado de nada porque había pasado todos los meses en el camarote del oficial. Penelope le habló de su madre. Cuando averiguó que su padre también había sido deportado a Nueva Gales del Sur, Ann soltó una carcajada.

—¿De verdad? Quiero decir... suena a cuento de hadas.

—A lo mejor lo es. —Penelope se limpió las lágrimas del rostro.

—Sí, puede ser. —Ann se puso seria de nuevo—. Tu madre y tu hija, ¿estás segura de que están muertas? ¿Las has buscado?

Penelope se la quedó mirando y sacudió la cabeza, despacio. Encajaba las preguntas como si fueran golpes. ¿Cómo iba a buscarlas? ¿Por dónde empezaba? ¿A quién preguntaba?

Ann esbozó una sonrisa compasiva.

—Entonces no están muertas. Lo estarán si tú consideras que lo están.

Penelope tuvo que reflexionar un rato sobre aquella frase, y ambas se quedaron calladas.

—Querida, de todos modos te quitarían a la niña —dijo Ann finalmente, con la intención de que fuera un consuelo—. Llevan a los niños a un orfanato en cuanto dejan de mamar para que las mujeres puedan volver a trabajar. Aquí ninguna presa se queda con su hijo.

A Penelope se le llenaron los ojos de lágrimas de nuevo. Se sentía completamente desbordada.

—Ay, cariño. —Ann la estrechó entre sus brazos—. Si aún no has llorado tus penas, hazlo ahora. Estoy aquí, puedo aguantar tus lágrimas, niña. Déjalas correr, luego todo será más fácil. Déjalas correr...

Ann tenía el hombro blando, y una montaña de mantas hacía que el lecho fuera más blando. Por primera vez desde aquella tarde en el puerto, Penelope lloró por Lily, por su madre y por el padre desconocido a quien tal vez nunca encontraría. Y al final lloró también por sí misma. Eso era lo que más le dolía, porque era lo que menos alivio le proporcionaba...

Ann la abrazaba con fuerza, consciente de que no había consuelo para ese tipo de pérdidas. Así que se calló y la abrazó lo mejor que pudo. Penelope hundió la cara en el hombro de Ann, frotó las mejillas con la piel salada por las lágrimas y cuando Ann la tocó como una mujer sin duda no debería, no opuso resistencia.

—Quiero irme de aquí, niña. En cuanto tenga ocasión.

Se habían olvidado del tiempo, y de que el pastor podía regresar en cualquier momento, pues el cielo nocturno ya había tendido su manto negro sobre ellas. Estaban las dos juntas, medio desnudas, contemplando a través de la entrada de la tienda el bordado de estrellas. A Penelope se le había pasado la embriaguez del ron y la había sustituido una maravillosa sensación de felicidad. Nunca se había sentido así, quería guardárselo en su interior para siempre.

—Es demasiado peligroso —murmuró Penelope, y se dio la vuelta de costado de manera que podía contemplar los rasgos desfigurados de Ann a la luz de las ascuas. Desde tan cerca distinguía con claridad hasta la última arruguita y cada cicatriz. Un escarabajo, uno de los muchos que convivían con ella en la tienda, había trepado por el hombro de Ann y paseaba entre los pechos en dirección al ombligo. Penelope lo atrapó y lo aplastó. Como le resultaba agradable, dejó la mano justo encima del pecho de Ann.

—¡Cariño! —Ann sonrió—. Tienes que venir conmigo, eres maravillosa. —Apretó la mano primero contra el pecho, luego rodeó las caderas de Penelope con una pierna—. Penny, me han llegado rumores. Algo pasa en Parramatta. Los malditos irlandeses están inquietos, alguien me dijo que están tramando algo. Siempre son los irlandeses los que se buscan problemas.

—¿Qué están planeando? —Penelope tragó saliva. Demasiado a menudo Liam se colaba en sus pensamientos entre ella y el pastor cuando el ejercicio nocturno se volvía demasiado aburrido—. Nadie está tramando nada, hace demasiado calor, demasiado.

—Se dice que están haciendo acopio de provisiones para largarse —susurró Ann—. Pero por lo visto también ha desaparecido pólvora.

—Está muy de moda encender fuegos. —Después de tantas semanas, el incendio del *Miracle* también había dado que hablar en la colonia, y en algún momento a Penelope le quedó claro que era la única que conocía al autor del incendio—. Una vela es suficiente para hacer saltar por los aires un barco si uno sabe cómo colocarla... —Dejó la mirada perdida al frente y se prohibió seguir pensando.

—Si los jueces van a la caza de los irlandeses, también se acabará la calma para nosotras, aunque no tengamos nada que ver —continuó Ann—. Ya lo verás. Buscan culpables y recriminarán algo a todo el que se interponga en su camino. Hay que desaparecer antes. En cuanto Heynes me envíe con el carro para comprar tela me iré.

—¿Puedes conducir sus carros? —Penelope se sobresaltó de la sorpresa. Heynes era el tipo que había sacado a Ann de la fábrica de mujeres para que cocinara para él. Y luego se servía el resto. Ann sonreía. Como estaba bien alimentada y tenía la piel agradable al tacto, el «resto» no podía ser tan malo. Pero Penelope nunca había visto en Parramatta a reclusas en el pescante de un carruaje.

—Lo mío me ha costado, créeme. Es asqueroso. —Los ojos de Ann brillaron en la oscuridad—. Tal vez más asqueroso que tu pastor que fornica con ovejas. El ron no solo ha reducido el tamaño del cerebro de Heynes. Me cuesta bastante hacerlo con él. Pero no quiero quejarme: tiene una casa bonita en el bosque, y el trabajo es mucho mejor que en la maldita fábrica. Puedo conducir su carro y tocar su valioso caballo. Así puedo hacer planes, pensar en algo nuevo y dar el golpe en el momento adecuado. —Esbozó una amplia sonrisa—. ¿Y tú qué puedes hacer? ¿Qué te retiene aquí? En esta porquería de tienda, con ese...

—Tengo un sitio seguro donde dormir —replicó Penelope, desconcertada.

Cuando dejó de horrorizarse por cómo pagaba su intercambio, en algún momento pensó que había tenido suerte con el pastor. La utilizaba como una prostituta, pero no la pegaba ni la humillaba. Escuchaba estremecida las historias de otras mujeres de la fábrica. Y por lo que se oía en ocasiones, en las casas con porche y jardín también se imponía la brutalidad: había golpes y silencios. Algunas colonas llevaban cadenas de seda brillante cuyos hilos les provocaban cortes profundos en la piel, pero los ojos las delataban... Sin embargo, el hilo que había tejido ella rodaba fino e inmaculado por la rueca de su vida, se dijo Penelope. No había nudos en el hilo porque Joshua no le daba motivos para ello. ¿Acaso eso no tenía ningún valor? Su confusión no tenía límites, o al final era el ron la fuente de su satisfacción, que la hacía olvidar que antes tenía planes. Planes y un objetivo. Lo había perdido todo en el *Miracle*. Sin objetivos era imposible encontrar un hogar.

—¿Y adónde voy a ir? —murmuró.
—Ya encontraremos algo para ti. —Ann sonrió—. Nueva Gales del Sur tiene preparada un poco de suerte para cada uno. Encontraremos la tuya. Ven conmigo. —Se inclinó y le dio un beso cariñoso en la boca—. Tampoco somos tan desgraciadas, nosotras dos... en absoluto, Penny.

Y cuando Penelope la abrazó, prolongó con manos expertas su excitante compañía entre las mantas del pastor.

Al final no fue decisión suya quedarse o irse. Dios la cogió de la mano, Dios en forma de uno de sus fervorosos servidores de Nueva Gales del Sur. El reverendo Samuel Marsden había llegado hacía muchos años a la colonia para predicar la palabra del Señor y cuidar de ovejas, y tenía la costumbre de comparar sus ovejas de cuatro patas con las personas y echar pestes de que los seres humanos vivían al borde del abismo del infierno.

—¡Si tuvierais tan solo una ligera idea de los tormentos del infierno! —gritaba un domingo desde el púlpito cuando Penelope se sentó al lado de Joshua en la estrecha casa de madera y, como muchos otros, disfrutaba más del frescor de la iglesia que del sermón. Parpadeó para ver mejor a Marsden, pero seguía sin distinguir el contorno del rostro del predicador.

»¡Si os hicierais una idea del tipo de tormentos que os esperan cuando la sangre de los azotes y los látigos vuele junto a vuestros oídos y tengáis que sufrir la sed de mil años sin agua, seríais mejores y llevaríais una vida temerosa de Dios! Vuestra indiferencia os llevará directos al fuego del que no hay escapatoria, y os encadenará a la reja con argollas afiladas. Vuestra indiferencia será vuestra carcelera y os arrancará las entrañas hasta que os arrepintáis de vuestros pecados.

—Primero tendrás que sacarme las entrañas del cuerpo a golpes para poder arrancármelas —murmuró Joshua con una sonrisa.

Tras él alguien se rio en voz baja.

—¿Cansado de la vida o enamorado, Joshua Browne? Mejor cierra la boca y sigue cuidando tus ovejas. He oído que hay confidentes.

—Pues que los ponga entre sus rejas —contestó Joshua sin inmutarse.

—¡La simiente de la rebelión nació en el infierno! —les gritó Marsden, con el rostro grueso y redondo brillante por el sudor—. ¡Y nacerán entre vosotros hombres malos, y expulsarán su simiente e invadirán también a aquellos que aún estén a las puertas del infierno y tal vez podrían salvarse! Si los malos no pudieran extender sus redes... ¡abajo la maldad! ¡Confesad, arrepentíos, salvad vuestras almas condenadas, pobres criaturas!

—Los soplones hace tiempo que arden en el infierno. A mí nunca me convencerá —gruñó el pastor, y entrelazó las manos callosas.

—¿Por qué tendría que convencerte? —susurró Penelope, inquieta—. ¿Has hecho algo malo?

—Depende de cómo lo mires —le contestó con una sonrisa—. Los chicos y yo hemos urdido algunos planes que tal vez no son del gusto del reverendo.

—¿Estás loco? —cuchicheó ella—. ¿Qué tipo de planes?

—Nada malo —la tranquilizó él en voz baja—, solo les he ayudado a buscar un sitio para la pólvora, nada más. Pero ese no me convencerá.

Sin embargo, en eso se equivocaba Joshua, y probablemente había hecho más que buscar un sitio para la pólvora. Le estaban esperando delante de la iglesia, apartaron a un lado a Penelope con tal brusquedad que cayó en el arroyo que corría junto a la iglesia y tuvo que ver cómo el pastor de ovejas del reverendo Marsden, que en segunda instancia también era juez, era condenado a cien azotes por incitación al desorden público. El cura fue asistido en el juicio por un juez de cara macilenta al que no había visto nunca en Parramatta, que sin embargo enseguida subrayó el papel que le correspondía para no dar lugar a habladurías, pues todo el mundo sabía que Joshua estaba al servicio del reverendo.

Les ayudó en el cumplimiento de la condena un hombre alto y aspecto de estar hastiado con el pelo blanco como la nieve: el médico de Parramatta, según le susurró alguien con desdén.

—¡No te puede pasar nada por los azotes, el médico está de tu lado! —le animó una voz del público.

El médico se volvió hacia ella sacudiendo la cabeza, con el látigo en la mano, que por lo visto examinaba para determinar su idoneidad y que luego entregó a Bert Cowles, el carnicero local que también hacía funciones de verdugo para el juez. Todos los presentes se miraron con el semblante serio y Cowles levantó el brazo.

—¡Eh! —gritó Penelope, que se levantó del lodo para salvar a su protector del látigo porque no soportaba ver cómo daban una paliza a otra persona delante de sus narices.

Entonces el primer golpe rompió el silencio.

Penelope profirió un alarido. Sintió que una mano la agarraba por la nuca.

—Cálmate y mira, ramera, mira lo que hacemos aquí con los rebeldes y los ladrones —masculló alguien a su lado. Sintió un golpe en la nuca que la obligó a arrodillarse—. No te preocupes, te dejaremos la verga, pero no te será tan fácil reconocer el resto.

Penelope conocía el lenguaje del látigo. Sabía lo que podía hacer con una persona: las palabras sencillas, el silbido, los bufidos, lo había conocido todo en el barco. Siguió resistiéndose cuando el látigo empezó con sus restallidos y sus garras se clavaron en la espalda del pastor. El silbido atravesaba el silencio. Una nube se elevó ante el sol, la primera en muchos días. Joshua apretaba el rostro contra el árbol al que lo habían atado. El médico había recorrido con las manos todas las cuerdas y las había considerado suficientes: el delincuente no podía moverse ni un centímetro.

La mano que la agarraba por la nuca solo se relajó cuando Penelope vomitó. Sufría convulsiones por una tos que la asfixiaba, pensaba que después de los latigazos a bordo del barco podría aguantarlo todo, pero allí estaba ante un maestro. No se oía ni un ruido de Joshua Browne, ni siquiera tras veinte azotes. Los espectadores guardaban silencio, Penelope era la única que lloraba.

—¡Qué asco! —exclamó su torturador y, como si se mofara de ella, el sol salió de detrás de las nubes para darle brillo a su cabello rubio. La desesperación le dio fuerzas para zafarse de él y arrastrarse entre las piernas de los hombres que no se querían perder el espectáculo del reverendo que daba azotes, como llamaban temerosos a Marsden. Además de sus sermones, el cumplimiento de sus penas era legendario.

Cuando hubieron aplicado los cien latigazos, el médico se encargó de cortar las cuerdas. Hicieron una señal y llegó un carro traqueteando, pero para sorpresa de todos Joshua Browne se dio la vuelta, lanzó una mirada sombría al médico y dijo:

—Meteos vuestro asqueroso hospital en el culo. No pondré un pie en esa fábrica de cadáveres. Prefiero morir en mi cama. —Abandonó la plaza de la iglesia tambaleándose pero erguido.

Alguien aplaudió.

—¡Maldita peste irlandesa! —Marsden escupió tras él. No hizo nada más: la pena se había aplicado y en cuanto estuviera curado el pastor volvería a trabajar para él.

En Parramatta pasaron al orden del día, siguieron hablando un poco entre ellos, pasearon bajo el sol y más tarde se encontraron como siempre para tomar el té.

La misa aquella mañana había durado un poco más de lo normal.

Joshua ya estaba en su tienda cuando llegó Penelope a primera hora de la tarde. Primero lo había buscado en el hospital, con la temerosa esperanza de que hubiera cambiado de opinión y hubiera recurrido a la ayuda del médico. Pero en eso no conocía bien al pastor...

—Por mí que reviente —había dicho el médico con frialdad—. Es un maldito irlandés, no pasará nada porque haya uno menos. Si hubiera venido, le habría expulsado. Pregúntale tú misma por qué. —La enfermera le dio a entender a escondidas que también podía preguntárselo a la mujer del médico. Si hubiera bebido ron suficiente, le habría contado unas cuantas historias.

Penelope no quería oír más, solo eran chismorreos sobre quién iba con quién y con qué frecuencia. Nunca sabía si eran una invención de personas aburridas o la amarga realidad. Había deambulado por toda la ciudad buscándolo. En un sitio lo habían visto, y en la taberna, pero no hubo suerte en ninguna parte. Así que no le quedó más remedio que volver a la tienda al atardecer, mientras pudiera ver el camino sin linterna. Sus gemidos lo delataron. Estaba tumbado boca abajo y daba puñetazos contra las mantas, una y otra vez, como hacían muchas mujeres cuando tenían contracciones. Entretanto levantó la cabeza y bebió un vaso de ron. Cuando la oyó llegar le dio el vaso sin decir nada para que lo llenara. Penelope se apresuró a llenarlo y también le dio un buen trago a la lata.

—¿Qué más puedo hacer? —susurró horrorizada.

—Nada —dijo entre jadeos en sus mantas—. Esperar. Ahora vendrá Apari.

—Pero...

—Cierra la boca, vendrá —dijo Joshua—. Si no puedes aguantarlo, vete.

—Yo... yo puedo... yo quiero... —balbuceó, pero el pastor no la escuchaba.

Ella se quedó sentada a su lado sin hacer nada, bebió de la lata y pensando en cómo había curado Bernhard Kreuz la espalda de Liam.

—Apari sabe qué hay que hacer —soltó finalmente Joshua. Y Penelope cometió un error.

—¿Qué va a saber ese de medicina? —dijo.

—Más de lo que crees —rugió.

—Es un salvaje.

—¡No es un salvaje! Tiene más honor en el cuerpo que tú y todas las que son como tú —dijo con acritud.

—Pero el honor no te va a curar la maldita espalda. —Penelope soltó una risa malévola.

—La mano de una maldita ramera tampoco me va a curar. Ella se calló, consternada por lo que acababa de decirle.

—Me has llamado prostituta —susurró—. ¿De dónde sacas... cómo...?

—¿Es que eres otra cosa? —replicó él.

—Yo... Joshua...

—¡Si no te gusta, vete! —le gritó de repente—. Es mi espalda, y mi tienda, ¿por qué iba a tenerte en consideración? ¡Si no te gusta lo que hay, lárgate! ¡Lárgate y ya está!

Debía de haber enloquecido de dolor. Penelope tomó aire para volver a hablar con él. Entonces el pastor se incorporó y la miró a los ojos. Tenía el rostro desfigurado por el dolor.

—No te necesito, mujer. Eras tú la que querías algo de mí, no al revés. ¿Lo has olvidado? Déjame en paz, me las arreglaré sin ti. No te necesito.

Ella se lo quedó mirando.

—Pero... ¿adónde voy a ir? —Estaba mareada, tal vez del ron—. ¿Adónde voy a ir, Joshua?

Ni siquiera se encogió de hombros. Tal vez le causaba demasiado dolor, o quizá no quiso hacerlo. ¿En realidad lo conocía? ¿Conocía algo de él, aparte de su miembro? Él la miró y su mirada la dejó helada.

—Ni idea —dijo entre jadeos. Se dejó caer de nuevo en su cama y cerró los ojos.

Penelope tenía un dolor de cabeza insoportable. No estaba segura de si ya lo tenía antes de beber ron. Estuvo un rato largo sentada delante de la tienda, incapaz de moverse o tomar impulso para hacer algo. Ni siquiera podía pensar un plan. Las cadenas se habían vuelto a cerrar sobre sus muñecas, y Joshua había tirado la llave. Así fue después del ron.

El negro llegó sin hacer ruido a última hora de la tarde. Ni siquiera la miró, entró directamente en la tienda. Un joven negro introdujo tras él un recipiente con un contenido que apestaba. Probablemente habían recogido excrementos de animales, habían mascado hojas ardiendo y toda la maldita tribu de salvajes había orinado en la mezcla. Ahora estaban untando esa masa en la espalda de Joshua. Penelope se rio para sus adentros al pensarlo. Pero cuando oyó voces sosegadas desde la tienda se le cortó la risa, pues la voz de Joshua sonaba de nuevo amable e incluso le daba las gracias al negro. Luego empezó a oler a sopa, y oyó el ruido de los cuencos. Nadie la llamó para comer, aunque estaba a un tiro de piedra de ellos.

Tal vez eso fuera lo peor.

Se despertó en plena noche. Alrededor reinaba el silencio. Tardó un momento en comprender que por primera vez en su vida no tenía un techo. Se encontraba a unos metros de la tienda, sola, igual que cuando había llegado de la iglesia. Se oían ronquidos desde la tienda. Se dio la vuelta con cuidado para ponerse de costado sobre la hierba. Era horrible oír los sonidos nocturnos sin estar protegida. Los crujidos parecían el doble de fuertes, los perros el doble de cerca, las serpientes...

Empezó a temblar. Las serpientes no se oían. Tenía la falda enredada entre las piernas de haber dormido mal, intentó liberarse de ella y se hizo un agujero en el dobladillo.

El joven negro estaba sentado a su lado como una estatua, con la lanza clavada en el suelo, vigilándola.

6

*Cuando odiosos pensamientos cubren el alma de
melancolía,
dulce esperanza, derrama tu bálsamo celestial
y agita sobre mí tus plateadas alas.*

JOHN KEATS, *A la esperanza*

La arcilla de los negros curaba las heridas, se iba formando una piel fina sobre las lesiones. Al día siguiente Joshua acogió de nuevo a Penelope en su tienda, compartió con ella la comida, las mantas de la cama y también el ron. No se disculpó. No hablaron más sobre la noche anterior, sobre su ataque de ira ni sobre los motivos de los latigazos. Penelope aún no sabía qué peligro corría en realidad. Y a partir de cierto momento le dio igual...

Cuando pudo volver a moverse lo suficiente la montó y se cobró de la forma habitual la paga por su pernoctación. Todo era como siempre. Casi todo. Las heridas que se le estaban curando, hacían que su espalda tuviera un brillo blanco. Ella no quería tocarlo porque la sensación de tocar los profundos surcos le resultaba insoportable. Y no solo eso. Sin embargo, la piel que cubría su alma herida seguía intacta. Penelope empezó a buscar una salida a su situación...

Apari regresó a examinarlo una vez más. De repente se presentaba al atardecer llevado por el viento y esperaba en silencio a que alguien advirtiera su presencia. Joshua le hizo pasar con un gesto. El negro ni siquiera miró a Penelope cuando desapareció en el interior de la tienda.

Ann Pebbles la visitaba a menudo por la tarde, cuando el pastor aún estaba con sus animales y el calor plomizo reinaba en el valle del río. La mayoría de las veces no hablaban mucho. El pasado preferían dejarlo tranquilo, y el futuro no existía. Y el presente estaba bajo esa capa de embriaguez e indiferencia que ayudaba a soportarlo. El paseo matutino de todos los días hasta la fábrica con la cabeza pesada, el griterío de las mujeres de la fábrica cuando una se acercaba demasiado a la otra, peleas por nada, mujeres que se abalanzaban unas sobre otras borrachas, se tiraban de los pelos y había que separarlas por la fuerza. El incesante traqueteo de las ruecas. La grasa de la lana, tan difícil de lavar... apestaba a ovejas por todas partes, en la fábrica y por la noche en la tienda. El hedor a oveja era lo peor.

Penelope nunca había pasado mucho tiempo en la rueca, pero tenía dedos hábiles y tejía la montaña de lana que la señorita Soakes le lanzaba todas las mañanas antes que las demás trabajadoras. Aunque siempre le dolían y le lloraban los ojos del polvo, estaba contenta con el trabajo. Apenas hablaba, se sumergía en el delirio del traqueteo de las vueltas y tejía un hilo que la ayudaba a no perder el norte.

—Es una soñadora —se burlaban las demás cuando se le olvidaba la pausa porque seguía aferrada a la rueda...

—Tendrías que trabajar en otro sitio. Es una lástima, puedes hacer mucho más —dijo Ann cuando Penelope le contó que muchas mujeres le cortaban el hilo por envidia y tenía que perder tiempo en volver a colocarlo.

—Me odian —afirmó, y se encogió de hombros.

—Nadie te odia. En todo caso tú misma si no haces algo con tu vida. Mírame: me he buscado un maravilloso caballero que me trata con generosidad, me da suficiente de comer y cuya casa puedo llevar como quiera. Puedo decorar la casa, ir a comprar, y a veces me lee en voz alta por la noche. ¡Qué suerte haber encontrado a alguien así! ¡Hace un año estaba esperando la horca!

Penelope sacudió la cabeza.

—Todos estábamos bajo la amenaza de la horca. En el barco a menudo pensaba que habría sido mejor que me colgaran.

—¡Bobadas! —le reprendió su amiga—. La horca era el pase de entrada a una nueva vida. Pero eso no lo piensan los que cambiaron la condena por la deportación.

Penelope arrugó la frente. Eso ya lo había oído...

Ann sonrió.

—Créeme, aquí estamos mejor que en Inglaterra. Cuando encuentres a un buen hombre podrás esperar que te libere y salir adelante. Los hombres lo hacen: solo piensan en el dinero y en lo que comprarán cuando hayan cumplido su condena. ¿Por qué no podemos hacerlo las mujeres? Encontraremos algo mejor, nosotras dos...

Penelope sacudió la cabeza, vacilante. Ya había oído hablar del rescate. Una podía esforzarse y ser liberada durante uno dos años del cautiverio. Pero ¿cómo funcionaba? Los hombres que estaban unidos entre sí por cadenas en la cantera hacían trabajo físico o construían carreteras en el desierto, no parecía que nadie les fuera a firmar la liberación.

Cuando se reunían los colonos solo se les oía quejarse de la holgazanería de los presos, de la reticencia y la permanente predisposición a armar revuelo. Además no tenían ni idea del trabajo en el campo, pues la mayoría procedían de la ciudad y no sabían más que robar, falsificar y estafar. Los trabajadores, por su parte, renegaban porque las raciones de comida se habían reducido, les hacían trabajar en el campo descalzos o les privaban de mantas. Y las mujeres que se movían en la inmundicia en la taberna y ofrecían sus servicios baratos tampoco eran precisamente un rayo de esperanza.

¿Y quién podía liberarla en la fábrica? ¿La señora Soakes, que repartía golpes cada vez más furiosa? No se podía buscar otro trabajo sin más. ¿Cómo se le ocurría a Ann? Pero estaba demasiado cansada para discutir, la energía de su amiga para aportar buenos ejemplos y dibujar una imagen de color de rosa de su destino parecía inagotable, así que dejó que su cháchara le resbalara como agua caliente mientras removía en la caldera del pastor la sopa de cebada.

—No seas tan miedosa —continuó Ann, que le habló de un tipo que había amasado una fortuna fabricando barriles y cuya mujer, que había sido condenada a catorce años por robar ropa en el Reino, se paseaba por el puerto de Sídney con vestidos elegantes y tomaba el té con las damas de la ciudad en tacitas de porcelana china. Penelope no preguntó cómo podía haberla visto Ann Pebbles desde la granja situada al otro lado de Parramatta, pero la imagen que dibujaba era bonita. Una institutriz ladrona con un parasol decorado con puntilla que ahora bebía té en los círculos de sus anteriores amos y llevaba el hijo bastardo de un trabajador.

Ann deslizó una mano seductora por la espalda desnuda de Penelope hasta las caderas, sobre las que, gracias a las generosas raciones de comida de Joshua, se iba acomodando una fina capa de grasa poco a poco.

—El miedo lo hemos dejado en Inglaterra. Esta tierra está abierta para nosotras. Lo tenemos todo por delante, si queremos. Vámonos de esta apestosa Parramatta, Penny.

Siempre decía lo mismo. Luego se bebían un vaso y luego otro y se tumbaban entre las mantas. Pero los planes de Ann no se traducían en nada, ni aquel día ni el siguiente.

En cambio, los días pasaban uno tras otro, y la monotonía de su existencia casi le hizo olvidar que no había llegado sola a Nueva Gales del Sur. En los momentos de lucidez Penelope tenía ganas de largarse y ponerse a buscar. ¿No tendría que hacer indagaciones sobre la muerte de su madre y de la niña?

Pero el ron le paralizaba los pies, además de su voluntad.

La granja de Heynes se encontraba a un buen trecho a pie al sur de Parramatta junto al río. Penelope se había puesto en marcha justo después de trabajar, antes había terminado su tarea especialmente rápido. Las demás se habían burlado de ella por querer hacer una visita en vez de ganar un buen dinero.

—Nuestra Penelope es un poco peculiar, ve cosas que nosotras no vemos —se burló de ella la señora Soakes.

El calor apretaba menos que de costumbre, y Penelope se sentía con el valor suficiente para dar la espalda a la ciudad y adentrarse en la impenetrable naturaleza para hacerle una visita a Ann Pebbles. ¡En ningún sitio de Londres había tantos árboles como allí! En el sendero trillado encontró excrementos de oveja que anunciaban a los pioneros. La tierra roja contrastaba mucho con la gris monotonía del bosque. Penelope apenas levantó la cabeza, de todos modos no se veía mucho entre los árboles. Llevaba bien atados los zapatos nuevos y daba fuertes golpes con un palo en la hierba para ahuyentar las serpientes y escorpiones, como le había aconsejado Joshua. También le había indicado el camino a la granja.

—Ten cuidado con Heynes —le dijo también.

—¿Por qué? —preguntó ella.

—Ya lo verás —murmuró, y se dio la vuelta para dormir.

Sobre un lecho de color verde claro de cortezas de eucaliptos, la casa dormitaba bajo la sombra de los inmensos árboles. El bosque quedaba delimitado por una valla baja tras la cual vio cabras lecheras pastando. Las ovejas saltaban entre los árboles y arbustos, se movían al son de los corderos lastimeros. Construida con esmero en un pequeño recodo del río, la granja estaba lo bastante alejada del terreno pantanoso. Solo unas cuantas moscas bailaban delante de la cara de Penelope, y el aire llegaba fresco y agradable a través de los árboles.

El señor Heynes, según le había contado Ann, había llegado a Nueva Gales del Sur como colono libre, así que pertenecía al grupo de «los mejores» de la colonia y por tanto el reverendo le había adjudicado aquellos maravillosos pastos junto al río. Allí intentaba ganarse la vida como agricultor y criaba como su benefactor ovejas merinas, cuya apreciada lana alcanzaba un buen precio en Inglaterra. Sin embargo, cuando llegó cansada y sedienta al patio y espió por la rendija del pajar, Penelope descubrió que la mayor parte del dinero lo conseguía con el comercio de ron. Los barriles estaban en fila en la sombra, a la espera, como pasajeros silenciosos bajo los toldos de una superficie de carga del coche para desaparecer en algún lugar donde su contenido reportaba mucho dinero y provocaba indolencia en las personas.

Ann Pebbles nunca se cansaba de destacar las cualidades de Heynes como agricultor. En sus campos se cultivaban las mejores patatas de la colonia, al lado brillaban los repollos más grandes, sus gallinas ponían los huevos más hermosos y eran la base de los asados dominicales más jugosos. La granja de Heynes era un paraíso, pero el dinero más fácil se ganaba con el comercio de ron.

En la casa se oían portazos. La madera crujía, los perros se pusieron a ladrar, el ruido se cernió sobre el tranquilo patio como un pájaro enorme.

—¿Estás sorda, puerca? ¿Cuántas veces te he dicho que mis pantalones van dentro del arcón y no encima del arcón? ¡Vieja cerda, los vas a doblar ahora mismo! ¡Ahora! ¡Abajo, ahora mismo!

—Pero yo no quería, yo quería...

—¡Ya sé qué querías! ¡Lo único que quieres siempre es tenerlo todo! Te doy el maldito jabón que ni siquiera te corresponde, y azúcar con el té, te doy un maldito vestido. ¡No vas a recibir nada más, a partir de ahora se han acabado las recompensas! ¡De rodillas, puerca, límpiame los zapatos con la lengua!

Asustada, Penelope echó un vistazo al pajar, porque uno de los chuchos la había descubierto. Se acercó corriendo y ladrando y se abalanzó sobre ella con un movimiento brusco. Clavó los dientes en su falda y la tela se desgarró. Ella perdió el equilibrio y cayó al suelo. El señor de la casa dejó caer la pata de la silla con la que quería pegar a Ann Pebbles y se quedó mirando a Penelope intrigado.

—¿Quién eres tú? ¿Qué quieres? ¡Aquí no hay nada para ti! ¡A las mendigas las tiro a los perros, lárgate por donde has venido! —Un silbido agudo salió de sus labios, y los perros se quedaron a su lado expectantes y jadeando. Los dientes blancos emitieron un destello voraz bajo las encías. Otro silbido y salieron corriendo de nuevo...

—¡Para, es amiga mía! —gritó Ann, pero al cabo de un segundo él bajó la mano y le dio un golpe en la cabeza.

—Tú no tienes amigas. ¡No tienes nada! ¡No quiero visitas aquí, ni curiosos, no quiero chismosas ni mucho menos más rameras! —Aun así, hizo que los chuchos volvieran.

—Un vaso de agua. —Penelope reunió todas las fuerzas que la habían llevado hasta allí.

Los dos perros se sentaron delante de ella, como dos vigilantes amenazadores cuya tarea consistía en mantener el patio limpio de gentuza. Ella, Penelope, era gentuza. Levantó la cabeza. No, ella no era gentuza, en todo caso lo era ese tipo que obligaba a su amiga a arrodillarse y hacía el gesto de seguir pegándole.

Nadie se movió, ni el hombre ni los perros.

El corazón le iba a mil revoluciones. La tenía controlada con esas bestias, y nadie le reprocharía que quisiera proteger su finca. Apareció en su rostro ese aire triunfal. Su granja, sus perros: su reino.

—A la mierda —dijo, y agarró a Ann con fuerza por los hombros.

—Por favor —lo intentó de nuevo Penelope—. Le ruego que me dé un vaso de agua. Por el amor de Cristo, solo un vaso de agua. —Por dentro estaba temblando de miedo por Ann, que se tapaba la cara con las manos. Su maravilloso pelo largo colgaba desgreñado sobre los hombros y caía hasta el suelo, la camisa se le había salido de la falda y dejaba al descubierto en un punto los hombros ensangrentados.

Seguramente ya la había pegado dentro de la casa.

—Sea usted tan amable y deme un vaso de agua —repitió Penelope, que se atrevió a pasar junto a los perros, que ahora gruñían. Por su amiga sí tuvo el valor de hacerlo y aceleró el paso—. Solo quiero agua, por Cristo nuestro Señor.

Detrás de la casa se movía algo: aparecieron por la esquina dos hombres con rastrillos, arrastrándolos cansados tras de sí. La ropa deshilachada de preso colgaba de sus cuerpos esqueléticos, y los ojos negros sobresalían de sus rostros demacrados. Dudaron, dieron un paso y luego otro. Penelope esperaba que acudieran a ayudar a Ann contra su jefe. Tal vez se lo pensaran un momento, luego uno abrió la boca.

—Ya hemos acabado con un huerto —dijo con indiferencia, y su mirada no volvió a posarse en Ann. El otro se quedó mirando a Penelope.

Heynes se dio la vuelta.

—¿Es que no he dicho que luego hagáis el otro huerto? ¿De verdad sois tan estúpidos? ¡Maldita panda de presos! —gritó.

Los perros le siguieron cuando se acercó corriendo a los hombres, con la pata de la silla aún en la mano izquierda, para explicarles con gestos furiosos a qué huerto se refería. El viento vespertino se coló con suavidad entre los árboles e hizo susurrar a las hojas de eucalipto. Se llevó los gritos con él, acabó con las ondas del miedo y acarició las almas amedrentadas. El pájaro del ruido alzó el vuelo en silencio...

—¿Cómo estás? —Penelope se agachó junto a su amiga e intentó apartarle las manos de la cara.

Ann se enderezó. Por un momento se quedó sentada con la mirada fija en las pantorrillas, como si intentara recobrar la compostura. Luego se dibujó una sonrisa en su rostro y Penelope comprendió hasta qué punto le resultaba difícil.

—Ha dormido mal. Por la mañana ya tenía dolor de cabeza... él... le duele la cabeza, y a veces es... difícil... —Se detuvo—. Ven a tomar un vaso de agua. Hace tanto calor hoy...

Se puso en pie con un gran esfuerzo y rechazó la mano que le ofrecía Penelope para ayudarla. Con un movimiento torpe se metió la camisa por dentro de la falda y se recogió el pelo en un moño. Durante la huida había perdido la cofia, que yacía como una inocente mancha blanca cerca de la puerta de entrada abierta. Penelope sintió que Ann dudaba de entrar en la casa y corrió a darle la cofia.

—Ay, sí, me la he... —Ann se colocó la cofia en el pelo mientras murmuraba. Con los dedos temblorosos se metió los mechones sueltos debajo de la cinta, se la puso bien hasta que por delante se liberaron algunos mechones infantiles por debajo de la cinta. Cuando volvió a alzar la vista era la Ann Pebbles de siempre, con su sonrisa cautivadora en el rostro, la que prometía aventuras, anunciaba historias y hacía olvidar las cicatrices que la desfiguraban.

—Ven, vamos a tomar un trago: en el jardín no nos buscará —susurró en tono de conspiración, y tiró de Penelope hacia la casa.

Ella se quedó quieta en la puerta de entrada: la omnipresencia de Heynes era como una barrera infranqueable, pero pudo echar un vistazo desde fuera y admirar el interior de la casa que tanto alababa Ann. A juzgar por el tamaño, la casa de Heynes era más bien modesta, construida con tablas gruesas y de una sola estancia. Una escalera conducía a los lechos en un altillo bajo el tejado. No había armarios como en la casa de Belgravia, en cambio había pesados arcones de madera y baúles de viaje en los que por lo visto guardaban la ropa que había encendido la ira del amo de la casa. Había unas sillas de roble negras y brillantes alrededor de una reluciente mesa pulida, adornada con servilletas de encaje bordadas, y detrás había un sofá con cojines de seda que no encajaban en absoluto con su propietario.

Para cocinar había un moderno horno de hierro con tapa, no era de extrañar que Ann se burlara de la pobre hoguera del pastor. Una pesada vajilla de barro esperaba en la estantería a que la llenaran de comida, y había una escoba de pelo de crin apoyada en la pared. Entonces Penelope se detuvo y aguzó la vista para ver mejor. ¡Maldita capa marrón que le nublaba la vista! Pero no se equivocaba: junto al horno se veían unas mantas deshilachadas en el suelo. Era el lecho de una mujer, pues encima de unos cojines cosidos provisionalmente había una camisa de encaje rosa bien doblada.

Ann Pebbles dormía como una esclava en el suelo y tenía que taparse con trapos. La camisa rosa debía de ser la ropa de trabajo para la cama alta de Heynes. También era una prenda de fantasía que la liberaba con falsas promesas de la ropa marrón de presa y para vestirse al amparo de la noche como solo les estaba permitido a las damas. Ann no era una dama, y la camisa de encaje era una mentira. Pero probablemente era el mayor tesoro de su vida.

—Te he... —Ann entró con dos vasos grandes llenos y se quedó quieta. Por un breve instante permaneció indefensa en la puerta, descubiertas sus mentiras, de las que el mundo entero se reiría. Las dos mujeres se miraron en silencio.

Penelope comprendió que Ann podía sobrevivir allí porque encontraba en las servilletas de encaje y la camisa rosa el apoyo suficiente. Debía pagar un precio muy elevado, a su juicio, pero ¿acaso ella estaba mejor con la protección y la abundante comida de un pastor maloliente que la utilizaba noche tras noche para luego hacerlo con las ovejas? Tragó saliva.

Cada mujer tomaba sus decisiones. Así funcionaba.

Los jardines de Heynes recordaban a Inglaterra. Las rosas trepaban por una estructura, los arbustos de trompetas emitían un aroma dulce. Debía de haberlo diseñado alguien que supiera algo de jardines y tuviera sensibilidad para las plantas, Penelope vio incluso un melocotonero en un rincón. Acarició con cuidado las ramas rojas que antes sostenían flores rosadas. El melocotonero de Heynes estaba seco, las hojas crujían marchitas bajo su mano.

—Tuvo a un recluso que lo plantó todo —le contó Ann—. Un falsificador que sabía de rosas. En Londres era jardinero de un joyero adinerado. Tenía unas manos muy finas, casi demasiado para una laya, siempre llevaba guantes hasta que se le cayeron de las manos y el señor Heynes no le pudo dar unos nuevos. Murió el año pasado. Ahora todo se está secando. Creo que estaba enfermo. Sí, estaba muy enfermo. —Iba paseando por el jardín tarareando. Los colores de las hojas secas recordaban a las flores funerarias.

Penelope sacudió la cabeza. ¿Qué le pasaba? Antes jamás se le habría ocurrido algo así. Antes tejía punto a punto, daba vida a los puntos en la rueca y rara vez miraba más allá de su trabajo. Tenía planes. Quería hacer encaje para ganar dinero, para ella y... cerró la mano en un puño cuando la invadió la tristeza. Se había acabado. Ella había quedado atrás, y los puntos de su vida que con tanto cuidado había ido tejiendo eran víctimas de un fuego que ella misma había provocado con su deseo demencial y su estupidez, se habían deshecho y quemado. Ella había provocado el incendio junto con Liam. Los vasos dieron un golpe y la devolvieron al presente.

—Nunca había estado en un jardín así. —Miró alrededor y aquella imagen rompió el conjuro de la tristeza. La sombra de una acacia la alivió mientras veía cómo Ann preparaba dos asientos y les colocaba mantas que del uso estaban deshilachadas. Sin duda, el amo de la casa no pasaba mucho tiempo allí.

—En el jardín no hace calor, a veces duermo aquí cuando hace mucho calor en casa —Ann charlaba sobre la mentira de su vida, probablemente Heynes la echaba de casa por las noches cuando le venía en gana. El jardín no la protegía de los escorpiones ni de las serpientes curiosas, pero el sillón de mimbre era lo bastante grande para taparle las piernas.

—¿Dónde duermen los dos... vuestros...?

—¿Nuestros esclavos? —respondió Ann—. Tienen su propia cabaña ahí abajo. Reciben la harina y la cebada y una vez por semana pesan carne, y si Heynes está contento con ellos, también añade azúcar y un poco de té. —Se tocaba la cofia, nerviosa—. Son muy holgazanes y tontos. Muy pocas veces está contento, casi siempre tomamos solos el té chino.

Aunque la historia pudiera ser cierta, el ron era robado. Ann se lo tragó rápido y llenó enseguida el vaso con agua de una lata para que el olor del interior no la delatara. Penelope la imitó. Disfrutó de la leve sensación de mareo cuando el ardor fue pasando despacio en la boca para dejar paso a esa sensación maravillosa...

Transcurridos unos días el carro de Heynes se paró delante de la tienda.

Penelope acababa de llegar del río, donde se había lavado y había recogido agua, como siempre aterrorizada por los cocodrilos de los que tan a menudo le hablaba Joshua. Por la mañana habían estado allí, una sombra peculiar bajo el agua, y volvió a la orilla de un salto. No estaba segura de que la vista le estuviera jugando una mala pasada. «Son grandes y largos», le había descrito Joshua. Y tenían una boca enorme con la que engullían a personas, sin más. Penelope en realidad no podía imaginar cómo era un cocodrilo, pero al pensar en la boca enorme dejó caer el cubo de agua y se frotó la mano dolorida.

—Podría venir todo un regimiento con tambores y no los oirías. —Ann se rio—. Pensaba que solo tenías la vista mal, pero tampoco tienes el oído muy fino. —Tenía una expresión risueña en el rostro cuando se apoyó como un cochero con el codo en la rodilla para parecer más importante, aunque con los pliegues del vestido ondeando al viento le daba un aire más bien grotesco—. Ven, sube, nos vamos.

—Has conseguido el carro —dijo Penelope—. ¿Cómo te las has arreglado?

La pregunta no encajaba con la imagen de paraíso de Heynes, donde todo estaba disponible en cualquier momento, los ojos de Ann así lo reflejaban. Se le ensombreció el semblante, pero enseguida recuperó la compostura.

—Está enfermo —dijo—. Y el almacén está casi vacío, tengo que ir sola a hacer la compra. Así que nosotras dos podemos pasar un bonito día. —Sonrió ilusionada.

—Enfermo —murmuró Penelope. Se estiró con las dos manos el vestido marrón raído—. ¿Cómo de enfermo?

Su amiga sonrió.

—Bastante enfermo. Le he puesto hojas del árbol que quema entre la ropa.

—Has... ¿estás loca? —Penelope apenas podía disimular el susto. El pastor le había advertido sobre las hojas, el río estaba plagado de ellas—. ¿Y cuando se recupere qué?

—Está demasiado enfermo. Se rasca el miembro hasta que le sangra y me ha agarrado de la mano como un perro lastimero cuando le he prometido que voy a ponerle una pomada que le alivie. —Su sonrisa se volvió malévola—. Pero a lo mejor no encontramos ninguna.

En realidad ni siquiera la buscaron. Parramatta era demasiado emocionante cuando uno tenía la posibilidad de ir en carro como para acordarse de la verga escocida de un hombre que de todos modos tampoco iba a agradecer la pomada. Era mucho más divertido escuchar cuáles eran los síntomas de la enfermedad y reírse cuando Ann lo imitaba. Entretuvo así con arrogancia a la clientela de la tienda de los Terry hasta que la señora Terry fue a ver quién provocaba tantas risas.

—Ann Pebbles —dijo entre risas—, debería habérmelo imaginado. —Y como le gustaban las historias que contaba, además de que hubiera tanta gente, le dijo a su empleada que fuera a buscar agua y regaló té caliente con galletas a los inesperados invitados.

Fue una tarde divertida con muchas conversaciones graciosas hasta que la lista de la compra estuvo preparada, y al final Penelope conoció también a la señora MacArthur, la esposa de un oficial caído en desgracia que desde que se fue de Inglaterra dirigía su granja de las afueras de Parramatta sin ayuda de ningún hombre. Por supuesto, la señora MacArthur no dirigió la palabra a ninguna de las dos mujeres vestidas de marrón, pero no tenía nada en contra de que escucharan sus conversaciones sobre cultivo de huertos y los efectos de la sal en la alimentación de la oveja merina.

—Su esposo puede estar orgulloso de usted, señora, es toda una experta en ovejas —elogió la señora Terry los conocimientos de su clienta.

La señora MacArthur se limitó a encogerse de hombros.

—¿Qué remedio me queda? A decir verdad, me parece mucho más divertido reunir a mis ovejas con el caballo que aburrirme en los salones de Londres con señoras que se pavonean. —Guiñó el ojo en un gesto cómplice—. No me importa que lo sepa toda la colonia, señora Terry.

—Tiene siete hijos —murmuró Ann cuando salieron—. ¿Te lo imaginas? Siete hijos y una granja enorme, y ni un hombre en casa. El tipo se enemistó con el gobernador y se fue a Inglaterra a rehabilitarse. Y la señora Elizabeth vive desde entonces sola y lleva la granja mejor que todos los criadores de ovejas del distrito, según el señor Heynes. La tiene en gran consideración. Además, no es granjera, sino una dama de verdad, todos sus hijos tocan el piano y saben francés...

Estuvieron mucho rato hablando de la señora Elizabeth y de cómo era posible llevar una vida que se considerara correcta.

—Te lo digo yo, funciona. Aquí todo funciona. Las convenciones se cayeron por la borda durante el viaje en barco. Estamos en el país adecuado, Penny. —Ann obligó al caballo de Heynes a ir al trote.

A Penelope se le ocurrió demasiado tarde que podría haber preguntado a la gente de la tienda por Stephen Finch, el hombre que en principio era su padre. La próxima vez, se dijo para calmarse. La próxima vez no se le olvidaría.

Las dos iban sentadas en el pescante del coche un poco cansadas pero contentas mientras el sol se ponía y la tierra roja se sumergía en una luz ardiente tras el bosque de eucaliptos. Las rocas empezaron a brillar, y en algún lugar Penelope creyó ver a hombres negros que trepaban a las rocas. Por todas partes veía esas sombras a las que todo el mundo temía y sobre las que corrían historias horribles. Sabía que esas habladurías no tenían sentido. Apari, el amigo negro de Joshua, tenía un comportamiento peculiar, pero nunca le había hecho daño. La mayoría de la gente encontraba especialmente escandaloso que fueran desnudos. Por lo visto habían olvidado que a ellos también se les cayó una vez la ropa podrida del cuerpo en los barcos.

—¿Te parece que los negros son inquietantes? —preguntó Penelope.

—Hasta ahora siempre han sido amables, pero roban como cuervos. —Ann tiró de las riendas del caballo, husmeó el aire del establo y espontáneamente se puso al galope—. Heynes los echa porque roban. Nos han robado cabras.

Penelope había oído hablar de eso. A veces Joshua le contaba pequeños robos. Su amistad con el hombre negro le hacía tolerar esos hurtos, y se inventaba excusas para el reverendo para explicar que faltara un cordero. A lo mejor él también se lo atribuía a ellos en secreto. No quería ni pensar en cuántos latigazos le daría el cura si se descubriera. El pastor había dicho una vez que prefería ver el látigo de Marsden en la cara que ser apuñalado por los negros mientras dormía. No paraban de oírse historias de que atacaban las tiendas solitarias de los pastores, y Joshua solo se preocupaba por su seguridad. Penelope no se fiaba de los negros. Esa gente que iba en cueros y miraba con desprecio a personas bien vestidas porque trabajaban para otros, le daban el mismo miedo que esos curiosos animales saltarines, llamados canguros, que cazaban por la carne y la piel. Pero los negros eran peores.

—¿No te parecen siniestros? —preguntó ella, incrédula. Con el ceño fruncido intentó ver entre los arbustos impenetrables de la zona ribereña de Parramatta.

Los papagayos salían volando y gritaban al oír el traqueteo de las ruedas de los carros. Sus graznidos eran inquietantes, se le puso la piel de gallina. Tal vez no debería haber tomado tanto ron con ese calor.

—Yo creo que deberían cedernos el espacio —opinó Ann—. No han hecho nada con su tierra. Mira alrededor. No hay más que desierto por todas partes, no hay esperanza, ni casas ni negocios. Nada más que tierra y hierba seca, y en el medio esos salvajes desnudos que se dan por satisfechos con un puñado de orugas al mediodía. —Soltó una risita—. Heynes dice que comen orugas. Crudas. Pero nosotros somos ingleses, y haremos algo con su tierra. ¡Deberían estar contentos!

Penelope se quedó callada. Los negros eran distintos, según le había explicado Joshua. No tomaban posesión de nada, y probablemente todo lo que Ann consideraba digno de esfuerzo a ellos les resultaba completamente indiferente. Un motivo más para temerlos. Penelope prefería pensar en los blancos a los que había conocido aquel día, como la señora MacArthur, de mirada valiente.

—¿Crees que la señora MacArthur podría ayudarme a buscar a mi hija? —Su pregunta atravesó la oscuridad.

Ann tardó un poco en contestar.

—Si se lo pidieras, tal vez lo hiciera. Pero solo se puede buscar a un niño en el orfanato, y para eso tendríamos que ir a Sídney. Sídney... en Sídney encontraría a Lily, si seguía con vida. Y tal vez a su madre. Y a Stephen Finch... era necesario tener un objetivo en la vida, le había dicho el médico alemán. Penelope había vuelto a encontrar el suyo. Tenía que ir a Sídney y buscar a su familia. El caballo bufó. Solo quedaba medio kilómetro junto al río y por fin estarían en casa.

—¿Cuánto se tarda en llegar a Sídney?

—Sé el camino. —Ann sonrió. Los ojos le brillaron en la penumbra como una promesa. No dijo nada más, y su promesa fue como un pañuelo de encaje hecho de palabras: no era suyo, así que tenía que dejarlo encima de la mesa. Pero era muy bonito.

Penelope se apoyó somnolienta en el hombro de Ann. Pensó en cómo sería la búsqueda, a quién preguntar, dónde mirar. Los chirridos y el traqueteo de las ruedas fueron como una nana para ella. Sin embargo, luego oyó un ruido diferente, que no era por la oscuridad. La tensión fue penetrando en el carro muy despacio. Penelope se agarró a la tabla del asiento y se levantó. ¿Llegaban tan tarde por miedo a lo que pudiera decir Heynes? ¿O por el hecho de que ella estuviera sentada en el pescante junto a Ann? No, el día siguiente era domingo, y no tenía que ir a la fábrica. Además, Joshua llevaba dos días en el bosque, y le daba miedo estar en la tienda del pastor sin él. Era agradable estar en compañía de una mujer, hacer planes de ir juntas a Sídney a iniciar la búsqueda. Penelope sonrió para sus adentros en la oscuridad. Sí, la compañía de Ann era lo mejor de todo. Volvió a apoyarse en el hombro de su amiga sin hacer caso de lo que le había parecido oír antes.

El caballo bufó. Habían llegado al bosque local. La puerta de la granja de Heynes les arrojaba una luz blanca. Penelope no sabía nada de caballos, pero esos bufidos sonaban a advertencia. Ann siguió charlando con alegría de Rosemary y sus mocosos, del propietario de la taberna, de este y de aquel de Parramatta, pero su voz no conseguía aplacar el creciente desasosiego.

—¡Para! —Penelope tocó el brazo de Ann. Una curiosa sensación de asfixia se había apoderado de ella, apenas podía respirar. Nunca le había parecido tan amenazante la oscuridad del bosque.

La vista le había engañado. No eran perros que correteaban por el patio gruñéndole a algo... intentó ver mejor. La luz de la luna que brillaba entre los árboles la ayudó a reconocer a los dingos que se estaban comiendo la carne de los perros muertos de la granja. El ruido del coche provocó su huida. Desaparecieron en silencio y con la cola entre las piernas en dirección al río, probablemente para ocultarse tras el siguiente matorral y allí esperar a poder continuar con su festín.

La granja parecía un campo de batalla. Delante de la puerta de entrada entreabierta yacía un preso degollado. Por encima de la barandilla del balcón colgaba el segundo. Tenía una lanza rota clavada en la espalda. Los gemidos del hombre llegaban al carro, donde ni Ann ni Penelope osaban moverse.

—Ven —susurró Ann finalmente, y agarró a Penelope de la mano—. Ven, tenemos que ir a ver... —Sin embargo, seguía sentada porque no tenía valor suficiente para levantarse.

—¿Y si siguen aquí? —se atrevió a decir Penelope.

—Entonces nos han visto y también vamos a morir. Pero esto está muy tranquilo, seguro que se han ido.

—Se mueven con el viento. —Penelope se estremeció—. Nunca los oyes, ni los ves hasta que están delante, y entonces es demasiado tarde. —Era lo que siempre ocurría con Apari cuando iba a visitar a Joshua: simplemente aparecía allí, sin que ella supiera de dónde había salido. Apari siempre llevaba las armas encima, pero nunca les había amenazado con ellas.

—Tienes razón, tenemos que entrar. Ven.

¿De dónde sacó el coraje necesario? Las dos mujeres se cogieron de la mano y se dirigieron con sigilo a la entrada de la casa, donde la linterna que colgaba encima de la puerta se balanceaba con un leve quejido al ritmo de la brisa nocturna. El viento y los gemidos de los moribundos llenaron la noche con su triste canto.

—Ayudadme... —dijeron desde la barandilla.

Penelope hizo de tripas corazón y dio un paso hacia el hombre.

—¿Quién os ha hecho esto? —preguntó tartamudeando.

El hombre estaba tan débil que ni siquiera podía levantar la cabeza.

—Negros —susurró—. Ladrones negros...

Penelope le puso una mano en el hombro y notó el temblor que sacudía su cuerpo demacrado. Luego murió. Con el corazón acelerado, ella retiró la mano. Nunca había tenido la muerte tan cerca...

—Ladrones negros —murmuró Ann, que ni siquiera se había acercado—. Maldita sea, ya sé lo que buscaban.

—Ven. —Penelope le agarró la mano y la llevó al interior de la casa, donde la lámpara seguía ardiendo sobre la mesa.

Había un plato medio lleno y comida esparcida por la mesa con la cuchara porque Heynes se había puesto en pie de un salto para defenderse del atacante. Al final no le había servido de nada no separarse nunca de su pistola: ellos habían sido más rápidos, pero no muy minuciosos.

Penelope apretó los labios. Heynes no estaba muerto, estirado en su sofá de seda. La sangre había teñido de oscuro el camisón y goteaba en el suelo, roja y viscosa. En la mano derecha sujetaba una lanza rota que él mismo debía de haberse sacado del pecho. La mano se agitaba inquieta de un lado a otro, y también movía los labios sin decir nada.

—Jesús, María y José. —Ann se quedó quieta.

Él ya la había visto y giró con cuidado la cabeza. La respiración sonaba a gemido, como si se fuera a apagar de un momento otro.

—Ven aquí. —Apenas se oía la voz, pero no había perdido el tono imperativo—. ¿De dónde... de dónde vienes a estas horas? ¿Qué... qué has estado haciendo, furcia? —Tosió, le faltaba el aire. La inminente muerte le obligó a elegir entre una maldición y una última petición—. Les has ofrecido el trasero a otros... ¡ayúdame, furcia!

Ann dio un paso hacia él, y luego otro. Heynes tendió el brazo hacia ella, y en lugar de agarrarla le metió la mano con firmeza entre las piernas y apretó. Ann soltó un grito.

Antes de que Penelope pudiera acudir en su ayuda, Ann le había arrebatado la lanza a Heynes y se la había clavado en el cuello con todas sus fuerzas.

—Nunca me vas a volver a llamar furcia.

Luego se hizo el silencio. Solo las moscas zumbaban en la noche, y fuera el eucalipto entonaba su canto de eternidad.

—Y... ¿ahora? —A Penelope le costó un esfuerzo inhumano pronunciar aquellas dos palabras.

Ann retrocedió del sofá y apartó la mirada del fallecido. No estaba muy distinto de antes, la sangre le caía del cuello sobre la seda clara. Las primeras moscas se reunieron alrededor del cadáver. Penelope esperaba que aquella imagen le provocara más estupor, pero no sentía nada. La casa de Heynes estaba en silencio, igual que el bosque. La noche esperaba, muda.

—¿Qué... hacemos ahora? —preguntó en medio de aquel silencio frío.

Ann se frotó los brazos, tiritando. Miraba alrededor inquieta, posó la mirada en el cadáver, el sofá, las arcas saqueadas.

—Tenemos que irnos de aquí, Ann. —Penelope hizo otro intento de hacer hablar a su amiga.

—Negros —murmuró Ann—. Lo han hecho los negros. Negros asesinos. Tal vez vuelvan. —La voz se volvió más estridente—. A lo mejor quieren más ron. Siempre les daba un poco para que nos dejaran en paz. Heynes no lo sabía, yo llenaba el barril de agua para que no se notara. A lo mejor vienen a buscar ron...

Se acercó un paso a Heynes. Luego se agachó y puso al hombre de costado.

—Mira, se han olvidado de una cosa. Seguro que vendrán a

buscarlo. —Sacó de debajo del cuerpo una pieza de madera ovalada—. Lo llaman bumerán. Sirve para arrojar lanzas muy lejos. También se puede... —No terminó la frase, era obvio para qué servía además el arma con el canto afilado—. Podría sernos de ayuda.

—¡No puedes llevártelo, Ann!

—¿Se supone que tenemos que dejarnos matar? —replicó Ann disgustada—. Eran negros, negros asesinos. ¡También nos van a matar, ya lo verás! —Penelope vio horrorizada que metía la punta de la falda en el charco de sangre de Heynes y manchaba la hoja con ella—. Así. Así creerán que podemos defendernos. Es peligroso ir solas por el bosque...

—¡El bosque! Quieres entrar en el bosque, ¿estás loca? —Penelope no podía creer lo que estaba oyendo. ¿Por qué a su amiga se le ocurría semejante locura?

—Ya, ¿y qué propones? ¡Yo no me voy a quedar aquí para que me lleven ante un tribunal en la maldita Parramatta, donde se conoce todo el mundo y todos se protegen unos a otros! Todo el mundo sabe quién soy. —Se detuvo. Le corrían lágrimas por el rostro pálido, y Penelope comprendió que los distinguidos caballeros de Parramatta no solo habían sido invitados a la cocina de Heynes.

—Pues no vamos a Parramatta. Vayamos a Sídney —probó suerte de nuevo Penelope. Solo la palabra «bosque» le hacía sentir escalofríos. «La muerte vive en el bosque», decía siempre Joshua. Y el problema era que uno siempre la reconocía cuando era demasiado tarde. Sídney sonaba bien. Allí podrían contarle a alguien lo que había ocurrido. De alguna manera podrían explicar algo, ya se les ocurriría durante el largo camino.

Ann ni siquiera la escuchaba. Tenía la mirada clavada en el hombre muerto y seguía murmurando:

—¿En serio crees que darán credibilidad a una mujer como yo cuando un colono rico ha sido asesinado? ¿Cuando todo el mundo sabe cómo me trataba? ¿Crees que alguien me creerá cuando les diga que he visto a los negros?

La sangre se había derramado por el pañuelo de encaje de

Ann y había manchado y destruido el castillo de naipes que con tanto esfuerzo había levantado. Se derrumbó ante sus ojos y detrás aparecieron las cadenas que la habían acompañado desde el barco, por mucho que las hubiera disfrazado con encaje rosa para que se adaptaran mejor a su nueva vida. Pero el encaje no está hecho para las cadenas, el tejido es delicado y se hacen agujeros.

—¡Nadie creerá en serio que has matado a tres hombres! —intentó intervenir Penelope. Sin embargo, sus palabras sonaban vacías. Y además eran mentira: Ann había matado a una persona a la que podría haber ayudado.

—¿Y entonces por qué no estoy yo al lado de ellos, con el cuello degollado? —masculló Ann—. ¿Por qué faltan todos los cuchillos, por qué han saqueado todas las arcas? ¿Quién me va a creer? —Sacudió la cabeza con energía—. Dirán que lo he tramado todo con los negros, que he pagado para que sucediera. Ya sabes lo que piensan de nosotras, oyes al reverendo todos los domingos. Somos malas, malvadas, no tenemos más que el mal en la cabeza, somos malas mujeres, reclusas, deberíamos ir directas al infierno. —Cuando se calló no había nada que pudiera mitigar su amargura.

—Vámonos a Sídney —propuso Penelope de nuevo. Habría propuesto cosas muy distintas para poder irse enseguida de aquel horrible lugar, pero Ann no parecía tener prisa—. En Sídney no te conoce nadie...

—Sídney. —Ann soltó una carcajada—. Sin un salvoconducto nos detendrán y acabaremos en la cárcel. Y tendrán un motivo real para juzgarnos.

Penelope se quedó mirando a Ann desconcertada. ¿Es que había olvidado lo que había ocurrido? ¿Ahora pensaba en ser arrestada por no tener un salvoconducto? Una sensación desagradable se apoderó de ella. Ann empezaba a darle miedo. Le costaba disimularlo y no pensar en ello, igual que Ann obviaba a los muertos. No obstante, Penelope había aprendido algo durante los meses que había pasado encadenada.

—Intentémoslo —continuó—. En Sídney hay un juez, iremos a verle y... y... bueno, Joshua siempre hablaba de un tipo que denunció a su jefe porque no le daba ropa de cama. Le dieron la razón, y en Inglaterra había sido condenado a catorce años. Joshua siempre dice que no somos esclavos. Tenemos algunos derechos. —Le quitó el arma de la mano a su amiga y le dio un abrazo—. Intentémoslo. Vámonos juntas a Sídney.

La idea de hacer un viaje sin el salvoconducto que todos los presos debían enseñar en cuanto se alejaban un poco de la casa de su patrón era descabellada, más aún yendo sin compañía por los pantanos y sin conocer realmente el camino, ya que en su momento habían llegado a Parramatta en barco. Buscar la casa del juez era probablemente la idea más absurda de todas, pero fue la que las puso en marcha.

De pronto Penelope sintió una determinación desconocida hasta entonces. Tal vez fuera fruto del terrible acto cometido por Ann y la sangre de Heynes, que le producía un gran desasosiego, quizá tuviera que ver con la desesperada frialdad con la que había actuado la única persona que aún significaba algo para ella. El miedo de Ann a acabar entre rejas era completamente justificado. La vida devora a los débiles. Penelope ya no quería ser débil, ni perder a nadie más.

Con una tranquilidad que ni siquiera era consciente de poseer, Penelope cogió dos mantas de la cama alta, llenó dos cubos de agua y buscó alimentos en el caos de la cocina. Los negros habían sido muy minuciosos y se habían llevado hasta los restos de comida de los cubos de los cerdos. Finalmente Ann se animó a ayudarla. Los ladrones no habían encontrado las tiras de carne seca que había en un rincón oscuro encima de la cama alta, así que cortó todas las provisiones de la cuerda. También se llevó de allí arriba la lata de la bebida embriagadora, la sumergió en el barril de ron y les sentó muy bien vaciarla juntas fuera, delante de la casa, donde no tenían que ver los cadáveres.

—No deberíamos hacerlo —dijo Ann.

—Da igual. Ahora me siento mejor —murmuró Penelope. El fuego del ron despertó su espíritu y le hizo olvidar la imprecisión del mundo alrededor. La luz de la linterna era una perla; el suelo, un cojín blando. Disfrutó del ardor del ron en la garganta, que poco después le relajó las extremidades con eficacia. Le dio ánimos, y sin duda los iba a necesitar. Ánimos para hacer el viaje y para afrontar lo que estuviera por llegar. Se rieron medio borrachas de los ojos nocturnos que solo Penelope veía, de los dingos cobardes y de lo que el bosque haría con la casa si nadie lo impedía. ¿Acabaría creciendo en el interior?

—Pongámonos en marcha —propuso Penelope finalmente.

Era agradable ver la expresión relajada de Ann. Al final la cesta de provisiones pesaba tanto que tuvieron que sacarla a rastras entre las dos para salir de la casa. Poco antes de llegar al coche, Ann se detuvo y se volvió por última vez.

—Buen viaje, James Heynes —dijo en un tono sombrío—. Que Dios te devuelva todos los golpes uno a uno.

—El reverendo Marsden te diría que Heynes no se va ni a acercar a Dios porque hacía tiempo que ardía en el infierno. —Penelope se frotó el brazo en un gesto pensativo: no quería ni pensar dónde se encontraba Ann en la jerarquía celestial de Marsden.

—Heynes no está en el infierno de Marsden, no es un preso. —Ann hizo un gesto altivo—. Le deseo que el castigo de Dios sea peor que todos los infiernos juntos.

Sus palabras resonaron en la noche.

El caballo había esperado, paciente. Parecía que ya no había negros en las inmediaciones, y los dingos se habían esfumado. Un poco mareada por el ron, Penelope colocó sola la cesta en la superficie de carga. Ann seguía mirando la casa. La linterna que había cogido le dio un golpe suave en la falda e iluminó desde abajo su rostro. Le caían lágrimas sobre el pecho: era duro despedirse de su cuento de hadas.

—¡Ven! —Penelope la agarró del brazo—. Nos vamos y haremos lo que nos hemos propuesto. Da igual lo que ocurra. Lo peor lo hemos dejado atrás.

El gruñido de los dingos las siguió al salir por la entrada blanca de la propiedad de Heynes al bosque, ambas llenas de esperanza. El caballo encontraría enseguida el camino a Parramatta y desde allí las llevaría a Sídney, en algún lugar lejano al sur.

Estuvieron toda la noche viajando. Hacían pausas, comían carne seca, vaciaban la lata de ron y se sentían estupendamente. Se perdieron en la monotonía del bosque impenetrable de eucaliptos, les daba miedo parar en las lúgubres cabañas por si había alguien al acecho con un arma en la oscuridad.

Finalmente el caballo encontró el camino. Lo conocía de los innumerables trayectos que había hecho con su anterior propietario. Al amanecer se volvieron a encontrar en un camino transitado y vieron el puesto de aduanas de Sídney a lo lejos. El cerro descendía con suavidad, y, tras un esfuerzo, Penelope vio una casita de la que salía humo hacia el cielo matutino.

—Mira, la casa del usurero. En todas partes quieren dinero de nosotras —rugió Ann.

—¿Qué dinero?

—Es el puesto de aduana. Tienes que pagar si quieres utilizar la carretera que lleva a Sídney.

—¿Dinero? ¿Tienes dinero? —preguntó Penelope asustada, pues ella no tenía. ¡Ojalá hubiera hecho encaje para ganarse unas monedas! En cambio había empleado su tiempo libre en holgazanear.

—Bueno, creo que en la bolsa de Heynes quedan unas monedas. —Ann hurgó en la bolsa.

—¿Cuánto puede costar? —Penelope estaba cansada. Se habían turnado con las riendas, y le dolían las manos inexpertas. Se las frotó con cuidado en la falda. La casa era solo una silueta. Se difuminaba en el centelleante calor.

—¿Y si pasamos corriendo? ¿Será lo bastante rápido para atraparnos? —Ann sonrió. La inspección de la bolsa de Heynes por lo visto no había dado ningún resultado útil.

—¡Cruzar corriendo! Y luego te preocupas de que te busquen por asesinato, Ann Pebbles. —Penelope sacudió la cabeza. Sin embargo, azuzó al caballo. Con un poco de viento en contra el sudor de la frente se secaría. Habría preferido quitarse la cofia, pues la cinta se le clavaba en la piel. Debajo del vestido marrón estaba empapada en sudor, añoraba los bosques frescos de Parramatta. Tras el cerro tal vez irían más rápido. Parecían ir a la carrera con los canguros. Solo les quedaba rezar porque en el puesto de aduanas no surgieran dificultades, pero Penelope sabía que no era más que un deseo piadoso...—. Vayamos a Sídney a pie —dijo—. Así no podrán atraparnos. Podríamos bajar la colina a hurtadillas y luego huir de todos los vigilantes y los recaudadores de aranceles.

—¡Bobadas! Es el momento de que las mujeres se atrevan a hacer algo. —Ann sacó la lata de ron de la cesta que tenía detrás. Le dio un buen trago que le fortaleció el cuerpo y el espíritu, y sobre todo le ayudó a olvidarse que llevaban muchas horas sin comer. Pese a que llevaban la cesta de provisiones llena, se les había quitado el apetito. En la mente de Penelope el difunto Heynes comía con ellas. Se volvió asustada, pero en la superficie de carga no había nadie.

—¡Vamos! ¡A por ello! —La voz de Ann sonaba grave.

Cuando Ann le dio un golpe en el costado, Penelope le dio un golpe con las riendas al caballo, que empezó a descender el cerro a buen ritmo hasta que otro sonido se mezcló en la mañana con el trote. El caballo redujo el ritmo, estiró el cuello y levantó las orejas. No imaginaban lo que les esperaba. Penelope hizo que el caballo fuera a paso ligero y dio la vuelta a la colina. Una nube de espeso polvo rojo rodeaba a unos hombres encadenados medio desnudos que, de rodillas unos al lado de otros, hacían rodar piedras talladas hasta una zanja. Dos vigilantes hacían volver a las piedras a los que querían levantarse. Se oía el restallido de un látigo en el aire, al ritmo de los gritos del vigilante: «rueeeda, y rueeeeda, y rueeeeda...».

El caballo bufó. Luego clavó la pata delantera en el suelo y se quedó quieto, resoplando. Los hombres encadenados se hicieron a un lado para desbloquearles el camino, y delante de ellas estaba el hombre del látigo. Tendrían que ser valientes para

pasar por el borde de la construcción, pues a un lado del camino se abría una zanja profunda.
Ann respiró hondo.
—Siéntate —susurró—. Voy a abrir el parasol.
—¿Qué? ¿Qué pretendes? —susurró Penelope, nerviosa.
—Solo las damas elegantes utilizan parasoles. Tal vez piensen...
—¿Un parasol? ¡Pero si verán el vestido marrón y sabrán enseguida quién eres, Ann Pebbles! —La ira se adueñó de ella. Por otra parte: ¿cuál era la alternativa?
El vigilante bajó el látigo con el ceño fruncido. Penelope agarró las riendas con más fuerza y aguzó la vista para maniobrar y evitar el precipicio. Tal vez aquel hombre les dejara pasar, pero también podrían haber caído en una trampa. Pese a la amplitud del terreno que tenían ante sí, no había otro camino que llevara a la ciudad.
¡Cielo santo, Ann sujetando su parasol y ella nunca había conducido un coche! Penelope estuvo a punto de desesperarse por su mala vista y frenó el caballo, que bufaba de miedo porque ningún preso dejó su trabajo.
—¿Adónde se dirigen, señoras?
Se le paró el corazón. El vigilante se había dado la vuelta hacia el coche y había agarrado al caballo por la cabeza. No paraba de dar patadas con los cascos, nervioso, le costaba respirar por el calor, el esfuerzo y ahora toda esa gente... amagó con encabritarse.
—¡Cuidado! —gritó Ann.
Penelope saltó del pescante y se dio cuenta demasiado tarde de su insensatez. Agarró con todas sus fuerzas las riendas, que estaban hechas para manos masculinas, otra insensatez, pues así el caballo tiraba de la mano delantera. El animal sacudía la cabeza con tanta rabia que la crin ondeaba mientras el caballo agitaba las patas delanteras en el aire, Penelope intentaba mantener el equilibrio agarrando las riendas, y el animal se resistía cada vez más contra el tirón de las riendas.
Le dio al vigilante en el pecho con el casco. El hombre sol-

tó un grito, el caballo dio un salto desesperado y al hacerlo tiró del carro, que acabó en una situación peligrosa. Penelope salió disparada del pescante dibujando un arco elevado y cayó entre los hombres. Uno de ellos se dio la vuelta en el acto y la recogió en brazos antes de que la roca le rompiera el cuello. Tenía sudor pegado en las mejillas y el corazón se le salía del pecho. Lo conocía, era él, sabía...

—Estás viva... ¡maldita sea, estás viva! —tartamudeó Liam junto al cabello de Penelope, y la rodeó con los brazos como si fuera un precioso tesoro—. ¡Pensaba que estabas muerta!

Ella se lo quedó mirando.

—No —susurró—. Pero tú...

—El fuego lo tengo controlado, Penny —susurró.

Sí, ya lo sabía. La explosión había sido cosa suya. Aquel hombre encadenado bajo cubierta, sus súplicas para que lo liberara de las cadenas... pero ella le había dejado la linterna. Él era el autor del incendio, y la linterna había costado la vida de Lily y Mary. Ella era tan culpable como él, y no quería tenerlo en su vida. Penelope tosió de dolor e intentó zafarse de su abrazo.

—¡Suéltame! No tenemos salvoconducto —exclamó—. ¡Maldita sea, suéltame!

—Entonces, ¿qué hacéis aquí con el coche? Estáis locas, allí delante está el puesto de aduanas. No lo pasaréis jamás —le susurró al oído, mientras la llevaba paso a paso hasta el coche y la tocaba más de lo necesario—. ¿Cuál es vuestro plan?

—Largarnos —dijo Penelope jadeando—. Queremos ir a Sídney.

—Te quiero, Penny. —La besó en la oreja—. Te quiero. Fíjate en lo que voy a hacer ahora. Y sé rápida.

Habían llegado al coche. Penelope oyó a Ann sollozar. Liam la empujó a los brazos del vigilante, que la siguió empujando hasta el pescante para que subiera y se quitara del medio porque el caballo no paraba de patalear inquieto. Ann ya casi no podía refrenarlo.

—¿Quiénes sois en realidad? ¿Adónde queréis ir a estas horas de la mañana? —preguntó el hombre.

Detrás de él se incorporaron cada vez más hombres, que se rascaban el pelo sucio y polvoriento, con los rostros sudorosos. Eran siluetas andrajosas con cadenas de hierro alrededor de los tobillos ensangrentados que les rozaban con el más mínimo movimiento. La cadena que tenían entre las piernas tenía longitud suficiente para dar medio paso, pero era demasiado corta para huir. Estaban en fila uno al lado del otro porque las cadenas les obligaban a estar así, y observaban con los ojos bien abiertos y curiosos.

—¿Dónde están vuestros salvoconductos? —El vigilante se acercó, amenazador. Se fue enfureciendo al confirmar la sospecha de la identidad de las mujeres, y el látigo le temblaba en la mano.

—Nosotras... —Ann giró el parasol con ambas manos.

Penelope estaba fuera de sí al verse desamparada de repente.

—¡No tengo todo el día! ¿O es que tengo que ir a buscar a la comisión de aduanas? El señor Wentworth estará encantado de que le despierten a estas horas de la mañana porque han llegado dos prostitutas.

—El señor Wentworth estará encantado de verme. Justo la semana pasada estuvo en mi casa —replicó Ann, que consiguió erguir la cabeza con orgullo. Había quedado muy claro qué tipo de anfitriona había sido, sin duda no le había resultado fácil pronunciar esa frase, pero ahora tenía que aprovechar el momento.

—Ah, se trata de eso... —El vigilante se acercó a ella con una sonrisa, tal vez con la idea de imitar al señor Wentworth.

Como si le hubieran tirado un cubo de agua fría, Penelope despertó del susto. Vio con el rabillo del ojo que Liam le hacía un gesto con la cabeza, como una señal. Al cabo de un momento su puño voló por el aire, le dio al vecino en la barbilla y este cayó al suelo con un grito. Enseguida otro se abalanzó sobre Liam. El primer vigilante se volvió al oír el griterío por detrás. El látigo del segundo ya restallaba en el aire y se oían gritos de dolor.

—¡Maldita panda del infierno! —rugió el primer vigilante al coche.

Penelope se puso en tensión como un gato a punto de saltar. Había perdido de vista a Liam en la pelea, pero tenía que aprovechar la vía que él le había abierto. Todo eso lo había hecho solo por ella. Con un grito salvaje dio un golpe con las riendas en el lomo del caballo, que salió disparado con tanta fuerza que se inclinó de manera alarmante a un lado y arrolló al vigilante. Las ruedas no le dieron por muy poco. El coche pasó a toda velocidad muy cerca de la zanja, envuelto en una espesa nube de polvo...

A Penelope se le resbalaron de las manos las malditas riendas, tenía que sujetarse de alguna manera. El caballo corría desbocado del miedo. Ann no fue de gran ayuda, pues estaba agarrada en silencio a su reposabrazos con la mirada fija en el camino que tenían delante. Al lado brillaba el río Parramatta bajo el sol matutino, y a la izquierda se elevaba aquella insuperable cadena montañosa que llamaban las Montañas Azules, de donde, según los colonos libres, solo salían cadáveres o desesperados.

Penelope consiguió retomar las riendas, que bailaban en el lomo, que se habían quedado enredadas y no hacían más que aterrorizar aún más al caballo. Las primeras casas de Sídney aparecieron en el campo visual como manchas blancas con tejados rojos, blanquísimas, como les gustaba a los ricos. Y solo los ricos iban en coche por placer, como el que se acercaba a ellas de frente, un landó lleno de parasoles, cháchara y las risas de damas respetables. Penelope solo distinguió los parasoles redondos de colores, ni siquiera tuvo tiempo de aguzar la vista para enfocar mejor. El caballo de Heynes corrió aturdido hacia el otro coche, los dos caballos chocaron primero con los cuellos, luego se oyó un ruido horrible al impactar de costado y cayeron al suelo. Los coches saltaron despedidos sobre los cuerpos de los animales. Los pértigos se rompieron con la fuerza de la colisión, luego reventaron con un ruido ensordecedor. Los parasoles salieron volando por los aires, las mujeres gritaban...

Penelope salió catapultada del coche. Medio escondida bajo un arbusto, medio enterrada bajo pedazos de madera, necesitó un tiempo hasta que comprendió que seguía viva. Oía gemidos, gritos, unos quejidos profundos y horribles. Un caballo agonizaba. Oyó el llanto incesante de una mujer, y de nuevo los gemidos. No era una pesadilla.

El sol matutino intentó penetrar bajo el arbusto, Penelope parpadeó y levantó despacio la cabeza. Apenas podía mover la mano, y la pierna, ¡la pierna! La tenía atrapada en la falda, casi más inmovilizada que cuando estaba bajo cubierta en el barco. No podía moverse ni un centímetro. Las cadenas volvieron a sonar alrededor de ella, estaba encadenada, encadenada...

—Ann —murmuró en la arena roja—. Ann.

Los gritos alrededor ganaron en intensidad.

—... buscar ayuda, ¡ayuda! ¡Mirad, ahí viene...!

—... ¡camilla, heridos! —Una mujer se puso a gritar histérica e intentaron calmarla.

Por fin el caballo había dejado de gemir. Los ruidos se fueron perdiendo. Penelope cerró los ojos.

—Penny. —Alguien le sacudió del brazo—. Penny. Larguémonos de aquí. Vamos, ven. —La voz se volvió más apremiante—. Penny, muévete. Tenemos que irnos antes de que nos descubran. Vamos, no te quedes aquí.

—¿Qué? —murmuró Penelope, cansada. Por lo menos consiguió levantar la cabeza dolorida.

Su amiga estaba agachada delante de ella, sucia, casi se confundía con el suelo de tierra. Solo veía la silueta de Ann.

—Maldita sea, vienen. —Ann la volvió a sacudir con fuerza—. Penny, yo me largo. Procura largarte también.

Se oyó un crujido en los arbustos.

—¡Aquí, mire! Cielo santo, ha sido un accidente horrible. ¿Cómo ha podido pasar? ¡Señora, la ayudaremos en cuanto podamos, sujétese, agárrese a mi brazo!

—Seguro que se ha roto la pierna...

—Llévatela al hospital lo antes posible. Chico, ve corriendo allí abajo y diles que vamos con heridos. ¡Dile al médico que lo prepare todo!

—Mire esto... cielo santo...

—Deben de haberse desbocado los caballos.
—¿Hay también un cochero?
—Bueno... solo ropa marrón... ropa de presos...
—Aquí hay otra.
Entonces aparecieron unas botas relucientes ante la vista de Penelope.

7

*Con las cadenas rotas, grita que eres libre;
da normas a tus reyes, sujeta al poderoso,
con pasados horrores conquistarás tu dicha.*

JOHN KEATS, *A la paz*

La habían dejado allí tirada hasta el final, al fin y al cabo era una presa. Las lamentaciones y los gritos alrededor de Penelope se habían ido disipando, pero no el dolor de la pierna. Los pájaros gorjeaban, en algún sitio ladraba un perro, y olía a comida. Pensó a qué olía... a sémola de avena. Alguien estaba removiendo sémola de avena. El olor, un poco amargo, llegó hasta ella y se mezcló con el de la tierra seca y al abrumador jazmín dulce. Estaba tumbada en un jardín, protegida por unos árboles altos del sol, que ardía sin piedad desde el cielo. Penelope se lamió los labios abrasados. Agotada, se entregó al omnipresente calor, pues no tenía sentido pretender otra cosa.

—Una de esas presas prostitutas borrachas...
—¿Por qué está aquí fuera?
—Las presas prostitutas no pueden...
—¡Miller, modere su lenguaje! ¿Por qué está esta mujer aquí fuera en el suelo?
—Las señoras se han quejado de que olía muy mal. La se-

ñora Howard no lo soportaba. Esa mujer apesta a oveja, y además está borracha.

—Lleve a la mujer dentro de la casa, Miller. Ya encontraremos una camisa limpia para ella. El hospital está abierto para todo el mundo, yo no hago distinciones. —La voz tranquila se acercó y Penelope sintió que una mano le tocaba la mejilla—. Ha sido un accidente trágico. Y esta chica es joven, muy joven.

—No llevaba salvoconducto —susurró el hombre de apellido Miller.

Penelope cerró los ojos. Alguien la levantó del suelo. Luego subió con paso inseguro una escalera, y el olor a sémola de avena desapareció y fue sustituido por un aroma a un jabón fuerte. Le llegaban voces de todas las direcciones, quejidos, gritos de dolor y también maldiciones.

—... colóqueme la almohada así. No, así no. ¡Vaya con cuidado, idiota, me está haciendo daño! Es que aquí la obligan a una a ser grosera...

—Señora Howard, lo siento.

—Aquí hay sitio para la chica. —La voz del médico hizo que quien la llevaba se parara.

—¿Aquí?

—¿Qué me trae, doctor Redfern? ¿Dónde está mi marido, por qué nadie le ha avisado? —Una voz de mujer puso el grito en el cielo—. Me duele el brazo, cuánto tiempo tendré que soportarlo... ¿qué? ¿Cómo dice? ¿Esa persona en la cama de al lado?

—Es el único catre que queda libre —repuso el médico con indiferencia. Ayudó a Miller a colocarle las piernas sobre las mantas y Penelope se atrevió por primera vez a abrir los ojos. El médico era delgado y alto. Su rostro tenía ese color gris azulado que teñía los rasgos cuando existía un exceso de trabajo. Lo más vivo en aquella cara eran los ojos. Parecía que no se les escapaba nada, ni los labios hinchados por la sed ni el desgaste de la cofia. La repasó con la mirada, que transmitía una preocupación amable.

—Me llamo William Redfern. —Sonrió—. Soy el médico

de servicio de este hospital. Te han traído aquí después del accidente de coche. ¿Te acuerdas de algo? ¿Sientes dolor?

Eran demasiadas preguntas a la vez. Sus exquisitos modales estuvieron a punto de sacar de quicio a Penelope. Ann... se había ido, sin más. Su amiga se había ido y la había dejado allí tras el accidente con toda esa gente. Se le llenaron los ojos de lágrimas.

Redfern le acarició con ternura la frente.

—Ha sido un accidente horrible, y un pequeño milagro que nadie muriera. Las señoras hablan de un caballo desbocado, ¿lo recuerdas?

Penelope sacudió la cabeza entre sollozos. Cada movimiento, el más mínimo giro le dolía. No podía dejar de pensar en Ann. Luego se mareó, vomitó y la señora Howard gritó:

—¡Qué asco!

Cuando Penelope despertó de nuevo, había gente pululando por la sala. Se notaba un olor penetrante a jabón y perfume y había ajetreo por todas partes. Las telas susurraban por los bruscos movimientos, y una voz gutural lanzaba órdenes.

—Aquí, acércate más. Y el libro. Así no me puedo acercar a la taza de té. Estúpida, no te hagas la tonta. Sujétame esto. Sigue oliendo. ¿No puede pararlo alguien? ¿Qué habéis metido en la almohada, patatas? ¡No, aquí, tiene que estar aquí! Madre mía, ¿sois cuidadoras de enfermos o de caballos? ¿Habrase visto semejante tosquedad? ¡Ay! ¡Me estás haciendo daño! ¿Dónde está el médico? Necesito algo para estos increíbles dolores.

Se oyó un portazo. Fuera se oía que llamaban al médico. Alguien tosió.

—Esa tos es insoportable. ¿No podéis alejar a esa persona?

Penelope se dio cuenta demasiado tarde de que había sido ella la que había tosido. Por lo menos ya no le dolía tanto la cabeza. Tenía la pierna derecha rígida bajo la manta. La giró con cuidado con la mano y tocó dos tablillas de madera.

—Rota —susurró—. Tengo la pierna rota...

De nuevo se oyó un portazo y alguien entró en la sala.

—Señora, el doctor Redfern está en el puerto, ¿cómo puedo ayudarle? —anunció una voz masculina.

La señora gimió.

—Querido doctor, me duelen todas las extremidades, la cabeza y el estómago, y esa persona tan zafia que se supone debe cuidar a una y no sabe lo que hace... el hedor en esta habitación es insoportable, esa pastora, no lo soporto... ¿No tendría un vasito de láudano para mí? Me ayudaría a calmar la cabeza...

—La señora Howard se encuentra muy mal —murmuró alguien—. Esa mujer no le sienta bien para los nervios.

Los pasos del médico se acercaron, seguro que iba a expulsar a Penelope. Ella se colocó la manta sobre el pecho e intentó parecer invisible. A lo mejor la pasaba por alto y así ella podría descansar un poco antes de que la echara.

—Penelope —susurró alguien—. Pero esto es... es maravilloso verte. Qué... es un milagro. Penelope.

Conocía aquella voz. Bernhard Kreuz estaba junto a su cama, los ojos grises le brillaban mucho más de lo que sería adecuado al ver a una reclusa. Pero nadie lo vio más que ella. En aquel momento la sonrisa iba dedicada únicamente a ella, luego se fue de nuevo a buscar el láudano. La sonrisa había durado lo suficiente para crear un vínculo invisible entre ellos. «Ahora vuelvo», le había dado a entender el médico.

Igual que en el barco, tenía el valor suficiente para seguir su propio juicio y solucionar los problemas a su manera. En el caso de la señora Howard, por lo visto le recomendó que continuara su convalecencia en la comodidad de su casa, donde todo sería según sus deseos, y él iría a verla a diario, por supuesto.

—Me gustaría ver a D'Arcy Wentworth —refunfuñó la señora Howard—. Es el jefe de la casa, es mi médico. ¡Vaya a buscar a Wentworth!

—Señora, el doctor Wentworth ha dejado el hospital en manos de su asistente con toda confianza, se ha ido a Parramatta. Probablemente volverá mañana. ¿Desea esperar tanto? No le sería de gran ayuda para su convalecencia, por el bien de su salud debería tener toda la tranquilidad posible y recibir los mejores cuidados, y ya ve que este hospital no es el lugar idóneo —le explicó Bernhard Kreuz.

La actitud un tanto presuntuosa del médico militar alemán acertó en el punto débil de la señora Howard. Por supuesto que en casa estaría mejor atendida. ¿Cómo iba a recuperarse entre esa panda de inútiles?

—Y disculpe que se lo diga, doctor, pero el pan que me han dado antes estaba verde en la parte inferior. No se puede pretender que tome algo así —se quejó.

Kreuz le dio la razón en que el hospital no era de ningún modo adecuado para una dama de su categoría, el nuevo estaba en construcción, pero por desgracia el accidente se había producido demasiado pronto.

No había pasado ni una hora cuando la señora Howard ya estaba de camino a casa en su coche con las almohadas, mantas, camisas y pañuelos, provista de una reserva de láudano y compresas refrescantes para su pierna dolorida. Era la que mejor parada había salido de todas las implicadas en el accidente.

El médico cumplió su promesa. Cuando todo estuvo tranquilo entró en la habitación abandonada, donde Penelope estaba aún más escondida bajo las mantas. Había constatado que le habían quitado la ropa de presa hecha jirones y le habían puesto una camisa de hospital. Durante semanas fue la prostituta de un pastor, y en el barco el doctor había sido su tocólogo. El hecho de que probablemente él le hubiera puesto la camisa le causaba una gran vergüenza, aunque esa era la menor de sus preocupaciones. Kreuz regresó junto a su cama con otro objetivo muy distinto.

—Tendrías que contestar a algunas preguntas —dijo sin rodeos, directo al grano. Su voz había perdido el tono cálido—. Ha llegado una notificación del juzgado para una citación. Quieren saber cómo pudo producirse el accidente. Además, se habla de un brutal complot asesino en Parramatta. Harás bien en recordar lo ocurrido. —Le lanzó una mirada escrutadora y ella leyó en sus ojos que temía haber ayudado a una asesina.

—Yo... yo soy... estaba... —empezó, pero Kreuz la interrumpió.
—Yo no soy el juez. Explícaselo a él.
Tampoco esperó ninguna réplica por parte de Penelope, y abandonó la habitación sin una palabra de despedida ni de pesar. No salió de su boca ni siquiera el deseo de que su visita al juez tuviera un final feliz. Ella lo siguió con la mirada, horrorizada.
Penelope había perdido a un aliado, alguien al que consideraba de su parte porque siempre se había portado bien con ella. Sin embargo, ese alguien parecía haber cambiado de bando, creía más a los demás sin haberla escuchado. ¡No quería saber nada en absoluto! La había enviado a dar explicaciones a otra gente... se le rompía el corazón. Ya no pensaba en dormir, pero tampoco conseguía aclarar las ideas, no sabía cómo había sucedido todo en realidad...
Además, Ann la había abandonado.

Le pusieron el vestido marrón nuevo y la llevaron al despacho de un juez cuyo nombre no entendió de puros nervios. La sentaron en un taburete sin respaldo que había en la sala y que se tambaleaba cuando uno cambiaba donde ponía el peso. Empezó a marearse. Oía el susurro de los papeles, los hombres hablaban en voz baja entre sí, el secretario mojaba la pluma en el bote de tinta y colocaba en su sitio el arenillero. Su rostro transmitía que aquello no iba a durar mucho. Todo parecía estar muy claro, acabaría rápido el trabajo.
—Penelope MacFadden, nacida en Londres en 1796, sentenciada a muerte en la horca por ser cómplice en un aborto, la condena fue conmutada por la deportación durante catorce años —constató los hechos con voz gangosa leyendo su papel—. Embarcada a bordo del *Miracle*, desde allí trasladada a la fábrica femenina de Parramatta. No se han comunicado incidentes desde allí. Residente en... —Arrugó la nariz—. En... eh...
»No es relevante para el caso. —El juez colocó los dos antebrazos sobre la mesa—. Señorita MacFadden, usted fue en-

contrada bajo los restos de un coche procedente de Parramatta que atravesó la frontera aduanera a Sídney y que chocó incontrolado contra un coche que iba ocupado. Cuatro personas han sufrido daños graves. ¿Qué tiene que decir sobre el incidente? Penelope se lo quedó mirando. No le comprendía y era incapaz de moverse. Sentía como si las cadenas se le hubieran enrollado alrededor del pecho y le impidieran respirar, y se relajó por dentro, como había hecho siempre en el barco para soportarlas.

—¿Lo recuerda, señorita MacFadden? Estaba sentada en el pescante de un coche. ¿De dónde venía? ¿Se acuerda? —La voz del juez delataba su impaciencia. No se atrevió a mirarle—. ¿Ha entendido mi pregunta? Repita mi pregunta. ¿Señorita MacFadden? Míreme.

Alguien la sacudió por detrás, y se cayó del taburete. Un hombre se rio cuando ella estaba tumbada en el suelo, impotente; otro susurró:

—A lo mejor está borracha.

—¡Ayúdela, Jones, ahora mismo! —El juez intentó tener paciencia cuando dos manos bruscas la volvieron a sentar en el taburete y las risitas enmudecieron—. Señorita MacFadden, me gustaría saber de dónde venía usted con el coche. El caballo ha sido reconocido como propiedad de James Heynes, en Double Creek. James Heynes fue víctima de un brutal asesinato la noche anterior. Hemos encontrado esto en su coche.

Penelope oyó un murmullo en el oído. El juez sacó el bumerán de debajo del escritorio. En la hoja estaba pegada aún la sangre con la que Ann lo había manchado. No sintió nada más cuando se cayó de nuevo.

Había tres hombres alrededor de su cama. Hablaban en voz baja entre sí sin parar de señalarla a ella, la pierna, la ventana. Uno desvió la mirada color azul marino hacia el rostro de Penelope, así que ella no tuvo más remedio que mirarlo. Tenía el cabello plateado, pero los rasgos desvelaban una belleza anterior, y el gesto dulce de la boca hacía pensar que era una persona bondadosa. Al ver que le miraba, se rascó la barbilla.

—¡Miradla! Está despierta. Hable con ella, Kreuz. Aclárele que nadie quiere hacerle daño.

Bernhard Kreuz se separó del grupo y se sentó en el borde de la cama de hospital.

—Buenos días, Penelope. —Se detuvo para escoger las palabras—. Nosotros... tú... te hemos dado láudano y has dormido toda la noche. El juez Bent quisiera tomarte declaración hoy otra vez. Lo mejor para todos los implicados es que digas la verdad.

¡La verdad! El láudano se fue desvaneciendo de su cabeza y dejó espacio para una idea que la hizo temblar. ¡La verdad! La verdad no era lo que ella había vivido, la verdad estaba en el coche. Ella, Penelope, estaba sola en el coche, ¡y sospechaban de ella por el terrible acto de Double Creek!

Se quedó mirando el techo. Ya no importaba que Kreuz estuviera sentado a su lado en la cama, que incluso la hubiera agarrado de la mano y le secara el sudor de la frente. No importaba si él la creía o solo hablaba con tanta amabilidad porque tenía a dos testigos al lado.

«... a lo mejor necesita otro día... demasiado pronto... no soy muy amigo de esos alojamientos para presos... demasiada gente completamente aterrorizada... ya ha pasado por... —Fragmentos de conversación llegaban a oídos de Penelope—. ... no es un caso especial... hay que reflexionar urgentemente sobre las condiciones de transporte... inhumanas...»

—¿Se acuerda del caso Brooks? El capitán Brooks, que hacía matar a los presos intencionadamente... intenté procesarle... las investigaciones no dieron resultado...

Penelope aguzó la vista para ver mejor a aquellos hombres. Redfern se inclinó hacia ella.

—Señorita MacFadden, comprendo su miedo. Sea valiente, le salvará la vida. —Le sonrió con amabilidad.

En el siguiente interrogatorio había aún más gente en la sala. Se podía cortar el ambiente con un cuchillo. A nadie se le ocurrió abrir una ventana, en cambio una criada sirvió té caliente. El juez Bent hojeaba su montón de papeles. Su asistente le susurró algo y no paraba de oírse: «... no ha entendido... da igual lo que digan... sin respuesta... ¿y si es tonta?»

Penelope se negaba a mirar a la fila de juristas vestidos de negro. Hombres como esos la habían enviado a la horca en Londres. En cambio miraba los pies que sobresalían por debajo de la mesa de roble. Eran unos pies grandes en unos elegantes zapatos pulidos, que le harían morder el polvo. No quería acabar por el suelo. Era lo único que era capaz de pensar.

—Venía de Parramatta, sí, exacto. —El vigilante que había sido citado como testigo asentía con fuerza—. A un ritmo vertiginoso, señorías, no se lo pueden ni imaginar, la tierra estaba llena de polvo, apenas se veía el sol...

—¿Y a usted lo arrolló? —interrumpió Bent la verborrea del hombre sin querer.

—Claro, corría que se las pelaba, y su amiga no paraba de jugar con el parasol.

—¿Qué amiga? El agente no encontró a nadie más, ¿de qué amiga habla?

—Bueno, había una rubia con ella en el coche. Se parecía a la señora Terry, pero no era la señora Terry, a esa la conozco, solo se parecía a la señora...

—Ya lo hemos oído, Tilbury —le interrumpió el juez con impaciencia—. La segunda mujer, ¿dónde está?

—No lo sé, señoría. Cuando esos desgraciados empezaron a pelearse, las dos mujeres me arrollaron y se fueron como un tornado. El accidente lo vi de lejos.

—Entonces, ¿la segunda mujer seguía sentada en el coche?

—Eran dos, sí, tan cierto como que estoy aquí.

Las murmuraciones aumentaron de tono. Ellis Bent se aclaró la garganta, pero no logró acallar a los oyentes. El caso se ponía cada vez más misterioso.

—Señorita MacFadden, creo que es el momento de que nos

ilumine con la verdad. Sobre todo será de gran ayuda para usted misma, tal vez no haya comprendido bien de qué se trata.
—El juez se inclinó hacia delante—. Fue encontrada bajo los restos de un coche propiedad de James Heynes, de Double Creek. Anteayer James Haynes fue asesinado en su granja con el cuchillo que también encontramos entre los restos del accidente. Nos sería de gran ayuda, sobre todo para usted, que nos dijera quién era la segunda mujer que iba en el coche de Heynes. Y sobre todo: dónde está.

El silencio en la sala del juicio parecía un pedazo de vidrio finísimo. El más mínimo ruido lo rompería en añicos diminutos.

Penelope se quedó mirando los dedos. Era el final. El final de la espera. La vida le había dado una patada en el trasero, como solía decir Ann Pebbles. No, no era eso. Ann le había dado una patada en el trasero. La había hecho sentarse, había emprendido la huida porque sabía perfectamente qué les ocurriría a dos presas fugitivas. Desde el momento en que abrió la sombrilla, Ann sabía que se trataba de un juego a vida o muerte. Había escogido la vida y la había empujado a ella a la muerte. La vida devora a los débiles. Penelope ya no quería pertenecer a los débiles.

—Yo solo era una invitada en el coche. —Se oyó decir—. La concubina del señor Heynes me pidió que la acompañara. El señor Tilbury tiene razón: éramos dos cuando ocurrió el accidente.

—Mira por dónde, tiene voz —dijo el juez—. Entonces, ¿nos va a dar el nombre de la... dama?

Se hizo el silencio por un momento. Penelope tenía su vida en sus manos.

—Se llama Ann Pebbles. Vino como yo con el transporte del *Miracle* desde Londres y servía al señor Heynes como... como... —Todo el mundo sabía a qué se refería, por eso ni siquiera siguió hablando. Bent balanceó la cabeza. Parpadeó. Ella no le veía el rostro, pero percibió qué estaba pensando: dos mujeres en el coche complicaban aún más el caso.

—¿Y? ¿No quiere hablar más? Señorita MacFadden, es

usted sospechosa de asesinato. Hemos encontrado un cuchillo ensangrentado en su coche, ¿continúo? —El maldito cuchillo que Ann se había llevado solo para intimidar. Ahora era su perdición.

—¡Yo no maté al señor Heynes! —gritó—. ¡No lo maté!

—Bueno, ¿entonces quién fue, señorita MacFadden? ¡Una de las dos tuvo que ser! —Su voz era afilada como la hoja de un cuchillo.

«Tienes tu vida en tus manos. Delátala, te abandonó.»

Penelope calló. Tenía el nombre de Ann en la punta de la lengua. La frase «ella lo mató» resonaba en su cabeza, pero no la pronunció.

No pronunció una sola palabra. El juez lo interpretó como una provocación. Se levantó de un salto, le gritó y agitó los papeles. Luego se sentó de nuevo, clavó una mirada furiosa en ella, amenazó con la horca, pero ella oía esas palabras a lo lejos, estaba en su propia corriente y se dejaba llevar por ella.

Finalmente Ellis Bent sacudió la cabeza, consternado.

—Nunca había visto nada igual, señorita MacFadden. No sé qué pensar. ¿Es usted una asesina? ¿No lo es? ¿Está encubriendo a una asesina?

Alguien murmuró que era una pena que el desagradable interrogatorio hubiera llegado a su fin: era un caso clásico en el que una empulguera obraba milagros y conseguiría abrir una boca de mujer cerrada.

El caso causó sensación en todo Sídney y más allá de las fronteras de la ciudad. La presa callada que delataba a su cómplice, pero que no hablaba sobre el asesinato que habían perpetrado juntas: nunca se había visto nada igual en la colonia.

«Deberían colgarla, así la otra saldría arrastrándose», opinaban los que creían saber algo. «Pero se mantienen unidas como uña y carne.» «Está usted mal informado, querido. ¿No ha oído hablar de esos fugitivos que se mataron el uno al otro y se comieron? ¡Es de una bajeza insuperable! Espere y verá cómo entrega a su cómplice a la horca. Tarde o temprano lo hacen todos. Maldita panda de irlandeses.» Y el magistrado, que era quien debía saberlo, dejó caer su pañuelo en la mano del sirviente.

El hecho de que la acusada no fuera irlandesa no molestaba a nadie. Penelope estaba en su lecho de enferma, curándose por completo de la pierna, y tenía que oír cómo las cuidadoras hablaban de ella. También eran reclusas, con la diferencia de que con sus trajes de enfermera se sentían superiores y así se lo hacían saber en cuanto tenían la oportunidad. Ella era la prostituta que había delatado a su amiga para protegerse. Las mujeres de las calles londinenses conocían la infamia, pero nunca se delataba a un igual...

En caso de que uno de los médicos tuviera la idea de mantener a Penelope en el hospital y ponerla a trabajar, enseguida la descartaron. El hospital de Sídney era demasiado pequeño y estrecho, se había creado durante los primeros días de la ocupación y recordaba a la época de miseria y pura supervivencia... aunque entretanto hubieran crecido flores y arbustos alrededor de las barracas y los asistentes hubieran creado caminos a toda prisa, los edificios se encontraban en un estado ruinoso. La discordia reinaba entre los cuidadores, y quien no podía defenderse se hundía. Penelope se había propuesto ser valiente, y cuando una de las cuidadoras la hizo caer con malicia, se dio la vuelta y golpeó a la mujer con la muleta hasta que Redfern acudió corriendo y las separó.

—¡Es una mala persona! —se quejó la señorita Briggs, la supervisora del departamento femenino. Fue deportada por estafa en el matrimonio y llevaba un año esperando en vano un pase de liberación—. Debería estar en las minas en cuanto pueda volver a mover la maldita pierna. Esa gente debería estar toda en las minas, se lo he dicho muchas veces al doctor Wentworth, pero él cree en la bondad de las personas.

—¡Señorita Briggs, no dice más que tonterías! Una mujer tan dulce no puede acabar en las minas —dijo una voz de mujer indignada.

—¡Bah, una mujer dulce! He visto ir a las minas a muchas otras cuando lo merecían.

—Pero ella no se lo merece. Todas sabemos que a veces las sentencias de Londres...

—Señora, fue condenada por practicar un aborto. No es un delito de caballeros.

—Qué tragedia. Muy trágico...

Aquella voz suave sonaba en medio del concierto matutino de crujir de hojas, los cantos de los pájaros y la cháchara del servicio mientras apaleaban la ropa que una chica había dejado en la cuba de la colada. Tras su visita diaria al hospital, Elizabeth Macquarie se había instalado en el banco que había bajo la ventana y removía el azúcar en su taza de té. Penelope estiró el cuello para ver mejor a aquella bella mujer. Solo vio borroso desde la ventana el cabello recogido con esmero, los rasgos seguían siendo confusos. Sin embargo, transmitía una elegancia sosegada, de modo que Penelope no podía apartar la mirada de ella. Y no era la única. La criadora de ovejas de Parramatta, Elizabeth MacArthur, estaba sentada a su lado y daba vueltas al parasol para que les ofreciera una mejor sombra.

—La mala gente no mejora. —La señorita Briggs seguía obstinada y no parecía darse cuenta de que acababa de emitir un juicio sobre sí misma. Se había sentado junto a las damas con arrogancia, olvidando que seguía llevando el vestido marrón bajo el delantal. Ninguna de las señoras se lo hizo saber.

Penelope avanzó un poco hacia la ventana. Le habían quitado las tablillas cuando se redujo la hinchazón de la rodilla y quedó patente que la pierna no estaba rota. Ahora tenía que volver a aprender a caminar, y tenía que agradecer a un misterioso benefactor que le dieran más tiempo que a cualquier otro preso.

—Tal vez a la señorita Briggs le gustaría visitar las minas para que sepa de qué travesuras estamos hablando. —La señorita MacArthur tenía una manera ingeniosa y fuerte de coger de la mesita la taza de té llena sin derramar una sola gota—. Será mejor que piensen con nosotras dónde alojamos a esta pobre.

Al fin y al cabo ha sido declarada inocente y no me gustaría saber lo que le espera cuando el doctor Wentworth le dé el alta del hospital.

—Pero ¿de qué puede trabajar? ¡Mírele las manos! Seguro que será la siguiente... —La supervisora no aflojaba con sus calumnias, pero la dama ya estaba harta de ella, así que se volvió en su asiento de manera que la señorita Briggs solo podía verle la espalda, y siguió conversando con su amiga.

—Es demasiado fina, en la granja no sirve para nada. Además es de ciudad... esa gente no sabe nada de animales. Estoy buscando para mis hijos una colona libre, no una presa. La educación es demasiado importante para dejarla en manos de cualquiera... ¿qué hacemos con una mujer así? No paran de enviarnos año tras año a esta gente de ciudad y piden que construyan un país con sus manos, y luego tengo que ver cómo me arruinan el huerto porque no diferencian las patatas de las malas hierbas.

—Hace poco se hundió un pajar en Toongabbie porque los tipos no sabían cómo sujetar bien las vigas —les informó la señorita Briggs.

Al final encontraron un hogar que a las damas les pareció adecuado, y hasta el último momento Penelope no averiguó qué mano protectora había intercedido por ella, si era uno de los médicos o las propias damas. Lo más fácil habría sido meterla en la fábrica sin más, donde centenares de mujeres tejían medias o fabricaban jabón en unas cubas que apestaban. Sin embargo, Penelope escapó de milagro a la fábrica. Las cuidadoras coincidían en que nunca se había montado semejante jaleo por una presa.

Mary MacFadden se agachó contra la pared de la casa. Con su mugriento vestido marrón en realidad era fácil confundirla con el entorno rojizo, pero los vigilantes habían desarrollado una habilidad especial en la vista precisamente para eso: encontraban a todas las fugitivas, por mucho que se escondieran en agujeros o detrás de rocas. Los vigilantes de la colonia eran probablemente los únicos que se tomaban en serio su trabajo, pues por cada huido había una buena recompensa.

Mary ni siquiera había cruzado las fronteras de la ciudad, pero se había alejado de la fábrica y la cárcel, y no podía presentar un salvoconducto por ese camino. La historia que corría desde hacía unos días por la fábrica tampoco la había tranquilizado.

—Y ahora está en el hospital y no paran de alimentarla, es una pequeña ramera muy lista —había contado Malcolm, el que repartía el trabajo, con una sonrisa despectiva—, y cree que por tener un nombre tan elegante la perdonarán. ¡Como si los nombres sirvieran de algo!

El nombre lo había escogido Mary. Cuando dio a luz a la niña, aún albergaba muchas esperanzas de que su amado regresara. Por eso puso a la niña el nombre de una heroína griega que esperaba a su amado, que finalmente volvió a casa. Su amado, en cambio, no lo consiguió y solo quedaba ese nombre de la esperanza de un reencuentro. Los dioses convirtieron a la Penélope griega en inmortal tras la muerte de su amado. Mary sonrió. ¿Podía ser que el nombre ayudara? Durante todos esos meses pensó que su hija se había ahogado, como casi todas las que había conocido en el barco. Se había muerto de tristeza, intentando pedir las listas de los desaparecidos, pero nunca le dieron una respuesta.

Le habría contado a Malcolm la historia de la inmortal Penelope, pero él prefería escucharse a sí mismo, y Mary decidió también en Sídney que era preferible callar. La gente le tenía tanto miedo que pronto los rumores sobre su delito y sus orígenes también se desvanecieron por miedo a que les lanzara su mirada de ira. Su gran suerte de abrir la boca en el momento justo le ayudó después de que el matrimonio Harris la entregara en Sídney a los magistrados. A pesar de su edad la pusieron en un grupo de mujeres más jóvenes y acabó en la fábrica de Sídney. Allí no se tenían en cuenta las canas, las ancianas enfermaban a menudo y no eran buenas para trabajar, pero Mary hizo saber a todo el mundo lo que sabía hacer y por eso pudo quedarse. Cosía solapas de adorno a zapatos de mujer y ensartaba cordones por agujeros durante todo el día hasta que al caer la noche la enviaban a su alojamiento en la prisión de mujeres de la montaña.

—¿Por aquí se va al hospital? —Había hecho esa pregunta miles de veces, siempre después de pensar con detenimiento a quién se la planteaba para no tener que presentar un salvoconducto. Para todo se necesitaba un permiso. Ya le había costado bastante alejarse de la fila de mujeres que formaban una larga cola hacia el trabajo por la calle principal y luego subir la colina hasta la cárcel donde pasaban la noche.

Se podía desaparecer, pero nunca hasta quedar fuera del alcance de la vista, de eso se ocupaban las demás mujeres, que se delataban entre sí en cuanto olían que alguien disfrutaba de ventajas. En Sídney cada traición tenía su recompensa. Mary pasó en silencio por la calle lateral y se puso en camino hacia el hospital.

El portero estaba royendo un hueso de pollo, era evidente que tenía pocas ganas de oír su petición. Él también era un preso, como indicaba su ropa, pero eso no le impedía tratar a los demás con desdén.

—¿Quién? ¿Cuándo? ¿Qué? ¿Qué dices? —Seguía masticando al otro lado de la rendija de la puerta, y el aroma de la carne de pollo cocido penetró en su nariz.

Mary miró por encima del hombro del vigilante.

—Busco a la chica a la que han procesado, Penelope —explicó Mary.

El hombre sacudió la cabeza, luego escupió un trozo de cartílago delante de los pies de Mary y cerró la puerta de un empujón.

—¡Eh! —gritó ella, fuera de sí—. ¡Qué respuesta es esa!

El portero volvió a abrir la puerta y le sonrió con malicia.

—¿Tienes un salvoconducto para poder hacer esa pregunta?

—¿Tienes permiso para pedírmelo?

—Eres una fresca insolente —afirmó él.

—Es mi hija —dijo Mary.

—Tenía unas buenas peras. —Esbozó una sonrisa de oreja a oreja y no la dejó pasar pese a los ruegos ni le dijo nada.

Mary pensó por un momento en ponerse a gritar y fingir un ataque de histeria, pero el riesgo de acabar en el manicomio era demasiado alto. Tuvo que irse del hospital con las manos vacías. Tuvo suerte. En la cárcel nadie preguntó qué hacía ahí sin el grupo y tan tarde, había habido una pelea y la atención estaba centrada en los contendientes.

Mary estuvo durante días en la fábrica en silencio trabajando en los zapatos de piel, a los que daba el último retoque en su producción porque apreciaban sus manos habilidosas. No paraba de darle vueltas en vano a cómo podía acercarse a su hija. Pero por lo menos ahora sabía que Penelope estaba viva.

—El esposo de la señora Hathaway está en Inglaterra ahora mismo. Ella dirige la finca sola, no cuenta más que con un hermano de apoyo. —Elizabeth Macquarie levantó las cejas y empujó a Penelope hacia la puerta de la casa a la que acababa de llamar—. Espero que comprenda a qué me refiero. La señora Hathaway es una mujer muy capaz y sabe imponerse. Todo el mundo recibe de ella lo que merece. Necesitamos gente así en la colonia. Así que si ustedes son trabajadoras y honradas, tendrán un buen puesto allí. Si no... —Encogió los hombros delgados y no dio lugar a dudas de cómo castigaría la señora Hathaway la holgazanería.

Penelope asintió. Habría dicho a todo que sí después de que Elizabeth Macquarie la salvara de la soga, pues después del proceso por el asesinato de Heynes había estado a punto de ir a la cárcel.

Penelope entró en su nuevo hogar con el corazón acelerado, y pasados unos instantes supo que Elizabeth tenía razón y no la tenía al mismo tiempo. La señora Hathaway llevaba su casa como la de una respetable familia de oficiales, con el pequeño defecto de que su hermano era un preso condenado a catorce años de deportación por falsificación. El esposo de la señora Hathaway viajaba con regularidad entre Londres y la colonia, así que ella había seguido con gusto a su querido hermano. Por supuesto, para el miembro del regimiento había sido fácil ofrecerle una vida en casa de su hermana en vez de en las barracas de presos en la parte alta de la ciudad, como solía ocurrir con los convictos, sin importar su procedencia. Ante la sentencia, todos los recién llegados eran iguales. Cuando empezaba el reparto de patrones se abrían caminos para influir en su destino. Tal vez había costado unos cuantos galones de ron llevarse al hermano a su propia casa: la menuda señora Hathaway no daba la impresión de amedrentarse ante soluciones poco convencionales.

Allí donde las cosas del día a día se le escapaban de las manos porque faltaba la mano dura de un hombre, simplemente lo dejaba y veía con una sonrisa condescendiente el desastre que provocaban sus hijos y el servicio. La cocinera había cumplido la mayor parte de su condena, pero debido a sus borracheras demasiado frecuentes nunca había conseguido un pase de liberación. Llegaban invitados y si ella estaba en un rincón aturdida por el ron, la señora Hathaway se arremangaba y con los ingredientes medio preparados hacía una comida aceptable, algo que no era tan fácil teniendo en cuenta que todo el mundo se servía de los armarios de la casa, que no estaban cerrados.

Carrie era una de las que conocía hasta el último rincón de la casa. Penelope no podía creerlo al verla, ataviada con un bonito vestido gris, salir al porche con dos niñas pequeñas de la mano.

—Eres niñera —susurró, y dejó sobre la mesa el trapo con el que la habían enviado a limpiar la plata—. ¡Tú, en esta casa!
—Las dos mujeres se fundieron en un abrazo.

—Sí, a veces una tiene suerte. —Carrie sonrió—. Les conté que en Londres era institutriz.

—¿Y es verdad? —preguntó Penelope, atónita. En el barco la mayoría de las mujeres no hablaban de su pasado, era como una norma tácita. Al final solo se contaba lo que uno se atrevía a decir—. ¿Eras institutriz?

—No —contestó Carrie—. A veces lo había sido de chicos bastante mayores. Pero aquí no lo sabe nadie. Estos niños de Hathaway solo son mocosos. La señora Hathaway estaba escéptica, pero su hermano me contrató enseguida.

—¿Cómo puede contratarte? Pero si él mismo es...

—Ya te darás cuenta, querida. En esta casa nada funciona sin Arthur Hathaway. Él es el verdadero patrón. —Puso cara de suspicacia—. Él es el brote que yo voy regando. ¿Me entiendes? Ay, si rascas la corteza...

Penelope no vio en ningún momento que Arthur Hathaway mostrara interés por Carrie, aunque entendiera el temerario plan que tramaba su antigua compañera de viaje. Arthur era un hombre de categoría, atractivo, ingenioso, decidido. Durante las comidas conversaba con su hermana o bromeaba con los niños, que a todas luces le querían como si fuera su padre. Sabía hablar con las visitas sobre los grandes temas del mundo y mantenía conversaciones encendidas sobre la supresión de impuestos y otras situaciones que consideraba absurdas. Probablemente el prestigio del que gozaba el ausente señor Hathaway en Nueva Gales del Sur le protegía de que sus discursos fueran analizados con más detalle.

—A nadie se le ocurriría que ese hombre es un recluso, ¿no te parece? ¿No tiene un aspecto señorial? —Carrie no se cansaba de mirar a Arthur. Cuando iba por ahí en mangas de camisa elogiaba sus imponentes hombros y las caderas estrechas.

—Dicen que se equivocaron con él en el barco. Nadie pensaría que detrás hay un falsificador de dinero —gruñó Penelope, que en poco tiempo en casa de los Hathaway había visto los pequeños matices con los que se establecían diferencias en la colonia de presos.

Todos eran condenados con una pena, pero no todo el mundo cumplía mucho tiempo lo que indicaba el juez de Londres. El factor más importante en aquel negocio era el dinero: a nadie le interesaba de dónde procediera, todo el mundo sabía que detrás estaba el ron, y por tanto a nadie le ponían objeciones, pues al fin y al cabo allí todo el mundo comerciaba con ron. Pero no todos los presos podían ganar el dinero suficiente con el comercio de ron para marcar esa diferencia. Con las raciones de comida todo el mundo recibía también su ración de ron, y si eras listo podías multiplicarla por dos o por tres a base de intercambios. Solo los libres y los ricos hablaban de galones y podían comprar caballos para transportarlo. O tierra, como el patrón de Arthur Hathaway, el abogado Crossley, que hacía años había tenido la desfachatez de comprar tierra con cheques fraudulentos. Llegó a Sídney en calidad de preso condenado por estafa y perjurio y se había peleado con casi todos los poderosos, uno detrás de otro, lo que un año hizo que acabara en las minas de carbón. Sin embargo, al gobernador Macquarie le gustaban esos buscavidas y lo sacó de la mina. Entretanto Crossley pudo dedicarse de nuevo a su trabajo en el edificio de los juzgados, para gran disgusto del juez Ellis Bent, que no veía motivo para que un jurista condenado por perjurio fuera un representante de la justicia. Sin duda no era casualidad que precisamente Arthur encontrara un puesto con Crossley. Como escritor avezado se encargaba del papeleo. Penelope pensaba en secreto que eran tal para cual. Sin embargo, era divertido recordar por las noches los rumores y las anécdotas que oía y unirlos con las caras conocidas en una red de nuevas historias. Luego se tumbaba con Carrie en la cama, bebía ron y se reía de las bromas que había oído. Le gustaba su nueva vida.

En casa de los Hathaway se llevaba una vida sencilla y extravagante. La señora Hathaway se definía como una buena cristiana. Había aceptado a Penelope en su servicio por indicación de Elizabeth Macquarie, la había lavado y vestido, y luego la había enviado a la cocina. Como apenas sabía disimular la mala vista que tenía, había poco trabajo para ella. Se ocupaba de lavar y servía las bandejas, y a veces ayudaba a Carrie con los dos niños. Por primera vez en su vida Penelope se pasaba la mayor parte del día sentada, con las manos sobre el regazo, a la espera de que le encargaran una tarea. A veces se miraba las manos y pensaba que sería maravilloso volver a tejer y ganar un dinero. Las damas de la alta sociedad de Sídney estaban igual de obsesionadas con el encaje que en cualquier otro sitio. Entonces se acordó de cuál había sido su última labor, y cerró las manos en un puño por el dolor...

La calle cobró vida cuando los encadenados, de camino a la cantera desde la cárcel, avanzaron por la calle principal y pasaron por delante de la casa de los Hathaway. Largas filas de presos arrastraban los pies a través de la ciudad: los encadenados abandonaron Sídney, y las mujeres que trabajaban en la fábrica se encaminaron en dirección contraria hacia a la ciudad. A veces se oían gritos de broma, algún tipo intentaba coquetear cuando los vigilantes no los veían. Sin embargo, la mayoría de las veces enseguida recibían golpes.

Al principio a Penelope la imagen de aquellas siluetas cansadas y polvorientas le parecía horrible, y el monótono ruido de las cadenas la perseguía en sueños.

—¿Cómo podéis soportarlo?

La señora Hathaway había oído la pregunta que había pronunciado en voz baja y que no iba dirigida a nadie. Sacudió la cabeza.

—Querida niña, estos hombres fueron justamente condenados. ¿Qué problema hay? En Inglaterra los habrían ahorcado, pueden estar contentos de seguir con vida. La mayoría de ellos no se lo merecen.

Casi todo el mundo en Nueva Gales del Sur habría sido ahorcado si no le hubieran conmutado la pena por la deportación. Penelope también estuvo a punto de acabar en el patíbulo, igual que Arthur, pero la señora Hathaway no veía la relación. O tal vez sí se daba cuenta, pero le resultaba más fácil no hablar de ello y borrar de su vista a aquellos que habían tenido menos suerte que Arthur.

—Nadie mira hacia allí —le explicó la cocinera poco después—. Nadie se fija en esos tipos, simplemente están ahí y hacen su trabajo, pero nadie quiere verlos. Son malos, ¿entiendes? Es mejor no mirar. Alégrate por no tener que caminar ahí abajo. Podrías haber acabado en la fábrica, niña, donde trabajarías encorvada y dormirías en la cárcel. Así que no te preocupes por los que les ha tocado eso. Y no preguntes tanto, eso no les gusta a los patrones. Tú olvida lo que ves en la calle.

Pero Penelope no podía evitar mirar. ¿Acaso no era ella también una de ellos? Si no mirara por estar contenta de haber tenido más suerte sería como olvidarse de sí misma.

Penelope se acercaba a la ventana cuando oía el tintineo del hierro en los adoquines y acompañaba a los hombres con la mirada hasta que desaparecían tras la curva que llevaba a la iglesia. Siempre reconocía a Liam a pesar de su mala vista. Era el único que iba a trabajar a pecho descubierto aunque estuviera prohibido. El gobernador Macquarie le había castigado el año anterior en público por quitarse la ropa, pero aun así Liam seguía haciéndolo, tal vez para dejar al descubierto sus cicatrices. Pero si esperaba compasión o un escándalo, se había llevado una gran decepción. A nadie le interesaba cómo se había hecho las cicatrices. El pasado empezaba ayer, y los latigazos ayudaban a mantener el orden en la colonia. El que tuviera una cita con el látigo seguramente lo merecía, de eso estaba todo el mundo convencido en la colonia.

—¿Cómo? ¿Doscientos latigazos? Bueno, mira —dijo Hilda, la cocinera de la casa, que ni se inmutó y la dejó ahí para terminar de desplumar el pollo, pues tenían invitados por la noche. Hilda había llegado ocho años antes en un barco en el cual la mitad de sus ocupantes había muerto por el tifus. Ella se había quedado tumbada entre los moribundos y había sobrevivido milagrosamente a la enfermedad. No había nada que le diera miedo de verdad.

—Me parece maravilloso —susurró Carrie por detrás de Penelope—. ¿Por qué no me fijé nunca en el barco? —Siempre se levantaba un poco tarde para asegurarse de que se encontraba con el señor Arthur en el pasillo. Las mejillas sonrosadas delataban que su plan estaba funcionando. Tal vez Carrie le había dejado ver algo, como le contó la última vez entre risitas. Los pechos firmes eran su mayor orgullo, a lo mejor se había abrochado la camisa cuando el señor Hathaway ya estaba convencido con el contenido. Penelope sonrió al pensar en lo fácil que era manipular a los hombres. Elsa y Britt daban saltitos alrededor aún con los camisones puestos, como siempre Carrie había confiado en que la señora Hathaway pasaría por alto su retraso y no la reprendería porque sus hijas aún no hubieran pasado por su aseo matutino.

—Es muy guapo, ya en el barco me parecía...

—Es un maldito irlandés —murmuró Penelope. Todas las mañanas la asaltaba el mismo recuerdo, siempre ese estremecimiento en el vientre del que se avergonzaba. Las cosas le iban bien. ¿Por qué tenía que angustiarse con el recuerdo de Liam?

—Es un maldito irlandés guapísimo. —Carrie sonrió y se restregó con descaro los pechos—. Debe de tener la cola como un tronco.

Penelope se echó a reír sin querer, y el momento del recuerdo se desvaneció. Carrie siempre conseguía hacerla reír.

—No lo sabes tú bien —dijo, al tiempo que le guiñaba un ojo.

—Oh, ahora me has dejado intrigada —exclamó Carrie, sin dejar de tocarse los pechos.

Elsa se paró delante de ellas.

—¿Qué es eso? ¿Una cola como un tronco? —preguntó, y se frotó la camisa para comprobar con desilusión que no cambiaba nada.

Penelope se quedó boquiabierta del susto: ¡los niños lo habían oído todo! Carrie hizo un gesto intencionado. Se arrodilló delante de la niña, se desabrochó el vestido y tiró tanto de la camisa hacia abajo que se le salió un pecho. El pezón de color marrón oscuro se estiró hacia la niña. Ella estiró los dedos intrigada y lo tocó.

—Oh, está muy duro —declaró—. Es muy bonito.

—¿Ves? Una cola como un tronco puede ponerse así de dura. —Carrie sonrió.

La pequeña abrió los ojos de par en par.

—¿De verdad? ¿Cómo lo hace? ¿Y dónde están las colas como troncos?

—Bueno, algunos hombres la tienen. Pero no todos, ni mucho menos, claro. Hay que buscarlas, ¿sabes?

Elsa asintió pensativa.

La señora Hathaway era conocida por ser una madre muy liberal. Valoraba mucho que sus hijas conocieran la vida social lo antes posible, y les permitía estar en las cenas con invitados. Penelope había puesto en sus sitios unos delicados cubiertos infantiles de plata y unos platitos chinos, y, desde su sitio junto a la puerta, donde esperaba instrucciones de Hilda, observaba la habilidad con la que las dos niñas manejaban los cubiertos. Elsa se metió el último rábano en la boca y sonrió al hombre al que la señora Hathaway había sentado a su lado por deseo del invitado.

—Bueno, veo que te gusta —dijo, y elogió a la encantadora hija de la anfitriona.

—Gracias, señor Lord. —La señora Hathaway sonrió—. Son hijas de un padre excelente.

—No, señora: son hijas de una madre de lo más encantadora, cultivada y elegante.

—Será pelota repugnante —masculló Hilda detrás de Penelope, y le puso la cesta del pan en la mano. El aliento le olía a una buena ración de ron, pero esta vez la comida estaba siendo un éxito—. Come como si no tuviera nada en casa que llevarse a la boca, y es el hombre más rico de todo Sídney.

Penelope echó a andar con el corazón acelerado: debido a su miopía, solo la llamaban a la mesa en caso de necesidad. A la señora Hathaway no le gustaba tener que discutir sobre la incapacidad de su personal, esas quejas omnipresentes sobre el servicio la aburrían. Pero a Hilda no parecía preocuparle, al fin y al cabo el pan no podía derramarse. Aunque sí podía caérsele de las manos, como ocurrió cuando Elsa se limpió la boca rosa con toda educación con la servilleta blanca y sonrió al señor Lord.

—¿Usted tiene una cola como un tronco, señor Lord? Me gustaría tocar una.

Un día soleado Penelope hizo de tripas corazón y se dirigió al señor Arthur para preguntarle si podía averiguar una cosa para ella. Él la escuchó con el ceño fruncido, además de repasarle los pechos con la mirada. Penelope intentó que aquello no le hiciera perder los estribos.

—¿Stephen Finch, dices? No había oído nunca ese nombre. Si es tu padre, debería tener una condena perpetua o hace tiempo que es libre. Lo de la madre es más fácil...

Pero se olvidó. La siguiente vez que Penelope habló con él y notó que le salían manchas rojas en el cuello de los nervios, solo se acordaba del nombre masculino.

—Finch, sí, ya lo sé. ¿Y cómo se llamaba tu madre? Me informaré, niña.

La señora Hathaway estaba disgustada porque Penelope se atrevió a importunarla incluso a ella con el tema cuando vio que no averiguaba nada.

—Cielo santo, mi hermano es un hombre ocupado, ¿qué haces dándole la lata? ¡Ya preguntará por tus padres cuando tenga tiempo!

No lo hizo, y ella no se atrevió a preguntárselo de nuevo.

Penelope creyó ver a su madre en alguna ocasión. En la calle principal de Sídney, en un grupo de reclusas demacradas. Aguzó la vista e intentó reconocer los rostros. Un coche estuvo a punto de arrollarla, y cuando se dio la vuelta de nuevo las mujeres habían desaparecido. Nadie recordaba haberlas visto. Las columnas de presos eran invisibles, la colonia había aprendido a pasarlos por alto.

El pasado cobró vida cuando Ann Pebbles fue detenida. El señor Arthur le contó un día tomando el té que tenía buenos contactos en la policía porque escribía textos para ellos. Su despacho, donde por lo visto se pasaba el día recibiendo a personalidades importantes, se encontraba en el edificio de la policía del distrito. Según el señor Arthur, allí era donde confluían todos los hilos, por supuesto en su escritorio, como siempre resaltaba.

—Han detenido a Ann Pebbles en un antro en el puerto. Uno de esos establecimientos sucios y pecaminosos donde el ron corre a raudales y las mujeres bailan desnudas.

Todo el mundo había oído hablar de esas casas en el puerto en las que de momento todo intento de derribarlas y poner fin al libertinaje que allí reinaba había fracasado. Aquellas casas parecían tener vida propia en la próspera Sídney, como una pequeña urbe dentro de la ciudad. Era el primer lugar adonde iban todos los marineros y el último de las desesperadas que vendían su cuerpo por un trago de ron. Las casas ofrecían sitio para todo aquel que no tuviera otra salida, eso se decía, pero ese recibimiento tenía su lado puntiagudo, y una vez alguien había huido a su interior, era muy difícil salir. Los pinchos no eran la borrachera, sino los pecados, destacaba el señor Arthur. Ahí se reunía la escoria de la colonia, y de noche también los llamados caballeros de las casas ricas, de lo contrario el señor Arthur no tendría información tan detallada. Penelope se calló y escuchó sus explicaciones.

—Hacen un ruido insoportable —continuó el señor Arthur con sus floridas descripciones, y se tapó los oídos en un gesto elocuente—. Los violines no están afinados, claro, y algunos tocan con solo tres cuerdas, esa música parece de gatos maullando, ¡te lo digo yo! El piano emite un martilleo metálico como el mecanismo de un reloj, y de vez en cuando la cabeza del pianista cae sobre las teclas porque está demasiado borracho.

Sacudió la cabeza, pesaroso. Los pianos eran propios de salones con damas educadas tocando sus teclas. En su salón no había piano... todavía. Tampoco era aún su salón.

—¡Y por todas partes! La inmundicia se acumula hasta los tobillos, en los rincones huele a opio, mujeres negras embaucan a hombres de ojos rasgados y gritan a los cuatro vientos su lujuria... y se ofrecen a los hombres con descaro en la calle, en cueros, como Dios las trajo al mundo. ¡Cielo santo, si Dios supiera cómo le pagan su creación!

Las descripciones del señor Arthur parecían fruto de un amplio estudio en persona. Sin embargo, su hermana era demasiado distinguida para intervenir. En cualquier caso, sabía contar buenas historias. Aunque no fuera en absoluto una conversación propia de damas, todas le escuchaban bastante absortas. La señora Hathaway se sirvió té recién hecho en la taza y enderezó el parasol. Tras los lluviosos meses de verano, por fin el sol se atrevía a salir de nuevo y disfrutaban del calor, aunque buscaba las sombras para mantener el color claro de la cara.

—¿Y allí han encontrado a esa persona? —preguntó la vecina, intrigada.

Había pasado medio año desde el asesinato de Heynes, pero los ánimos seguían caldeados: Heynes era un respetado comerciante de ron. Comerciaba sobre todo con ron bengalí de la mejor calidad y siempre entregaba la mejor mercancía. Penelope sonrió para sus adentros. El ron era ron, y solo era malo si se le añadía agua. ¿Qué sabían los ricos de la embriaguez? Bebían sorbos de vino en sus copas elegantes y armaban un gran revuelo cuando se rompía una de esas copas. Se inclinó sobre sus remiendos y aguzó el oído.

—Sí, ahí han encontrado a Ann Pebbles, una prostituta borracha y medio desnuda con la cara picada de viruelas y ni un solo diente en la boca. —El señor Arthur se estremeció del asco—. Dicen que era polizona en un barco. ¡Una mujer! ¡Es repugnante! Pero bueno, ahora está en la cárcel, se empeña en no hablar y parece que no entiende que la van a ahorcar si no habla.

La señora Hathaway sacudió la cabeza.

—Pobre criatura descarriada. Debió de pensar que tendría un camino mejor que en Londres, pero se equivocaba...

—La van a ahorcar —explicó Arthur.

La señora Hathaway le pasó el azúcar.

—Ya.

Se pasaron la bandeja de galletas.

—Pueden castigarla con azotes —berreó el pequeño John Hathaway desde los matorrales. Salió corriendo, agarró a su hermano pequeño y lo presionó contra el árbol—. ¡Doscientos azotes para ti, mequetrefe! ¡Doscientos azotes porque le has dado un mordisco a mi tostada del desayuno!

—¡Yo no he sido, yo no he sido, ha sido el perro! —se lamentaba el pequeño, pero su hermano era más fuerte y lo ató al árbol en un abrir y cerrar de ojos con la cuerda de saltar de sus hermanas.

—Ahora tienes que quedarte quieto —le ordenó—. Tienes que quedarte quieto hasta que haya terminado con los doscientos azotes. —Se colocó detrás de él con las piernas abiertas, levantó el brazo e hizo restallar un látigo imaginario en el aire—. Y... ¡uno! Y... ¡dos! Y... ¡tres! —gritó, mientras su hermano emitía un aullido de dolor y pedía clemencia.

—Jugad un poco más lejos —les pidió la señora Hathaway—. Y no gritéis tanto.

—Es irlandés, tiene que gritar —le explicó John, que volvió a coger carrerilla con su látigo invisible.

—Los irlandeses no gritan.

Todas las cabezas se volvieron hacia Penelope. Hasta los niños interrumpieron su juego y se dieron la vuelta.

El señor Arthur soltó una carcajada.

—¿Es que eres irlandesa para estar tan segura? Hasta ahora los he oído gritar a todos, esos malditos...

—Los irlandeses no gritan —repitió ella con gran aplomo. Se le hinchó el pecho. Por muchos crímenes que hubieran cometido Liam y Joshua, nadie podía acusarles de cobardes. El valor que habían demostrado al enfrentarse al látigo en silencio y con la cabeza bien alta no caería en el olvido, ella se encargaría de que no ocurriera.

El señor Arthur se echó a reír de nuevo. Luego se detuvo y la fulminó con la mirada.

—Por cierto, amiguita de los irlandeses, he descubierto algo. Querías saber qué ha pasado con ese Finch —dijo. Torció el gesto para esbozar una sonrisa insidiosa.

Penelope se levantó de un salto. El corazón se le salía del pecho... ¡había llegado el momento que ya apenas esperaba!

—Murió de tifus. Poco después de llegar en... vaya, se me ha olvidado. Tampoco importa ya, está muerto. No hace falta que sigas buscando. ¿Lo conociste? —Le pasó a la señora Hathaway su taza de té con evidente indiferencia y luego continuó con sus descripciones del barrio de las prostitutas de Sídney.

Nadie fue a buscar a Penelope cuando se fueron del jardín. A pesar de no saber nada de su padre, la noticia supuso un golpe para ella. Las lágrimas que derramaba por él no le procuraban alivio, pero hicieron que aumentara la ira contra su madre por haber callado la verdad durante tantos años y haberle revelado solo el nombre en el barco. Quería saber más, seguro que su madre sabía mucho más. ¡Tenía que averiguar dónde estaba Mary!

Penelope empezaba a adaptarse a la casa de los Hathaway. El día a día lo pasaba a salvo a costa de sacrificar sus planes. Había té para el servicio, cofias almidonadas, una cama limpia y comida decente. Limpieza, tranquilidad y reposo nocturno al caer la noche. El cansancio llegaba solo como consecuencia de la monotonía, que la satisfacía de una manera curiosa. Penelope dormía como nunca. En casa de la señora Hathaway no se pegaba a nadie, ni siquiera al pequeño John, que muy a pesar de su madre últimamente orinaba en el jardín, de manera que le podían ver los que pasaban por ahí. No imaginaba que se lo había enseñado Carrie, como tampoco sabía que todas las palabrotas que salían de la boca rosada de Elsa también se debían a la niñera.

—Putero —le dijo Elsa al vecino, el señor Benthurst. También hizo saber a los que pasaban, mientras jugaba en el jardín, que su mujer era una víbora. Carrie bajó la preciosa cabeza en un gesto comedido cuando Benthurst llamó furioso una tarde a casa de los Hathaway para quejarse.

—¿Por qué lo haces? —preguntó Penelope exaltada al ver que en la casa se iba elevando el tono y los niños se reían delante de la ventana.

Carrie se encogió de hombros. Luego se echó a reír.

—Algo habrá que hacer contra el aburrimiento, ¿no crees? —El brillo en sus ojos delataba el placer furtivo que le proporcionaba hacer enfadar a la señora Hathaway, tan elegante ella.

A pesar de las reprimendas ocasionales de la patrona, la nueva vida de Penelope era bastante agradable. Había encontrado incluso una nueva amiga con la que, además de la cama, compartía todo lo que robaba en sus incursiones a los armarios de provisiones sin cerrar: bombones, almendras, licor francés.

—La próxima vez te toca a ti —dijo Carrie con la boca llena, y le sirvió licor.

—Yo no robo. —Penelope se dejó caer de nuevo en la manta, saciada y satisfecha.

Se acarició la barriga con las dos manos. Hacía tiempo que los huesos de la cadera ya no sobresalían tanto como en la época en que vivía con el pastor. Cerró los ojos y lo rememoró. El licor la había mareado un poco y la hizo regresar a Joshua, le ahorró el hedor y la suciedad y le permitió recordar solo al hombre. No, Joshua no había sido tan malo. No la había humillado ni le había pegado nunca. El licor dulce suavizó los recuerdos. Si Joshua no estuviera siempre con sus ovejas, tal vez habría sido un hombre aceptable. Soñaba despierta, jugaba con los recuerdos de los ojos grises, el cabello rojo y la satisfacción, la añoranza era como un caramelo en el cristal de un aparador. A veces robaba uno y disfrutaba de su dulzura cremosa...

Soñaba con un hombre con quien esperar el final de la condena, con quien solicitar juntos la liberación y labrarse un futuro. Un hombre que le contara historias y la hiciera reír, alguien a quien echar de menos y que cuando volviera a casa le hiciera saltar el corazón de alegría. Un hombre que le provocara pensamientos dulces.

Tal vez fuera mucho más fácil encontrar a un hombre aceptable. Bastaba con que se ocupara de que no tuviera que caminar sola de noche. Penelope suspiró. Joshua Browne lo consiguió, pero luego siempre se iba con sus ovejas. Además, su mujer le estaba esperando en Irlanda. Aunque dejara de fornicar con las ovejas, no estaría libre para ella.

No era tan fácil el tema del futuro. La vida le parecía un ovillo cuyo principio no encontraba. Primero había que encontrar el hilo para ir deshaciéndolo poco a poco... y al final del largo camino tal vez encontrara la libertad. Entretanto todo el mundo tenía la oportunidad de tejer algo con ese hilo. Según Bernhard Kreuz, si tenía un objetivo encontraría un hogar, pero ese objetivo necesitaba un nombre.

Comprendió por qué el médico alemán se sentía tan perdido.

—¿Por qué no te buscas un hombre? —preguntó Carrie sin rodeos—. Hay muchos, y somos jóvenes. Necesitas un hombre si quieres ser algo, Penny. —Una sonrisa de satisfacción apareció en su rostro—. Yo pronto tendré el mío. Anoche me besó.

—¡No! —Penelope se apoyó en los codos para ver mejor a su compañera—. ¿Te besó?

—¿Quieres verlo? —Carrie ladeó la cabeza en un gesto triunfal y dejó caer sin tapujos el camisón por los hombros. Tenía rasguños rojizos y una mancha oscura en el cuello—. Eso no fue lo difícil... me costó mucho más frenarlo cuando acabamos contra la puerta. Sabe manejar los cubiertos, pero no puede comérselo todo de una vez.

Penelope soltó una carcajada.

—Carrie, eres tremenda. Un día se te llevará el diablo. —Siguió acariciándose la tripa.

Carrie hizo un gesto coqueto.

—Ya... y a ti lo que te pasa es que tienes envidia. Eso es lo que necesitas, Penny. Eres muy guapa con tu cabello largo y el rostro menudo. ¡Y eres tan joven! Los hombres sueñan con alguien como tú, créeme. Pero no se van a tirar a nuestros brazos, tenemos que salir a buscarlos. Ten el valor de estar abierta a esa posibilidad. No se trata de observar siempre a los demás, Penny. Mirar es demasiado aburrido.

La conversación había dado un giro inquietante, ya que Penelope no pudo evitar pensar en Liam. La única vez que se había abierto y se había lanzado a sus brazos había puesto fin a la vida de muchas personas. Liam había provocado el incendio, pero sin su ayuda no habría podido hacerlo. Intentó no pensar en ello y decidió que lo mejor era seguir observando a la gente.

—¿Quieres volver a Inglaterra cuando hayas cumplido tu condena? —Intentó distraer a Carrie con su pregunta y se colocó la almohada detrás de la cabeza para verla mejor.

Le rondaba a menudo por la cabeza cuando oía hablar a los dos mozos de cuadra, los dos hombres de la verde región de Anglia que sentían nostalgia y se pasaban el día soñando con volver a casa. Pete había dejado mujer e hijos, el otro estaba preocupado por sus padres. Cada vez que recibían una carta la sacaban, alisaban las arrugas y la leían hasta aprenderse cada renglón de memoria. Penelope envidiaba a esos dos hombres por aquel precioso tesoro, pues era el testimonio de que en algún lugar alguien pensaba en ellos. A ella también le habría gustado tener eso, alguien que se acordara de ella. ¿Seguiría el pastor pensando en ella? ¿Qué estaría haciendo? Sin embargo, tuvo que admitir que en realidad no le interesaba. Él tampoco preguntaría por ella.

—¿Y qué hago yo en Inglaterra? —Carrie la sacó de sus pensamientos.

—¿Tienes familia allí?

Carrie sacudió la cabeza y se puso más cómoda. En la casa había regresado la calma nocturna. Solo los sueños seguían despiertos, en aquella pequeña habitación y tal vez también en otras camas solitarias.

—No —dijo en voz baja—. No tengo a nadie. ¿Y adónde iba a regresar? A las calles de Southwark, a servir ginebra a tipos groseros por unos peniques, levantarme la falda por medio chelín, y por uno, con dos tipos a la vez. —Bebió un trago de licor directamente de la botella—. A todos los tipos groseros de este mundo les digo: ya no los necesito. Tendré mi propia vida. Aquí hay sitio suficiente para mí, para ti, para todos nosotros. ¡Cumpliremos los años, y luego viviremos bien, Penny!

—¿De verdad lo crees? —Penelope le quitó la botella de las manos—. ¿No acabaremos igual que en Inglaterra? ¿Uno no sigue siendo siempre el mismo que cuando nació? Mi madre también tenía sus sueños. Quería trabajar en un hospital, ayudar a los médicos, incluso encontró a uno que quería casarse con ella... pero lo único que consiguió al final era ganarse la fama de practicar abortos. Sí, por eso la conocían, sabía hacerlo como nadie. ¿Y ahora? Ahora está tal vez a quinientos kilómetros de allí en el fondo del mar. ¿Qué habría sido de ella aquí? Habría hecho lo que mejor sabe hacer. Todo el mundo hace lo que sabe hacer si quiere sobrevivir, es así. —Se le empezó a quebrar la voz.

—¿Y tú qué sabes hacer? —preguntó Carrie.

—Yo hacía encaje —susurró Penelope—. Para las damas elegantes. Cuellos, pañuelos...

—¡Oh, es maravilloso! —Carrie abrió los ojos de par en par—. ¡Podrías ganar una fortuna con eso!

—No puedo... —Se le llenaron los ojos de lágrimas—. Malditos sueños.

Sus ojos ya no pudieron contener más las lágrimas, que cayeron calientes por el rostro y le gotearon en el pecho.

—Es muy difícil ponerse a hacer algo nuevo, Carrie.

Carrie se sentó a su lado y la cogió de la mano.

—Vamos, Penny, quién sabe qué habría ocurrido. Es totalmente inútil pensar en ello, ¿no crees? Deja el pasado tranquilo. Todos se han perdido, todos los que queríamos. Todos éramos iguales. Fuimos condenados a muerte en Inglaterra, y a algunos la muerte los atrapó. Pero nosotras dos hemos sobrevivido, tú y yo. —Le acarició la mano—. ¿Sabes? Han fundado esta maldita colonia porque querían deshacerse de nosotros. Pero míralo así: nos han creado un país nuevo. Ahora nosotros somos la nueva Inglaterra. —Sonrió—. Bueno, ¿cómo suena eso? Tenemos que seguir adelante por todos los que no lo consiguieron. Por tu madre, por la pequeña Lily. Conserva los buenos recuerdos de ellas, sécate las lágrimas y demuéstrale al mundo que puedes sobrevivir.

Carrie agarró la botella de nuevo y la levantó para brindar.

—¡Por nosotras! Sé valiente, Penelope MacFadden. Aprovecha todo lo que puedas y constrúyete una nueva vida. Toma las riendas y coge todo lo que puedas. ¡Enséñale al mundo cómo se sobrevive! ¡Para eso naciste!

Mary consiguió de nuevo escaparse de su fila. Aquel día había mucho tráfico porque un barco había atracado en el puerto. Todo el mundo había ido a mirar cómo desembarcaban la carga, y en el gentío la fila de reclusas se deshizo. Mary aprovechó la ocasión, se agachó detrás de un coche y desapareció por el callejón que conducía al hospital. Se apoyó contra la pared para tomar aire. Le dolía la espalda del arduo trabajo, y se rascó el hombro con los dedos escocidos. El sebo le habría ayudado a mantener los dedos blandos, pero nadie pensaba en eso en la fábrica. Quien no podía desempeñar su trabajo era desechado.

Antes de que alguien reparara en ella, se dirigió por una callejuela al otro lado de la calle principal y se puso en camino hacia el hospital. ¿Cuántas semanas habían pasado desde su última visita? Allí acababa olvidando el tiempo, aunque se propusiera contar los días. No tenía el período desde mucho antes del traslado en barco, la edad le pasaba factura, así que ya no tenía la opción de pensar en meses.

El portero seguía siendo el mismo. Esta vez olía a nueces, y por lo visto había olvidado que Mary ya había llamado una vez.

—¿A quién buscas? ¿Eh? ¿Mac qué? —Parecía que el nombre se había perdido, pues hacía tiempo que había pasado el proceso. Había demasiados apellidos escoceses e irlandeses, y demasiada indiferencia. Mary también olió el ron.

—Una chica. Pelo rubio oscuro, cara delgada, más o menos igual de alta que yo. Ojos amables... —Mary se quedó pensando y vio que no conseguiría nada con aquella descripción.

—¿Por qué fue ingresada? —Ya ni siquiera la miraba.

—Eso no lo sé. La estoy buscando.

—Esto es un hospital, mujer. Aquí solo hay enfermos. —Quería cerrar la puerta cuando apareció por detrás una bata de médico.

—¿A quién estás echando? Aquí no echamos a nadie —le dijo el doctor Redfern al portero—. No dejamos a los pacientes en la puerta si sufren dolores. —Estudió con atención el pelo de Mary y su rostro enjuto, y ella pensó si se fijaría en lo mucho que Penelope se parecía a ella.

—Estoy buscando a alguien —dijo Mary con firmeza—. Busco a mi hija, a lo mejor usted sabe algo de ella.

Redfern la hizo pasar al edificio, era evidente que estaba intrigado.

—Querían procesarla —continuó Mary presurosa, antes de que la volvieran a echar—. Querían... querían ahorcarla porque no había delatado a su cómplice.

—Penelope —dijo el médico—. La chica del accidente.

—Sí. —Mary asintió—. Penelope es mi hija.

El médico apretó los labios y asintió a su vez. El rostro agotado parecía ahora más animado que antes. Era uno de esos médicos a los que un día la muerte le sorprendería junto al lecho de un enfermo. Mary ya lo había vivido, así que agarró con valentía la mano del médico.

—Dígame dónde puedo encontrarla. Hace tiempo que la busco.

El médico la había enviado a una casa elegante en la calle principal. Era el hogar de un oficial británico, con un seto en flor en el jardín y cortinas de encaje en todas las ventanas. Mary sacudió la cabeza, incrédula. Dios debía de querer mucho a su hija para haberla salvado de la muerte y haberla dejado en buenas manos de nuevo. Primero la casa de Sloane Square y ahora ese oficial. Se hablaba bien de las casas de oficiales, hacían un reparto justo de la comida y cuidaban la limpieza, era el mejor lugar para una chica. Dividida entre el orgullo y la envidia, probablemente estuvo demasiado tiempo delante de la casa de los Hathaway. Lo suficiente para llamar la atención del alguacil, que le dio un golpecito por detrás y le pidió el salvoconducto.

8

Cuando los años hielen la sangre, cuando nuestros placeres pasen,
flotando durante años en las alas de una paloma,
el recuerdo más amado será siempre el último,
nuestro monumento más dulce, el primer beso de amor.

LORD BYRON, *El primer beso de amor*

Al cabo de unos días, Penelope vio cómo su voluntad de sobrevivir recibía un impulso inquietante. El alguacil del distrito, un tal señor Willis, se plantó de repente delante de la puerta para exigir que la presa Penelope MacFadden lo acompañara de inmediato para acudir a un nuevo interrogatorio en la sala judicial. Fuera la esperaba el coche del juzgado: una austera caja negra que todo el mundo conocía en Londres.

La señora Hathaway lo miró irritada.

—Es nuestra sirvienta, señor Willis, ¿lo sabía? No sabía qué delito había cometido nuestra sirvienta...

—El juez Bent quiere verla, yo solo cumplo con mi deber —la interrumpió el alguacil con impaciencia, y luego sacó a Penelope de la casa—. No hay nada que discutir con estos presos, señora Hathaway. Hace dos días se escaparon dos tipos, y nadie sabe cómo pudieron liberarse de las cadenas. Le dieron una paliza al vigilante y se largaron con sus armas. El resto del grupo se quedó callado como una tumba: esos malditos irlandeses siempre se mantienen unidos. —Se colocó bien el sombrero.

—Mi sirvienta no es irlandesa, señor Willis.

—Pero sí los fugitivos, señora Hathaway. Malditos irlandeses, que el Señor los maldiga. Un día podrían plantarse en su jardín y quitarle la ropa del cuerpo. Si quiere saber mi opinión, deberían enviar a toda esa panda de irlandeses a Hobart, allí los vigilantes los tratarán como merecen. ¡Y así acabaremos con los motines y la sublevación!

La señora Hathaway cruzó los brazos sobre el pecho.

—Cabría pensar que esa pobre gente en realidad no aprenden más que maldades en su miserable isla.

—Así es —confirmó el alguacil—. Nada más que maldades. Y ni siquiera se les puede quitar la holgazanería a golpes. Pero si no los atrapamos nosotros lo harán los negros, y en ese caso no me gustaría estar en su piel.

La sala del juez se encontraba ahora en un ala lateral del nuevo hospital, al otro lado de Hyde Park, donde caballos de piernas largas daban vueltas por el césped cuidado. El señor Arthur pasaba mucho tiempo allí, aunque como «convicto» no tenía caballo propio, pero no paraba de hablar de ello, y por supuesto, aportaba todo tipo de conocimientos sobre cómo cuidar de un buen ejemplar. Los enfermos seguían con la mirada las carreras de caballos desde las ventanas, y él estaba encantado. El ala de edificios para los enfermos, a diferencia del ala de los juzgados, aún no estaba lista, ni mucho menos. El doctor Wentworth, que dirigía la obra, tenía una gran reputación, pero el juez Ellis Bent tenía mejores contactos. Había presos por todas partes dando retoques a escaleras, golpes en la mampostería y cargando con tejas. Los rugidos de los vigilantes resonaban en el patio interior, donde esperaban montañas de piedras talladas para levantar más paredes. Había hombres extenuados en cuclillas a la sombra, los hombros delgados eran el reflejo de la escasa comida que les daban en las barracas de presos situadas en lo alto de la montaña, y los verdugones bajo las camisas agujereadas daban cuenta de sus encuentros con el látigo. Willis maldecía a los holgazanes irlandeses.

El juez Bent había conseguido que acabaran primero su ala, se rumoreaba incluso que había una apuesta entre él y el gobernador Macquarie. Si era cierto, Bent había ganado: aquel día era el primero en las nuevas instalaciones, un motivo para empezarlo con un proceso verdaderamente espectacular. Las salas de los tribunales estaban llenas. En la entrada ya se notaba un olor penetrante a cal, la puerta a la sala judicial era de color granate brillante. Penelope se colocó mejor el mantón sobre los hombros. En casa de los Hathaway no había ropa interior para el servicio porque la tela era demasiado cara, pero nadie se congelaba en la casa de piedra construida con esmero.

En aquella sala, en cambio, Penelope estaba helada. El edificio conservaba el frío, que penetraba en los huesos. Tal vez fuera intencionado para enfriar los ánimos caldeados por las discusiones o para intimidar a los delincuentes.

Dejó vagar la mirada, nerviosa. La puerta que veía borrosa parecía la garganta de un cocodrilo: insondable, profunda y oscura, llena de dientes afilados... y estaba entreabierta. Penelope tuvo que sentarse en un banco y Willis se quedó justo a su lado, como si quisiera evitar que se le escapara. Abrió un poco más la puerta por curiosidad. Desde el banco Penelope no veía nada, pero se oía mejor lo que sucedía en la sala.

—... anunciar dos indultos, promulgados por el honorable gobernador, el señor Lachlan Macquarie, eh... promulgados ayer y de los que doy fe, eh... hoy, dónde está el papel, no, no es este... —Dio un puñetazo en la mesa—. ¡Estúpido! Bueno, el primero es... un tal señor Harold Smith, cuidador de caballos al servicio del doctor D'Arcy Wentworth, indultado por buena conducta. Por favor, señor Smith. Y el señor Philipp Sainsbury, empleado del correo real, indultado también por buena conducta. Por favor, caballeros, sus documentos. ¿Saben... solo para dejarlo claro, que el indulto por parte del gobernador de la colonia de Nueva Gales... eh... del Sur puede ser revocado en cualquier momento?

—Algunos tienen suerte, ¿eh? —El señor Willis sonrió—. No he visto nunca que indulten a una mujer. Y, por supuesto, nunca a un irlandés. Siempre son ingleses trabajadores. Búscate a uno y hazle la comida, a lo mejor así llegarás a ser algo.

Penelope se contuvo y no le replicó que la colonia se habría muerto de hambre hacía tiempo de no ser por los incansables presos que trabajaban, como le había contado Pete, nacido en Anglia, pero que a veces frecuentaba a los irlandeses rebeldes.

El señor Willis la obligó a levantarse del banco y la empujó hacia delante.

—Bueno, te toca. Y rápido, que no tengo todo el día. No aproveches para perder el tiempo, acabes hoy en la horca o no. Así que ya puedes darte prisa.

Penelope entró en la sala a trompicones y nerviosa. Los señores ya estaban esperando. Las venerables sillas de roble crujieron, sus pasos sonaban huecos en el suelo de madera. Aguzó la vista y reconoció el rostro obeso del juez Bent, sus antipáticos acompañantes y el secretario. Había oyentes curiosos como el comerciante Browne de Abbotsbury, que tal vez le había echado el ojo a la propiedad sin dueño de Heynes y por tanto seguía con atención el proceso. O aquel médico de ojos bonitos... D'Arcy Wentworth. Penelope volvió la cabeza hacia él al pasar. Estaba sentado solo en su fila. Alguien le había contado que era uno de los responsables de los puestos de aduanas y de la carretera de peaje que llevaba a Parramatta, y que metía la nariz en todo lo que oliera a dinero. Además era irlandés, rico, pero irlandés al fin y al cabo. Penelope guardó en su corazón la amabilidad con la que la había tratado ese irlandés y calló.

No había vuelto a ver al médico alemán que trabajaba a las órdenes de Wentworth desde el día en que le dieron el alta y la alojaron en casa de los Hathaway, pero lo más probable era que ya no le interesara el destino de una desterrada sospechosa de asesinato. «La indiferencia es contagiosa», pensó con amargura.

Willis la colocó en un taburete que habían llevado de la sala antigua, un mueble antiquísimo que parecía haber llegado a Nueva Gales del Sur con la primera remesa de reclusos. El taburete también se tambaleaba, como si fuera un símbolo de la acusación, sobre el suelo recién colocado porque tenía las patas irregulares. A la acusada le costaba mantener el equilibrio.

—¿Quién es el siguiente? —El juez Bent rebuscó entre sus papeles y miró por encima de la montura de las gafas, que eran demasiado pequeñas para su cara y le colgaban sobre las mejillas grasientas—. Vaya...

—Penelope MacFadden, presa del *Miracle*, trasladada a Sídney el... —El secretario recitó de carrerilla sus datos en un tono monótono, como si fueran trapos sucios que solo se podían coger con la punta de los dedos.

Penelope ni siquiera oía bien y no notó que otra persona había tomado la palabra.

—... retomar el caso... asesino no ha sido detenido... las nuevas pruebas exigen su presencia. ¿Me ha entendido, señorita MacFadden? ¿Me está oyendo? —El juez Bent se inclinó y dio un golpe en el montón de papeles.

Penelope se obligó a mirarle. «Demuéstraselo», la voz de Carrie resonó en su cabeza.

—Aquí estoy, señoría.

—Ah, pues qué bien que esté aquí y me entienda. Ya estaba seriamente preocupado por si además de ser muda se había quedado sorda, señorita MacFadden —comentó con una media sonrisa—. Entonces ahora podemos hablar. —Hojeó de nuevo sus papeles—. Como seguramente recordará, en el asesinato de Heynes se habló de una segunda persona. La mujer que estaba sentada con usted en el pescante del coche, del coche que en el momento de su muerte era propiedad del señor... eh... James Heynes, de Double Creek. Bueno... señor Kingsley, haga pasar a la señorita Pebbles.

Aquella mañana Penelope estaba preparada para todo... excepto para Ann.

Se agarró con las dos manos al taburete para no caerse otra vez cuando se abriera la puerta granate y los empleados del juzgado empujaran hacia la sala a la mujer a la que la policía de Sídney llevaba buscando desde hacía meses. Se oyó un rumor en la sala. Ahí estaba la mujer que se había esfumado, que había evitado a soplones y a los empleados judiciales, que parecía que se la hubiera tragado la tierra, vestida con unos harapos malolientes que solo cubrían lo necesario de su desmejorado cuerpo de mujer. El pelo le caía en mechones mugrientos más allá de los hombros, con la andrajosa cofia rígida en la cabeza, y si uno se fijaba se veían piojos en el inicio de la cabellera.

Sus señorías buscaron otros puntos donde fijar la vista en la sala —sus papeles, las uñas, las puntas de los zapatos— con tal de no tener que mirar a esa lamentable criatura. Los espectadores, en cambio, se inclinaron hacia delante para verlo todo mejor y grabarlo en la memoria y luego tener algo que contar, pues todo el mundo preguntaría qué aspecto tenía la delincuente. El crimen unía en cierto modo a todos los habitantes de Sídney, pero existía el impulso de mirarlo de frente siempre que había oportunidad. El redactor de la gaceta de Sídney se movió hasta el borde de su silla sin parar de mordisquear inquieto su lápiz. Era de suponer que su lenguaje pomposo no alcanzaba a describir la figura que había aparecido y el hedor que emanaba en la sala judicial.

—Así que es ella, la señorita Ann Pebbles. —El juez Bent prácticamente escupió el nombre. La mancha de humedad se extendió en el pergamino y limpió el escupitajo con la manga, distraído. Las plumas acabaron en la tinta fresca de su firma, como si quisiera salir volando—. Señorita Pebbles... —Bent ni siquiera dejó que el secretario tomara la palabra primero, pues tenía la necesidad urgente de deshacerse de esa persona junto con su documentación manchada—. La señorita Pebbles se creyó muy lista y se fue de Nueva Gales del Sur porque pensaba que no la íbamos a buscar en Hobart.

Se oyó un grito en la sala. ¡Hobart! Ese horrible lugar en la tierra de Van Diemen, la isla ubicada al otro lado del pasaje de

Sídney donde solo llevaban a los que habían cometido delitos graves, aquellos a los que en Inglaterra les habían colgado del cuello la cadena «perpetua» o que habían incurrido de nuevo en un delito en Nueva Gales del Sur y necesitaban un trato distinto. Ladrones y asesinos que probaban que los indultos y las liberaciones destinadas a propiciar la integración social no eran adecuados para todos los reclusos. Y que no podía salir nada bueno cuando, por así decirlo, se dejaba correr libres por ahí a los delincuentes. «Pero, entonces, ¿dónde los meten?», preguntaban los colonos de ánimo más relajado. Delante tenían el mar, detrás la selva... ¿adónde iba a huir nadie allí? ¿Para qué encerrar a aquella gente? Para que no hicieran lo que hacían en Inglaterra, sostenían los defensores de la línea dura. Robar, estafar, matar. Por tanto, Hobart, en la tierra de Van Diemen, era un lugar donde se establecía una doble cadena imaginaria, provista de un candado especialmente pesado. Hobart también era el sitio donde enviaban a los vigilantes sin escrúpulos y donde solo sobrevivían los más fuertes. Era incomprensible, pero allí también había colonos libres cuya codicia de tierra era mayor que el miedo a los peligrosos presos que realizaban trabajos forzados y que les adjudicaba la administración de la colonia.

—La señorita Pebbles no contaba con que en Hobart se fijan más cuando una prostituta ofrece su trasero a los oficiales de su Majestad el Rey. Uno de ellos la reconoció, damas y caballeros. Así que, señorita Pebbles, cuidado con el trasero. —El juez se aclaró la garganta mientras alguien soltaba una risita.

Entre los aspavientos del público, Bent expuso la historia de Ann Pebbles, que había llegado a Hobart como polizona a bordo de un barco comercial, allí desapareció en un burdel para meses después ser atrapada de nuevo como polizona en un velero a la India, que tuvo que atracar de improviso en Sídney porque habían descubierto una fuga. En su momento la fugitiva no solo había vuelto locos a infinidad de hombres en Hobart, sino que también les birló su dinero con el objetivo... ¡de abrir un burdel en la licenciosa India!, según dijo Bent inclinándose hacia ella por encima de la mesa.

Ann se rio de él. Su boca desdentada tenía varias heridas por el escorbuto, de los labios hinchados colgaban costras de sangre, la mejilla izquierda lucía azulada, seguramente había opuesto resistencia a su detención. Su risa tenía algo burdo, Penelope no la recordaba así. Todo en aquella mujer le resultaba ajeno. Ann había probado el lado oscuro de la vida, y Penelope no quería tener nada que ver con él.

—¿Qué tiene que objetar a un burdel, señoría? —preguntó Ann. Tuvieron que prestar mucha atención, pues arrastraba las palabras—. Mientras usted y los que son como usted paguen por sus servicios, es un negocio como otro cualquiera.

—Eso es... —se enojó el vocal del juez—. ¡Es una desfachatez! ¡Cierra esa sucia boca!

—Aquí no estamos hablando de burdeles —afirmó Bent—. Señorita Pebbles, la extensión de la pena sería discutible... si no estuviera además el asunto de Double Creek.

El juez clavó su mirada en ella. Ann le correspondió, insolente y desvergonzada. No quedaba claro si aquellas palabras le asustaban o si ya contaba con todo aquello. La auténtica desesperación hacía que una persona se volviera muy fría. Penelope ya no reconocía a su antigua amiga. Ann parecía haberse convertido en una bruja.

—¿Qué quiere de mí, juez? —preguntó Ann, impertinente—. ¿No tiene bastantes pruebas contra mí? ¿Es que ese... —señaló con la mano mugrienta al redactor de la gaceta— no tiene suficiente para su artículo?

Bent buscó un pañuelo, pues le caía sudor por la frente. No eran ni las doce y el calor ya penetraba sin piedad por las hendiduras de las ventanas. El empleado del juzgado se había olvidado de llenar las garrafas de agua. Aún le quedaban dos años de condena por cumplir y por lo visto había dejado de esforzarse por conseguir ser liberado, ya no llevaba a cabo servicios adicionales sin que se lo exigieran. El rostro de Bent reflejaba claramente su enfado.

—He hecho que la trajeran aquí, señorita Pebbles —empezó de nuevo Ellis Bent—, para aclarar las circunstancias de aquel accidente en el puesto de aduanas de Sídney. Y lo que ocurrió antes, sobre todo eso. —Se aclaró la garganta—. En su última declaración, la señorita MacFadden afirmó que iba con usted en el pescante del coche propiedad de James Heynes y que... bueno, eso no importa... estuvieron aquella noche en su finca de Double Creek, ¡la noche en que terminó su vida de una forma abominable!

Los oyentes contenían la respiración a la espera de lo que estuviera por llegar, sin apartar la vista de aquella mujer harapienta... Bent aprovechó el silencio para darle énfasis a su voz.

—¿Era esta la mujer con la que estaba? ¿Era ella, señorita MacFadden? —bramó. Penelope asintió en silencio, cohibida—. Entonces, ¿robaron juntas el coche?

—¡No! —gritó—. ¡No lo robamos!

—¡Robaron el coche después de matar y robar al señor Heynes en su propiedad!

—¡No!

La luz en la sala era cada vez más gris. De repente Penelope imaginó la horca: fue como si estuviera allí suspendida y sustituyera todos los colores de la sala.

—¿Quién de las dos mató al señor Heynes? —gritó el juez.

Parecía que las paredes temblaran, los espectadores apenas se movían del sitio. La gaceta de Sídney tendría que imprimir una página más.

Penelope levantó la cabeza. Ann se encontraba al otro lado de la sala, demasiado lejos para poder distinguir de verdad sus rasgos, pero sus miradas se cruzaron. Sus ojos lo decían todo: el recuerdo de los buenos momentos, de los ratos dulces y melancólicos, las risas, la diversión. Historias sobre el amor y una mentira que salió a la luz de una manera horrible.

—Ella no lo hizo. —La voz de Ann planeó por la sala como si fuera un papel en blanco—. Ella no lo mató... fui yo.

Se armó un revuelo alrededor y la sala se llenó de gritos furiosos, pero su mirada parecía más viva. Bent se levantó de un salto y agitó el martillo en el aire de forma muy poco digna; entonces Ann levantó la mano y al parecer la gente le tenía más miedo a ella que al martillo, porque el griterío se extinguió.

—Yo maté a James Heynes cuando estaba tumbado, herido en su maldito sofá y aún tenía fuerzas para atormentarme. Podría haberle ayudado, pero lo maté. Y tuvo que mirarme a los ojos cuando lo hice. Me miró mientras exhalaba su último suspiro. Pagó por todas las humillaciones, por cada golpe y bofetada, por cada noche que tuve que dormir a la intemperie, por cada día en el que no me dio nada de comer, por cada mala palabra. Penny no tiene la culpa. —Respiró hondo—. Fui yo, y sé que moriré por ello.

Cuando Penelope volvió a ver a Ann, estaba en la horca. Tampoco tuvo mucho tiempo para pensar en las horas que pasó en la sala. Tras el veredicto de culpabilidad, Ellis Bent fijó la ejecución para dos días después para que la colonia se deshiciera de esa persona y la gaceta de Sídney tuviera tiempo suficiente para publicar una edición especial.

Aquella mañana había acudido bastante gente: al fin y al cabo no era muy frecuente ver a mujeres balanceándose en la soga, y por supuesto sentían curiosidad, pues la historia de la mujer desdentada había corrido por la ciudad como la pólvora. La gente que había oído su discurso en la sala era asediada y tenía que contarlo una y otra vez. Al final Ann Pebbles había lanzado salvajes imprecaciones, escupido sangre y les había deseado lo peor al juez y su colonia.

«¡Los guardas no podían hacer nada!», gritaba uno. «¡Gritaba de tal manera que los cristales de las ventanas temblaban!» «¡Los cristales se rompieron!», exclamó un tercero.

—¡Tan cierto como que estoy aquí! Era un peligro —dijo el señor Edmond delante del horno del pan—. Si quieren saber mi opinión, es una bruja, y no deberían ahorcarla, sino quemarla como en los viejos tiempos...

—Quemarla, sí —susurró su mujer.

Las señoras instaban a sus hijas a acelerar el paso para que no siguieran oyendo. Las que hacía años que habían cumplido su condena y ahora podían denominarse «libres» tampoco querían saber nada de esa escoria. Se alegraban de que el juez Bent se hubiera mostrado tan perseverante y que el gobernador estuviera de acuerdo en ejecutar tan rápido una sentencia justa.

—... escandaloso, amor mío. Tendrías que haber visto a esa escoria desmejorada y lamentable, cómo se abalanzó sobre el pobre Bent y lo agarró del cuello, ¡no podían separarla de él! ¡Lo juro, lo habría matado de un mordisco con sus colmillos afilados!

Había llegado el día de la revancha, y el sol brillaba con rabia en el cielo. Si le hubieran puesto leña, habría encendido la hoguera para la delincuente. Pero solo quedaba la horca, y la madera brillaba prometedora bajo la luz vespertina. La soga, anudada con pericia, colgaba lánguida al viento, como si saludara a la figura desharrapada que era llevada por dos asistentes hacia la estructura.

—Es horrible —le susurró Carrie a Penelope con gesto adusto—, tiene un aspecto espantoso. ¿Siempre fue así? Ya no me acuerdo.

—No, no siempre —murmuró Penelope, que no podía apartar la vista de la soga—. Hubo un tiempo en que era una chica guapa... Vestida con su camisón de encaje de color rosa, siempre de buen humor pese a sus atormentadores...

—¿La conocías mucho? Yo no la había visto nunca en el barco.

—Estaba en los camarotes de los oficiales.

—Ah. —Carrie puso cara de asombro. Una mujer espabilada habría conseguido un pase de liberación o llegar a tierra como esposa de un oficial, y Ann, en cambio, se encontraba bajo la horca—. Entonces algo hizo mal —murmuró.

Otros dos asistentes comprobaron la cuerda, luego subieron a Ann por los peldaños.

—En Londres estuve en algunas ejecuciones, pero aquí es diferente —susurró Carrie. Acercó el brazo a Penelope y la arrastró más adelante, desde donde se veía mejor. Tras la estructura habían tomado asiento en la tribuna algunos ciudadanos honorables—. Mira, el gobernador Macquarie ha traído hasta a su mujer. Elizabeth Macquarie es una dama elegante —comentó—, cuida mucho de las reclusas, según dicen. Si tu patrón te pega, puedes acudir a ella. —Por lo visto Carrie había olvidado que Penelope ya había disfrutado de su amistad, pues Elizabeth había impedido que acabara en la fábrica.

Para Ann cualquier muestra de cariño llegaba tarde. Desde su sitio Penelope no podía verle bien los rasgos de la cara, pero se veía con claridad que caminaba erguida y mantenía recto el cuello, donde el verdugo le estaba colocando la soga. Bent insistió en leer él mismo la condena. Realmente debía de tenerle manía a esa mujer.

—Normalmente envía a un representante —susurró alguien a su lado. Ann Pebbles iba a ser ahorcada por un crimen de tal magnitud que era imposible contar la condena en años de prisión, y quería anunciarlo él.

—¡Esta mujer se ha declarado culpable de tres tipos de delitos! —exclamó Bent, al tiempo que sujetaba su papel en alto—. El insidioso asesinato de James Heynes. ¡En segundo lugar, haber viajado sin salvoconducto en un coche robado que al final provocó un accidente terrible que estuvo a punto de costarles la vida a tres damas! Y el robo de monedas, cucharas de plata, gemas, eh... y todo lo que hemos encontrado. La sentencia será ejecutada en la soga, en la que deberá ser ahorcada hasta que encuentre la muerte. ¡Cumpla con su obligación!

Agitó el papel con impaciencia hacia el verdugo. El hombre le susurró unas palabras al oído. Con el acaloramiento de aplicar la sentencia justa a la delincuente, Bent había olvidado por completo concederle una última palabra. El público estaba inquieto. Las últimas palabras, sí, faltaban. La gente quería oír algo conmovedor.

—¡Está bien, diga lo que tenga que decir! —rugió Bent.

—Gracias, señor juez. —Ann sonrió, fatigada. Se acercó al borde de la estructura—. Mi amiga está aquí entre vosotros. Quería decirte algo, Penny. —Buscó un poco entre los espectadores hasta que clavó su mirada en Penelope—. Así que has venido. Querida Penny, nos hemos divertido mucho juntas, hasta el final. ¡Maldita sea, nos lo pasábamos bien! ¡Ojalá los hombres supieran lo guapa que eres! —Con las manos encadenadas le envió un beso.

La indignación se apoderó del público, se oyeron gritos de que había que tapar la boca a esa maleducada, que no querían oír esas cosas. ¿Nada de lágrimas? ¿Ni de oraciones?

El verdugo la apartó.

—Ya basta, prostituta, ya basta de cháchara.

Ann levantó las manos.

—Solo una cosa más, permítemelo. A ti te queda mucho tiempo para hablar, a mí ya no. Mi amiga tiene que saber otra cosa. —Se dio la vuelta de nuevo—. Penny, deja que te diga una cosa: tú nunca te convertirías en alguien como yo. Nunca has sido una delincuente. Dios sabe cómo fuiste a parar a aquel barco, así que Dios debería salvarte, maldita sea. Podrías haberme delatado y no lo hiciste. Penelope MacFadden, no eres una delincuente. Que lo oiga todo el mundo. No eres una delincuente ni una traidora, ¡eres una buena persona! ¿Sabes? —Ann avanzó hasta el borde de la tarima—. Eres como una vela pequeña que tiembla ante cada soplo de viento pero que nunca se apaga. —Ladeó la cabeza y sonrió con cariño—. Penny MacFadden, deberías estar en la mesita de noche de alguien para iluminarle la noche.

Luego Ann fue ahorcada. No se resistió: ni cuando le pusieron el saco en la cabeza ni cuando el taburete estuvo a punto de volcar antes de tiempo porque había perdido el equilibrio. No dijo ninguna oración, ni siquiera cuando el cura entonó un salmo. Dios nunca había estado a su lado, ¿para qué iba a recurrir a Él ahora? Enfrente Elizabeth Macquarie apartó el delicado rostro cuando el taburete se volcó y la soga se estiró bajo el peso del cuerpo que caía. La cuerda se contrajo dos veces, luego se quedó quieta del todo.

El espacio de delante de la horca se vació poco después. Poco a poco fue aumentando el calor. Penelope notó que no se encontraba bien.

—Vamos, levántate. Ya ha pasado. Penny, vamos, levántate, vámonos... —Carrie le daba suaves golpes en las mejillas—. Abre los ojos, Penny. Vámonos a casa.

Penelope no se había dado cuenta de que se había desmayado. Notaba en el oído el ruido de una cascada cayendo y le dolía la cabeza. Los nuevos adoquines de Sídney no eran lo más adecuado para una caída. Carrie no había llegado a tiempo de agarrarla. A Ann no le habría gustado que se quedara allí como una persona débil. Ann se habría reído de eso. Pero antes de que Penelope pudiera levantarse, alguien a su lado la sujetó y le colocó con cuidado el brazo debajo de la cabeza.

—¡Dios mío, Penelope! —Bernhard Kreuz se arrodilló a su lado. Lo notaba tímido y nada seguro, incluso le temblaban los dedos. Había engordado, los ojos parecían cansados. Ella lo recordaba del barco sin una edad definida, tal vez porque allí representaba lo único bueno y noble; en aquel momento comprendió que ya no estaba en la flor de la juventud. No obstante, la preocupación en su rostro era intensa, y los ojos la miraban turbados.

»Deja que te ayude a levantarte... —Por algún motivo, el trato familiar ya no sonaba adecuado ahora que llevaba ropa de servicio decente. Los dos lo notaron, y él se sintió aún más cohibido.

—Estoy bien, solo he tropezado —susurró Penelope, que buscó a tientas a Carrie.

Sin embargo, su amiga le empujó la mano con cuidado hacia el médico. «Lo estás haciendo bien», decía el brillo de sus ojos.

—¡Vamos! —le susurró al oído—. ¡Deja que te acompañe a casa!

Ayudó al médico a poner en pie a Penelope y tuvo cuidado de que la agarrara por debajo de los brazos y tuviera que cogerla por la cintura. Cuando la llevó por la calle pasando junto al hipódromo, donde los jinetes continuaban su entrenamiento, interrumpido durante la ejecución, Carrie empujó aún más a Penelope hacia el médico.

Tras ellos, Ann seguía ahí colgada porque los mozos del juzgado estaban compartiendo una jarra de ron antes de que el carro la llevara a la fosa de los ahorcados junto al cementerio. No había prisa, aún quedaba mucho día por delante. Estaban acomodados con la lata en la tarima, y uno sacó el dado de la bolsa.

Bernhard Kreuz volvió tras el día de la ejecución y preguntó por su salud. La señora Hathaway se quedó con ellos, por supuesto. La conversación pasó enseguida del intercambio de fórmulas de cortesía a la salud de los niños y un nuevo tratamiento revolucionario de la vieja patria.

—El doctor Redfern querría aplicar lo antes posible las vacunas en la colonia —dijo, pensativo—. Sobre todo en los orfanatos tienen que ocuparse de que todos los niños se las pongan. En esas casas se propagan las enfermedades aún más rápido que en las pequeñas familias.

A la señora Hathaway le encantó la idea, pero probablemente aún más que se lo confiara.

—¡Es usted muy listo, doctor! Un tesoro para nuestra colonia. Seguro que la señora Macquarie le dará todo su apoyo, siempre ha mostrado un gran interés en los orfanatos...

—¿Va a menudo al orfanato, doctor Kreuz? —A Penelope le costó reunir todas sus fuerzas para interrumpir la conversación con esa pregunta, y la señora Hathaway no dudó en enviarla a la cocina de inmediato por su insolencia. Kreuz ni siquiera tuvo ocasión de despedirse con un gesto.

Lo que Penelope se llevó de aquel breve encuentro no fue la descripción de los instrumentos y cómo se puede ayudar mejor a los niños, sino su mirada suave y un poco lastimera cuando la echaron, pese a ser el motivo de la visita de Kreuz. Sin embargo, en la colonia de presos de Nueva Gales del Sur nadie visitaba a una mujer vestida de marrón.

No pensar en Ann formaba parte de su estrategia de supervivencia. Ni en los momentos que habían compartido ni en el miedo ni en aquella noche en la que les cambió la vida. Ni mucho menos en el día en el que sus caminos se separaron definitivamente.

Carrie y ella no hablaron más de la ejecución aquel día, ni de que una de ellas ya nunca regresaría: la muerte no era una ausencia enigmática, rompía la tranquilidad que se habían creado. La vida transcurría por caminos tranquilos. La embelesaba entre las mañanas frescas y las noches sofocantes, le daba trabajo y una existencia protegida en un hogar burgués.

Durante las semanas siguientes, Carrie se tomó muy en serio la idea de aprovechar todo lo que se le ofreciera. El señor Arthur la volvió a besar, y esta vez fue necesario salir del pasillo para no despertar a toda la casa. Penelope los oyó en el desván de la ropa a través de una pared fina que no estaba ni a tres pasos de su cama. Oyó cómo Carrie le daba largas, recatada, y luego lo hacía gemir aún más fuerte cuando se levantó la falda y le dejó poseer su espléndido trasero porque le gustaba hacerlo por detrás. Por los ruidos se deducía que él lo hacía de todas las maneras imaginables y sobre todo era incansable. Parecía que el señor Arthur sabía de mujeres. Penelope se apretó la almohada contra los oídos.

Mary se había preguntado durante semanas si había acertado al golpear al alguacil y salir huyendo. No había testigos. Le había dado en el punto justo de la cabeza para que se desplomara en el acto. Atravesó los jardines hacia el puerto y allí estaba sentada, en la trastienda de una lúgubre tasca, mezclando ungüentos para marineros que recelaban del hospital y para las prostitutas que sufrían por no estar lo bastante húmedas para sus clientes. También conocía remedios para los granos de pus, las fisuras, el picor y los abscesos de la sífilis, y el propietario de la taberna, un chino gordo y tuerto, se embolsaba el dinero del tratamiento. Delante de sus clientes alardeaba de haber encontrado a una auténtica curandera. Mary podía dormir junto a la chimenea, y como él le había comunicado al magistrado que tenía una nueva trabajadora, recibía incluso alimentos para ella y no se moría de hambre.

No obstante, su situación no era más fácil. El puerto se encontraba a un buen trecho de la casa elegante donde sabía que estaba su hija, y a Hua-Fei no le gustaba que las trabajadoras vagaran por ahí, así que tampoco le daba un salvoconducto. Mary estaba presa en la trastienda, vigilada por un sádico de ojos rasgados que golpeaba a gatos y perros y le lanzaba los cadáveres para que los utilizara. Por encima de todo, sabía que no tendría miramientos si llevaba a cabo un intento de fuga.

—¿También puedes eliminar barrigas? —preguntó Hua-Fei un día mientras comían. Paseaba la mirada por el cuerpo escuálido de Mary con el mismo deseo con el que observaba a las chicas jóvenes.

—No —contestó Mary.

—Pero sabes hacerlo, ¿verdad? —Hua-Fei deslizó su mano grasienta por la espalda de Mary. Hacía tiempo que la habría tumbado en su cama si ella no lo hubiera mantenido a raya con su mirada. Sabía que le daba miedo su mirada furiosa, y hacía todo lo posible para que siguiera siendo así—. Tengo el presentimiento de que sabes hacerlo. Eso nos daría mucho dinero, lo propagaríamos entre las prostitutas, que podrían venir aquí.

—¡No! —le increpó ella—. ¡No haré eso! ¡Búscate a otra para eso!

La panza grasienta se balanceó de un lado a otro cuando se rio y le retiró el plato medio lleno.

—Lo harás, mujer. Eliminarás barrigas para mí, y ganaremos mucho dinero con eso.

Por primera vez contempló la idea de huir.

Octubre llegaba a su fin, y el sol de Nueva Gales del Sur empezaba a abrasar la tierra. La gente hablaba del verano más cálido de todos los tiempos, seco como un desierto.

—Todos los años se quejan —afirmó el señor Arthur, aburrido—. Se lamentan y quieren que llegue la lluvia inglesa que en Inglaterra maldecían. La gente nunca está contenta con lo que tiene.

Penelope pensaba que él, en cambio, estaba muy satisfecho. Lo único que le faltaba para que su felicidad fuera perfecta no era la lluvia inglesa, sino el perdón del gobernador. Lachlan Macquarie tenía fama de ser generoso con los indultos, pero por lo visto Arthur Hathaway siempre dejaba pasar su bondad. Penelope pensaba que el trabajo en la secretaría de Crossley podía ser la clave para el perdón. A veces se oía que no siempre se tomaba en serio sus funciones allí, pero no se atrevía a preguntárselo a Carrie. Desde que habían aumentado sus encuentros secretos en el desván de la ropa, su amiga se acariciaba satisfecha los pechos hinchados tras una noche de amor y alardeaba de que el brote iba creciendo.

Arthur Hathaway gozaba de una situación perfecta. Recibieron la noticia de que el capitán Hathaway regresaría con el siguiente barco en invierno, y su posición en el hogar de los Hathaway permanecía incontestada. Además, por fin consiguió llamar la atención del gobernador.

La carrera de caballos anual había puesto en pie a medio Sídney, algo que con semejante calor era toda una proeza. Sin embargo, se arriesgaban a llevar ropa empapada y marcas de sudor con tal de ser vistos. Llegaron de todos los rincones de la provincia, también del pie de las Montañas Azules, donde rara vez se veía a gente civilizada; como los encadenados no avanzaban en la construcción de la carretera, habían llegado colonos libres para vivir el día más grande del año en la colonia.

El doctor D'Arcy Wentworth explicaba a todo el mundo con cara de ilusión, casi juvenil, que a él le gustaría montar si no le doliera tanto la rodilla. Le dejaban contar su historia, pues a fin de cuentas todo el mundo sabía el cariño que le tenía a su joven jinete. Realmente entendía de montar a caballo, según decían los caballeros, divertidos, que pensaban si la señora Wentworth también sabía tanto.

La señora Hathaway se abanicó mientras sacudía la cabeza y le puso a Elsa la gorra sobre las orejas para que no oyera todo lo que hablaban. Como ninguno de los cuatro niños, extremadamente enérgicos, había querido quedarse en casa, no era suficiente con una niñera, así que habían sacado una bata de color azul cielo para Penelope del armario y la habían colocado al lado de Carrie para ayudar.

Por primera vez en su vida, Penelope se encontraba en un entorno en el que era fácil olvidar que aquella colonia estaba construida sobre las espaldas de presos. Con los años Nueva Gales del Sur había atraído a una gran cantidad de ciudadanos libres de Inglaterra con la perspectiva de lograr una vida de bienestar: allí se mezclaban entre los miembros del gobierno colonial, del cuerpo de oficiales y unos cuantos que tras cumplir su condena habían logrado prestigio y riqueza. Era una mezcla muy peculiar, impensable para las circunstancias en Londres, como la señora Blaxland afirmaba con orgullo ante todos los que la rodeaban.

—Aquí, en Nueva Gales del Sur vamos acorde con nuestra época: ¡la antigua nobleza está muerta! —La señora Blaxland era la esposa de uno de los hombres más ricos de Sídney, y sus comentarios heréticos recibían sonrisas educadas, pues al fin y al cabo solo era una mujer.

Penelope ni siquiera sabía dónde mirar primero. La suntuosidad de los vestidos y uniformes era impresionante, el aroma a fuerte perfume y polvos llenaba el aire. El encaje de los delicados parasoles susurraba, y algunas damas hacían girar juguetonas la sombrilla sobre el hombro para llamar la atención.

El señor Arthur paseaba por las gradas, saludando a este y a aquel, todos clientes a los que había recibido en el despacho del abogado, y mantenía una breve charla con los más importantes. Sabía exactamente de quién era cada caballo, en qué carrera corrían y cuánto se podía apostar por ellos. Sabía el pedigrí y cuándo había llegado cada caballo a la colonia y en qué barco. Carrie seguía todos sus pasos.

—¿No es maravilloso? —susurró ilusionada—. ¿No te parece un auténtico caballero?

Penelope no sabía nada de auténticos caballeros, solo veía

que iba mejor vestido que la mayoría pero que su conducta era más afectada y por tanto perdía credibilidad. Era muy distinto del jefe del departamento médico del hospital. O de su asistente alemán, al que vio muy cerca bajo un parasol. Bernhard Kreuz sufría con el calor australiano más que los demás, pero lo llevaba con la mayor entereza posible, como se soportaba el calor en una guerra. Y la gente que más sabía de él decía que sabía de guerras. Cruzó su mirada con la de Penelope y le hizo un gesto tímido. Ella se sonrojó.

El gobernador y su esposa habían ocupado sus asientos muy cerca, y los invitados los imitaron. A Lachlan Macquarie le encantaba sentarse entre la gente. Su asiento y el de su esposa tenían las mejores vistas de la carrera en la primera fila, y detrás se habían reunido los oficiales del 73.º Regimiento. El servicio correteaba por todas partes con bandejas, servía bebidas frías y repartía las listas de los primeros caballos. Se les oía relinchar y los gritos de los amos a los mozos de cuadra, polainas, riendas, cepillo. Olía a heces de caballo cuando un mozo no era lo bastante rápido para recogerlas. Macquarie quería que reinara el máximo orden y limpieza en el hipódromo. Estaba enfrascado en una conversación con Wentworth, cuya nueva adquisición, un semental negro como el carbón de cabeza elegante y ojos brillantes, había llegado en el último barco procedente de la India y lo había recogido en tan buen estado del viaje que ya podía ir a la salida.

—Eso querríamos tener, un caballo negro, uno como el que tiene el doctor —dijo John, y Penelope tuvo que arreglárselas como pudo para que el niño se quedara en su sitio, lo que le costó una mirada de reprobación de la patrona.

—Elizabeth debería comer más. —La señora Blaxland examinó a la esposa del gobernador con sus gemelos—. Su constitución no es suficiente para este país. Mire lo delgada que está.

Penelope siguió el dedo de la esposa del comerciante para ver por lo menos por detrás a la señora Macquarie. El vestido de seda era blanco como la nieve y del estilo imperial que estaba de moda, envolvía una figura muy esbelta y el mantón fino apenas disimulaba los hombros huesudos. Unos graciosos agujeritos redondos alrededor del cuello resaltaban un cuello arqueado como el de un cisne y una barbilla pequeña pero enérgica. La señora Macquarie era muy guapa. Siempre que la veía, Penelope no se cansaba de mirarla.

—Elizabeth siempre se preocupa por todo menos de sí misma. Macquarie tendría que cuidarla más, y en cambio no pone ningún reparo en que lo acompañe en todos sus viajes agotadores, en vez de descansar en casa en el sofá. —La señora Hathaway sacudió la cabeza.

Penelope pensaba que la esposa del gobernador no tenía aspecto en absoluto de pasar ni una sola hora en el sofá. Ninguna mujer de la colonia se parecía a la holgazana de la señorita Rose. La colonia exigía que las mujeres hicieran algo, no les regalaba nada. Aun así, les encantaba parlotear de moda.

—Su nuevo vestido es muy bonito. He oído que la tela es de París.

—¡Qué suerte! Desde luego, ese desalmado de Napoleón no le ha hecho ningún favor al mercado de la moda: han bloqueado los mares sin más y nos han dejado aquí con nuestros viejos harapos.

El bloqueo continental fue un duro golpe para Nueva Gales del Sur, y todos los barcos procedentes de la patria eran ovacionados porque sabían que no todos, ni mucho menos, conseguían burlar el bloqueo. Para la señora Blaxland los barcos eran su pasión, tenía fama de ser la esposa más dispendiosa de la colonia, y hacía alarde de ello. En todo caso llevaba el sombrero más llamativo, una creación de paja decorada con flores y tul que con cada movimiento se tambaleaba un poco en su cabeza.

Penelope rodeó con el brazo a John, que casi había conseguido escaparse para estar más cerca de los caballos. Como ningún caballo pertenecía al hogar de los Hathaway, aquellos elegantes animales le provocaban una gran fascinación.

—¡Mira el marrón, qué piernas más largas, saldrá volando cuando eche a correr! ¡Y el negro de al lado es el caballo del doctor Wentworth! Viene de la India, y si le pones una yegua delante tendrás un potro. ¡Mamá, quiero un potro! ¿Cuándo podremos tener un potro? ¿Papá me traerá uno de Inglaterra? —Sus gritos provocaron algunas miradas divertidas, luego sonó el disparo de salida. Los espectadores saltaron de sus asientos. ¡Había empezado la carrera!

Los caballos pasaron veloces como sombras oscuras por el césped, sin que las piernas tocaran apenas el suelo. En la salida esperaban diez caballos con impaciencia. Ahora corrían todos, como un enérgico pelotón lleno de sed de victoria, velocidad y elegancia. Penelope forzó la vista y vio borrosos a los jinetes, que levantaban los brazos para conseguir más de los caballos con sus azotes. El grupo se acercaba a los espectadores, el suelo retumbaba bajo los cascos cuando uno de los caballos se separó del grupo y salió desbocado en zigzag por el césped. El jinete salió despedido de la silla dibujando una parábola, y el pie quedó colgando del estribo. Los espectadores soltaron un grito porque el caballo se acercaba corriendo hacia la tribuna sin jinete que lo frenara.

Lachlan Macquarie se levantó de su asiento, llamó a los mozos de cuadra, nunca los encontraba cuando se necesitaban. El caballo siguió corriendo, arrastrando al jinete, que gemía de dolor, y antes de llegar a la primera fila de asientos, donde estaba Elizabeth Macquarie sentada sola, Arthur Hathaway dio un salto y se interpuso en su camino arriesgando su vida. Levantó los dos brazos de manera que el caballo estuvo a punto de caer, se encabritó y casi le dio en la cabeza con el casco. Pero no lo hizo. Un paso por detrás estaba sentada Elizabeth Macquarie, desmayada.

—¡Sooo! —se oyó el grito de Arthur en todo el hipódromo—. ¡Sooo!

Arthur llevaba su nuevo apodo con orgullo. Los oficiales, que no habían sido lo bastante rápidos porque estaban medio dormidos por el aburrimiento que les provocaba la carrera de caballos si no tenía lugar en el Newmarket de su patria inglesa, le llamaban «Arhur So». El sobrenombre se extendió en Sídney como un reguero de pólvora, y Penelope pensó que la nueva sonrisa que lucía en el rostro le hacía parecer más grande de lo que en realidad era.

—Arthur es grande —insistió Carrie—. No tienes ni idea... —Sonrió con picardía.

—Se ha hecho grande a sí mismo —opinó John—. De lo contrario no habría parado al caballo. Si uno quiere impresionar a un caballo hay que hacerse grande.

—Yo sé dónde es grande. —Elsa levantó las cejas—. Carrie lo ha tenido en la mano, arriba, en el desván. Os puedo enseñar dónde es grande.

Elsa se fue a dormir sin cenar por aquel comentario, y sus lloros de rabia llenaron la noche.

Al día siguiente Arthur So llegó a la casa antes de lo habitual, y por la manera de abrir la puerta Penelope supo que había ocurrido algo importante. ¿Un barco en el puerto? ¿El capitán estaba en camino? Dejó a un lado sus remiendos.

—El gobernador me ha notificado mi indulto. He recibido el perdón, ¡soy un hombre libre! —Agitaba un papel en la mano, abrazó a su hermana, a Carrie y a la cocinera y también estrechó a Penelope contra su pecho para darle un beso en la boca como si tuvieran esa confianza.

Penelope se zafó de sus brazos tosiendo y se le quedó mirando, pero él ya se estaba pavoneando, sujetando el documento delante como un estandarte para enseñárselo a Sídney y al mundo entero...

—¡Un hombre libre! —susurró Carrie, entusiasmada. Le brillaban los ojos.

El señor Wilkes, el sastre de Georges Street, había trabajado mucho. Así, en solo dos semanas Arthur So pudo tener un armario completamente nuevo con pantalones negros, calcetines de color amarillo claro y un chaleco de seda de color verde manzana, como correspondía a un caballero. La casa de los Hathaway se había liberado de una deshonra: ya no vivía ningún preso bajo su techo, y Pete tuvo que cortar enseguida el seto del árbol del té para que en el jardín se viera cómo ponía orden el cabeza de familia, ahora soberano, hasta el regreso del capitán. Arthur So siempre tenía un puro en la boca, como cualquier caballero elegante. A Penelope le parecía gracioso. No paraba de pavonearse como un galán, aunque lamentablemente le faltaban las damas, y aún quedaba mucho para la temporada de bailes de Navidad.

Arthur So, muy a pesar del abogado Crossley, pues no era de gran ayuda, quería seguir yendo al despacho porque sus contactos en el bufete eran la base de su economía. Ahora que era un hombre libre podía esforzarse por conseguir mano de obra. Por muy formidable que fuera la señora Hathaway, se mantenía alejada de la cárcel y de la fábrica porque consideraba impropio tener trato con presos. Sin embargo, si estaban en su casa, todo era distinto. A Penelope le parecía un poco hipócrita, pero no podía quejarse del trato. La nueva sirvienta de la cocina resultó ser una decisión acertada: había llegado con el último transporte, condenada a siete años en Cork, Irlanda, por robar pan. Sabía moverse en una casa grande y descargaba de sus ocupaciones a Carrie y Penelope, que ahora podían dedicarse por completo a los niños.

Como Carrie se había convertido en una habitual de los salones gracias a su ocupación, Arthur empezó a hacerle la corte a menudo, aunque todo el mundo sabía que hacía semanas que se veía en el desván con otra.

—¿No crees que está haciendo el ridículo? —preguntó Penelope una tarde cuando se peinaban la una a la otra y se hacían la trenza para la noche.

Carrie sacudió la cabeza.

—Solo hace lo que es debido, Penny. ¿Acaso crees que quiero cuidar niños de otros durante el resto de mis días?

Penelope envidiaba a su amiga por su resolución. Ahí estaba de nuevo el tema de conseguir un objetivo y un hogar. El objetivo necesitaba tener un nombre, ahora lo sabía con certeza.

Arthur So y Carrie hacían una pareja estupenda, pues él también se dedicaba a construir su futuro con pragmatismo y ambición. Pese a estar por obligación en casa de su cuñado, allí empezaba todo. Con sus alardes por todo el salón de todo lo que se puede conseguir cuando uno se comporta como un hombre capaz en el momento y el lugar adecuados, convertía la colonia de presos en un auténtico paraíso de posibilidades.

—Han soltado a uno de los grupos de presos, podría conseguir un preso para nosotros —informó Arthur una tarde—. Parece tener un buen físico, será de gran ayuda para Pete en el establo. —Arthur sonrió satisfecho. Su cuñado estaría encantado al ver lo bien que se ocupaba del hogar de su mujer.

—¿Un preso? —La señora Hathaway lo miró dudosa por encima de sus bordados—. Preferiría no tener a esa gente en casa...

—¡Pero si son todos presos! ¿Qué diferencia hay? Ellos ejercen de mano de obra para nosotros, y a nosotros nos dan su ración de comida. ¡Es un negocio redondo! ¡Imagínate, tendríamos que contratar a alguien por un sueldo y además alimentarlo!

—Querido Arthur, sí que hay diferencias si mis sirvientas me roban porque lo llevan en la sangre... —levantó las cejas, y Penelope no supo si se refería a alguien en concreto— o si dejo la azada del jardín en manos de un criminal peligroso.

—Me he informado sobre ese preso, querida. Es irlandés, pero siempre ha sido muy trabajador. No tiene ideas políticas, por lo que se cuenta. Ya sabes lo difícil que se ha puesto encontrar buenos trabajadores que hagan algo y no se quejen todo el rato del dolor de espalda. Necesitamos a alguien más en el establo. No se puede pretender que yo...

La puerta se cerró detrás de Penelope y su cesta de ropa. Sonrió. No, no se podía pretender de Arthur So que fuera al establo mientras no hubiera un caballo. Carrie se había enterado de que después de recibir el indulto del gobernador buscaba un caballo, además de un terreno. Para ser más exactos, había querido cambiar el terreno por el animal. La concesión de tierras había sido aceptada, pero su deseo de tener un caballo rechazado. En casa de los Hathaway seguirían teniendo cabras, gallinas y las dos vacas lecheras. Pete seguiría tirando del carro de carga solo porque el buey que había sido escogido para esa tarea tendría que ser sacrificado por tener una pata rota. Y Arthur seguiría alquilando un coche para los viajes. Aún no hacía viajes, pero ahora era un hombre libre y pronto sería propietario de tierras.

—Sé que un día será propietario de un caballo, señor Arthur —dijo Carrie, zalamera, tras el seto del árbol del té—. Y no solo uno, también tendrá un caballo de carreras de pura raza de la India, como el doctor Wentworth.

—¡Bah, Wentworth y sus caballos escuálidos! —Arthur escupió con desdén—. Corren tan bien porque el jinete les pone pimienta en el trasero. Salen del barco tambaleándose y piojosos, siempre están medio muertos. —Sus palabras rezumaban envidia—. ¿Qué sabrá ese hombre de caballos? Tal vez sepa algo de enfermedades, pero de caballos no tiene ni idea.

—Sus caballos serán los más rápidos —susurró Carrie—, igual que su hijo será el más guapo.

Penelope tenía las manos sobre el regazo. Elsa no paraba de cavar agujeros en el suelo y mancharse el vestido de tierra roja. ¡Un hijo! Carrie no le había dicho nada. Sintió una puñalada en el corazón. Siempre pensó que era posible sobreponerse a aquello, pero era mentira...

—Mi hijo será el más guapo, sí, querida, mi queridísima Carrie —susurró Arthur So tras el seto. Los caballos ya estaban olvidados.

—Igual que su padre —susurró Carrie entre los arbustos, y luego ya solo se oyeron suspiros. En aquel rincón del jardín el seto de árbol de té no era lo bastante espeso para ocultar los juegos amorosos de los curiosos.

—Es usted una mujer muy inteligente y hermosa, Carrie —se oyó al final—. Es usted más lista que el hambre y sabe comportarse en los mejores círculos. Sea mi esposa, y construyámonos la finca más grande y bonita de todo Sídney. ¡Cásese conmigo!

El brote de Carrie había echado raíces. Sus esfuerzos durante meses habían tenido éxito, las prácticas amorosas del desván daban sus frutos. Arthur So sabía perfectamente que no encontraría una compañera en los círculos de los hombres libres respetables y los oficiales debido a su pasado en Londres. La alta sociedad llevaba la misma vida tradicional y oscura que en Londres, y cada carga de un barco de mermelada, brochas de afeitar y botellitas de perfume, cada nueva familia de oficiales recién llegada reducía la distancia con la vieja patria. La alta sociedad había llegado con espíritu aventurero, pero era un círculo cerrado. Para ellos el regreso a Inglaterra no era un sueño que debían ganarse tras años de condena, sino una posibilidad que se podía aprovechar... o no. Arthur había dado un pasito hacia la alta sociedad gracias a la concesión del indulto, y sabía que tendría que trabajarse su puesto. ¿Qué mejor que escoger a una mujer joven y de una belleza sin igual, además de ser astuta? Le sería de gran utilidad como esposa.

Carrie se lanzó a sus brazos, tartamudeó un «sí» y luego, «¡sí, amor mío!».

Cuando Arthur comunicó su decisión, la señora Hathaway no se esforzó por disimular la cara de alivio, ya que así su hermano ponía fin definitivamente a su farsa con las mujeres.

—¿Ves? Así se hace. —Carrie tenía un brillo aún más intenso en los ojos que de costumbre, había conseguido una botellita de belladona y se había puesto unas gotas en los ojos como hacían las damas elegantes. Ya no veía con claridad, pero como futura esposa del señor Arthur Hathaway eso era lo de menos. Como futura cuñada, la señora Hathaway la tenía desterrada en el bastidor de bordar. No se le notaba hasta qué punto encontraba cada vez más inadecuada la elección de su hermano, pero Penelope la oía suspirar de vez en cuando. Y también tenía la impresión de que evitaba a Carrie.

—¿Y de verdad te ha dejado embarazada?

—De eso me he ocupado yo. —Sonrió—. No podría permitirse el escándalo de tener un hijo bastardo. —Se acarició satisfecha la barriga, ya un poco inflada—. Y te digo más: sabe de mujeres, sabe tocar las teclas como ningún otro... podría haberlo evitado. Podría haberse puesto una bolsita o utilizar una esponjita. Hasta el más tonto sabe cómo evitarlo. Pero siempre me metía el miembro en todo su esplendor, así que tenía que venir. Ahora se casará conmigo y me liberará, así de fácil. —Levantó las cejas. Luego lanzó un suspiro—. Ay, Penny, ¿y ahora dónde encontramos uno para ti?

El capitán Hathaway había construido un cobertizo para los presos trabajadores en el establo, donde habían instalado también un pequeño puesto de cocina para que los hombres pudieran hacerse la comida. Tras la multitud de quejas presentadas ante el tribunal por el mal cuidado de los presos, se había limitado a abordar el tema de la comida. Ahora su gente entregaba las raciones semanales. Si no había suficiente, tenían que buscar sus propias soluciones y preguntarse dónde habían ido a parar las provisiones: si la comida era mala, no era culpa de la cocinera. Esa solución velaba por la paz y además mantenía a los trabajadores alejados de la casa, algo que al capitán, que estaba lejos, le importaba especialmente porque no tenía contratados vigilantes. En su momento asignó a su cuñado la función de vigilar a los hombres, pero Arthur So había preferido el bufete de abogados al establo.

Por tanto, al cabo de unos días Penelope vio por casualidad al nuevo preso cuando Hilda la envió al establo a buscar huevos.

—Si te cruzas en mi camino una tercera vez, serás mía —dijo Liam tras el montón de leña que había descargado del carro con Pete y que ahora colocaba junto al granero. Chorreaba sudor por el torso desnudo, que le daba un brillo a los músculos.

Ella lo miró anonadada: se decía de los presos que los duros meses en las minas de carbón y las canteras les pasaban factura. No pocos reventaban de debilidad.

Sin embargo, Liam parecía aún más fuerte, esta vez la mirada borrosa de Penelope no la engañaba. Acercó el carro al pajar empujándolo casi sin esfuerzo y levantó el saco de leña solo hasta dejarlo detrás de la puerta porque Pete estaba descansando bajo la sombra. Luego escupió con energía y sonrió a Penelope.

—Yo no pertenezco a nadie —dijo, y dio media vuelta dispuesta a irse.

—¡Eh! —le gritó él por detrás—. ¿Eso es todo?

Penelope se volvió y se lo quedó mirando.

—Sí.

En aquella palabra residía la esencia de su último encuentro en el barco: el deseo, la herida, la vergüenza y, en lo más profundo de su corazón, una soledad indescriptible desde que su hija no estaba a su lado. Nunca había transmitido tanta tristeza como con aquel «sí», ya no se permitía derramar más lágrimas. Tenía que continuar, en la vida no había tiempo para esas cosas. Pero volvía a asaltarla el recuerdo: los dos habían provocado el fuego, los dos tenían parte de culpa en el accidente.

Las lágrimas se abrieron paso por sus mejillas. Penelope no se esforzó en ocultarlas, luego se las secó. A Liam no le importaba nada, nada le afectaba... la sonrisa en su rostro había desaparecido.

—Pero... te quiero —dijo él, y se encogió de hombros como si tuviera que disculparse por ello.

—Sí —contestó ella, y se fue.

Igual que Arthur So había cortejado a Carrie, Liam se esforzaba por estar con Penelope. En la casa se reían a escondidas, pero a Arthur no le parecía divertido.

—¡Tiene que hacer su trabajo en vez de perseguir faldas! —exclamaba—. Si lo pillo otra vez hablando con las mujeres, acabará en el ayuntamiento. ¡Seguro que en la espalda le queda sitio para algún que otro latigazo!

—Tenías que cogerlo... —le reprochó la señora Hathaway a su hermano—. Ya te dije que un delincuente solo trae problemas. Ninguna de mis amigas tiene a alguien así trabajando para ellas, en todo caso fuera, en las tierras, ¡pero no a un tiro de piedra de su dormitorio! —Cruzó los brazos sobre el pecho y observó cómo Liam arrancaba solo del suelo la raíz de un árbol para ampliar el establo, como le había indicado Arthur.

Aún no había caballos, pero estaría bien tener un establo grande, según él, y ahora tenía un trabajador que podía levantarle el techo sobre los postes sin ayuda. La idea de que no podía quedarse se fue diluyendo.

—No te preocupes: en cuanto suceda lo más mínimo, adoptaré medidas —dijo con firmeza.

Así que ahora habían amonestado a Liam y sabía evitar los altercados con el patrón. Era peligroso encontrarse con Penelope, hasta las paredes tenían ojos. La siguiente vez se quedó escondido en los arbustos mientras la abordaba.

—Bajo techo o en el bosque, ¿qué diferencia hay? —preguntó él cuando ella llegó donde estaba escondido, sacudiendo la cabeza—. El diablo se esconde para que nadie lo vea. —Esbozó una sonrisa maligna.

—Pero bajo techo saben exactamente dónde estás. —Penelope sonrió sin querer—. ¿O es que el señor Arthur te ha asignado este bosque para que no te muevas del sitio?

—El señor Arthur So en persona, el administrador supremo de bosques —confirmó él—. El misterio es cómo quiere aplicarme los latigazos en caso de que me mueva. Al contrario que mis compañeros de cautiverio, yo tengo delante los bosques.

Se quedaron callados mientras el atardecer se cernía sobre Sídney. Ella se acercó con una ligera oscilación, pidió calma a las aves coloridas y, solo por un instante, el susurro de las hojas de eucalipto se detuvo hasta que la gente se durmió. Nada más cambió. Liam estaba sentado en su arbusto, Penelope de pie delante, solo las hojas afiladas y duras los separaban. Penelope sabía que sería mejor irse a casa, pero se quedó.

Liam no desistió. Separó las ramas con cuidado para verla mejor.

—¿Te quitaron a la niña? —preguntó—. Me han dicho que envían a los hijos de las presas al orfanato.

Penelope sacudió la cabeza.

—¿No? —El tono de voz era de alegría, algo que Penelope jamás habría imaginado—. Entonces, ¿está en la casa? ¿Puedo verla?

Penelope se volvió antes de que él viera las lágrimas. De pronto se levantó de un salto, la agarró del brazo y le dio la vuelta.

—No te vayas corriendo. ¿Puedo verla, Penny?

—Está muerta —se le escapó. Al pronunciar aquella frase por primera vez, Lily murió definitivamente.

—Vaya, Penny. —Intentó estrecharla entre sus brazos con cierta torpeza, y ella se resistió—. Penny, no estés triste. Puedo darte otro.

—Vete.

Liam tenía poder sobre ella, no paraba de atraerla hacia el establo. Penelope se convencía a sí misma de que iba a buscar huevos todos los días o para ver a los becerros, a recoger leña... había motivos suficientes para ir al establo. Se avergonzaba de ello en cuanto salía de la casa, pero regresar era peor que seguir adelante. Últimamente se encontraba con el señor Arthur en los lugares más insospechados por el camino, para llevarle la cesta de la ropa, sujetarle la puerta o darle los buenos días. Su nueva función de terrateniente en ciernes lo había convertido en un tirano posesivo del que incluso su hermana se quejaba.

—Pero ya se ha asegurado una mujercita —dijo Liam cuando Penelope se lo contó en un encuentro secreto en el gallinero. Arrugó la frente, enfadado—. Ese tipo tiene que dejarte en paz o tendrá que vérselas conmigo.

A Penelope casi le parecía divertido: ¿qué iba a decirle un preso irlandés a alguien como Arthur So? Aun así, le escuchaba embelesada. Era el hombre más guapo que había conocido jamás, simplemente no podía separarse de él. Liam no volvió a tocarla, y tampoco volvió a mencionar a la niña. Hablaban de cosas intrascendentes, de lo que circulaba por la colonia. Chismorreos e historias sobre Napoleón, que ahora llevaba a la guerra a Alemania. Sin embargo, los franceses no lo tendrían fácil, según decía el patrón.

—¿Y qué sabrá ese de la guerra? —dijo Liam con desdén—. No sabe nada. Ni siquiera ha llevado cadenas. Es un ex convicto fino, nada más.

Una vez Liam le habló de los presos con los que había pasado mucho tiempo en Nueva Gales del Sur por contestar a un vigilante de la cárcel.

—Lo mejor es cerrar la boca. En cuanto la abres, eres un descarado —le explicó—. Un vigilante oye cosas que nadie había dicho. Es asombroso, de verdad.

También le contó cómo las cadenas les unían. Casi lamentaba que se hubiera terminado su época allí.

—Los chicos te aguantan. Al principio se despedazan unos a otros: si tienes a un imbécil de vecino, alguien que ronca o uno que tiene que ir al lavabo cinco veces al día del miedo. Pero en un momento dado lo superan, entonces se unen, comparten la comida, se ayudan unos a otros. Uno nunca está solo. Eso puede ser el infierno o una bendición. —Sonrió—. Si tienes que cumplir catorce años, solo la palabra ya es el infierno.

Era entretenido charlar con Liam. Tenía la mente clara y era lo bastante listo para alejarse de los rebeldes irlandeses. De todos modos no tenían muchos vínculos, él llegó a Londres de niño para probar suerte después de que un invierno de hambre le arrebatara a sus padres y hermanos.

—El resto de mi vida me lo pasaré pensando en si mi suerte consistió en llegar hasta aquí —dijo, pensativo.

—Algunos consiguen algo, si tienen suerte. —Penelope ordenó los huevos en la cesta por tercera vez para tener un motivo para quedarse un rato más.

—¿Y tú? ¿Cuál es tu suerte?

Ella se encogió de hombros.

—¿Mi suerte? Estoy aquí. Aquí... —Miró alrededor, señaló la casa, el jardín.

—¿Cómo, aquí? Todo esto pertenece al capitán Hathaway.

¿No tienes sueños? —Su voz sonaba como la de un niño pequeño que busca piedras brillantes en la orilla del Támesis.
—¿Sueños? —Se lo quedó mirando. Las niñas no buscan piedras brillantes—. No, Liam. No tengo sueños.

Elsa llevaba toda la tarde lloriqueando porque había desaparecido su muñeca preferida. Todas las recetas posibles para calmar a la niña habían fracasado, estaba en la cama sin parar de gritar, así que finalmente Penelope se dispuso a salir a la oscuridad con la linterna a buscar la muñeca. No era tarea fácil, pues el juguete preferido de Elsa se llamaba «presa», por lo que llevaba unos harapos que se confundían con el suelo de tierra. Además, probablemente la había enterrado en algún sitio. A Penelope le parecía un juego absurdo, pero la señora Hathaway se limitaba a sonreír, pues a su juicio los niños podían convertir todo lo que se les ocurriera en un juego.

—Así es la vida, no la he inventado yo —solía decir. El hecho de que su servicio antes luciera los mismos harapos no tenía ninguna importancia. Sus sirvientas llevaban ropa limpia y tenían que lavarse bien todas las mañanas.

—Querida Penelope, es peligroso adentrarse sola en la oscuridad, permítame por lo menos que lleve yo la linterna. —Arthur So apareció tras ella como un fantasma, tenía que haberla seguido—. Seguro que está muy triste por perder a su amiga. Pero Carrie y yo, y por supuesto la señora Hathaway, estaríamos encantados de que se quedara con nosotros.

Nadie había hablado de que la boda de Arthur fuera a poner fin a su época en casa de los Hathaway, no dependía de ellos. Penelope frunció el ceño. No se atrevió a seguir buscando el juguete de Elsa, pues la conversación aún no había terminado. Él quería algo más. Arthur se acercó un paso más, lo que claramente superaba al decoro necesario entre un patrón y una sirvienta.

—Me encantaría seguir contando con usted —repitió—. Sería maravilloso si usted... si usted... —Avanzó un paso más hacia Penelope y ella sintió su aliento en el rostro. Era el momento de emprender la retirada, pero su presencia la paralizaba—. Si usted además me... me... se me ofreciera personalmente, de vez en cuando. Querida Penelope, ¿lo haría, ofrecérseme, solo para mí, un poco?

No esperó a su respuesta, la agarró del brazo y la acercó hacia sí con un movimiento tan rápido que ya no pudo apartarse. Su boca exigente ahogó el grito que Penelope quería proferir. Las manos de Arthur la manoseaban y hurgaban en el vestido, la tela se rasgó y luego Penelope cayó en la hierba húmeda. Arthur parecía tener cien brazos, era inútil competir con cada uno de ellos. Prácticamente la arrasó con su deseo y la colocó a su conveniencia por la fuerza.

Cuando finalmente se apartó de su boca para seguir con los pechos, Penelope pudo gritar, pero solo le salió un ruido ahogado porque él le tapó la boca con la mano.

De pronto alguien arrancó a Arthur So de allí.

—¡Cerdo canalla, toma esto! —murmuró alguien en la oscuridad. Se oyó un golpe, Arthur soltó un gemido y se puso a blasfemar.

—¡Gentuza, maldita sea! ¡Un ataque! ¡Ayuda, me atacan!

Penelope salió rodando a un lado en un segundo. Se enrolló en su vestido, pero la tela se rompió al quedar enganchada en una raíz. Los hombres forcejeaban con rabia por encima de ella, bajo la luz de la luna vio que uno iba con el torso desnudo. Liam había agarrado a Arthur del cuello y lo sacudía como a un conejo, aunque no le impedía gritar. Al contrario, su voz aumentó el tono y en las casas de alrededor la gente se despertó. Se acercaban linternas balanceándose, sonaban pasos presurosos sobre el adoquinado, el primero en llegar fue el vecino Benthurst, mientras la señora Hathaway pedía ayuda en la casa.

Liam se resistía como un animal salvaje. Finalmente lo vencieron entre tres y lo ataron con una soga larga. Incluso atado intentó dar patadas alrededor y soltaba exabruptos de una manera que dolía a la vista y los oídos de los presentes.

—Pero ¿qué ha pasado? —preguntó Benthurst.

Penelope se puso de rodillas y se expulsó con las dos manos la tierra y la hierba del vestido cuando la señora Hathaway llegó al jardín.

—¡Arthur, cielo santo! ¿Qué ha pasado aquí? Quién, quién... con quién te has pegado? —Le tocó los brazos, le palpó la cara con todos los dedos, le tocó la cabeza y encontró sangre—. ¡Dios mío, hay que llamar al alguacil! —gritó—. ¡Estás herido, estás sangrando, Arthur! —El escándalo y la manera de revolotear alrededor de su hermano recordaban a un ave espantada, y todo el mundo se esforzó por calmarla sin hacer caso a Penelope, ya que estaba de pie y no sangraba.

—¿Qué ha pasado aquí?

Dos hombres pusieron en pie a Liam, un sable desenvainado lo mantenía a raya. Arthur So observaba al irlandés. Seguía con el rostro impertérrito incluso bajo la luz de la vela. Cuando empezó a hablar, Penelope por fin comprendió a quién se enfrentaba.

—He pescado a estos dos juntos —dijo—. La sirvienta lo estaba haciendo con este preso.

—¡Eso no es verdad! —gritó Penelope.

—He conseguido separarlos y echar al hombre —siguió hablando Arthur sin inmutarse—. Entonces se me colgó del cuello e intentó acabar conmigo por la fuerza como si fuera un perro en celo. ¡Y el tipo volvió y me atacó por detrás como una bestia! ¡Dios mío, han llegado en el momento justo, podría haber ocurrido una desgracia!

—¡Increíble! —soltó la señora Benthurst, y se ajustó la bata para que no se le viera el camisón bajo ningún concepto—. Esas rameras... yo también tuve una que intentó con mi hijo...

—Yo no he... —Penelope sintió una bofetada en la mejilla. Arthur se había separado del grupo y estaba delante de ella, tan cerca que solo le veía la cara deformada por la ira.

—Cierra la maldita boca —masculló él—. Si no hubieras gritado, todo esto no habría pasado... has sido tú...

—¡Cómo se atreve! —exclamó en voz alta, fuera de sí de la rabia al ver que la culpaba a ella—. Cómo se atreve a...

—¡Cómo te atreves a ser tan insolente! —la increpó la señora Hathaway—. ¡Desagradecida, cómo te atreves a alterar la paz de mi casa, cómo te atreves a contestar! ¡Fuiste un incordio para mí desde el principio!

Se oyó un golpe sordo. Liam se había levantado con las cadenas para acudir a ayudar a Penelope. Una pala de jardín le dio con toda la fuerza en la espalda, y el irlandés se desmoronó en el suelo.

9

*Ningún hombre es una isla
entera por sí mismo
Todo hombre es una parte del continente,
una parte del todo.*

JOHN DONNE,
Meditación XVII^a

El chino insistía.

—Puedes eliminar las barrigas gordas, molestan en este negocio —no paraba de farfullar en su inglés casi incomprensible.

Casi a diario incordiaba a Mary con el tema. Entretanto veía en persona lo que ocurría con las mujeres embarazadas. Algunas encontraban a un hombre libre compasivo que lo hacía por detrás por la mitad del precio cuando la mujer ya no podía moverse. Sin embargo, la mayoría perdían el trabajo y el alojamiento y tenían que pasar hambre.

—No es justo —mascullaba Mary para sus adentros—. ¡No es justo, no aguanto más!

Finalmente Hua-Fei la cogió desprevenida y le puso una mujer embarazada desnuda sobre la mesa y le colocó una varilla larga a Mary en la mano.

—¡Quítaselo! —dijo—. Luego comes. —Después echó el cerrojo a la puerta desde fuera.

Mary se quedó mirando a la chica. Era de la edad de Penelope y sin duda estaba en el quinto mes. Habría sido una chapuza introducirle la varilla, la chica se le habría desangrado entre los brazos.

—No puedo hacerlo —dijo.

—Entonces, ¿quién? —preguntó la chica con timidez—. No puedo ir por ahí así.

—Tienes que dar a luz —dijo Mary, sacudiendo la cabeza—. Puedes ponerte a trabajar...

—Trabajar. Me han echado. —De repente la chica sonrió. No, no era como Penelope, y Mary no podía hacer nada por ella—. Dejará que te mueras de hambre si no lo haces. No conoce el perdón. Vamos, hazlo. —Se colocó en la mesa y abrió las piernas.

Mary se levantó y se alejó asqueada de la mesa. Le colocó una manta encima y se dirigió a la puerta.

—¡Hua-Fei! —gritó—. ¡Déjame salir!

—¿Adónde quieres ir? —le dijo la chica por detrás—. ¡No puedes salir de aquí sin hacer antes tu trabajo! ¡Nunca saldrás de aquí!

Pero Hua-Fei sentía demasiada curiosidad para no mirar qué quería la curandera. Por lo visto estaba esperando en la puerta, pues abrió enseguida.

—¿Has terminado? —le preguntó asombrado.

—No —contestó Mary—. Me voy ahora mismo. Búscate a otra para hacer el trabajo. Yo...

De pronto Hua-Fei la agarró con las manos grasientas por los hombros, la empujó hacia el interior de la habitación y la puso en la mesa donde antes estaba la chica. Bajo la masa de grasa se ocultaba una fuerza física insospechada, pues la colocó sin esfuerzo sobre la mesa, le levantó la falda y se impuso, aunque ella se resistiera con pies y manos, le mordiera y le arañara, y al final le dejara un rastro de sangre en la cara. Aun así, él consiguió llegar hasta el final. Luego ella levantó la mano. Señaló el rostro del chino con dos dedos, entrecerró los ojos y lo miró fijamente.

—Nunca más volverás a utilizar la polla. Nunca. Acuérdate de mí.

Era obvio que el miedo que le provocaba antes la mirada de Mary había quedado atrás, pues se echó a reír con desdén.

—Y tú te acordarás de mí, vieja bruja. —Hua-Fei la dejó en la calle, donde anochecía y nadie se molestó en mirarla, ni una prostituta ni un marinero, nadie. Todos estaban ocupados en sus cosas: en sobrevivir, en llegar al día siguiente, en la borrachera o en la embriaguez de la lujuria, solos o en pareja.

Mary había tenido que aceptar muchas humillaciones a lo largo de su vida. Sin hacer caso del dolor que sentía en el cuerpo, avanzó presurosa en vez de perder el tiempo con lágrimas que de todos modos no cambiarían nada. Pensó que en la cárcel de mujeres estaría más segura, por lo menos había comida con regularidad.

La condenaron más bien a desgana. El juez murmuró palabras como «huida» y «salvoconducto», y Mary pudo volver a dormir en una cama. Al principio estaba bien, curó sus heridas e intentó olvidar lo que había ocurrido en casa del chino. Al final Mary incluso tuvo suerte. A la vigilante de su pasillo le picó una serpiente en el patio y murió al cabo de dos días con delirios y fiebre. No había nadie para hacer el trabajo, así que Mary se ofreció. Consideraron que era una persona adecuada para limpiar las celdas y ayudar en el reparto de comidas.

—Nadie quiere trabajar aquí arriba, en la cárcel —dijo Jane, con la que compartía el trabajo—, pero aquí te dan de comer. Es un lugar tan bueno como cualquier otro. —Había sido condenada a siete años de destierro por practicar la caza furtiva.

»Un conejo —le explicó con una media sonrisa—. Solo un maldito conejo.

Esas historias eran la base de la colonia. Conejos, pañuelos de bolsillo, pan. Nueva Gales del Sur era la tierra de los ladrones y no de asesinos, pensó Mary. Si el gobernador era listo conseguiría hacer un buen país y aprovechar las manos habilidosas de los ladrones. Jane no preguntó por el pasado de Mary. Si alguien no hablaba de sí mismo se respetaba su silencio y no se le acosaba. Únicamente le entristecía que fuera imposible salir de la cárcel para buscar la casa señorial donde vivía su hija.

La oscuridad abrazó a Penelope con sus brazos blandos. La conocía bien, sabía tratarla, no le daba miedo. Había dejado de pensar en por qué tenía que estar a oscuras. En el barco tampoco se lo explicó nadie. Por lo menos allí no había cadenas. Olía a basura y a algas porque el suelo estaba húmedo, tal vez había agua cerca. Había cuatro paredes de madera con rendijas obstruidas, un cubo de metal que se vaciaba a diario y la fuente donde le ponían la comida. Las mujeres que realizaban ese trabajo eran groseras y antipáticas, y la vigilaban como si fuera una delincuente peligrosa. Una se plantaba delante de Penelope para que no escapara y la otra sacaba deprisa el cubo.

—Gracias —dijo Penelope el segundo o tercer día.

La vigilante levantó la linterna sorprendida y la observó.

—Pronto acabará.

—¿Acabará? —La oscuridad le nublaba el pensamiento. Penelope había olvidado cómo había llegado hasta allí.

—Te condenaron a cinco días —le explicó la mujer—. Tuviste mucha suerte, podría haber sido muy distinto. Deberías aprender la lección y no coquetear con caballeros. Si tienes que hacerlo, la próxima vez procura que no te pillen. —Sonrió—. Y búscate a uno que valga la pena.

—Yo... quería... —Penelope tartamudeó asustada e intentó levantarse, entonces la mujer la empujó de nuevo hasta su catre y se dio la vuelta para irse.

En la entrada el cubo tintineaba en el suelo, olía a avena. Las otras habían terminado y estaban junto a la puerta. Las llaves tintinearon.

—Penelope... ¿eres tú?

—Bueno, basta de cháchara, aquí fuera —dijo la que llevaba la linterna, que empujó hacia fuera a la otra con una palmada. Y se hizo de nuevo la oscuridad.

Penelope pasó el resto del día preguntándose quién sabía su nombre y recordando cómo había terminado allí. Se habían llevado a Liam, inconsciente, en un carro, y luego la cara grasienta de Bent se inclinó sobre ella. «Tú otra vez», murmuró. Recordaba su juicio como un barco de velas negras que pasó por delante, pues apenas veía con los ojos hinchados. Pero ¿de dónde venía esa hinchazón? ¿De llorar? El recuerdo le provocaba dolor, no era bueno. «Cien latigazos», fue la sentencia de Liam. Eso le habían dicho, pues al fin y al cabo era su querida. Cien latigazos, ¿por qué? ¿Por haberla salvado? Recordar le cansaba, así que desistió y se dejó llevar en los brazos de su vieja amiga la apatía, que siempre le impedía sentir y pensar, y la adentraba en la agradable niebla de la nada.

Mary estaba a su lado. La había sacudido por el hombro y le había hablado, pero Penelope cayó en el sueño profundo que conocía de la época en el barco. Entonces le acarició el hombro delgado y disfrutó sin más de la sensación de felicidad de ver a su hija con vida, ilesa, que estaba ahí a oscuras de nuevo por una tontería.

—Un caballero quería hacerlo con su hija —le explicó Jane con una sonrisa maliciosa—. Por eso está aquí.

Seguro que no había sido así y había tropezado de nuevo en algún lugar con su torpeza. Cuanto mayor se hacía Penelope más le recordaba a Stephen, con sus maneras a veces torpes. Tal vez Dios le había enviado a la chica allí para que le fuera mejor que a su padre, que solo sobrevivió dos años en la colonia. Aquella idea le reconfortaba, tenía ganas de decírselo enseguida. Mary la miró de arriba abajo, pensativa. Tras ella, Jane estaba inquieta. Había abierto la puerta de la celda a escondidas para ella, y en el pasillo se oían pasos. No había motivo para estar en una celda si alguien no trabajaba allí.

—Ven antes de que tengamos problemas —le murmuró Jane.

Había que sacar a Penelope de allí y llevarla a un sitio adecuado para ella y donde estuviera alejada de todas esas estupideces. Mary suspiró. Esa chica conseguía atraer todas las desgracias y llevarse su parte, era increíble. Le acarició la espalda por última vez con cariño. Había que cuidarla. Le resultaría difícil porque la celda de Penelope no pertenecía a su sección, solo estaba de refuerzo. Nadie atendió su petición de traslado, a la vigilante le daba igual, había demasiadas reclusas con destinos crueles y despiadados.

—Tu hija, vaya, vaya. Bueno, cuando cumpla su condena volverás a verla —le dijo, con la llave colgada del cinturón, y envió a Mary a su sitio en el ala norte.

Cuando el doctor Kreuz fue a ver a una presa con fiebre en la cárcel, Mary aprovechó la ocasión, abandonó su puesto de trabajo y fue a buscarlo.

—Me acuerdo de ti —dijo, sorprendido—. ¡Dios te ayudó a sobrevivir a ese terrible accidente! —No preguntó por la niña. Los niños se morían, nadie lo sabía mejor que un médico. Tampoco preguntó por ella ni qué hacía allí. Solo le prometió ir a buscar a Penelope. Mary vio satisfecha el leve brillo que había aparecido en sus ojos. Él cuidaría de su hija, con él estaba en buenas manos. Ya no le resultó tan duro regresar a su sección: volvería a ver a Penelope.

Se oyeron unas llaves. La puerta se abrió de golpe y esta vez se quedó abierta. La luz del día entró con suavidad en forma de niebla en la celda, penetró en todos los rincones y finalmente se extendió por encima de Penelope, que estaba acostada en su colchón. Parpadeó. Tras tanto tiempo a oscuras, aquella visita no era una alegría para sus ojos sensibles, así que tampoco se percató de que la luz la invitaba a salir de la celda.

—¡Cielo santo! —El doctor Kreuz se puso de cuclillas a su lado, la agarró y la levantó como si fuera una niña—. Madre de Dios... —Tosió porque no era tan fácil levantarse con semejante carga en los brazos. Ella no veía ni oía nada. Apoyó la cabeza en el hombro de su salvador, que solo llevaba una camisa, y Penelope sintió cada movimiento de los músculos en tensión bajo el tejido. Delante de la celda la agarró mejor y Penelope se recostó en el torso redondeado mientras el médico subía escaleras y recorría pasillos, con la mano izquierda sujetándole con cuidado la cabeza.

—¡Abra la puerta! ¿A qué está esperando?

Penelope oyó como le vibraba la voz en el tórax, muy cerca de ella. Se arrimó a él con disimulo, con mucho cuidado de que no lo notara. Deseó que aquella voz volviera a sonar. No lo hizo, pero sentía cerca su respiración.

La puerta se abrió con un chirrido, luego Kreuz se detuvo y la puso de pie con cuidado. El edificio guardaba cierto parecido con el hospital, el mismo olor agrio, las salas de espera en la planta baja, tras las puertas voces quedas, ruido de vajilla, gritos, jaleo. Se encontraba en la cárcel de mujeres de Sídney, el lugar donde el destino nunca le había enviado hasta entonces. La angustia se adueñó de su corazón. «La última parada», le dijo alguien una vez. «Una vez acabas allí, ya nadie te encuentra». Pero no era cierto.

El médico tenía el brazo apoyado con ternura sobre los hombros de Penelope, como si quisiera evitar que se cayera.

—Yo... me alegro de haberte encontrado... ya has cumplido tu condena. —Kreuz enmudeció. Comprendió lo absurda que sonaba aquella frase. «Cumplido». Como si fuera una delincuente. ¿O acaso se refería a los catorce años?

La luz le impedía pensar, y frunció el ceño sin querer. La cárcel de mujeres. Catorce años. Bernhard Kreuz no hizo preguntas. Simplemente le quitó el vestido y tiró con las dos manos de la cofia por ambos lados. Al hacerlo rozó sin querer con los dedos las mejillas de Penelope. Aquel breve gesto transmitía un cariño desvalido. Penelope no lo soportó y se apartó de él.

—Disculpa —susurró él. Antes de que Penelope pudiera alejarse más, la agarró de la mano—. Me han contado lo que ocurrió.

—¿Cuál de las muchas versiones le han contado? —murmuró Penelope.

—No importa. Son todas igual de buenas o malas... —La acercó hacia sí—. Penelope, yo me ocuparé de que acabes en un buen lugar. —La mano derecha se posó sobre la de Penelope, lo mismo que la izquierda... con toda naturalidad.

Bernhard Kreuz cumplió su promesa. Penelope no tuvo que esperar mucho en el patio de la cárcel de mujeres, entre verduleras que echaban pestes, ladronas y sirvientas llloronas que estaban entre rejas de nuevo por tener la mano demasiado larga. Les daban dos veces al día la bazofia de la cárcel, que las mujeres se quitaban de las manos unas a otras, aunque era completamente incomible, y una de ellas vociferaba tras la comida que el gobernador debería hacer una de sus visitas dominicales a la cárcel de mujeres y no solo al patio del cuartel de los hombres.

—Pueden transmitirle sus quejas —explicó—. Pasa por delante de ellos despacio en su caballo y les pregunta por su estado de salud. ¿Te lo imaginas? ¡Les pregunta en serio si están contentos con la comida! ¡Habrase visto nada igual! ¡Aquí nadie nos lo ha preguntado nunca! En todo caso se interesan por nuestras vaginas...

—¿No sabes cuál es la última ocurrencia, Adele? —intervino otra, que bajó de su catre—. Me lo ha contado la vigilante. Lo último que se le ha ocurrido a ese funcionario es que las mujeres tendremos que volver todas a Inglaterra cuando hayamos cumplido la condena.

—¿Qué? ¿Qué dices?

—A Inglaterra, de donde venimos. Es ridículo. —Cada vez más mujeres rodeaban a las tres, intrigadas además de asustadas, o sacudiendo la cabeza porque semejante bobada solo se le podía ocurrir a un magistrado.

—Sí, se lo ha dicho Macquarie en persona. Se les ocurrió a los de la administración de la colonia porque es demasiado caro alimentarnos aquí, así que esperan que lo hagan en Inglaterra.

—¡Y estaremos otra vez en la calle! —gritó una—. Pero ya que hemos venido... ¿es que queréis volver?

—¿A la calle? ¿A esas tabernas piojosas donde tenía que matarme a trabajar todos los días veinte horas? —Una chica soltó una carcajada maliciosa—. ¡Antes salto del barco y me ahogo que volver a pasar por eso! Con todo lo que tiene que ofrecer este país... ¡algo habrá para mí! ¡Si quieren echarme de aquí, tendrán que llevarme a la fuerza a ese maldito barco!

—Yo tampoco pienso subir al barco —afirmó otra—. La sensación es peor que todas las contracciones juntas, no se acababa nunca. ¡Y al final ni siquiera tienes un niño en las manos!

—¡Tendrán que encadenarme para eso! —gritó la primera chica.

—Necesitas a un hombre, sin un hombre no funciona nada —dijo la mujer con calma—. Sin un hombre los negros acabarán contigo.

—Los hombres no son tan malos, Madelein —dijo una anciana con aspereza—. La mayoría se dan por satisfechos con encontrar a una mujer que les haga la comida sin envenenarles. ¡Podrás hacerlo!

—Sí, si alguno pasa por aquí por equivocación. Estamos aquí encerradas, ¿cómo voy a encontrar a un hombre que quiera mi comida? —La chica caminaba de un lado a otro, exaltada, por la celda abarrotada—. Llevo ya tres semanas aquí, y no ha venido ninguno a ver si me necesita. ¡Y yo cosiendo suelas de zapato en la fábrica!

—¿Y qué hacías en Inglaterra? —preguntó la anciana—. ¿Acaso era mejor? Eres joven y guapa, y acabas de llegar a la colonia, encontrarás a alguien. Espera y verás. —Dicho esto, se dio la vuelta en su catre y poco después estaba roncando.

—Algunos prefieren a las mujeres negras —reflexionó una.

—Esas siempre tienen la boca cerrada porque nadie las entiende.

—Bueno, están los hombres, que les gustan los gusanos y lombrices tostados. —Madelein se echó a reír—. Pero no querrás uno de esos, ¿no?

Al día siguiente Madelein no regresó del trabajo en la fábrica. La anciana les informó de que la habían recogido allí, la vieja trabajaba en el mismo taller y por la mañana iba a trabajar con ella. Una señora con un vestido elegante había ido y le había mirado el cabello, los dientes y los dedos. ¡Qué suerte para una recién llegada!

—¡Pero es como si estuviéramos en un mercado! —se enfadó una.

—Sí, buscaba algo que combinara con el color de la ropa —añadió otra con una risita—. Las hay que te aprietan los brazos para ver si puedes llevar objetos, y te aprietan la barriga para ver si ya llevas algo encima. Eso no lo quiere nadie.

Se quedaron calladas, desconcertadas. El cura, el señor Cowper, había estado por la mañana y se había llevado a uno de los niños. Los embarazos entre las reclusas de la cárcel estaban a la orden del día, y por lo general los niños no tenían padre. Cuando el niño estaba destetado y ya podía comer papilla, había llegado el momento de ir al orfanato. A nadie le gustaba hablar del tema, pero el edificio alargado situado detrás de la iglesia albergaba sobre todo a hijos de relaciones desastrosas, descendientes de prostitutas, expósitos y los hijos de las reclusas. Se decía que la casa estaba hasta arriba de niños sometidos a un régimen muy estricto. La comisión de control del orfanato opinaba que, ya que las madres habían cometido el pecado, por lo menos podían salvar a los niños.

—Un orfanato como en Londres —murmuró la anciana—. No saben dónde meterlos hasta que tengan la edad de entregarlos como sirvientes. Pobres criaturas, demasiado grandes para morir, demasiado pequeñas para vivir y una carga para todo el mundo.

—¿Cómo lo sabes? —preguntó Penelope—. ¿Has estado allí?

—A veces una oye cosas —replicó, al tiempo que se encogía de hombros—. No hace falta haber estado en todas partes en persona.

—Pero ¿se puede ir?

—Sí se puede —dijo la anciana—. ¿Es que quieres ver a los hijos de otra gente? Alégrate por haberte ahorrado ese mal trago. De todas formas eres demasiado joven para tener un hijo.

La madre que había tenido que entregar a su hija estaba en un rincón, sollozando. En un momento dado ya no se le oyó más. Penelope tenía la mirada perdida al frente. ¿Y si iba al orfanato, a buscar a Lily? Los altercados en casa de los Hathaway la habían tenido en vilo y ni siquiera se le había ocurrido preguntar si podía salir de la casa.

No, no era cierto, la verdad era que la visita le daba demasiado miedo. Temía descubrir la verdad. Siempre le había resultado más fácil no pensar en las cosas desagradables, pero ahora imaginaba el orfanato.

La esposa del gobernador había acudido sola.

—Querida, el camino es corto, en realidad se puede ir a pie. —Elizabeth Macquarie sonrió mientras la vigilante miraba por encima del hombro hacia el coche—. Y hoy no hace tanto calor, te sentará bien pasear. Quería echar un vistazo a la cocina, mi marido ha dicho...

Con paso lento, las dos mujeres atravesaron la entrada al patio interior de la cárcel. El sol brillaba en la cofia con flores bordadas de Elizabeth Macquarie y destacaba el color azul.

—Seguro que encuentra algo que objetar, siempre encuentra algo. Y luego nos dan más comida. —Adele se apoyó en la ventana—. Ya ha pasado otras veces. —Se frotó las manos ilusionada—. La última vez luego hubo fruta. Naranjas y...

—Si cocináramos la comida tres horas menos, ya sería algo.

—No está obligada a comer, así que haga lo que quiera con eso —explicó Penelope. Las demás asintieron. Exactamente.

—Pero la señora no pregunta. Va directamente a la cocina a supervisar —dijo la anciana, que mordisqueaba su mendrugo de pan—. Y entonces encuentra algo. Los demás ni siquiera se interponen en su camino.

Pero Elizabeth Macquarie había ido a la cárcel con otro objetivo. Por lo visto su conversación con el cocinero no había sido satisfactoria, tal y como delataban las voces exaltadas de la cocina.

—... voy a dejarlo claro de una vez por todas. A partir de ahora las balanzas se revisarán una vez a la semana, informaré a mi marido de la situación y enviará a un técnico. Tal vez para entonces habrá descubierto quién ha apretado el tornillo. —La esposa del gobernador revoloteaba por todas partes—. Y ahora me gustaría ver a las mujeres jóvenes.

—Meted la barriga hacia dentro —dijo Adele, y se rio—, a lo mejor os lleva con ella.

—Solo viene a mirar —murmuró Penelope, que siguió jugando con los pulgares porque le recordaba al gesto de tejer. Cada vez le venía a la cabeza con más frecuencia que debería intentarlo otra vez... pero no tenía aguja.

—Penelope Mac... MacDonald.

—Se llama MacFadden —le corrigió la vigilante—. Está sentada ahí delante, la de la trenza larga.

La esposa del gobernador llevaba consigo el aroma de lavanda, y daba vueltas alrededor de Penelope, intrigada.

—Te conozco. Estabas en la playa aquella vez. Me recogiste el pañuelo, me acuerdo. —Elizabeth Macquarie se rascó pensativa el cuello, algo que normalmente no hacían las damas, que tampoco sudaban por haber recorrido un trecho a pie, pues utilizaban coches, pensó Penelope. Pero aquella mujer era diferente.

»Dijiste que sabías hacer encaje. —Elizabeth sonrió—. Tengo buena memoria. A mi marido le parece terrible porque también recuerdo lo que sería mejor olvidar.

Las demás presas se habían retirado cuando la esposa del gobernador se acercó, así que había espacio suficiente en el banco y Elizabeth se acomodó sin rodeos al lado de Penelope.

—¿También eres escocesa? Tu nombre es escocés. ¿Qué tal estás de salud? ¿Tienes tos? ¿Puedes mover todas las extremidades? Algunas acaban con reuma de estar aquí...

—Estoy rebosante de salud, señora —explicó Penelope—. Estoy acostumbrada a trabajar duro, sé cocinar, tejer y cuidar de niños, y... —Empezó a temblar. Alguien quería sacarla de allí, ¡alguien se interesaba por ella!—. Puedo limpiar y retirar los excrementos del establo, sé cuidar de un jardín y encender una cocina...

Elizabeth le puso una mano en el brazo y la hizo callar.

—Escúchame. En nuestra casa siempre hay jaleo, a la hora del almuerzo rara vez sé quién se sentará a la mesa para la cena porque Lachlan... porque al gobernador se le olvida decírmelo. Y por la mañana casi siempre se ha olvidado de quién ha estado porque está centrado en sus papeles o se ha ido. Así que hay que pensar en muchas cosas, y además hay que ser rápido. La última sirvienta era holgazana e insolente. Había que decírselo todo tres veces y luego comprobar si lo había hecho, y por la mañana casi siempre se dormía. No puedo tener a alguien así en mi casa, ¿me entiendes?

Su mirada era seria. Elizabeth era solo un poco mayor que Penelope y dirigía una casa que parecía la de un rey, según afirmaba una vigilante de la cárcel. Retiró la mano para no dar lugar a un exceso de confianza. Sin embargo, daba la sensación de que un soplo del destino rozaba a Penelope, le acariciaba las mejillas con el aroma a lavanda y le daba una palmadita de ánimo. «Ve con ella», creía oír Penelope. «Ve con ella y busca tu suerte.» Ha llegado el momento...

—Me encantaría estar a su servicio, señora —se oyó decir Penelope—. Con mucho gusto.

Desde su sección, Mary vio que la esposa del gobernador tiraba del vestido de Penelope y luego la llevaba de la mano tras ella como si fuera una niña pequeña. Se la llevaba para trabajar con ella. ¡La casa del gobernador era el mejor lugar de trabajo de toda la colonia! Mary sonrió de felicidad. Además, ahora sabía dónde encontrar a Penelope cuando tuviera ocasión. En cuanto hubiera cumplido su condena y le dieran un pase. Entretanto esperaría. Aquella espera no era dura, no dolía, porque Penelope estaba en buenas manos. Mary vio la alegría en los ojos del médico alemán.

Penelope encontró la paz en el jardín de Elizabeth. La esposa del gobernador tenía verdadero talento para extraer vida en flor de unas cuantas raíces y colocarla de tal manera entre los muros bajos de piedra que parecía que Dios en persona había creado esos jardines.

—En Escocia me tomaban por loca. —Sonrió—. Tuve que trabajar mucho desde muy joven, pero siempre tenía tiempo para mis plantas. A los amigos de mi padre les gustaba disfrutar de los jardines con una cerveza cuando hacía sol. Ah, y les encantaba comer mis rabanitos. —Arrancó una brizna de hierba del arriate—. Llevaba tantas semillas en el baúl de viaje que aún no he plantado... podríamos pasarnos todo el año que viene plantándolas. En realidad aquí nunca hay tiempo para eso...

Se dio la vuelta con un suspiro porque la cocinera estaba en el umbral de la puerta para preguntar cuántas gallinas tenía que matar. En la lista de la cena había diez invitados imprevistos, así que ahora tenía que ayudar a desplumarlas y limpiarlas.

A veces las cenas en casa de los Macquarie eran un tanto difíciles, sobre todo cuando el reverendo Marsden figuraba entre los invitados. La selección de los comensales de Lachlan Macquarie daba mucho que hablar en toda la colonia, y Marsden no ocultaba que le parecía insoportable sentarse en la mesa con ex convictos. Le daba completamente igual si habían hecho carrera, como Simeon Lord o el recientemente fallecido Andrew Thompson, si poseían más tierras que él o gozaban de mayor simpatía por parte del gobernador. Macquarie, a su vez, tampoco disimulaba que el celo evangélico del reverendo le resultaba sospechoso.

Penelope recordaba a Marsden sobre todo como el pastor que pegaba. Cuando tuvo que servirle por primera vez el plato de sopa, escupió en el plato cuando aún estaba en la cocina. La cocinera lo vio y se echó a reír.

—¿Es que fuisteis pareja, tú y el reverendo? ¿O él era el tercero en discordia? ¿Pegó a tu amante?

Penelope se abrió paso con una media sonrisa, pero la señora Macquarie, que iba de camino a la cocina, le quitó el plato de las manos al pasar. Con la otra mano la agarró del brazo y la llevó al rincón junto al cubo de las cenizas, y por un momento Penelope esperó recibir una bofetada. Pero Elizabeth no le pegó, sabía hacerse entender sin necesidad de golpes. Penelope nunca le había oído hablar con ese tono de enfado.

—Escúchame bien, niña. Las cosas son como son. Yo soy libre, y tú no. Aquí nadie pregunta por qué no eres libre, ni qué ocurrió en tu vida anterior. Tienes trabajo y comida. El precio que pagar es que olvides tu pasado. —Le brillaban los ojos de la ira—. Ya sé que aquí todo el mundo le guarda rencor a alguien, ha sido tratado de manera injusta y ha recibido azotes y castigos. Esta es la tierra de nuestra colonia, y tenemos que construir un país nuevo en ella. La única opción de convivir en paz consiste en olvidar. ¿Me entiendes?

Penelope no tuvo que volver a servir nunca a los señores que se sentaban en la mesa de Lachlan Macquarie.

La esposa del gobernador tenía una gran habilidad para que los asuntos de gobierno y los temas de los que hablaban los hombres no entraran en la cocina ni en las demás estancias. El hecho de que Macquarie discutiera con los miembros del antiguo Cuerpo del Ron que complicaban la vida a sus predecesores, que tuviera acaloradas discusiones con los médicos por el problema con el alcohol y rechazara las peticiones de dinero, todo se quedaba en el salón tras la puerta cerrada. El rostro de Elizabeth reflejaba su preocupación y su odio cada vez mayor hacia el ron.

—¡Esa bebida es el mismo demonio! —exclamó una vez que la cocinera estaba en un rincón porque se había tomado de un trago su ración—. Es un demonio que devora el rostro humano... ¡y el que inventó las raciones de ron también es un demonio!

»Por mí prohibiría esa bebida en mi casa, no forma parte de la ración, no es propia para las mujeres, ¡y mucho menos en esas cantidades!

—Señora, el ron ayuda a algunos a soportar su destino —se atrevió a intervenir Penelope, pero solo consiguió enfurecer aún más a Elizabeth, que, perdiendo los estribos, dijo:

—El ron, querida, te entierra en tu destino. Impide que lo mires de frente y pienses en qué puedes cambiar para que sea mejor. El ron no es tu amigo, es tu enemigo, ¡y te cuesta la vida! ¡Mira a esas pobres criaturas que están en el puerto! ¡Mira en las calles, en la fábrica, cómo se dejan y ya no tienen cara de persona con la borrachera, por culpa de la autocompasión! ¡Echa un vistazo!

Penelope pensó que era imposible que la señora Macquarie hubiera estado borracha alguna vez en la vida, pues de lo contrario sabría el bendito regalo que podía ser la embriaguez. Y, por supuesto, tampoco conocía el sentimiento de desesperación por el que uno ansiaba esa embriaguez.

—A veces el destino tampoco tiene rostro humano —dijo—. Así que es mejor ni siquiera mirarle de frente.

Estuvieron calladas un rato, y Penelope notó que Elizabeth le escudriñaba el rostro. En la penumbra del rincón de la cocina no le veía los ojos, pero notaba su enfado. Elizabeth le había prohibido hablar de su pasado. Tal vez ahora sentía curiosidad por averiguar algo más y quería comprender por qué la gente se entregaba a la bebida. Sin embargo, jamás entendería el sabor que tenía la soledad que hundió a Penelope en la tienda del pastor y que por la noche hacía que pareciera eterno el tiempo que quedaba hasta el amanecer.

—Tal vez tengas razón —concedió Elizabeth al final—. No basta con prohibir el ron. Tenemos que hacer algo por las mujeres, para que ni siquiera empiecen a beber.

Sin embargo, Lachlan se apresuró a quitarle la idea de la cabeza cuando se la explicó después de la cena. Apartó a un lado los papeles del escritorio y tapó el tintero para iniciar una larga conversación. Los Macquarie siempre mantenían ese tipo de charlas a puerta cerrada, pero esta vez Penelope se atrevió a mirar por el ojo de la cerradura y escuchar. El gobernador había abandonado incluso su escritorio y caminaba de un lado a otro mientras le explicaba a su esposa cómo funcionaban las cosas en la colonia.

El gobierno colonial se ocupaba de que los presos estuvieran bien alimentados. Las raciones de comida estaban ajustadas a las necesidades, en Nueva Gales del Sur ya no se pasaba hambre como diez años atrás. Y nadie podía prohibir a las mujeres cambiar sus raciones por ron para luego negociar con él o bebérselo ellas.

En ese punto se encalló la discusión entre el matrimonio Macquarie. De hecho, el negocio del intercambio funcionaba exactamente así. Cuanto más pobres eran las mujeres, menos dispuestas estaban a renunciar al ron, que era muy eficaz a la hora de acomodarlas en el lecho del olvido.

—¡Te prohíbo ir al puerto! ¡Te prohíbo que te entrometas en el reparto de las raciones! —gritó Macquarie, y dio tal puñetazo en la mesa que la que escuchaba al otro lado de la puerta se llevó un buen susto—. ¡Esas mujeres son peligrosas, no conocen el agradecimiento, solo la codicia!

—Pero así esto nunca acabará. —Sonó la voz sosegada de Elizabeth.

—Sí terminará, pero de una manera inteligente y civilizada. Quiero poner impuestos sobre el ron, tan altos que se le amargue el sabor. También necesitamos dinero, una moneda, dinero de verdad para que la gente deje de contarlo todo en litros de ron. Querida, entiéndelo. —El gobernador se acercó a su esposa y la agarró por la cintura—. El problema no se elimina con unas cuantas mujeres con ropa limpia. Hay que atacar la raíz y arrancarla. —La expresión que lucía su mujer pareció ablandarlo, pues la besó con cariño y luego dijo—: Penelope, entra, sé que estás escuchando junto a la puerta.

Como consecuencia de la discusión con su esposo, Elizabeth Macquarie se implicó aún más en el bien del orfanato. Hasta entonces solo lo había visitado de vez en cuando, ahora iba cada dos días hasta la puerta inclinada, y una mañana le pidió a Penelope que la acompañara porque la cesta le pesaba demasiado.

—¿Qué hay ahí dentro? —preguntó Penelope.

—Pañales.

—¿Pañales?

Elizabeth se volvió hacia ella.

—Yo no los necesito.

—Todas las mujeres necesitan pañales en algún momento —dijo Penelope con mucho esfuerzo para decir algo amable. Sus pañales habían sido unos harapos durante unas semanas irreales.

—No los necesito —repitió Elizabeth en un tono irritado poco habitual—. Mi cuerpo no ha sido bendecido, Dios no nos ha dado hijos. ¿Por qué te lo cuento? De todos modos te ibas a enterar, Theresa no sabe tener la boca cerrada. Tuve seis abortos naturales, no puedo darle hijos a Lachlan.

—Lo siento, señora. —Penelope le puso una mano en el brazo y sintió una gran compasión en el corazón. La esposa del gobernador era la primera persona en mucho tiempo cuyo bienestar le importaba—. Señora, llevemos la cesta juntas, seguro que las mujeres del orfanato estarán muy contentas con el regalo. Y los niños también.

Elizabeth le escudriñó el rostro.

—¿Tú has tenido hijos?

Penelope se quedó con la mirada perdida y Elizabeth la llevó al banco de la cocina, aunque en realidad las dos estaban vestidas ya para irse.

—¿Tienes hijos?

—Una —susurró—. Una niña. En el barco.

—Pero ¿dónde está ahora? Penelope... disculpa. —Le rodeó los hombros con el brazo—. A las mujeres se los quitan, se me olvidaba. ¿Nunca has querido buscarla?

—Se ahogó, señora. —¡Era absurdo pronunciar esa frase! Penelope se avergonzó de haberlo dicho, pero ya estaba hecho. Acababa de arruinar la búsqueda antes de empezar, por puro miedo a la decepción. ¡Era una cobarde!

De camino al orfanato no hablaron. El sudor caía por debajo de la cofia de Penelope y corría como un riachuelo junto a la oreja. ¡Lo que habría dado por una buena lluvia inglesa!

—Pero tu hija tiene que estar en las listas en algún lugar.

—Por lo visto la historia no había dejado tranquila a Elizabeth, y se detuvo—. Ya sabes... aquí todo se contabiliza. Tu hija tiene que estar registrada de alguna manera. Viva o muerta, pero tiene que haber una manera de dar con ella. Hay que encontrar alguna pista. —Elizabeth dejó su parte de la cesta—. Se lo preguntaré a mi marido.

Penelope se limitó a asentir en silencio. No tenía sentido contarle que todo se había quemado, las listas y notas elaboradas con esmero habían desaparecido con el hundimiento en llamas del *Miracle* en el fondo del mar. Todo lo que figuraba en esas listas se había ahogado con ellas. Lily ni siquiera estaba viva en los documentos.

—¿Y el doctor Kreuz no estaba en el barco? Me dijo que te conocía. —Elizabeth esbozó una sonrisa—. También se lo preguntaré.

—Sí, señora. —Era agradable oír el nombre del médico.

La señora Hosking, la encargada, puso cara de sorpresa cuando se enteró de los deseos de la esposa del gobernador.

—¿Un bebé? Sí, señora, hay muchísimos.

—En el barco solo había una —la interrumpió Elizabeth—. ¿No sabe nada de ella? ¿No le trajeron a nadie?

—¿Cómo era? —preguntó la encargada.

—Se llamaba Lily —susurró Penelope—. Y era rubia. Con el pelo dorado.

—No llegó ningún bebé del *Miracle*.

Pasearon juntas por el grupo de los más pequeños, que eran atendidos y alimentados por las gobernantas. Se veían cabecitas claras y oscuras en cajas de madera. Rostros risueños, otros apáticos, ojos de todos los colores... Penelope solo recordaba el cabello dorado, pero no había llegado ningún bebé del *Miracle*.

Elizabeth le acariciaba la espalda en un intento de consolarla.

—¿Aquí no plantamos nada? —Penelope señaló el espacio libre bajo las acacias, que extendían sus ramas con alegría por encima del claro porque Elizabeth las había podado convenientemente—. Es un buen sitio para...

—Pensaba hacer una zona de juegos. —Elizabeth se expulsó la tierra roja de la falda y se levantó—. En un año las ramas habrán crecido y esta zona quedará bajo la sombra también por la tarde.

Las dos mujeres se miraron. El rostro de Penelope estaba suave, como impregnado por un aceite curativo. En un año, si Dios quería, un niño dormiría bajo la sombra. Entendía que Elizabeth no se atreviera a mencionar al bebé con su voz ni con las palabras adecuadas por miedo a que su destino fuera perder también ese niño. De modo que asintió, esbozó una tímida sonrisa y se puso a rastrillar la tierra.

—Sería un sitio fantástico, sí.

El negro desnudo salió de detrás de los arbustos. Tenía un rostro atemporal, solo la barba canosa indicaba que probablemente ya era bastante mayor. Penelope no acababa de acostumbrarse a que los negros que salían del bosque y se atrevían a acercarse a la ciudad realmente fueran en cueros. Por lo visto ninguno sentía la necesidad de taparse. Los ojos eran como los de un niño, llenos de curiosidad e inocencia, miraba todos los rincones del jardín, veía cosas que a los blancos se les escapaban, un pedazo de arcilla entre los arbolitos o una flor doblada por un descuido al pisarla.

—¿Qué quieren? —susurró Penelope. Con la miopía apenas distinguía a los negros de los arbustos, tuvo que forzar la vista para reconocer la silueta. Por si acaso, sujetó con fuerza el rastrillo, al fin y al cabo los negros llevaban las armas en las manos. A ninguno se le ocurría dejarlas cuando visitaban las casas de los blancos. A veces eso provocaba riñas, y también había visto al alguacil echar a negros desnudos porque alguien se había sentido molesto por una lanza.

—Son pacíficos —le contestó Elizabeth en voz baja—. A veces me trae plantas. Siente curiosidad.

Esta vez, aparte de unas cuantas raíces, el negro llevaba a varias personas. Primero le puso las raíces en la mano a Elizabeth, luego se dio media vuelta y señaló gesticulando a las mujeres que estaban apretujadas detrás de él. Tres mujeres jóvenes, dos niños y una anciana desdentada con la espalda arqueada observaban a las dos mujeres blancas con cara de suspicacia.

—Es su madre. Creo que está haciendo un conjuro para que no le pase nada.

—Pero ¿por qué llevan las armas? —exclamó Penelope en voz baja.

Elizabeth se encogió de hombros.

—Nos consideran fuertes. Construimos casas y podemos detener a caballos que corren sin un arma.

Hizo un gesto de agradecimiento con la cabeza y retrocedió enseguida un paso. El fuerte olor corporal que desprendía el negro llegaba hasta Penelope, que se había quedado detrás de Elizabeth. Por lo visto el hombre tenía otra petición. Se dio la vuelta, le arrebató de los brazos a una de las mujeres un envoltorio que lloriqueaba y se lo entregó a Elizabeth. Ella separó los trapos y puso cara de incredulidad: tenía a un niño llorando acurrucado entre las manos, con unas gruesas pústulas reventadas por todo el cuerpo y la carita inflada. El niño estaba todo empapado en sudor por la fiebre.

—Cielo santo —murmuró Elizabeth, que resistió el impulso de devolverle el niño al negro, que parecía estar observando si iba a hacer precisamente eso.

Penelope reaccionó en el acto. Sacó la cesta con los plantones, puso el pañuelo que llevaba sobre los hombros en el fondo de la cesta y colocó al niño enfermo. El negro asintió despacio. Luego se dieron la vuelta y se perdieron en los jardines de los Macquarie.

William Redfern, al que Elizabeth llamó enseguida, adoptó un gesto muy pensativo. El niño estaba más muerto que vivo, tenía mucha fiebre y dejó que el médico lo revisara sin hacer un solo movimiento. Algunas de las pústulas supuraban un líquido purulento que interceptaba con cuidado con un pañuelo para examinarlo con una lupa.

—Les aconsejaría que no tocaran a este niño —dijo, circunspecto—. Creo que va a morir.

—¡Pero tenemos que hacer algo! —exclamó Elizabeth.

El médico se encogió de hombros.

—Procure que esté limpio e intente bajarle la fiebre. Tal vez los paños le hagan efecto. O sigue con vida o... volveré a pasar por la noche.

Theresa, la cocinera, frunció el ceño.

—¿Tenemos un negro en casa? El señor gobernador estará muy contento, señora, si usted no se deja engañar, no ha sido buena idea, no dará más que problemas... —La cocinera se alejó refunfuñando para ir a buscar lo que Elizabeth le había encargado.

Se instaló al niño en la habitación infantil vacía de Elizabeth, a quien le costaba disimular lo mucho que disfrutaba cuidando de él. Sin embargo, todos los esfuerzos y cuidados no dieron su fruto, y por la noche el estado de salud del niño había empeorado tanto que Elizabeth no quiso esperar a Redfern y envió a los chicos a buscarlo. Le salió un grito de alivio de la garganta cuando llamaron a la puerta y Penelope salió corriendo a abrirla.

No obstante, no era William Redfer, sino Bernhard, y a Penelope le dio un absurdo respingo el corazón al verlo de improviso.

—¿Te encuentras bien? —preguntó él, y dobló la levita con mucho cuidado, como si tuviera que guardarla para el invierno.

Penelope estuvo a punto de dar un paso hacia él para poder verle mejor la cara y mirarle a los ojos... pero logró frenarse a tiempo.

—Bien —dijo, con la brevedad que correspondía a una sirvienta—. Es un buen trabajo, estoy muy contenta. ¡Muchas gracias! —añadió en voz baja, y se atrevió a mirarle.

El rostro redondo del médico lucía una sonrisa.

—Bueno, Penelope, merecías ser feliz. Dios sabe por qué...

Se dio la vuelta y entró presuroso por la puerta entreabierta en la habitación infantil, donde de momento no había dormido nunca un niño y donde Elizabeth había instalado a su pequeño paciente, aunque Redfern le había desaconsejado incluso tenerlo en casa.

—No podemos cuidar de él en el jardín —intervino ella, sin pensar que su esposo pediría precisamente eso poco después.

—Habría sido mejor —murmuró Kreuz en ese momento al abrir los paños limpios en los que estaba envuelto el niño—. Quién sabe dónde ha contraído la viruela el niño: probablemente su madre ya está muerta.

—¡Viruela! —gritó Penelope del susto.

—Un tipo de viruela, sí. No puedo decir cuál, para eso debería saber más del desarrollo de la enfermedad. En todo caso el niño no sobrevivirá a la fiebre. —Evitó tocar al niño.

Penelope se dejó caer junto a la camita, donde ya estuvo sentada todo el tiempo desde que Lachlan Macquarie había echado a su esposa de la habitación tras lanzarle una invectiva.

—No tengo nada en contra de los negros, Elizabeth —le dijo—, ¡pero no tienen que estar en nuestra casa! Cómo se te ocurre... —Habían tenido tal pelea durante un rato en el salón, como Penelope nunca había visto, que Elizabeth luego se fue corriendo de la casa. Poco después Lachlan entró precipitadamente en la habitación infantil.

»No quiero que mi mujer vuelva a entrar en esta habitación —ordenó, furioso—. Tú te ocuparás de él y te quedarás aquí hasta que vengan a buscar a ese... ese... niño. El doctor Redfern se ocupará de que sea lo antes posible. Y no quiero volver a ver nunca niños aborígenes en mis tierras. ¿Me has entendido?

Llegó el médico alemán porque Redfern no podía acudir. Ayudó a Penelope a liberar del todo al niño de los paños y untó las pústulas que supuraban con una pomada calmante, mientras ella le sujetaba los bracitos y las piernas, y le acariciaba con cuidado la cabeza de rizos negros. Era doloroso inclinarse los dos sobre el niño moribundo, ambos lo notaban. Kreuz la miró de soslayo varias veces, como si quisiera decirle algo, pero se abstuvo. A ella la asaltaron los recuerdos, y antes de echarse a llorar tuvo la bendita ocasión de salir de la habitación y huir de su presencia tranquila y atenta.

El niño brillaba como un pedazo de carbón entre los paños de lino, la respiración débil sonaba por todo el cuerpecito. Hacía tiempo que el llanto se había extinguido, pues el niño no tenía fuerzas para llorar. Kreuz le había dejado el láudano, por si la fiebre no le provocaba la muerte, que fuera el opio.

—Ten cuidado con eso. Esos aborígenes no saben nada de medicina ni de enfermedades. Mueren de todo lo que nosotros les traemos: medicamentos, enfermedades. Es un drama. ¿Quieres... quieres que me quede?

Penelope sacudió la cabeza y él se fue sin hacer ruido. Ahora estaba de cuclillas sola junto a la cama, sujetando con fuerza la botella tapada en las manos y echando de menos al doctor...

El silencio de la habitación atrajo a la muerte de madrugada. A la chita callando, llegó como si fuera un médico dispuesto a examinar a un paciente, agarró con cuidado el alma del niño y se la llevó. Nadie la vio ni la oyó. Nadie la siguió.

Cuando Penelope despertó de su sueño ligero junto al borde de la cama, el niño estaba inmóvil en sus paños.

Al día siguiente lo colocaron en la cestita del jardín y esperaron.

—Seguro que vendrá uno de ellos —dijo Elizabeth—. Yo lo haría si fuera mi... —Enmudeció.

Lachlan había salido de casa, no sin antes pedir que fumigaran de arriba abajo la maldita habitación infantil para eliminar cualquier rastro que hubiera de ese diablillo negro. Penelope no entendía del todo las prisas, a fin de cuentas en público actuaba como si fuera amigo de los negros y los presos. Sin embargo, había aprendido a no hacer preguntas, pues no era de las personas que pudieran permitirse criticar el comportamiento de un gobernador. Además, ella también tenía claro que había que limpiarlo todo después de la viruela.

—A lo mejor saben que está muerto y por eso no vienen. —Penelope tiró del paño de lino limpio que le habían puesto al difunto niño. Estaba cansada, exhausta después de una noche larga. Kreuz ya no volvió por la mañana. Probablemente también había deducido que ya no era necesaria su ayuda. Penelope se preguntaba si se habría sentido mejor de haberse presentado él.

Elizabeth y Penelope pasaron la tarde delimitando un pequeño camino por el jardín con piedras. El camino atravesaba los bancales de caléndulas dibujando suaves curvas hasta un estanque, el orgullo de Elizabeth, pues en él resplandecía ya un nenúfar después del poco tiempo que llevaban los Macquarie en Sídney. Elizabeth lo cogió y lo colocó junto al niño en la cestita. Su expresión de nostalgia daba a entender lo que estaba pensando.

—¡Señora, mire! —exclamó Penelope.

El negro había aparecido de la nada como ocurría en su momento con Apari, el amigo del pastor. Estaba de pie, en silencio e inmóvil, con la lanza en la mano derecha y la izquierda colocada tras la espalda. Las mujeres estaban todas juntas al lado de los matorrales, él era el único hombre.

—Señora, ahí están. ¿Qué hacemos ahora? —Penelope tuvo un mal presentimiento.

Elizabeth levantó la cabeza.

—Les daremos el niño y rezaremos juntos. —Tenía la cestita en la mano y se la dio al hombre negro—. Lo siento mucho —dijo en tono formal—. Lo hemos intentado todo, pero no pudimos salvar a su niño. Ha muerto. Era un niño precioso, ahora está con Dios, y nos gustaría rezar por él.

El resto de su discurso quedó tapado por un alarido, pues una de las mujeres salió de los arbustos, se abalanzó sobre Elizabeth y le arrebató la cesta de las manos. Sacó el niño muerto de los pañuelos y lo sacudió hasta que se soltó la última punta del pañuelo, luego le dio una patada a la cesta y los pañuelos como si fueran objetos peligrosos y se puso a gritar. Las otras dos mujeres salieron del bosque con sigilo y la ayudaron a examinar al niño muerto y darle la vuelta, como si quisieran ver si aún respiraba, si había un halo de vida que poder extraer.

La anciana no se quedó quieta junto a la mujer desesperada, siguió caminando hacia Elizabeth Macquarie. El brazo que tenía extendido parecía una rama rota con la que señalaba a Elizabeth, al tiempo que emitía unos sonidos parecidos al silbido de una serpiente. No paraba de emitir el mismo ruido y de acercarse a Elizabeth, que no podía dar ni un paso del susto. Penelope también estaba como clavada en el suelo mientras veía cómo la vieja bruja lanzaba maldiciones a la barriga de embarazada de Elizabeth, a cada paso pronunciaba una sola palabra hasta que llegó hasta ella y le escupió a los pies...

Elizabeth profirió un grito estridente. Luego cayó al suelo, sacudida por el llanto y convulsionando, como si la hubiera poseído un demonio. Penelope volvió en sí. Empezó a dar vueltas: los negros habían desaparecido. Salió corriendo hacia los arbustos con un grito furibundo, pero ya no había nadie, ni rastro, ni siquiera el hedor de la anciana, nada. Estaban solas en el jardín.

Elizabeth no paraba de llorar en la hierba.

—Señora, señora, todo va bien, no pasa nada, no tenga miedo, señora, querida... —Penelope se arrodilló junto a Elizabeth, la agarró con las dos manos y supo qué había ocurrido antes de que abriera la boca.

—Estoy sangrando —susurró Elizabeth.

Penelope apretó la mano de la escocesa. El mal presentimiento se había confirmado. Intentó levantar a Elizabeth con cuidado. Enseguida descartó la idea de llamar a Theresa, pues se limitaría a gritar y no sería de gran ayuda. Nadie podía ayudarla, y Bernhard, que podría ser útil, ya no tenía que regresar.

—Intente ponerse de pie, se lo ruego... inténtelo, yo la ayudo...

El rastro de sangre que Elizabeth iba dejando tras de sí no era muy llamativo, solo unas gotas.

En cuanto el chico salió de la casa en dirección al hospital, Kreuz apareció en la puerta. Redfern seguía en Parramatta y además dijo:

—Quería... quería... —Se había presentado por su cuenta y buscaba a alguien junto a la puerta.

—Es una bendición que haya venido. —Penelope había oído que llamaban a la puerta, pero Lachlan había llegado antes y había hecho pasar al médico—. Venga, ayude a mi mujer. ¡Ayúdela!

Kreuz ni siquiera tuvo tiempo de quitarse la capa, pues Lachlan lo llevó tal y como estaba por el salón hacia el dormitorio de Elizabeth, pasando junto a Theresa y Penelope, los modales ya no importaban. Elizabeth tenía el rostro pálido y sudor en la frente.

—Bernhard, qué bien que esté aquí —dijo en voz baja—. Por favor, saque a mi marido de aquí, no quisiera...

—Cariño —protestó el gobernador, pero cumplió los deseos de Elizabeth y Lachlan tuvo que esperar fuera, donde se le oía caminar nervioso de un lado a otro y colocar bien los muebles—. Elizabeth, llámame, llámame si necesitas algo —no paraba de decir.

Kreuz empezó a examinarla con toda corrección. Sus ademanes tranquilos ayudaban a las mujeres. Theresa paró de llorar, y finalmente pudieron enviarla fuera, pues de todos modos no era de gran ayuda en el lecho de la enferma.

Penelope se había arremangado y se había sentado en la cama al lado de Elizabeth. No había mucho que pensar: hizo lo que había hecho desde los primeros años de su adolescencia cuando su madre examinaba a las mujeres y las trataba: aguantaba las piernas abiertas, cambiaba los paños y apretaba la mano de la paciente cuando era necesario. Kreuz la miró un momento. Su mirada era de aprobación, pero se ahorró las palabras. Trabajaron codo con codo, en silencio y con movimientos mecánicos, Penelope colocó la pelvis de la esposa del gobernador sobre unos cojines mientras él la examinaba de nuevo y ella calmaba a Elizabeth hablando en voz baja y le explicaba qué era lo siguiente que iban a hacer.

—Eres una chica muy lista —susurró Elizabeth—. Doy gracias a Dios de que estés aquí, tengo tanto miedo...

—No le ocurrirá nada, señora. —Penelope le acarició la frente empapada en sudor con un pañuelo húmedo. No, no le ocurriría nada si el médico hacía bien su trabajo—. Tal vez tenga un poco de fiebre. La cuidaremos, señora, no tenga miedo.

Elizabeth la abrazó en silencio. Se quedaron así quietas por un momento, luego le susurró a Penelope al oído:

—Deseo tanto tener este niño...

Bernhard Kreuz le lanzó una mirada cuando Penelope se volvió a colocar en su sitio para echarle una mano. Aquella mirada era un intento de animarla, pero no pudo parar la hemorragia ni impedir que el embrión prácticamente se le escapara de las manos. Penelope le pasaba paños limpios y agua caliente, y luego vio cómo revolvía en su bolsa de instrumentos, sin hacer ruido para no asustar a Elizabeth con el ruido metálico, y cómo sacaba el instrumento que utilizaba su madre. Cerró los ojos.

Un poco de láudano mitigó los dolores de Elizabeth, que pudo soportar sin miedo que Kreuz introdujera el raspador en el vientre para extraer lo que no había salido solo. Tal y como hacía Mary, llevaba a cabo su trabajo con mucha calma y prudencia. Elizabeth soportó el procedimiento con valentía y sin quejarse. Solo la mano, que clavaba los dedos en la de Penelope, reflejaba su desesperación.

—Señora... —Kreuz sumergió las manos en el cuenco con agua caliente y se las secó con un pañuelo limpio, mientras Penelope arrugaba la sábana de lino manchada de sangre para que Elizabeth ni siquiera llegara a verla.

»Señora, ahora debe descansar unos días. Intente dormir todo lo que pueda, tendrá un poco de fiebre, me temo. El doctor Redfern y yo vendremos a verla siempre que podamos. —Se acercó a su cama—. Lo siento mucho. Me habían dicho lo de su...

—Gracias por su ayuda —le interrumpió Elizabeth. Se le notaba en la voz que no aguantaba que la compadecieran—. Aprecio mucho que haya venido tan rápido. Por favor, tranquilice a mi marido. Tengo a Penelope conmigo...

—Sí, es verdad, señora. Es una suerte...

¿Eras imaginaciones suyas o le había acariciado la espalda con la mano antes de salir de la habitación? Confusa, Penelope se inclinó sobre Elizabeth y la ayudó a colocarse bien en los cojines.

Con los paños utilizados en la mano, siguió a Kreuz hacia la puerta y fue testigo de cómo Lachlan cruzaba corriendo la habitación hacia el médico.

—¿Cómo está? ¿Ha podido hacer algo? ¿Ha podido salvarlo? Qué voy a hacer, dígame, qué voy a hacer...

—Lo siento, Excelencia —dijo Kreuz en voz baja—. Su esposa ha perdido al niño, además de mucha sangre, una cantidad preocupante. Cuídela bien.

Lachlan no admitió que nadie estuviera junto a la cama de su esposa durante todo el día, así que Penelope se vio de nuevo en el jardín, donde había sucedido todo y donde seguía estando la cesta con el nenúfar roto porque nadie había tenido tiempo de recogerla.

Pasados unos días Elizabeth se plantó delante de Penelope con un delantal de jardinera y le dio el rastrillo. La palidez hacía que el rostro pareciera más delgado, y los rizos negros también le caían un poco tristes del peinado. La trenza no le había quedado muy recta, pero la sonrisa era casi la de antes. Esperaba invitados para la cena, diez en total, y la cocinera iba dando vueltas entre lamentos por todas las instrucciones.

—¡La sirvienta está ciega como un topo! —gritó por la ventana—. ¡Últimamente me trae patatas muy sucias! ¡Y es demasiado boba para limpiarlas!

—Theresa, tú eres la cocinera, tienes que ocuparte de que la comida tenga un aspecto correcto. No soporto que responsabilices a los demás de tus errores. —Elizabeth sonaba disgustada, era evidente que la conversación se había terminado para ella, pues poco después apareció en la puerta que daba al jardín—. Tenemos que trasplantar las rosas —dijo sin rodeos.

Penelope se la quedó mirando, perpleja. Ni una palabra sobre aquellos días tan duros, ni un suspiro, solo esa sonrisa superficial. La vida también continuaba en casa del gobernador. ¡Cómo admiraba a aquella mujer!

—Este rosal aquí y ese aquí. Hacía tiempo que deberíamos haberlo hecho, necesitan un lugar soleado o se marchitarán. También he encontrado semillas de caléndulas, ahora te enseño dónde puedes plantarlas. —Elizabeth llevó a Penelope al claro reservado bajo la sombra de las acacias.

La valentía de Elizabeth le dio ánimos a Penelope para hacer algo sobre lo que llevaba mucho tiempo pensando. La aguja de tejer que el marinero le regaló aquel día era su tesoro más preciado, y la guardaba bajo su almohada. En una cesta con retales encontró unos pedazos de hilo que nadie necesitaba, y se pasó media noche uniéndolos con nudos diminutos. Cada nudo unía también partes de su vida, y pensó en su madre, el padre desconocido y el peculiar destino que los había llevado a los tres a la misma tierra y al mismo tiempo los había separado.

Tal vez estaba más cerca de su hogar de lo que pensaba, había aprendido a conformarse con las cosas. Era el primer paso para estar en situación de mirar realmente hacia delante y hacer algo. Se detuvo. Su pequeña labor de ganchillo era la mejor prueba. Cuánto tiempo había tenido miedo de hacerlo porque le traía recuerdos... y ahora le dolía la mitad de lo que esperaba.

Elizabeth sacudió la cabeza al ver el hilo anudado en su regazo.

—No somos una casa pobre —le riñó, y le puso a Penelope su cesta de labores junto a la silla de la cocina—. Puedes continuar con una condición: la primera pieza tiene que ser para mí. Luego puedes hacer lo que quieras. —Penelope puso tal cara de felicidad que Elizabeth le dio un abrazo espontáneo a su sirvienta.

10

*Y cuando estés fatigada
encontraremos un lecho
de musgo y flores
para que apoyes la cabeza*

JOHN KEATS,
A Emma

—Todo eso puede ser correcto, y los colores también han sido elegidos con mucho gusto, Excelencia. Usted solo me ha pedido mi opinión. —Francis Greenway bebió un sorbo de jerez—. Y estaré encantado de repetírsela: si el edificio se sigue construyendo así, con ese material de baja calidad y siguiendo unos planos tan poco meditados, caerá sobre la honorable conciencia del juez Bent. Pagará cara su impaciencia de no poder esperar con la recaudación, espero que no sea con su vida. Sería un giro fascinante del destino que precisamente un cirujano fuera el culpable.

—Greenway, está usted poniéndose muy dramático. No puede ser tan grave.

—Excelencia, me ha pedido mi opinión —repitió el escuálido arquitecto, y cogió otra tostada de la bandeja.

Penelope le sirvió té y se demoró un poco por el salón, pues la conversación resultaba muy interesante. ¿Acaso D'Arcy Wentworth, al que tanto respetaba, era un estafador?

—Creo que por doscientos mil litros de ron debería ser posible hacer un trabajo decente. Considero que esos caballeros han recibido un pago más que generoso.
—Desde su punto de vista, excelencia. Probablemente también desde el punto de vista de esos caballeros, ¡pero ninguno de ellos ha levantado nunca un edificio! Tal vez Wentworth debería centrarse en coser heridas. Y quizá los señores Riley y Blaxland sepan mucho de vender bebidas espirituosas y de dónde conseguir el mejor ron...
—¡Le ruego que controle el tono de sus críticas! —se enfadó el gobernador—. ¡Ha ido demasiado lejos, Greenway!
—Excelencia, no le gusta oír que ha elegido a los hombres equivocados, ¡pero debe enfrentarse a la verdad! —Por lo visto Greenway no se dejaba amedrentar fácilmente—. ¡En vez de construirle un hospital decente, el doctor Wentworth se enriquece con el ron! ¡No se puede construir un edificio tan importante sobre los fundamentos del alcohol! Le diré algo: tendrá que vivir con el hecho de que su hospital se acabe llamando el hospital del ron. Y no Hospital Macquarie, por si se le había ocurrido.

Antes de que Macquarie pudiera echarla, Penelope desapareció por la puerta lateral al notar que su ira aumentaba. No era la primera vez que le criticaban por haber pagado a los constructores del nuevo hospital con la moneda secreta de la colonia, el ron, en vez de con dinero.

—El hospital se está desmoronando —informó Penelope en la cocina.

El cochero puso cara de incredulidad.

—¿Quién lo dice? ¿Cuándo?

—No lo sé. El señor Greenway dice que se está desmoronando.

—El señor Greenway es un charlatán y un falsificador de documentos —comentó Ernestine, la nueva cocinera, que debía de saberlo, pues había seguido hasta la colonia a su marido condenado a siete años por falsificación—. Y además es un miserable.

—¿Y si sabe construir edificios mejor que falsificar documentos?

Alguien se rio por detrás. Elizabeth Macquarie estaba en el umbral de la puerta. Tenía un brillo travieso en los ojos cuando agarró a Penelope en broma por el cuello y la sacudió con suavidad.

—Querida, esa labia te costará muchos disgustos. Por supuesto que Francis Greenway es el mejor arquitecto de todos, ¿si no por qué lo habría elegido mi marido? Lo único que no le gusta es su arrogancia. —Suspiró—. Creo que habría que sentarlos a los cuatro en una mesa y comentar la obra del edificio. Pero uno de los tres caballeros siempre tiene algo más importante que hacer que construir un hospital.

Enseguida supieron a quién se refería. Además de sus caballos de carreras, Wentworth dirigía una docena de negocios que eran más importantes y, sobre todo, más lucrativos que el hospital. Macquarie sacudía la cabeza, impotente, cada vez que recibía una respuesta negativa, y lo llamaba «maldito zorro viejo». Penelope empezó a dar credibilidad al rumor que afirmaba que el apuesto D'Arcy Wentworth había sido condenado de joven en Londres por varios atracos a mano armada. Le habían retirado la condena definitiva gracias a su destierro voluntario a Botany Bay. Seguro que era el atracador más encantador de toda la ciudad.

A Elizabeth no le interesaban esos rumores. En casa del gobernador siempre había mucho que hacer como para tener tiempo para historias. Dejó con energía la cesta sobre la mesa con hierbas para cocinar.

—Por cierto, el señor Greenway se quedará a cenar. Le encantan los platos bien condimentados, Ernestine, como solo tú sabes hacerlos. No me gustaría ser víctima también de su lengua afilada.

Las tres que estaban en la mesa lograron disimular una sonrisa. La señora Macquarie era el vehículo perfecto de su esposo, sus modales exquisitos y atractivos y sus agasajos recibían elogios en toda la ciudad. La mayoría ni siquiera sabía que su mente aguda también sopesaba asuntos muy distintos, pues, naturalmente, en la mesa reprimía los comentarios. Precisamente esa era una de las cualidades que más apreciaba Lachlan en su joven esposa.

A última hora de la tarde Penelope seguía sentada en la cocina para preparar los dulces del desayuno. Ernestine ya se había acostado. Se había quejado de dolor de cabeza, que podía estar relacionado con el hecho de que se hubiera bebido el contenido de todas las copas de vino y las garrafas que no estaban vacías. Tal vez también se había puesto nerviosa con las críticas de Greenway, pues la piel de la gallina no estaba lo bastante crujiente para él.

—La próxima vez me mearé en la comida, así verá lo que es un plato malo —masculló antes de cerrar la puerta tras de sí.

Penelope suspiró. Ernestine no sabía lo que era una comida realmente mala, pues había llegado allí como pasajera, comía con los viajeros libres en la mesa y dormía en una cama de verdad. Grennway, en cambio, había llegado como preso, pero en cuanto apareció consiguió con su labia un camarote para él y su familia con comida de oficiales. No sabía nada de bichos en el pan, sémola fermentada ni carne en salazón en descomposición. Ni de la sed aguda. Ella misma ya rara vez lo recordaba. Se dejó caer en el taburete de la cocina con la mirada fija al frente. Cuando recordaba el barco que se balanceaba regresaba todo lo demás... el frío, la humedad. El mordisco de la sal en la piel lacerada. Las encías que sangraban, la extrema falta de espacio de la que no se podía huir... las cadenas en los tobillos.

Eran pensamientos sombríos en una noche tranquila. Delante de la ventana abierta cantaban los grillos. La luz de la luna brillaba con suavidad entre los árboles, y la salvia tan cuidada de Elizabeth que había bajo la ventana extendía con su aroma un parche en el alma. Penelope fue formando rosquillas con la masa que le había dejado Ernestine, pensativa. No estaba cansada, tenía toda la noche para hacerlo y para sumirse en sus pensamientos. Ernestine roncaba como un ejército de estibadores, y como compartían la cama en la planta de arriba, a veces era difícil conciliar el sueño.

La masa rodaba de un lado a otro en sus manos como un barco en alta mar. Las olas salpicaban de nuevo por encima de la borda y la devolvieron al *Miracle*, veía mentalmente bailar algunos rostros, su madre, Jenny, Liam... Liam. Le había resultado relativamente fácil no pensar en él. No tenía cabida en casa de los Macquarie. Ni su espalda llena de cicatrices ni la excitante desnudez de la que hacía gala, ni la mirada lujuriosa con la que la acosaba.

De pronto se oyó un portazo. Lachlan Macquarie entró en la cocina y ella se levantó de un salto, se sacudió la harina de las manos para poder servirle.

—¿Tú tampoco puedes dormir? —preguntó el gobernador—. Pues deberías hacerlo, mañana seguro que será un día duro. Si tienes alguna duda, pregúntale a mi mujer. —Esbozó una sonrisa amable. Para sorpresa de Penelope, se sentó junto a la mesa de la cocina y se puso a toquetear la masa de las rosquillas—. Un día muy duro, sí. Igual que para mí. Siempre el trabajo... incluso cuando me acuesto en la cama —murmuró.

—¿Es que el señor Greenway no ha logrado distraerle? —preguntó Penelope con cautela. Seguro que la pregunta no era adecuada, pero tenía la sensación de que Macquarie realmente quería hablar, aunque solo fuera una sirvienta y una reclusa.

—¿Distraerme? ¿Greenway? —El gobernador soltó una sonora carcajada—. En todo caso Greenway me mete dudas en la cabeza o malas ideas, de las que no se pueden llevar a cabo. Me distrae tanto con sus críticas que luego me quedo aún más confuso, ¡pues sí que es divertido como invitado a cenar! —Dio un puñetazo en la mesa—. Greenway es un arquitecto genial. Tiene vista y muchas ideas, sobre todo ideas heréticas. Se ha pasado toda la velada fastidiándome con esa historia del ron, que no debería pagar a nadie con ron, que el ron no es un pago, no se puede esperar una compensación del ron, aparte de una borrachera. Y en mi nuevo hospital ya he visto los estragos que hace el ron en las casas. —Volvió a golpear con el puño en la mesa—. Tendría que pagar a la gente con dinero, dinero de verdad. Pero ¿de dónde saco dinero? Un penique chino para unos, uno portugués para otros, un chelín británico para el tejador, y luego también tres monedas francesas de no sé qué para los pintores. Si buscamos, seguro que encontramos más monedas divertidas de las que nadie sabe cuánto valen en realidad. Luego todos van con sus monedas al señor Lord a la tienda y quieren comprarse unos zapatos nuevos. ¿Qué le digo yo al pobre señor Lord? ¿El penique chino vale lo mismo que la moneda francesa? ¿O qué?

El gobernador se levantó y se puso a caminar exaltado por la cocina hasta que encontró la jarra de ron que Ernestine se había olvidado en el bufete. Se la bebió de un trago.

—No se lo digas a mi mujer bajo ningún concepto.

Penelope asintió. Elizabeth odiaba el ron más que nada en el mundo.

Cuando el gobernador dejó de maldecir, ella continuó con su trabajo. Enrollaba una rosquilla tras otra, amasaba una base, la ponía en la bandeja de la cocina y cuando terminaba cogía el cazo de la confitura y dejaba caer una cucharada de esa masa dulce en medio de la rosquilla. Era el trabajo más bonito, la decoración con el recuerdo del verano, cuyo aroma se olía en toda la cocina.

—¿Por qué aquí no hay dinero como en Inglaterra, señor Macquarie? —se atrevió a preguntar finalmente, al tiempo que seguía goteando la confitura, cucharada a cucharada—. Tenemos chelines y peniques... —Nunca le había pasado, pero lo sabía por otras presas que hacían otras actividades después de su trabajo habitual y recibían dinero por ellas. Quien quisiera regresar a Inglaterra después de cumplir su condena o, como Joshua, quisiera reunir a su familia, haría bien en ahorrar a tiempo para el trayecto.

—No lo entiendes. Aún no hemos llegado tan lejos. Nueva Gales del Sur es... —Se quedó callado y se volvió hacia ella—. No eres tan tonta, niña, puedo explicarte cómo es la situación. —Se sentó de nuevo en la mesa—. Esta tierra, que en Inglaterra siempre llaman Botany Bay, aunque ya se sabe que ahí no se puede vivir, al principio no estaba pensada como un verdadero espacio vital. Solo queríamos deshacernos de los delincuentes, de una forma rápida y cómoda, y que estuvieran muy lejos. Enviaron también vigilantes, que fueron los primeros habitantes: los presos y sus vigilantes. Nadie pensó en que los presos cumplirían su condena en algún momento y tendrían que ganarse el pan. ¿Me entiendes? —Penelope asintió. Le estaba agradecida por hacer el esfuerzo de explicarle cosas complicadas—. Pensaban que ellos enviaban aquí a los delincuentes y que ya encontrarían algo para comer. En otros países puede que funcione, pero aquí no, y la gente que llegó aquí con las primeras flotas prácticamente se murieron de hambre porque no sabían cazar, pescar ni cultivar verdura. —Cogió masa de una rosquilla y la chupó como si fuera un niño pequeño.

»Vivían de las provisiones que les traían desde Inglaterra y pasaban hambre. Cada vez traían más cosas de Inglaterra para combatir el hambre, y la colonia no paraba de crecer, y seguía tratándose de deshacerse de los delincuentes y saciarlos de alguna manera. Con esos dos fines se creó una administración, pero nadie pensó en serio en el dinero. ¿Lo entiendes? Esto es una cárcel al aire libre. —El gobernador frunció el ceño como si le sorprendiera aquella expresión—. Sí, eso es exactamente. Una cárcel al aire libre, pero me gustaría hacer algo con ella. Aquí hay buena gente: todos tenemos posibilidades.

—Pero ¿no se puede fabricar dinero inglés? Traen de todo en los barcos, ¿por qué no dinero? —osó sugerir Penelope.

Él se echó a reír.

—Porque el dinero no se puede fabricar como si fueran zapatos. Siempre existe la misma cantidad, que va circulando. Yo te doy medio chelín, tú se lo das al panadero, él se lo da al molinero, y el molinero me lo da a mí porque soy el propietario del maíz. Ahora tenemos más parte de Inglaterra aquí —puso una mano en forma de cuenco—, pero no dinero. —Y formó un segundo cuenco al lado con la otra mano, el del dinero—. ¿Lo entiendes?

Ella asintió con energía.

—¿El rey también lo entiende?

Macquarie se la quedó mirando.

—Ese es el problema —dijo.

La confitura resbalaba pesada de la cuchara. El gobernador puso el dedo debajo y se lo lamió.

—El rey lo único que entiende es que con dinero se puede comprar y que a él, si sus deudas son demasiado elevadas, le basta con derramar una lágrima y el Parlamento se las condona. Eso es lo que entiende el rey del dinero. —Aquellas amargas palabras sin duda se considerarían alta traición, pero la respetable cocina de Elizabeth lo protegía y se ocupaba de que nada saliera de allí.

—¿Y no podríamos hacer nuestro propio dinero?

—Nos falta dinero para hacer eso.

—Solo tenemos ron.

El gobernador asintió.

—Realmente lo has entendido. Eres una chica lista.

—Y a nadie le queda dinero. Pero si le quedara, podría cambiar algo por ron —afirmó ella.

—Precisamente en eso estaba pensando. —El gobernador la miró atónito.

—Alguien empezó a hacer dinero, también en Inglaterra —dijo y se mordió el labio—. Hágalo usted aquí también. Puede cambiar ron por dinero y... pintar una imagen nueva en las monedas.

Cogió una rosquilla decorada con confitura de la bandeja y se la puso en la mano.

—Una nueva imagen. Se podría hacer un baño o... estamparla y añadir un centro nuevo. Se podría... es una idea genial... —Volvió a dejar la rosquilla y miró a Penelope—. Mereces un pase de libertad.

Penelope le sonrió. Sabía perfectamente que nunca le expediría el pase porque prefería tenerla en su casa.

—Regáleme el primer penique cuando lo tenga terminado, señor Macquarie.

La idea de Macquarie provocó risas entre los magistrados. El panadero opinaba incluso que así convertiría en pobres de un plumazo a hombres como el doctor Wentworth, cuyo monedero, como todo el mundo sabía, era sobre todo líquido. Wentworth enseguida suspendería las actividades de construcción en el hospital porque los trabajadores se quejarían. Todos estaban acostumbrados al ron, sabían cuál era el valor de una jarra y qué se podía conseguir por un litro. Todo el mundo sabía distinguir si el ron se había aclarado con agua o si estaba mezclado con otro alcohol. Todo el mundo conocía los distintos barriles de donde venía el ron. Y de pronto querían sustituirlo por monedas. «¡Es ridículo!», decía la gente en la calle.

—Es una majadería. ¡Imagínese que uno de esos negros tuviera dinero!

—Bueno, no se preocupe, ¿dónde lo iba a esconder si ni siquiera lleva pantalones?

Los caballeros soltaron otra carcajada. Los negros desnudos seguían siendo objeto de burla en Sídney, aunque al mismo tiempo les tenían miedo cuando pasaban orgullosos por la calle con sus lanzas y nadie sabía muy bien qué tenían que hacer allí en realidad.

Unos decían que querían asustarles, otros que querían vivir como los colonos.

—¿No sabíais que no tienen ni casas?

—Ni casas ni techos ni cobertizos, nada. Ni siquiera ropa —dijo el barquero, que viajaba con frecuencia entre Sídney y Parramatta y veía a menudo a muchos negros en la orilla—. Solo tienen las lanzas, por eso tampoco necesitan dinero.

A Lachlan Macquarie le sobraban las ideas. La más reciente consistía en llevar a los negros de una vez por todas la bendición de la civilización y demostrarles que era mucho más agradable vivir en una casa que al raso. Para ello hizo levantar en la orilla del río Tank tres cabañas para que vivieran y trabajaran las familias.

El logro de que un negro cambiara el arma por una jarra de ron bien merecía un titular. Luego las armas circulaban y eran admiradas, colgaban en el salón como un raro trofeo encima de la chimenea. En casa de los Macquarie no aprobaban esos trofeos, pues Lachlan era de la opinión de que como oficial del regimiento ya había tenido suficientes armas en las manos y no tenía por qué colgarlas en la pared. Y mucho menos ese utensilio tan primitivo. Pero Penelope había estado observando cómo lanzaba con Francis Greenway un gancho de madera en el jardín que los negros llamaban «bumerán» y cómo los dos caballeros daban brincos de alegría como dos niños porque el objeto viajaba primero por el césped y luego como por arte de magia volvía hasta ellos. Después lo probaron en el campo. El bumerán volaba a una gran distancia en el aire, y tras dibujar un círculo enorme regresaba hasta ellos.

¿Alguien que podía abarcar el cielo con su arma querría vivir en una casa pequeña?

Elizabeth Macquarie se encargó de atender a los negros junto con la señora Paterson. Penelope era tal vez la única que sabía lo mucho que le costaba a Elizabeth. Cada rostro negro le recordaba a la joven esposa del gobernador aquella tarde en el jardín en que la anciana se acercó a ella, le devolvía las duras horas que pasó después y reforzaba la nostalgia que sentía por su hijo.

Como Penelope admiraba la increíble valentía de Elizabeth, la seguía cuando iba a ver a los aborígenes aunque le dieran miedo. Igual que acompañaba con regularidad a la esposa del gobernador hasta el orfanato y, cuando no la necesitaban, observaba a los niños que jugaban y examinaba las cabecitas morenas y rubias. Lily tendría su edad, tal vez estaría colocando bloques de madera uno encima de otro y acariciando la cabeza de una muñeca. El cabello de Lily brillaba como si fuera de oro bajo el sol, y los ojos reflejaban el color azul del cielo. Sin embargo, ninguna de las niñas se parecía a la Lily que ella imaginaba.

Elizabeth estaba en primera fila como esposa del gobernador, y su posición incluía solo obligaciones, pero no sentimientos. La ropa para los aborígenes estaba en el salón de la señora Paterson. Penelope había ayudado a las damas a remendar los agujeros y a hacer camisas para las mujeres con tiras de tela, y a la señora Paterson le había asombrado su destreza.

—Sabe hacer cosas muy distintas —la elogió Elizabeth—. ¡Tiene que ver sus labores! —Y le habló de la capacidad de Penelope de hacer pequeñas labores sin que le importara la mirada de horror de su sirvienta.

—Pero tienes que volver a hacerlo, ¡es un don enorme saber hacer cosas así! —exclamó la señora Paterson, fascinada.

Penelope no dijo que a una encajera le dolía la espalda por la tarde de estar inclinada sobre la labor con una mala iluminación, le dolían los dedos y le lloraban los ojos, se congelaba durante todo el año de estar quieta sentada y a veces no podía comer nada del cansancio... Ninguna de las damas que se ponían los pañuelos de encaje en el escote pensaba en el trabajo que había detrás ni en que las encajeras no entendían su actividad como un don divino, sino como una manera de ganarse el pan. La época que pasó en una sala de costura había sido limitada porque la vista le fue menguando. En casa de los Macquarie lo disimulaba, Penelope sabía siempre cómo arreglárselas, conocía hasta el último rincón de la casa. Sin embargo, fuera de allí le resultaba difícil, y en casa de la señora Paterson redujo el paso al ir al baño por miedo a causar una desgracia y hacer enfadar a la severa mujer del coronel.

Por la tarde Elizabeth se puso en camino con ella. Un barco había atracado, y el señor Lord prometió que cargaba nuevas y emocionantes mercancías de la patria. De camino tuvieron que atravesar grandes aglomeraciones, pues media ciudad parecía estar fuera.

Las cabañas que Lachlan había construido para los aborígenes se encontraban al sur del puerto. Refunfuñando, el cochero se dirigió hasta casi delante de las cabañas y dio la vuelta a los caballos que resoplaban para irse lo antes posible de allí. Nadie se paraba voluntariamente en aquel lugar apestoso.

—Jones, me gustaría que nos esperara. —Elizabeth levantó las cejas, pues había notado sus ganas de irse.

Penelope se preguntó si el gobernador había estado alguna vez allí después de que los negros se hubieran mudado a las cabañas una semana antes.

—Sí, señora, como desee. Pero no es un buen sitio, deberíamos hacer lo que tenemos que hacer y luego largarnos de aquí. Déjeles las cosas ahí y vámonos a casa —farfulló Jones, furioso, y agarró con más fuerza las riendas porque pájaros de colores salieron volando de un montón de basura con restos de pescado y cáscaras en los picos afilados.

Las cabañas estaban abandonadas. Habían derribado el mobiliario, los colchones y las sábanas estaban en el suelo, donde era obvio que habían dormido los negros, las vallas estaban destrozadas. En el cercado ya no había ni una de las ovejas que Macquarie había puesto a su disposición, y las gallinas también habían desaparecido. Con las patas de los taburetes, los negros habían mantenido sus hogueras, en vez de buscar madera, y habían cavado un hoyo en medio de la cabaña en vez de utilizar la cocina. Elizabeth se quedó atónita en la entrada de la cabaña. Se le cayó de las manos la cesta con la ropa nueva.

—¿Para qué hemos construido todo esto? —preguntó en voz baja—. ¿Para qué ha discutido Lachlan con el magistrado y ha cogido a albañiles del hospital, para qué? Serán desagradecidos... desagradecidos...

Penelope reprimió el impulso de darle un abrazo de consuelo, pues no era adecuado.

—Será mejor que esto lo llevemos al orfanato, señora —dijo con voz sosegada—. Seguro que pueden hacer algo bonito con la ropa.

Elizabeth asintió, pero se quedó ahí inmóvil, le dijo a Penelope que quería estar un momento sola y se puso en camino para buscar fuera pistas de los salvajes.

Los negros se habían quitado la ropa. Había unos pantalones en un sitio, una camisa en otro, una falda, un zapato. Lo habían dejado todo literalmente atrás y se habían ido desnudos, tal y como habían llegado, habían abandonado las casas para no regresar jamás. Los pájaros se habían vuelto a instalar en el montón de basura. Penelope se dio la vuelta. Le daban miedo los enormes picos de las aves, pero las plumas eran de unos colores tan irisados que se sobrepuso, aguzó la vista y se acercó para admirar el colorido.

En ese momento lo oyó.

Era un llanto bajo, como hacen los niños que no tienen fuerzas para llorar del cansancio. Penelope se arrodilló y vio que en la basura había una niña. Era de piel oscura, tendría unas semanas y estaba bien alimentada, podría decirse que el bebé era guapo si el labio leporino no le desfigurara la cara. Estiró la mano hacia él con cuidado. La niña paró de lloriquear y la miró con los ojos hinchados. Agarraba con las manitas uno de los pedazos de tela que tenía sobre el cuerpecito.

Penelope le acarició la mejilla. No podía evitar recordar ciertas imágenes.

Una madre que abandonaba a su hija.

Una madre que abandonaba a su hija muerta.

Una madre que había matado a su hija.

Una vez Joshua le explicó que los aborígenes mataban a todos los niños a los que no podían transportar. Su vida consistía en trasladarse, y cada mujer podía cargar solo con un niño. Los mataban después de nacer, pero ese había sobrevivido.

Vio a unos negros peleándose. Vio a un hombre lleno de amargura, y a una mujer llorando. Rostros inquietos, miradas duras. Sintió la presión: «tienes que hacerlo, hazlo». Tal vez ella pensaba que en casa de los blancos había un demonio que había hechizado al niño. No podía ir de viaje con ellos, de ninguna manera.

Quizá la joven madre había conseguido ocultar la malformación con el pecho, hasta el día que alguien la descubrió.

Debían de haberla obligado a asfixiar al bebé antes de abandonar las casas para dejar ahí su cadáver, donde se perdería. Si estaba maldito, no era necesario guardarlo en el recuerdo. La basura ya era suficiente para él.

Penelope sintió una pena profunda, ese dolor agudo que ya conocía... no pudo contener las lágrimas ni el nudo que tenía en la garganta.

—¿Por qué lloras, niña? He... ¡Dios mío! —Elizabeth había llegado sin hacer ruido y se quedó quieta detrás de ella. Se colocó a su lado muy despacio en cuclillas y tendió la mano hacia la niña—. Se lo han olvidado...

—No —dijo Penelope con dureza—. La han dejado aquí, y no tenía que haber sobrevivido.

—Bárbaros —susurró Elizabeth.

Aquella palabra despertó a Penelope de su estupor. Se inclinó hacia delante y cogió al bebé en brazos. Le daba igual que las lágrimas que corrían por sus mejillas gotearan sobre el cuerpo desnudo de la pequeña, no le importaba que Elizabeth la viera ni lo que pensara. Todo le daba igual en comparación con la sensación de tener en brazos a un niño vivo.

—Lo llevaremos al orfanato, allí cuidarán de ella.

—¡No! —dijo Penelope con calma.

—Ya sabes que mi marido no quiere...

—No va a ir al orfanato.

—¿Y qué vas a hacer tú con un bebé?

La pregunta era humillante y devolvió a Penelope a su condición de presa que le correspondía. Penelope se puso en pie y apretó al niño con fuerza contra su pecho.

—Yo tuve una hija, igual que esta niña antes tenía una madre.

Antes de que pudiera irse con él, Elizabeth la agarró del brazo con suavidad.

—Tenemos que ir con cuidado —dijo en voz baja. El tono de voz era suave, pues comprendía la necesidad de Penelope—. Es demasiado peligroso andar por aquí sola.

No le soltó el brazo por si acaso y se agachó para levantar los retales de ropa. Envolvieron al bebé negro en uno de los pañuelos. Parecía que entendiera que acababan de salvarle la vida, pues se quedó muy tranquilo, incluso cuando subieron al coche para ir a casa.

—Debe de estar medio muerta de hambre —dijo Elizabeth—. A lo mejor deberíamos...
—Puedo ordeñar las cabras —se apresuró a decir Penelope—. Podemos darle leche de cabra rebajada con agua.
—Ay, niña.
Las dos mujeres se quedaron en silencio hasta llegar a la casa del gobernador.
—Como mínimo el médico tiene que ver al bebé —ordenó la patrona delante de la puerta—. Luego ya lo pensaremos. El doctor sabrá aconsejarnos.

Al final la niña acabó en la cama infantil porque ahí no las molestaban y podían dedicarse mejor a su cuidado. La cocinera fue a verla, el chico de los recados asomó la nariz por la puerta y puso cara de asombro. Todos tenían aún en la cabeza el enfado de Lachlan y su prohibición de volver a dejar pasar a un negro a su propiedad, pues al fin y al cabo el último había introducido la viruela en la casa.
—Esta niña no tiene viruela —explicó Penelope.
—Pero está embrujada, mírale la boca —comentó Ernestine sin atreverse a acercarse—. De ahí no puede salir nada bueno...
—¡Silencio! —Fue lo único que tenía que decir Penelope.
Cuanto más miraba al bebé, más firme era su decisión: no iría a un orfanato ni a ningún otro sitio. Notaba el desconcierto de Elizabeth, que preveía adónde la iba a llevar su tozudez. En cualquier otra casa hacía tiempo que estaría en la calle, con el bebé bajo el brazo y sin perspectivas. Probablemente habría regresado a la cárcel de mujeres, donde de todos modos le habrían quitado a la niña negra. Sin embargo, la esposa del gobernador, pese a su juventud, era una persona sensata. Nunca armaba escándalos, y sabría manejar la situación llegado el momento. Eso le daba a Penelope la seguridad y la tranquilidad de que estaba haciendo todo lo necesario por el bebé abandonado.
Lachlan Macquarie reaccionó como se esperaba. El chico de los recados se lo había contado al cochero, que a su vez se lo

había explicado enseguida al gobernador, además de la historia de que los malditos negros habían devastado las cabañas y se habían largado, desnudos, como el diablo los había traído al mundo.

—Ningún cristiano puede hacer algo así —afirmó Jones—. ¡Que se los lleve a todos el diablo, si es así como pagan la amabilidad de su excelencia! ¡Tendría que haberlo visto, la porquería, el hedor, y el ganado desperdigado por todas partes! ¡Como si tuviéramos que regalarles algo! ¡No se merecen nada!

El gobernador lo dejó ahí, atravesó los dos salones y entró en la habitación infantil. Con una larga mirada registró los lechos y levantó la mano cuando Elizabeth quiso darle explicaciones.

—Ahora me voy a ir a Prospect para controlar el curso de las obras en la calle. Cuando vuelva mañana este... bebé... habrá desaparecido de la casa. —Lachlan agarró su sombrero y salió de la casa sin decir una palabra más. Sin enfadarse, sin reproches, sin discutir.

Sin embargo, Elizabeth no se rindió. Hizo llamar de todos modos al médico porque la niña no paraba de sollozar.

—La leche de cabra no es un alimento para niños —dijo con el ceño fruncido—. En el orfanato saben... ay. Esperaremos a ver qué dice el médico. —Apareció una sonrisa en su rostro. Se le notaba que estaba muy dividida entre su marido y aquel bebé abandonado. Y además estaba esa sirvienta medio ciega que por lo visto hacía tiempo que no era solo una sirvienta, sino mucho más.

Penelope sintió en el corazón un profundo agradecimiento.

Bernhard Kreuz era mal actor. No se esforzó lo más mínimo en disimular su consternación cuando se quitó la levita y atravesó el salón dando zancadas. Penelope supo por los pasos que era él y no Redfern, a quien esperaban en realidad.

—Cuando me dijeron por qué necesitaba un médico, preferí no molestar a William —se disculpó por su presencia ante

Elizabeth Macquarie—. Su esposa no se encuentra bien...

—Pese a que podría ser cierto, la explicación sonaba bastante insulsa.

Elizabeth caminaba a su lado para hablarle del bebé.

—... nos lo encontramos... debieron de abandonarlo... mi marido no soporta...

El médico lanzó una mirada de curiosidad a la habitación infantil.

—Buenos días, Penelope.

Ella sintió su mirada con una intensidad inusual en el rostro y tuvo que levantar la vista.

—¿Cómo estás?

Aquella pregunta, que ya no era muy habitual hacerle a una sirvienta, transmitía mucho más de lo que aparentaba. El médico la miraba con un brillo en los ojos, tanto que Penelope se levantó y se acercó a él para coger la bolsa, pero él la agarró.

—¿Estás bien? —preguntó.

—Sí —susurró ella. En ese preciso instante supo que ni siquiera había avisado a Redfern y había acudido él enseguida. Aquello la incomodaba, así que se dio la vuelta enseguida para huir de su mirada.

Él destapó a la niña en silencio, sacó de la bolsa los instrumentos necesarios y la examinó con todo detenimiento. Por lo visto el labio leporino lo tenía fascinado, no paraba de toquetearlo con cuidado, y el bebé le dejaba hacer.

No se dijeron ni una palabra. Todo estaba bien así, él iba haciendo con calma.

—Está débil —dijo finalmente—. Pero sobrevivirá. Lo mejor sería que tomara leche materna... pero nunca encontraremos a un ama de cría blanca que quiera darle el pecho a un bebé negro. Nunca. En el orfanato...

—Me lo quiero quedar —se apresuró a decir Penelope.

—Penny. —Se dio media vuelta y le puso una mano en el brazo en un gesto indecoroso. Nunca la había llamado así—. No es Lily.

Las lágrimas empezaron a derramarse sin que ella quisiera.

No, ese bebé no era Lily ni un medicamento contra la tristeza que tanto se había esmerado en mantener oculta. El bebé negro no era más que una obsesión, un fantasma...

Él le dio un abrazo sin más y la meció de un lado a otro hasta que se hubo calmado un poco. Luego la soltó dubitativo y puso cierta distancia entre ellos. Penelope tenía el corazón en un puño porque él la seguía observando en silencio y ni siquiera parecía estar buscando qué decir.

—Bueno, ¿usted qué dice, doctor, quiere...?, oh. —Elizabeth se quedó quieta en el umbral de la puerta. Enmudeció, pero Kreuz enseguida recobró la compostura. Recogió su bolsa y cogió a la niña con la manta en brazos.

—Me la llevaré para que pase la noche en el hospital, el labio leporino hay que tratarlo con una operación. Cuanto antes, mejor, así se puede... conservar esa preciosa cara —dijo, sin mirar a Elizabeth. Su mirada se posó en Penelope, que estaba delante de él y había tendido los brazos hacia la niña.

Se obligó a bajar los brazos y no gritar, pues sabía que Kreuz tenía razón y que no le haría daño...

—Mañana seguiremos pensando en qué hacer.

La sonrisa de Elizabeth danzaba por el cuarto. El aroma a lavanda que siempre la acompañaba era un consuelo.

—Ay, Bernhard, es maravilloso, será lo mejor para todos, le estoy muy agradecida...

Las voces se alejaron. Penelope se dejó caer aturdida en la silla que había junto a la cama infantil, ahora vacía.

Elizabeth supo organizarse para que estuvieran ocupadas toda la tarde. Como no se esperaba que regresara el gobernador hasta el día siguiente, decidió preparar la comida a conciencia y les dijo a las mujeres que cortaran judías y picaran hierbas para hacer el pan siguiendo una receta nueva, lo que motivó las protestas de Ernestine.

—Dónde se ha visto que haya que hacerse el pan cuando se puede ir a la panadería... como los pobres...

La esposa del gobernador no paraba de dar vueltas por la cocina y se ocupaba de que todos los pensamientos que no tuvieran que ver con las plumas de gallina o la carne de canguro se quedaran en la puerta. En las pausas había pasteles y un té especialmente bueno que nunca se servía a los criados. Penelope agradecía tener tanto trabajo, que la distraía de sus cavilaciones.

Por la tarde se oyó que llamaban a la puerta con suavidad. Ernestine hizo pasar al médico al salón, donde estaban sentadas las dos mujeres a la luz de las lámparas de petróleo. Elizabeth estaba medio dormida sobre su libro, mientras Penelope tejía los últimos puntos de un cuello de encaje. Era una delicia de hilo de seda de color crema, más bonito que todo lo que había hecho antes. El patrón era redondo, formado por unos círculos que se cruzaban y no dejaban ni un hueco abierto. Había tardado mucho en tejerlo porque apenas veía los puntos, pero ya estaba terminado. Levantó la cabeza.

Kreuz dejó vagar la mirada por las butacas mientras pensaba en cuál debía sentarse. Estaba pálido, pero tenía una expresión relajada. Tenía en las manos la manta del niño doblada, que Elizabeth le cogió enseguida.

—¿Qué buenas nuevas nos trae, Bernhard? —preguntó con alegría, y le sirvió un vasito del licor de bayas.

Kreuz informó de que Redfern le había ayudado por la tarde a coser el labio leporino de la pequeña expósita. El resultado era tan interesante que estaban pensando en una publicación.

—Ya es hora de que abandonemos el viejo hospital de campaña y entremos en el mundo de la medicina moderna —opinó, y cruzó las piernas—. Nueva Gales del Sur quiere formar parte del mundo, así que hay que ofrecerle algo y no presentarse como una jaula entre palmeras.

—Una jaula entre palmeras... mi marido también lo ve así. ¡Lo ha expresado fenomenal! —Elizabeth sonrió—. Mi marido trabaja mucho por convertir esta colonia en un país de verdad.

—He oído hablar de sus planes de acuñar una moneda. Será un paso importante, tal vez el más significativo de todos. El ron no nos llevará a ninguna parte, solo consigue hacer más pobres a los miserables.

»Y más borrachos. —Elizabeth asintió.

»Y además van perdiendo la capacidad de mirar hacia delante, y eso es una mala base para crear un país fuerte.

Penelope sintió la mirada del médico y notó que en realidad quería otra cosa muy distinta. De pronto se levantó y se puso a caminar por la sala, nervioso.

—Esta mañana han vuelto a dar latigazos a tres hombres. El juez los ha condenado a cien azotes cada uno por robo. Uno estaba en tan mal estado que temía que no fuera a sobrevivir. El médico de servicio no ha hecho nada y ha asistido a los azotes porque de lo contrario el juez Bent no le habría pagado. Con un galón de ron, por supuesto. Es increíble. Si no lo para alguien... —Apuró su vaso—. No quiero aburrirla, señora. Tenía una petición...

—Estoy segura de que el gobernador se alegrará de que nos acompañe en la cena de mañana —dijo Elizabeth en un tono suave—. Si es que no le importa sentarse en la mesa con ex convictos.

Kreuz soltó una leve carcajada.

—De ninguna manera, señora. Al contrario, para mí será un honor pertenecer al grupo. Son los hombres que hacen los trabajos de construcción. Me he pasado media vida curando heridas de guerra y viendo morir a hombres. Llegué a Nueva Gales del Sur para servir a la vida, ya fui durante demasiado tiempo sirviente de la muerte.

—Será muy bienvenido, doctor.

La sonrisa de Elizabeth inundó la sala de alegría, y tal vez fuera el último ingrediente que le faltaba a Kreuz para terminar la visita tal y como pretendía.

—Señora, me gustaría hablar con Penelope, ¿me permite?

Sus palabras quedaron suspendidas en el aire y cayeron delante de ella. El médico le había tendido la mano a modo de invitación. Ni siquiera consiguió sonreír. Penelope sintió una gran angustia en el corazón. Había estado escuchando todo el tiempo su voz y se sentía más segura. No ocurriría nada malo, ya se encargaría él de eso.

—Ven.

Penelope se volvió hacia Elizabeth, que se limitó a sonreírle y a hacer un leve cabeceo. Penelope cortó el hilo. La labor de encaje cayó en silencio sobre la mesa, ella se levantó y aceptó la mano de Bernhard.

Entraron juntos en el salón de caballeros, donde Ernestine estaba colocando libros en la estantería y abriendo los batientes de la ventana norte para que entrara el aire fresco de la tarde. Kreuz le soltó la mano y dejó el sombrero en la silla situada junto a la puerta, como si quisiera impedir que se le olvidara. Luego se quedó un poco perdido en el salón.

—¿Tiene suficiente leche de cabra para la pequeña? —Penelope intentó iniciar una conversación. Tenía aquella pregunta todo el tiempo en la punta de la lengua, pero no se había atrevido a hacérsela.

El médico parecía agotado, el viejo hospital estaba a rebosar y las condiciones en el hospital nuevo eran, según decían, poco satisfactorias de momento porque, ante la falta de especialistas, incluso los médicos tenían que vigilar a los presos a los que habían encargado los trabajos de construcción. Faltaba tiempo para los pacientes, o hacían largas jornadas de trabajo, como Redfern y Kreuz. Mucha gente en Sídney los tomaba por locos, pero Penelope sabía que el gobernador los tenía en gran consideración precisamente por eso.

—Penelope. —Kreuz se acercó un paso a ella, luego se quedó quieto, retenido por una fuerza invisible—. Penelope, cásate conmigo.

—¿Qué...? —Ella se lo quedó mirando. Estaba lo bastante cerca para verle los rasgos con claridad.

Kreuz dio un paso más.

—No soy hombre de muchas palabras, Penelope. Cásate conmigo. —Se quedó atascado. Sintió que el rubor le subía a la cara y la cubría con un manto de calor... la expresión del rostro del médico reflejaba una profunda desesperación, realmente no encontraba las palabras adecuadas.

»Soy un viejo tonto, he cortado piernas despedazadas en la guerra, he sacado balas de la carne y he transportado cadáveres. —Consiguió decir de repente—. Y aquí estoy ahora sin saber qué hacer. —Hizo un amago de sonreír pero no lo consiguió del todo.

—Lo hace muy bien, doctor Kreuz —susurró ella, que no pudo evitar que le temblara la voz. La mirada de ternura del médico era la culpable, o la boca, que formaba nuevas palabras en silencio. Sintió más vergüenza. Estaba delante de él, ¿por qué no la besaba?

—Perdí a mi esposa y dos hijos en una maldita guerra, además de mi patria. Luego viniste tú... me has acompañado en una nueva vida sin saberlo. —Respiró hondo—. Nada me haría más feliz que dormir y despertarme a tu lado, Penelope. Me gustaría tenerte junto a mí, cada día de mi vida, como compañera, para lo bueno y para lo malo.

Ella ya lo había tenido, sobre todo en los malos momentos, ahí estaba él, tranquilo y discreto. Kreuz era el hombre que había traído al mundo a su hija y que sabía que sufría en silencio por su pérdida. Era el rayo de esperanza en su mísera vida en el barco. La había abandonado por su suspicacia y había vuelto a ella. Como un ángel protector, la vigilaba a lo lejos, estaba en el lugar adecuado cuando el destino la agarraba con sus dedos ávidos.

Era el hombre que la llevaría a un hogar. Mientras ella seguía callada, él continuó hablando, en un tono más insistente.

—Penelope, ya no soy joven, y tampoco rico. Pero todo lo que tengo lo pongo a tus pies.

—Pero... yo solo soy una sirvienta —susurró, confusa.

—Si te casas conmigo ya no lo serás. —El guiño le dio un aire juvenil, y tal vez fue exactamente esa frase la que hizo que Penelope reaccionara. «¿De qué estás dudando en realidad?», le preguntaba una voz en su cabeza que se parecía sospechosamente a la de Carrie. «¡Cógelo, coge todo lo que puedas! ¡Enséñaselo al mundo!»

—La señora Macquarie... si la señora Macquarie lo permite... —Se mordió los labios. La había llevado hacia la luz a través de la puerta. Era el hombre adecuado.
—Lo permitirá, Penelope. Pero tienes que quererlo. Tienes que... quererme. —Kreuz sonrió con timidez y por fin la cogió de la mano—. No quiero estar más sin ti, Penelope. Ni un solo día de mi vida.

Elizabeth Macquarie no puso reparos a la petición de Bernhard. Al contrario, le sonrió cuando al día siguiente fue a hablar con ella y con el gobernador para liberar a Penelope del servicio y solicitar su pase de libertad. El gobernador sonrió satisfecho.
—Querido Kreuz, me siento muy honrado de que haya escogido a mi sirvienta a pesar de que un hombre de su posición podría aspirar a otra cosa...
—He encontrado mi sitio, excelencia —le interrumpió Kreuz—. No tengo ningún otro objetivo.
El gobernador asintió, pensativo.
—Todos los enlaces matrimoniales en la colonia me causan una gran alegría —dijo finalmente, sin entrar más en la elección del médico. A su juicio era raro, pero al mismo tiempo era muy razonable, pues la chica era joven, estaba sana y fuerte, era perfecta para la consecución de sus sueños.
»Hay que apoyar todo lo que haga retroceder el concubinato. Necesitamos mujeres fuertes y valientes, y eso solo se consigue si pueden ser una verdadera compañera para su marido. Y, por supuesto, tenemos que apoyar todo lo que favorezca la descendencia —añadió con un guiño—. Nuestro joven país también tiene que crecer y hacerse fuerte. Así que apliquese el cuento, querido Kreuz, y llene su casa de risas de niños...

Penelope llevaba un vestido blanco usado de Elizabeth. El velo de encaje se lo había regalado la señora Blaxland, que hacía acopio de existencias de ropa inagotables por puro hacer, Elizabeth estaba convencida de que no lo había utilizado nunca.

—Y si supiera que medio centímetro de él adorna la cuna de un bebé negro —dijo entre risas—, seguro que a la señora Blaxland le daría un ataque.

Penelope sonrió en silencio. Había cumplido su voluntad y el niño no había sido entregado al orfanato. Bernhard había encontrado en el puerto a una mujer dispuesta a ir tres veces al día al hospital a dar el pecho al niño a cambio de un salario. La cuna estaba en su habitación, y cuando se supo qué hacía esa mujer ahí las habladurías alcanzaron cotas increíbles. Al final Redfern había llamado aparte a sus dos «queridos cabezones» y les aconsejó adquirir una casa antes de tiempo y contratar a la mujer de criada. Así por lo menos pondrían fin a los chismorreos sobre el ama de cría. El hecho de que alguien criara en su casa a un niño negro ya provocaba innumerables gestos de desaprobación.

—Estos encajes tan finos solo existen en París —dijo Elizabeth.

Penelope acariciaba con las manos la suave tela. Reconoció el patrón y el tipo de punto enseguida. Si se concentraba, tal vez lograra volver a hacerlo... no era necesario viajar a París para comprar encaje fino. Suspiró. Pronto la vista ya no le daría para hacerlo. La capa gris que tenía ante los ojos se espesaba visiblemente. Bernhard había hablado de una operación, y que en Inglaterra ya se cortaban las cataratas con éxito, pero a ella le daba demasiado miedo.

Elizabeth le hizo una trenza en el pelo y le sujetó el velo con una peineta cubierta de perlas.

—En realidad esto lo hace la madre —dijo, melancólica—, la mía tampoco pudo presenciar mi boda. ¿Tuvo que dejar a su madre en Inglaterra? ¿Sabe si está bien?

Penelope sacudió la cabeza.

—Mi madre llegó en el mismo barco que yo.

—Ah. —Elizabeth dejó caer los brazos—. No lo sabía... nunca me había hablado de ello. Pensaba que solo su hija... querida Penelope...

—El *Miracle* se quemó, señora. Murió mucha gente.

—Sí, lo recuerdo. Pero también me acuerdo de usted, Penelope. —Se separó de su pelo y se volvió hacia ella—. Seguro que su madre estaría muy orgullosa de usted. Seguro que la estará viendo desde el cielo y se alegrará del buen hombre que ha encontrado.

Penelope asintió con la mirada perdida. Sí, su madre estaría orgullosa.

—¡Qué suerte que al final acabara en nuestra casa! —siguió hablando Elizabeth, y le acarició las mejillas—. Me gustaría decirle que ha sido un placer tenerla en mi casa. —Su sonrisa interceptó un rayo de sol que se abría camino por la ventana y consoló el corazón de Penelope—. Espero que sigamos teniendo un trato familiar. Como bien sabe, en la mesa de mi marido no solo se sientan los ciudadanos ilustres de la colonia, sino también los que han sabido convencerle con su servicio. Lachlan no es nada arrogante, eso me hace sentir muy orgullosa de él como su esposa. —Se inclinó hacia ella—. Aunque escandalice a la mayoría de mis vecinas, como ya sabe. Bueno, en realidad lo sabe todo, querida, lleva tanto tiempo con nosotros... —Le colocó la última peineta—. Ahora se casará con Bernhard Kreuz y mañana tomaremos el té juntas en el jardín.

El trato de respeto al que había pasado después de su compromiso, así como la idea de estar sentada al día siguiente con ella como señora Kreuz, dejaron sin palabras a Penelope: era más de lo que nadie podía imaginar. Su madre nunca la había animado a rezar, pero era el momento de dar las gracias a Dios, así lo sentía.

La noticia del inminente enlace corrió como la pólvora en Sídney. El doctor Kreuz era una persona querida, no solo se apreciaban sus conocimientos médicos. Pese a que no ocupaba un puesto importante en el hospital, hablaban de él en las tiendas, en las plazas, en la fábrica, incluso en la cárcel de mujeres tenían un buen recuerdo de él. Una de las presas se acordaba también de su prometida. Mary miraba por la ventana, cuyos barrotes estaban torcidos tras un intento de fuga, y observaba la ciudad, que desprendía vapor del calor. Nunca había preguntado nadie por ella ni la había buscado. El médico se había olvidado de ella, ahora que tenía en brazos al amor de su vida. Una sonrisa de resignación le deformó los rasgos. Ya no importaba. Su hija pertenecía ahora a la clase alta, había conseguido dejar atrás su pasado. Mary estaba orgullosa de ella, y si llegaba el día en que volvía a ser libre, iría a la ciudad y llamaría a su puerta.

Bernhard no se consideraba merecedor de la repercusión que estaba teniendo su boda. El enlace entre el médico militar alemán y la ex convicta británica aparecía como una noticia breve en la última página de la gaceta de Sídney, y solo porque el gobernador no había podido evitar casarlos en persona. El redactor de la gaceta, sin embargo, no había encontrado las palabras adecuadas para lo que sintió Penelope cuando William Redfern la llevó al despacho de Macquarie, donde debía tener lugar la ceremonia. Redfern le sujetaba el brazo como si fuera una dama.

—Ahora es una dama, querida. —Parecía que Macquarie le leía el pensamiento—. Es una dama con un corazón muy especial. Si Bernhard la ha elegido como esposa, yo apoyo su decisión con gran alegría. Y estoy orgulloso de ser su padrino de boda, y aún más de hacer de testigo de su matrimonio. Yo... ay, Penelope. —Se detuvo, le dio media vuelta y la abrazó con cuidado para no arrugarle el velo—. Sea muy bienvenida a Nueva Gales del Sur. Espero que pueda perdonar y olvidar todo lo desagradable que haya vivido hasta ahora. —La soltó y le acarició los brazos—. Espero que sea muy feliz en su matrimonio.

Penelope le sonrió feliz, aunque había notado sus dudas ocasionales. Tal vez le ocurría como a ella: eso de la nueva vida era una historia. Llegó allí como una delincuente condenada. Era de lo más raro pertenecer al otro bando de la noche a la mañana solo por un matrimonio y un pedazo de papel. Los hechos seguían existiendo. Pero así era en la joven colonia, como Lachlan Macquarie le había explicado. La vida estaba delante de los colonos, daba igual si había llegado como convicta o como persona libre. Quien probaba su valía y demostraba empeño y voluntad de abordar su nueva vida con valentía tenía todo el afecto de Macquarie y no se le pondría ningún impedimento. Ningún gobernador firmaba tantos indultos y pases de libertad como Macquarie, ninguno contaba con tantos amigos y admiradores entre los ex convictos. Por tanto, ningún gobernador recibía tantas críticas de la gente respetable.

En la mirada de Macquarie no había rastro de soberbia ni menosprecio cuando unió a los recién casados y colocó la mano de Penelope sobre la de Bernhard.

—Que seáis el uno para el otro la fuente y el agua a partir de las cuales la tierra que tenéis bajo vuestros pies crezca verde y florezca —afirmó el gobernador con una sonrisa—. Le he robado la frase a un cura, pero no al señor Marsden.

Bernhard puso cara de asombro. Nunca había ocultado la profunda antipatía que sentía hacia Samuel Marsden y que consideraba completamente incorrecto su nombramiento como magistrado.

—Pensé que no estaba mal la frase. Señorita... la señora Penelope necesitará un tiempo para acostumbrarse a su nueva vida y sus obligaciones. Sea usted su fuente y su agua, Kreuz. Permanezca a su lado. —El gobernador agarró la mano de Bernhard y la sacudió en un gesto cariñoso y con insistencia.

Redfern abrazó a su amigo alemán y Penelope se quedó al lado, mirando las flores que tenía en la mano, incapaz de creer lo que acababa de ocurrirle.

El matrimonio Kreuz se mudó a una de las casitas viejas que había cerca del hospital, pues el escaso salario de Bernhard no daba para más. Estaba hecha de madera, probablemente era de la primera fase de la colonia, cuando los hombres hacían caer los árboles con las manos desnudas. Sin embargo, no importaba la sencillez de aquellas cuatro paredes: era un hogar, por primera vez en su vida. Bernhard atravesó el umbral de su casa con ella en brazos, con cuidado, como si fuera un tesoro precioso. En el interior la dejó en el suelo, y ella se dio media vuelta y le miró a la cara.

—Hemos recorrido un largo camino, Penelope. Espero que lo que esté por venir nos llene de felicidad. No soy hombre de poesía ni grandes palabras, pero haré lo que esté en mi mano para darte felicidad. —Esbozó aquella tímida sonrisa que siempre hacía que a Penelope se le encogiera el corazón por su absoluta sinceridad—. Ese maldito barco nos dejó aquí en tierra una vez, hagamos algo con ello.

Kreuz la amaba con una entrega cariñosa y tranquila, con cuidado de no asustarla y sin pensar en su pasado. Le hacía olvidar que ya la conocía, y la conquistó de nuevo, esta vez como amante y no como médico. Mientras ella lloraba, él la abrazó en silencio, como si supiera que se pueden abrir las cadenas, pero nunca se pueden eliminar del todo.

La noche trajo lluvias que la tierra reseca absorbió con ansia. Se sacudió el manto de polvo gris y creció verde y nueva. Las flores cansadas levantaron la cabeza y saludaron a la mañana con un frescor nuevo. Junto a la ventana trepaba un melocotonero al lado de la casa. Aún era joven y tenía pocas flores, que se aferraban con timidez a las fuertes ramas rojas. El dulce aroma de las flores penetraba por la ventana abierta y llenaba el dormitorio. Penelope adoraba ese olor: para ella era un símbolo de esperanza y de una nueva vida.

11

*Cuando agotada de la larga jornada
y del terrenal cambio del dolor por el dolor,
perdida, al borde de la desesperación,
tu cálida voz me llama de nuevo.*

EMILY BRONTË,
A la imaginación

—Se lo digo, Penelope, le sentará bien. El aire en Sídney es demasiado sofocante, en el campo se está mucho mejor. Y si se lo pide con cariño, su esposo nos acompañará. Ya sabe que no puede negarle nada. La adora: lléveselo y déjese tratar como una reina por unos días. —Elizabeth Macquarie ladeó la cabeza y le dedicó a Penelope una sonrisa tan irresistible que ella sacudió la cabeza, entre risas.

—Lizzy, si siempre engatusa así a su marido, entiendo por qué deja la casa a su cargo. Yo también lo haría solo para estar tranquila. —Penelope se quitó las gafas de la nariz y se frotó los ojos doloridos. Bernhard le había obligado a usar una ayuda para la vista el año anterior y se fijaba en que las llevara con regularidad, aunque la vista apenas le mejoraba. Su mundo seguía cubierto por una capa marrón, pero Penelope no se atrevía a decírselo por miedo a incrementar su preocupación por su salud. Además, volvería a hablar de la operación que tanto la aterrorizaba—. ¿Cómo puedo resistirme, Lizzy? —preguntó en voz baja, y miró con cariño a su amiga.

—Me temo que el único que se me resiste es este pequeño caballero —contestó Elizabeth—. Siempre que es la hora de acostarse. —Miró inquieta a su hijo pequeño, que por lo visto a sus dos años no le costaba nada tiranizar a sus padres. Por suerte estaba jugando tranquilamente en la arena roja, pero las dos mujeres sabían que sus gemidos ensordecedores enseguida dinamitarían la relajada tertulia vespertina.

—¿Es por compasión o por una cuestión práctica?

—Si en algún momento siento compasión será el momento de que el pequeño Lachlan vaya a un internado en Inglaterra. —Elizabeth se echó a reír—. Entonces, ya está. Nos vamos juntas a Parramatta —regresó de pronto al viejo arte de la persuasión.

—¿Y usted cree que la señora Treskoll no tendrá nada que objetar?

—Comprende perfectamente que el gobernador vela porque se respeten los derechos. Toda esta historia ha causado mucho jaleo.

«Toda esa historia» era la farsa de un comerciante, una de tantas en la colonia. Cuando Elizabeth se fue, Penelope se quedó un rato sentada en el jardín, mirando cómo jugaba la pequeña Lucy, sumida en sus pensamientos. De esas farsas a veces surgía algo real, como solía decir Macquarie.

Lucy era uno de ellos: su hija negra abandonada, que estaba criando pese a todos los obstáculos.

En su momento surgió algo real en la mesa de la cocina con las rosquillas. Macquarie no había cedido, y al final consiguió poner fin a la farsa del ron, como lo llamaba él con desprecio, con la moneda propia. Le había costado algunos amigos, de los que Elizabeth decía luego con irreverencia que habían intentado acabar con él literalmente.

Dos baúles de monedas españolas habían sido la base de la

nueva moneda. Macquarie había estado un tiempo experimentando y luego encontró una vía para estampar el centro de la moneda, fundirla y crear una pieza propia. Así, había dinero nuevo hecho con material antiguo, no era necesario sobrecargar la caja del gobierno y la gente se acostumbró enseguida a tener de nuevo monedas en la bolsa. En un último gesto de valentía, el gobernador aumentó los impuestos sobre el ron de importación para así limitar el comercio con esa bebida del demonio. Muchos se rieron de él, pero cuando se creó el primer banco en Sídney ya nadie se reía. Estaban atentos a sus ideas y su capacidad de ejecución, e incluso D'Arcy Wentworth, que estaba al borde de la ruina al finalizar la farsa del ron, tuvo que admitir que era el camino correcto a seguir.

Como esposa del médico, Penelope comprobó asombrada que no tenía ningún problema para tener trato con las damas de la alta sociedad, a pesar de que todo el mundo sabía quién era y de qué barrio de Londres procedía. Al fin y al cabo la mujer del panadero era de un barrio pobre de Cork, y Edith, la esposa de uno de los carpinteros y madre de cuatro chicos preciosos, había robado a su patrona cuando era institutriz. Si los que eran colonos libres la miraban por encima del hombro ella no lo notaba, pues Bernhard Kreuz era, junto con William Redfern, uno de los médicos más queridos de la colonia, sobre todo porque no discriminaba y con todos los pacientes mostraba la misma paciencia y cuidado.

De todos modos, a Bernhard no le interesaban los círculos de oficiales, así que Penelope no tuvo que pasar el bochorno de invitar a la señora Hathaway a su modesta casa o informar de los progresos de su pequeña Lucy. El capitán pasaba la mayor parte del tiempo en la India, y las malas lenguas decían que allí gozaba de los favores de una hija del maharajá, que sin duda era una compañía más agradable que su esposa inglesa, llena de quemaduras del sol y gruñona. Por supuesto, solo eran rumores, pero a Penelope le encantaba escucharlos, como cuando era sirvienta. Los rumores eran como los puntos de encaje: se enredaban con destreza con la verdad y en realidad eran inútiles, pero era maravilloso acariciarlos con las manos.

Llegaban rumores a la ciudad con cada barco y cada bote del norte, y a veces también venían en los carros que traqueteaban de los colonos que no podían permitirse un coche moderno de dos caballos con suspensión. Carrie Hathaway, por ejemplo, iba en uno de esos carros y sujetaba el monedero cuando Arthur So entraba con ímpetu en la calle mayor para asegurarse de que lo veía todo el mundo. Para su disgusto, le habían asignado tierra al otro lado del río Hawkesnury y ahora se veía obligado a cruzar el río siempre que quería ir de visita a la ciudad, lo que hacía que el viaje fuera agotador.

Por lo visto la tierra tampoco daba lo suficiente, pues nunca se le veía viajar con servicio. Probablemente era demasiado arriesgado dejar la casa y la finca en manos de los presos a los que podía contratar. Todo el mundo sabía que era muy difícil encontrar a gente realmente de fiar que no robara una camisa debajo de la falda o limpiara la despensa en cuanto uno se daba la vuelta. De todos modos, la mayoría de los presos eran incompetentes para el trabajo en el campo: un ladrón sabía tan poco de patatas y de troncos de madera como un falsificador, y a una tabernera le costaba mucho sacar adelante un huerto. Las quejas no habían cambiado, al contrario. Aun así, la mayoría de los liberados seguían soñando con adquirir su propia tierra.

No obstante, las dificultades de su nueva cotidianeidad no impedían a Arthur So pronunciar grandes discursos como en sus mejores épocas sobre reformas tributarias y políticos estúpidos, ni hablar con Wentworth y Blaxland de caballos, con su ropa colorida en la barra del hipódromo, aunque en el carro solo había un viejo jamelgo medio dormido, con el labio inferior colgando, que ni en el sueño más remoto recordaba a un caballo de carreras impetuoso.

Carrie evitaba encontrarse con Penelope. Desde aquella noche no habían vuelto a hablar. En su momento Carrie no movió un dedo para ayudarla. La traición de su amiga, o de la mujer a la que ella consideraba su amiga, era como una espina clavada, así que le parecía muy bien que el matrimonio Hathaway-So solo fueran a la ciudad cada varias semanas. Penelope sonrió para sus adentros. Carrie So había heredado el apodo de su marido y lo llevaba con orgullo, aunque todo Sídney sabía cómo había llegado a llevar ese nombre.

De todos modos, Carrie tenía que visitar y saludar a tal cantidad de gente que tampoco se habría dado cuenta si había una Penny más o menos. Por suerte nunca había visto a Lucy, pues habría tenido aún más temas para chismorrear.

La señora Treskoll en Parramatta también era una cotilla, pero Penelope se sentía segura en compañía de Elizabeth. Nadie se atrevería a hacer aunque fuera un comentario irrespetuoso sobre la mujer del médico en presencia de la esposa del gobernador.

A Penelope el viaje a Parramatta le pareció mucho más pesado. No había estado allí desde la noche en que murió James Heynes por el golpe de lanza que Ann le había asestado en secreto. No sabía qué había sido del pastor, si estaba vivo o si el reverendo Marsden ya lo había matado a golpes. Las penas aplicadas por el magistrado aparecían todas las semanas en la gaceta, pero Bernhard era lo bastante considerado para no leerle esos comunicados, pues sabía que aparecían nombres que probablemente ella conocía. Centraba todos sus esfuerzos en ayudarla a olvidar su pasado. Sin embargo, Parramatta la devolvía a su pasado. Bernhard no lo pensó, ya que cuando Elizabeth le contó sus planes, le parecieron de maravilla.

—Se ha convertido en un lugar precioso, muy distinto del nido de porquería que era junto al río —exclamó, entusiasmado—. Se han construido muchas casas que ni siquiera tienen tan mal aspecto, los comerciantes han invertido bastante dinero, y no solo ron, en adecentar la ciudad. Seguro que será interesante visitar a William Browne. Por lo que he oído, ha traído nueva mano de obra extranjera.

—Indios —añadió Penelope.

—Da igual de donde sean: si con eso mejoran las desastrosas condiciones de vida de nuestros presos, me parece bien —contestó él—. Hay muy pocos, y los explotan más que a los esclavos de las plantaciones americanas.

Penelope acompañaba de vez en cuando a Elizabeth al orfanato y a la fábrica, donde las presas realizaban su trabajo: fabricaban medias, zapatos y sombreros, y las proveían de ropa y comida. La época de la mugrienta cárcel de mujeres de Parramatta había pasado. De todas formas, al puerto solo se podía ir con compañía masculina... no, en realidad al puerto no iban. Se decía que allí trabajaban las peores prostitutas de la colonia, las que ni siquiera se habían ganado que pensaran en ellas por caridad.

—Escoria —las llamaba Lachlan Macquarie con desprecio. No entendía que Elizabeth también velara por sus derechos allí y sacara del lodo a mujeres borrachas para que por lo menos durmieran la mona en un lugar seco. Siempre mencionaba esas visitas de paso para no inquietar a Penelope.

El día de su partida a Parramatta, Penelope había prolongado demasiado su visita para tomar el té en casa de Elizabeth, y ya terminaba la tarde cuando la esposa del gobernador tuvo que irse de nuevo para entregar una cestita en el puerto.

—En el puerto. No lo dirá en serio —dijo Penelope.

—Lo he prometido —confirmó Elizabeth sus intenciones.

—¡De ninguna manera irá sola! —gritó Penelope cuando su amiga se puso la capa negra y cambió la cofia de encaje por una sencilla. Llevaba la cesta en el brazo, y un pañuelo tapaba el contenido.

—¿Qué hay ahí dentro? —preguntó Penelope, pues no había podido echar un vistazo debajo del pañuelo.

Lucy ya estaba de camino a casa con su ama de cría, la niña no paraba de lloriquear de cansancio y era mejor que durmiera en su cama. Bernhard no volvería antes de medianoche, pues iba a hacer el turno de tarde de William en el hospital. Ella disfrutaba de poder pasar mucho tiempo con su amiga.

—Bueno... —Elizabeth se mostró vacilante—. Esponjitas.

Lachlan no sabe nada. —Se aclaró la garganta—. Las prostitutas me las pidieron, Morris, de la pescadería, me las ha dado y me ha prometido no decir nada. Luego hay que hacer una incursión, sus tres chicos saben dónde...
—¿Esponjitas? —Penelope sacudió la cabeza, confusa, y Elizabeth le puso una en la mano.
—Las empapan de vinagre y luego se las ponen en el lugar adecuado. Así no se quedan embarazadas. Me lo dijo una... anciana. Las mujeres tienen que hacerlo porque viven de eso, pero así por lo menos no traerán niños al mundo. —Elizabeth sonrió cohibida y observó las esponjitas—. Lachlan enseguida lo notaría si utilizara algo así, pero tal vez a esos tipos les da igual.
—Cielo santo, pero ¿cómo sabe todo eso? —susurró Penelope, que buscó a tientas la cesta para quitarse de encima enseguida la esponja.
—Pero, Penelope, no siempre he tenido una vida tan acomodada —le explicó Elizabeth con alegría—. La casa de mis padres era muy humilde, y teníamos un establo, claro. No se lo diga a nadie.

Después de saber lo de las esponjitas, Penelope tenía que ir con ella al puerto. De ningún modo iba a permitir que su amiga fuera sola, además el cochero era un tipo bastante tosco con quien no se podía contar. Macquarie había contratado a otro, pero a Penelope le pareció aún más antipático que el último. Era un preso y hacía lo que se le ordenaba, aunque a regañadientes. Además, acompañaba a las damas vestidas con ropa sencilla hasta el puerto y parecía una sombra oscura tras ellas, casi más amenazadora que las sombrías siluetas que tenían delante. Con todo, con él de protector aquella incursión parecía toda una aventura, y Penelope disfrutó un poco con el hormigueo que recorría su cuerpo cuando se adentraron en el barrio portuario. Los marineros caminaban por las calles de los prostíbulos, la mayoría estaban borrachos y buscaban mujeres, un placer rápido, ron y embriaguez, iban en busca del amor que allí no había. Solo había la breve borrachera cuando estaban tumbados uno al lado del otro, la desnudez en la que algunos encontraban consuelo, y cercanía contra la soledad, tal vez consiguieran cierto alivio para el dolor del alma, pero era efímero, pues costaba dinero o una jarra de ron. Cuando se les había pasado la ebriedad y se había terminado el dinero, volvía la soledad y era peor que antes. Los ojos de los marineros reflejaban el vacío, el gris del océano en su espíritu.

Penelope no les veía los ojos, pero percibía la soledad de aquellas personas: todos habían estado en el mismo barco, habían compartido cadenas, lucían las mismas marcas en los brazos y piernas. Heridas que nunca cicatrizaban y que ocultaban por vergüenza, en vez de llevarlas con el orgullo del superviviente. Habían formado parte de su vida, los tipos duros en busca de amantes, las mujeres en busca de unos brazos fuertes y ambos deseosos de olvidar su existencia gris por un momento. A Penelope se le encogió el corazón.

—El cochero puede acompañarla a casa, Penelope. Está pálida, esto no es para usted, no debería haberla traído —dijo Elizabeth, que se había percatado de su abatimiento.

—Estoy bien, Elizabeth —repuso Penelope—. A veces me asaltan los recuerdos... pero será así hasta el fin de mis días. No puedo irme siempre a casa.

Elizabeth la agarró del brazo.

—¡Es usted una mujer muy valiente! Bernhard tiene mucha suerte.

De hecho los cuchitriles del puerto estaban tan oscuros y repugnantes que era mejor que Lachlan Macquarie no supiera de la visita de su esposa. Vieron una casa de madera derruida con el techo inclinado de la que salía música alegre que parecían maullidos de gato. Oyeron un griterío, chillidos, luego salió volando una silla por la ventana sin cristal, un marinero acabó en los peldaños de delante de la entrada, balbuceando algo medio inconsciente. Alguien gritó: «¡La próxima vez paga, ya es suficiente! ¡Mira a ver si en Río lo consigues, porque aquí ya no!»

Junto a la puerta se divertían dos que no necesitaban una cama, de pie era más rápido. Las jarras de ron estaban en el suelo, una se volcó. El hombre había levantado a la prostituta sobre sus caderas y la presionaba contra la pared. El cabello de la chica bailaba al ritmo de sus empujones. Ella le rodeó las caderas con las piernas, y tenía la mirada perdida.

La jefa del burdel era el doble de grande que la puerta y apenas se aguantaba sobre sus piernas grasientas. Aceptó entre jadeos la cesta que le ofrecían y habló con una amabilidad sorprendente.

—Ay, querida señora, estas chicas pueden hacerle sufrir mucho a una, tienen tantas ansias de un hombre y aquí no encontrarían ninguno en cien años. Se quedan embarazadas para conseguirlo, y entonces empieza el sufrimiento de nuevo: la barriga inflada y ya nadie quiere fornicar contigo, te mueres de hambre y ya solo te queda beber. Traes al mundo al mocoso, los del orfanato te lo quitan, te deshaces en lloros y otra vez nadie quiere fornicar contigo. ¡Qué tipo de vida es esa! Tiene usted razón, querida señora, que Dios los bendiga a usted y a su querido marido, también tengo una de sus monedas en la estantería, y pronto todos los hombres pagarán con ella, espere y verá...

Penelope no aguantaba más la cháchara de la meretriz y bajó los peldaños de la casa para salir fuera. Sus ganas de aventura se habían desvanecido por completo, esperaba que Elizabeth terminara pronto. Los dos de la pared habían acabado con lo suyo. La chica ya estaba negociando con otro hombre libre, por lo visto era una de las preferidas.

El cielo se había teñido de rosa sobre ellos, prometía ser una noche maravillosa. La pasaría en el jardín, bajo el melocotonero, tal vez haría algunas labores y se dejaría llevar por sus pensamientos hasta que Bernhard regresara a casa. Con tanto ruido en el puerto añoraba la tranquilidad y el ambiente apacible.

—Tal vez a la señora le sobra un mendrugo de pan que pueda darme. Tampoco me importaría una jarra de ron... —Alguien le agarraba la punta de la falda. Se dio la vuelta enfadada y apartó la mano.

—¡Quita las manos! —masculló. Tenía el corazón acelerado, miró alrededor. El cochero estaba bromeando con un tipo al que le brillaban unos botones pulidos en el pecho, y Elizabeth seguía en casa de la gorda.

—Ay, niña, ¿qué sabrás tú? —le contestó la mujer que tenía delante—. Me alegro de verte con ropa tan bonita. Quería visitarte, pero todo salió mal, ya sabes.

Se le paró el corazón. Conocía aquella voz. Hacía años que no la oía. Empezaron a caerle lágrimas de los ojos que le nublaron la mirada, pero aun así reconoció la figura que había en el suelo.

—Madre —susurró Penelope, atónita.

—Voy a quedarme aquí poco tiempo, luego tengo que seguir —dijo en voz baja. Mary MacFadden era solo una sombra, el recuerdo de una mujer cubierta de harapos y acurrucada contra la pared con la esperanza de que alguien le diera limosna—. Solo estoy descansando.

Penelope se agachó delante de ella, el vestido acabó en un charco, pero Mary no quería hablar con ella.

—Puedes descansar en mi casa, madre —dijo Penelope, y se limpió las lágrimas—. Ahora tengo un hogar. —Tocó con timidez el rostro arrugado.

—Solo quiero descansar un poco —susurró Mary—. Tengo que seguir, solo quiero descansar un poco...

¡Descansar! Mary no pensaba que el ver a su preciosa hija la conmoviera de esa manera. Su corazón débil le dio un vuelco, y de repente lo vio todo negro. ¿Por qué había dejado pasar tanto tiempo? Intentó recordar, respiró hondo. Recordó la época en la cárcel, cómo la hacían trabajar. Cómo pasaban los días, las semanas, los meses. Finalmente años. Catorce años, decía su condena: una eternidad. Su sitio estaba en la cárcel, como vigilante con cadenas invisibles. Al principio le hacían caso, luego le tenían miedo porque cada vez hablaba menos. Le vinieron imágenes a la cabeza, imágenes de cómo había sido.

Luego la enfermedad amarilla la atrapó en la cárcel. Se la había contagiado el chino, que cumplió con su amenaza de estar presente en su vida. Le habían contado que nadie se atrevía a plantarle cara porque tenía poder sobre la vida y la muerte. Ahora Mary sabía que era cierto.

Recordó que cada vez estaba más débil y que al final la habían expulsado porque ya no podía hacer su trabajo. Siempre había tenido la intención de ir a casa de Penelope y pedirle ayuda, pero el camino era demasiado largo, ni siquiera había llegado cerca de la casa. Sentía vergüenza, mucha vergüenza. En cambio siempre acababa arrastrándose al puerto y allí ofrecía sus servicios, aplicaba hierbas y pomadas hasta que eso tampoco funcionó y vivía de limosnas, tenía que vivir en la calle... habría sido un alivio hablar de ello, pero no encajaba con el olor de Penelope a limpieza y orden, así que se dejó coger en brazos y encontró una paz inesperada en el hombro de su hija.

Solo descansar un poco...

El cochero llevó a Mary a casa del médico y la colocó en el jardín, en la tumbona de madera de rosal. La amiga de Penelope le llevó una jofaina. Juntas liberaron a Mary de sus harapos y le lavaron las costras de suciedad de la piel. Mary habría preferido hacerlo ella, pues nunca la habían servido, pero le fallaban las fuerzas. Nadie dijo una palabra. A Penelope se le notaba el susto al ver el cuerpo escuálido de su madre. Estaba seco y agrietado, y amarillo como la mostaza.

No hacía falta que el médico le dijera que el corazón le latía con debilidad cuando llegó a casa más tarde, de noche. Ella ya lo notaba. Se limitó a hacerle un gesto serio, luego la cogió en brazos con cuidado para tumbarla en la cama que compartía con Penelope. Aquella noche sería un lecho de enfermo, y la expresión de su rostro revelaba que no sería durante mucho tiempo. Mary también lo sabía. Había encontrado a Penelope en el momento justo.

—... no, no creo que sea alcoholismo... una infección, el hígado... está muy enferma... —A Mary le llegaban retazos de conversaciones al oído—... si todavía podemos ayudarla.

No estaba sola, eso lo notaba. Le costaba dejar vagar la mirada por la habitación. Su hija estaba sentada en la cama a la espera, no había nada más que hacer. Mary cerró los ojos, agradecida por la tranquilidad que transmitía Penelope. Se inclinó un poco hacia ella y le dio consuelo. Penelope había encontrado la felicidad. No había nada más que hacer.

De madrugada Mary empezó a inquietarse. Veía sombras negras, le hacían señas. Ya no le quedaba mucho tiempo. Mary empezó a hablarle a la oscuridad, primero despacio, luego cada vez más rápido porque las sombras se le acercaban. Alguien la escucharía.

—Ay, Penny, hay tanta gente borracha. Maldito barco. Me llevaron a uno de los botes. Estaba ahí con tres personas más cuando el bote zozobró tras la explosión. Fui arrojada a la orilla, alguien me sacó del agua y me llevó a la fábrica. Allí estuve trabajando. Durante días, semanas, meses. En Navidad había pan recién hecho.

—Madre... —susurró Penelope, y le acarició la frente con cuidado.

—Déjame hablar, no me queda mucho tiempo y tienes que saberlo todo. —Mary tomó aire. Bebió un trago de agua y se calmó un poco—. Luego pude quedarme en la cárcel, como vigilante. Les parecía bien que no hablara mucho. ¿Qué iba a decir? Maldita sea, ¿qué voy a decir? —Mary se quedó callada un momento—. Siempre intentaba encontrarte. Era muy difícil porque no podía moverme. Muy difícil...

Penelope rompió a llorar y la estrechó entre sus brazos. Mary comprendió que para Penelope también había sido imposible buscarla. Le acarició con suavidad el brazo.

—Intenté encontrarle a él, madre.

Mary supo enseguida a quién se refería.

—Tu padre está muerto. Murió.

—¿Por qué no me lo dijiste? ¿Por qué no me contaste la verdad? ¿Por qué callaste durante tantos años?

Sí, ¿por qué? Había sido egoísta al callarse y guardarse para sí al hombre al que amaba. Pero eso no podía decirlo. Mary sintió que la vergüenza se iba apoderando de ella.

—No quería que tú... tu padre era un preso. Un condenado a muerte. No era algo de lo que sentirse orgullosa. —Miró a Penelope, que no se contentó con aquella respuesta. Antes de que su hija pudiera seguir preguntando, Mary desvió la conversación en otra dirección—. Entonces el médico te encontró y se casó contigo. Es el mejor hombre, Penny, el mejor hombre que podrías tener. Yo... le fuimos a buscar para que te sacara de la celda oscura. Vino enseguida y ahora... ahora tienes una nueva vida.

—Vaya, madre... —Penelope lloraba en silencio.

Mary solo la miró, luego le acarició las mejillas con suavidad. Tenía otra cosa que le quemaba dentro, mucho más urgente que todo lo demás. La consumía día y noche, era peor que todos los pecados que había cometido. Quería el perdón, solo una palabra de su hija...

—Tu hija, niña. Intenté salvarla. Nadé y casi la perdí al hacerlo, el trozo de cubierta era muy pesado y el agua revuelta quería arrebatármelo de las manos. Te perdí de vista, no quería perderla también a ella. Pero me fallaron las fuerzas para combatir el agua, las malditas olas alrededor del barco, y siempre manos, manos desesperadas que luchaban para no ahogarse. Era una muerte merecida, maldita sea, pero no para ella... subí a la niña al baúl. Estaba llorando cuando la dejé ahí. Estaba viva, tienes que creerme. Y luego el baúl desapareció, Penny... —Las lágrimas caían de sus ojos febriles sin poder mitigar su dolor.

—Se ahogó, madre. Como tantos otros —susurró Penelope—. Y pensaba que tú también...

—Intenté salvar a tu hija —repitió Mary, sin aliento—. Lo intenté. Perdóname...

No paraba de murmurar sobre Lily, Lily en sus brazos, Lily en el baúl, y Lily estuvo en sus pensamientos cuando de madrugada la noche eterna se cernió sobre ella.

Ni una palabra de disculpa para Penelope. Mary había cumplido con su obligación, había sacado a la luz a su hija en la cárcel. El médico había acudido y había sacado a Penelope en brazos, ¿qué más podía desear? Y ahora vivía con él, feliz y cuidada.

Sin embargo, Penelope siempre soportaría la carga de la culpa por causar la infelicidad de las dos al llevar aquel día a la señorita Rose a su casa y por el fatal desenlace de los acontecimientos. Mary había quedado atrás, y no era un consuelo convencerse de que tal vez se habría mudado con ella si hubiera tenido algo más de tiempo.

Así que abrazó a su madre durante sus últimas horas para que el camino fuera lo más fácil posible.

Esperar la muerte con una persona que agoniza es el mayor acto de amor del que es capaz un ser humano. No se puede quitar al moribundo el miedo a que llegue el final, pero se le puede acompañar hasta el umbral y darle fuerzas con el amor.

—Seguro que su madre no habría querido que estuviera triste durante semanas. —Elizabeth acarició el brazo de Penelope en un gesto de consuelo. No imaginaba hasta qué punto tenía razón. No, a Mary no le habría gustado su tristeza. Sin embargo, hacía semanas que Penelope no podía dejar de pensar en ello. Habría dado cualquier cosa por revivir aquella última noche: ¡lo habría hecho todo de otra manera! Bernhard habría estado a su lado, esperando juntos a la muerte con su madre moribunda.

¿Qué más cambiaría? La pequeña Lucy soltó un chillido. Amelia la había dejado en el suelo con los cubos de construcción y le había construido una torre antes de irse a la cocina. Se oyó un gran estruendo: la torre se desmoronó y Lucy se alegró al ver el caos que generaba.

Las torres se desmoronaban una sola vez, y con los cascotes se construía algo nuevo. Tal vez fuera la torre que se destruía, o la sonrisa de la niña negra de la boca torcida, pero Penelope se levantó y se sacó el vestido negro del cuerpo. Lo pasado, pasado está, mirar atrás solo provocaba cansancio. Se quedó ahí de pie en camisa interior y miró hacia abajo. Estaba bien precisamente así.

—Pero, querida... ¡qué hace ahí! —Elizabeth abrió los ojos de par en par.

El vestido estaba en el suelo, Penelope caminó en camisa hacia el dormitorio, que estaba a oscuras, abrió todos los armarios y buscó a tientas en las telas hasta que encontró lo que buscaba: un vestido de color azul cielo, tan azul como el vestido que llevaba Elizabeth el día en que se encontraron en la cárcel. Era un modelo anticuado con demasiados botones, por eso Penelope no se lo había puesto nunca. Pero el azul era correcto: el azul significaba una nueva vida. No soportaría más el peso de la culpa, había llegado el momento de despojarse de ella.

Tardó un rato en abrochar bien todos los botones, pero cuando hubo terminado el vestido le quedaba que ni pintado. Luego tendió la mano de nuevo hacia el armario y sacó algo que tampoco se había puesto nunca: el cuello de encaje que estaba haciendo la tarde en que Bernhard le pidió la mano. El cuello se posó como un soplo de viento en los hombros, y ya estaba. La carga desapareció.

Elizabeth no dijo nada cuando regresó a la sala. Se puso de pie, dio una vuelta alrededor de Penelope, le acarició admirada la espalda y le dio un beso cariñoso en la frente a su amiga.

—Estoy muy orgullosa de usted, mi querida amiga valiente —le dijo en voz baja.

Lachlan Macquarie no quería contradecir los deseos de su esposa. Como no tenía nada con que contrarrestar el lloriqueo de su hijo, era su marioneta cuando le pedía un favor. Así, el viaje de inspección a Parramatta fue postergado a petición suya hasta que Penelope hubiera recuperado las fuerzas para acompañarles.

La carretera a Parramatta ya no se parecía al sendero trillado de antes. Las manos de innumerables presos encadenados la habían convertido en un cómodo camino para coches, y cuando uno se encontraba de frente con otro coche, y ocurría a menudo porque cada vez más colonos podían permitirse caballos y coches, nadie debía tener miedo a caer en el terraplén y tener que esperar durante horas para recibir ayuda. Al contrario, uno sujetaba la cuerda suelta con una mano y con la otra saludaba con alegría al pasar junto a otro coche. La carretera era lo bastante amplia.

Tendrían que tomar dos coches para alojar a todos y el equipaje.

—¡Vaya viaje! —exclamó Penelope cuando Elizabeth la ayudó a guardar la mitad del armario ropero en el baúl de viaje porque era imprescindible tener un vestido para el té, uno para la noche y como mínimo dos vestidos de día, además de las cofias—. Nunca he necesitado tantas cosas.

—Entonces ya es hora de que empiece —dijo Elizabeth con una sonrisa—. Las damas lo hacen así, y usted es una dama, créame. Y ponga también joyas en el equipaje.

Era divertido hacer el equipaje, y se rieron porque Lucy se metió en el baúl para que no se olvidaran de ella. Su mejor amigo, el pequeño Lachlan, bajó la tapa poco después y escondió la llave para que no se la olvidaran. Durante la búsqueda de la llave encontraron también otras cosas, como una aguja de tejer con una talla delicada de hueso de ave...

Parramatta las recibió de blanco. Como si fuera una pequeña dama respetable, se había puesto un vestido del color de la cal y lucía fresca y joven entre los altos árboles de eucalipto que ya nadie quería talar porque habían aprendido a apreciar la sombra fresca que les proporcionaban. Los desmontes se extendían ahora hasta las afueras de la ciudad, donde no paraban de construirse granjas nuevas y de convertir la tierra en apta para el cultivo. En algún lugar ahí fuera estaba trabajando también Carrie en el campo para su Arthur So, cavaba surcos de tierra, segaba cereales y llevaba una vida que había imaginado muy distinta.

Atravesaron la ciudad, contemplaron los edificios del magistrado y la nueva iglesia, y visitaron las obras del nuevo orfanato que Macquarie había proyectado junto con Francis Greenway. Allí tenían que encontrar su sitio doscientas niñas para vaciar el orfanato de Sídney, completamente desbordado.

—Pero, como en todas las obras en las que se acordó hacer el pago con ron, no hay más que peleas —suspiró Macquarie. El abandono del trabajo, las protestas, los trabajos a medio acabar retrasaban la obra, y temía que el orfanato tampoco podría inaugurarse ese año.

—Sería un desastre —comentó Bernhard—, el invierno pasado perdimos a tres niñas por fiebre. Es urgente dar más espacio a los niños.

—Le aseguro que hacemos lo que podemos. —Macquarie frunció el ceño.

—Y el año que viene celebraremos una gran fiesta de inauguración. —Elizabeth sonrió. Para ella ningún problema era lo bastante grave para arruinarle el día. A fin de cuentas ella siempre avisó del perjuicio de pagar en líquido, ¿de verdad a alguien le sorprendían ahora las peleas? Señaló los rododendros en flor y pensó que ese rosa intenso sería un buen color para un orfanato. Lachlan puso cara de desesperación ante la alegría inquebrantable de su esposa y se dejó atar las manos por su hijo, que había aprendido a hacer nudos.

El matrimonio del gobernador mantenía una amistad con los Treskoll, pues hasta su jubilación el año anterior el comandante Treskoll había pertenecido al regimiento que había acompañado a Lachlan Macquarie a Nueva Gales del Sur. No obstante, a diferencia de la mayoría de los pensionistas que regresaban a Inglaterra, había decidido quedarse en la colonia y continuar junto con su hijo la cría de ovejas que había iniciado. Su esposa celebró su decisión, todos los días elogiaba al caballero que la había salvado de la horrible lluvia inglesa. Era una jardinera aplicada y atendía con pasión a su idea de conseguir heno de los campos y alimentar el ganado para reservar los pastos en invierno. Junto con Elizabeth MacArthur, que vivía muy cerca, ese año ya había iniciado un primer intento de cosecha y estaba contenta con el resultado.

Así que siempre había algo que observar, y Penelope sentía cierta envidia por no poder participar mucho debido a su miopía. Sin embargo, no la dejaban sola, pues como vecinos de los Browne también se enteraban de todo tipo de anécdotas divertidas: sobre el lujo inimaginable del mobiliario y que el comercial había tenido que llevar todo lo de la casa con como mínimo dos barcos desde la India. De las nobles telas cubiertas de oro que colgaban en las habitaciones por metros, además de ser completamente inútiles, como reiteraba la señora Treskoll. De las arcas de madera de rosal tallada llenas de porcelana china, de la que cada plato pintado a mano era regalo de un hombre poderoso. Y también de los indios de color marrón que llevaban a cabo su trabajo medio muertos de hambre pero que aguantaban en su situación mucho más que los presos ingleses, que se venían abajo con la más mínima carga.

—Esos negros no paran de trabajar, les den de comer o no —explicó la señora Treskoll, asombrada—. Y no oponen resistencia. Ya sabe, a esos irlandeses les das una vez pan enmohecido y enseguida montan una rebelión, agarran los fusiles y los bieldos y se van hacia Constitution Hill para hacerse con el poder. —Soltó una risa pueril—. Siempre ha sido así. Hemos tenido a muchos irlandeses y no dan más que problemas. Esos hombres morenos, en cambio... —Cogió otra tortita—. Y no dan tanto miedo como los negros que se esconden en el bosque. Algunos incluso son, bueno, podríamos decir que guapos. Si no fueran tan morenos. —Sonrió y se comió la tortita en dos bocados—. ¿Sabe? Cuando mi cocinera estuvo enferma, William me dio a una de sus sirvientas. Le digo que fue una semana tranquila. La comida estaba puntual en la mesa, sabía cocinar bien, ¡y nada de réplicas! Por desgracia, Catherine quiso recuperarla, yo se la habría comprado. Pero como además era muy guapa, entiendo que William... bueno, ya sabe la delicada salud que tiene la señora Browne en general.

Penelope quiso ir al jardín después del té, ya no soportaba más la cháchara. Bernhard la agarró del brazo y se ocupó de que pudiera ver los rincones más coloridos desde el terreno elevado. Penelope sabía que le preocupaba que fuera perdiendo visión y que cuando tenía ocasión le ponía una prueba para ver hasta qué punto veía. No paraba de hablarle de la operación, pero ella no quería saber nada. Veía lo suficiente, y cuando estaba al lado de su marido ni siquiera le daba miedo la oscuridad.

—Es curioso, tantos alimentos de Inglaterra para comer, ¿no te parece? —le comentó él, que la sacó de sus cavilaciones—. El comandante tiene que ser realmente muy rico para hacerse traer el pescado salado de Inglaterra. —El pescado salado estaba bueno, hacía muchos años que no lo comía. En Londres se compraba en la orilla del Támesis.

—Supongo que la señora Treskoll no soporta comer lo mismo que los presos... —Se le escapó, además, desde su boda ya no era una reclusa.

—Ya... —Él sacudió la cabeza con suavidad.

—De verdad, es así —insistió ella—. La vecina de la señora Paterson no sirve pescado fresco porque eso solo lo comen los presos. Dice que daría una fortuna por llenar la cocina de productos ingleses, y el pescado salado del cubo que tenía detrás de la casa había recorrido un largo camino.

—Pero esto es una pequeña Inglaterra. —Sonrió—. Necesita bacalao inglés. ¿Por qué no echo de menos mi cocina alemana? ¿Es que no soy normal? Con el próximo barco deberíamos pedir algo de Hamburgo.

Pasearon de la mano por los jardines y se sintieron un poco extraños.

Bernhard se detuvo delante de un melocotonero, arrancó una flor y se la puso a Penelope en el pelo. El aroma la envolvió... ¿o fueron los recuerdos? De un salón blanco, del susurro de los vestidos... había cumplido su propio sueño, y las flores habían dado su fruto.

—Te queda bien la flor —dijo, sin notar lo que le pasaba a ella por la cabeza—. Nuestros arbolitos de casa aún tienen que crecer, pero el primer melocotón será para ti.

—Soy muy feliz de poder estar en tu vida —susurró ella.

—Yo también. —Le dio un beso en el pelo.
Ella le dio un abrazo en el cuello.
—Y soy muy feliz de compartirte con el hospital, y no con gente como la señora Treskoll.
La risa alegre del médico la salvó del tormento de aburrimiento que había sido aquella tarde de conversaciones sobre negros, morenos, prostitutas y las supuestas obsesiones secretas del reverendo Marsden.

—Y no vuelva a salir después de que oscurezca —le advirtió la señora Treskoll—. Ahí fuera hay muchos peligros, vivimos en el bosque, esto no es Sídney. Los negros del señor Browne salen cuando tienen hambre, y los negros normales siempre están por ahí, igual que los hombres de la selva.
—¿Hombres de la selva? ¿Los negros? —Penelope le tapó los oídos a Lucy para evitar que escuchara y luego no pudiera dormir por las pesadillas.
—Los hombres de la selva son blancos, presos huidos. —La señora Treskoll se inclinó hacia delante—. Son asesinos, se lo digo yo. La mayoría de los que llegan a la colonia son ladrones comunes y falsificadores, pero los hombres de la selva son los asesinos. Solo en Parramatta durante el último año se han escapado siete: se han largado sin más, aunque todo el mundo sabe que ahí fuera en la selva no se puede sobrevivir. ¡Uno da un paso en la selva y ya tiene la lanza de un negro en la espalda! ¡Pero esos hombres de la selva son tan duros que sobreviven incluso a los negros! Así que son muy peligrosos. —La señora Treskoll puso los ojos en blanco como si fuera un negro. A Bernhard le costó contener la risa.
—¿Y vienen aquí, a su finca? —preguntó Penelope, incrédula. Amelia vio que estaba en apuros y le cogió a la niña antes de que pudiera quejarse a gritos por las manos que le tapaban los oídos—. A mí solo me han dicho que esa gente merodea a lo lejos.
—Sí, estaría bien. Ahí fuera degüellan a las pastoras y roban

ovejas, sí. Pero la harina y el café solo se pueden robar en las granjas. O el ron. Últimamente al reverendo le han robado un barril entero de ron. Nadie sabe quién lo ha hecho, al fin y al cabo pesaba lo suyo.

—Se lo han bebido —dijo Bernhard con calma sobre su bebida somnífera.

—¿Perdone? —La señora Treskoll creía que no había oído bien.

—Se lo bebieron, señora. Así no cuesta tanto transportarlo.

—Solo quien lo conociera bien sabía que la agarraba del brazo porque su cháchara le estaba sacando de quicio. Antes de que ella diera rienda suelta a su enfado, Bernhard animó a su pequeña familia a acompañarle a la cama, y Penelope se rio para sus adentros cuando estaba en sus brazos al recordar la perfecta imitación de la anfitriona que le había hecho su marido.

La granja de William Browne estaba un trecho más allá de Parramatta que la finca del coronel Treskoll. El nuevo cochero de Macquarie, Padraic, que había acabado en Nueva Gales del Sur por la caza furtiva, maldecía los insectos y los odiosos papagayos, que pasaban rozándole la cabeza con sus gritos, al tiempo que decía que Nuestro Señor seguro que estaba borracho cuando creó esa zona de mala muerte. Lachlan le ordenó a gritos que dejara de echar pestes, y luego en gaélico, de manera que nadie entendía nada, aunque era todo un hallazgo porque se entendía muy bien con los caballos.

Padraic los llevó por bosques de eucaliptos que parecían interminables, que al atardecer olían a musgo y ciénagas aunque los pantanos estaban lejos.

Browne no estaba en casa. Una de sus hermanas dijo que estaba en los campos. Su esposa suponía que se encontraba en el club, y a Penelope le pareció raro que nadie supiera exactamente dónde estaba.

—Tú tampoco sabes nunca exactamente dónde estoy —le susurró Bernhard con cariño.

—Pero no tengo tan mal genio como la señora Browne —le contestó Penelope.

Él le apretó con afecto la mano y la ayudó a bajar del coche, y se quedó a su lado hasta que la llevaron al salón porque sabía que le asustaban los nuevos entornos. Además, parecía que en aquella casa había mucho servicio. Uno nunca sabía muy bien qué podía hacer uno mismo y qué no.

—Pensaba que todos trabajaban en sus campos —comentó asombrada Elizabeth, que tuvo que aguantar que le quitaran la taza de té de las manos y la sustituyeran por otra recién servida.

—Ah, es solo una parte de nuestro servicio. —Catherine Ward había oído el comentario. Era la hermana de Browne, que había quedado viuda muy joven en circunstancias trágicas, según les contó. Browne llegó a Nueva Gales del Sur con ella y los dos chicos, y ella había ayudado a levantar Abbotsbury antes de que la señora Browne llegara de Calcuta, donde vivían antes los Browne. La expresión de Catherine no dejaba lugar a dudas de que se consideraba la dueña de Abbotsbury.

»Tenemos personal suficiente para la casa y las tierras. —Hizo una seña majestuosa y dos sirvientas les llevaron pastelitos de miel recién hechos. Sus rostros negros eran inexpresivos, pero la mirada era despierta. Una de ellas se atrevió incluso a establecer contacto visual con Penelope. Ella no entendió la expresión del rostro, pero notó que le estaba observando el corazón. Estaban llenos de tristeza.

»Estos criados sirven también para el establo y los jardines. Ya verán que todo se encuentra en un estado impecable, como estábamos acostumbrados en la India. A menudo teníamos de invitado al visir del maharajá. —Catherine sonrió vanidosa y se colocó un mechón detrás de la oreja.

La señora Browne se había disculpado después de recibirles por un dolor de cabeza.

—Tiene una salud muy delicada —explicó Catherine a los invitados—. El clima no le sienta bien, y creo que siente nostalgia. William debería enviarla de vuelta a Calcuta, allí es donde se siente como en casa. Nueva Gales del Sur es una tierra demasiado dura, y su salud es muy frágil.

Penelope recordó a la mujer de gran fuerza física que se había ido tras un breve saludo. Aquella casa respiraba por todas partes una discordia contenida.

Las viviendas de los indios eran barracas a las que les faltaban partes del techo. Habían intentado tapar los agujeros de forma provisional con ramas y hojas grandes. Apestaba a excrementos porque el agujero no era lo bastante profundo. En un rincón los habitantes se habían hecho una cocina, era obvio que en la casa no estaba previsto que comieran juntos.

Una de las chicas daba vueltas alrededor de Elizabeth con timidez sin parar de encogerse de hombros: no entendía el inglés, solo podía presentarle su miserable vida.

—Pero, disculpe, ¿quién va a organizar una revolución? Nuestros trabajadores tienen de todo. —Sonó la voz de Catherine desde el patio—. Al fin y al cabo están aquí para trabajar, y no para llevar una vida de lujo. ¿Sabe de dónde viene esa gente? Los recogimos de unas cabañas miserables, esto es un palacio en comparación. ¿No le parece?

Penelope avanzaba a tientas por la cabaña. Un caminito pasaba entre los arbustos. Pensó si podía atreverse a ir sola...

—Ahora irás a la selva virgen y te atacará una fiera para que yo pueda ir a salvarte, ¿verdad? —La voz de Bernhard le dio un susto. Sonaba joven y animada como hacía mucho tiempo que no la oía. Parecía que le sentaba bien pasar un día sin el hospital, pues la estrechó entre sus brazos sin importarle si alguien veía su conducta desinhibida, y sonrió—. ¿Qué soy, una fiera o un caballero, mi doncella? —le susurró junto a la mejilla.

Ella lo rodeó con los brazos y se acurrucó contra él.

—Siempre fuiste el caballero. Desde el primer día.

—Y tú siempre fuiste mi doncella. Desde el primer día. Ven, vamos a cazar fieras. —La agarró de la mano y descendieron por el camino hacia un bosque bajo de acacias, hasta que de pronto se quedó quieto.

—Maldita sea, aquí apesta. Esto no me gusta. Tú... tal vez deberías volver a la casa...

—Me quedo contigo —le interrumpió ella—. Puedo soportarlo.

Le dio un breve abrazo y luego siguieron avanzando. Tras la siguiente curva apareció el pequeño brazo de río del Parramatta. Penelope tuvo una imagen borrosa de gente moviéndose en el agua, y reinaba un olor penetrante a retrete.

—Vaya, esto sí que es... —murmuró Bernhard.

—¿Has visto la fiera? —preguntó Penelope, que empezaba a inquietarse al ver que él ya no se reía.

—Sí, la fiera está justo delante de nosotros —dijo en voz baja—. Utilizan el río como retrete... el río de donde toda Parramatta recoge el agua para el té. —Al principio Penelope no le entendía, luego supo por el olor a qué se refería.

—Si treinta trabajadores hacen sus necesidades en este riachuelo, lavan la ropa y tal vez incluso arrojan a sus difuntos al río como hacen en la India, solo es cuestión de tiempo que aparezcan los primeros enfermos en Parramatta. Es un desastre.

Lachlan Macquarie también comprendió que era un peligro, y el comerciante Browne se deshizo en explicaciones precipitadas que debían justificar el estado de su granja.

—Nos ha costado unos años dar condiciones de vida humanas a los presos ingleses, ¿quiere empezar desde el principio? ¿En serio quiere introducir esclavos en esta colonia, que se enorgullece de que tras cumplir su condena cualquiera es libre y puede salir adelante? No puede decirlo en serio, señor Browne. —Macquarie estaba hecho una furia, pues después de descubrir la cloaca secreta cada vez más trabajadores habían hecho de tripas corazón y se habían quejado de sus sufrimientos. Hablaban de palizas y retirada de comidas, de vigilantes brutales, de que los encerraban si alguien no obedecía, una y otra vez de azotes que ningún juez había impuesto más que el señor Browne.

»Me ocuparé personalmente de que devuelva a esta gente a su país, a su cargo. Lo hablaremos ante el juez en Sídney. —El gobernador estaba resuelto a dar ejemplo—. ¡A ver si a más gente se le ocurre traer esclavos a Nueva Gales del Sur! ¡En un momento en que intentamos erradicar precisamente eso en la colonia!

El cochero emprendió la marcha con una sacudida. El gesto de desaprobación de Catherine Ward los acompañó hasta la puerta, y desde la ventana del salón la triste terrateniente los siguió con la mirada.

—Sí, han hecho bien —comentó la señora Treskoll con respecto a los acontecimientos—. Estoy intrigada por ver si el señor comerciante lo va a pagar. Se considera un hombre pobre, eso debería saberlo. La semana pasada le robaron tres ovejas, ¡las degollaron allí mismo! ¡Malditos hombres de la selva, no respetan nada! ¡Cierre bien la puerta y las ventanas! Siempre le digo al comandante que debería proteger mejor nuestros barriles de ron, pero él piensa que nadie los va a robar porque están plantados por el jardín. Hasta que los roben y el comandante vea que, una vez más, tenía razón.

El té de la tarde le robó el sueño a Penelope. El comandante Treskoll elogiaba el té por ser un fantástico somnífero, pero probablemente estaba acostumbrado: para Penelope estaba demasiado fuerte. Además, tenía en la cabeza la infinidad de historias que había oído y que no querían desaparecer.

Estaba sentada en la cama, desvelada y en tensión hasta las puntas de los pies, mientras Bernhard dormía profundamente a su lado. Observó su rostro tranquilo y contó sus respiraciones sosegadas. El cabello ralo y gris le caía sobre la frente y le daba un aire atrevido. Había que ser osado para ir voluntariamente a ese país. Sonrió, ruborizada. Había que ser muy valiente para no desistir hasta estar tumbado en una cama bajo techo. Le retiró con cuidado el mechón de la frente, entonces él le agarró la mano medio dormido, la besó y se dio la vuelta.

«Te quiero», pensó ella por primera vez con gran fervor. «Te quiero, Bernhard.» Tal vez el susurro de su confesión le llegó en sueños, pues la respiración se le tranquilizó aún más.

Penelope se levantó y se puso la bata por encima. Ya conocía la habitación, y también encontró la puerta con facilidad. No había nadie despierto en la casa, se oían ronquidos por todas partes y respiraciones fuertes. De la habitación de los Macquarie salían suspiros de placer, Penelope puso cara de asombro. Por lo visto el día de vacaciones había relajado a todos los hombres.

La puerta del porche, según recordaba, se encontraba al final del pasillo. Desde allí se llegaba a la parte posterior del jardín, donde crecía el melocotonero bajo la protección del granero. La obsesión de oler las flores se apoderó de ella, y, aunque en la penumbra veía aún menos de lo normal, echó a andar, siempre junto a la pared y contando las puertas. Llegó a la puerta del porche. La llave estaba puesta, le dio la vuelta y la puerta se abrió sin hacer ruido.

El jardín nocturno de la señora Treskoll la recibió con todo su reino oloroso de plantas que florecían de noche. Las flores en forma de embudo de las daturas emanaban su aroma dulce, las infatigables enredaderas brillaban bajo la luz de la luna, y el jazmín se preparaba para el día, para absorber el sol y con su fuerza hechizar los ánimos. Penelope olfateó por todo el jardín mientras recorría de memoria el camino hasta el melocotonero. Imaginaba que Bernhard estaba a su lado, sentía sus manos, pero no como cuando paseaban, más bien como antes junto a la puerta cuando no podía esperar y la sedujo de verdad por primera vez.

Notaba bajo sus pies que los guijarros eran distintos: se había equivocado de camino mientras pensaba en voz alta. El aroma de las daturas había quedado atrás, el jazmín a la izquierda... se dio la vuelta con el ceño fruncido. ¿Había estado Bernhard con ella en aquel rincón del jardín? No, se había perdido. Olía a matas del árbol del té y a tierra, como los rincones del jardín donde dejaban que se pudrieran las malas hierbas que habían arrancado en un montón. Entonces el granero tenía que estar cerca. Recordó las vigas toscas de la herrería donde estaban herrando de nuevo el caballo del coche de Lachlan, y la campana de barco que la señora Treskoll había llevado a los niños. Por suerte estaba colgada a una altura suficiente, pues el pequeño Lachlan había trepado a la barandilla y se había puesto a llorar porque seguía sin llegar con las manos.

—La campana procede del barco en el que llegamos —le había explicado la jardinera—. El comandante se la compró al capitán para anunciar nuestra nueva vida aquí. Siempre tiene ideas muy divertidas, mi comandante.

Penelope tocó con las manos la construcción de madera mientras pensaba en qué dirección estaba la casa.

—¿Buscas algo?

Aquella voz le provocó un escalofrío en la espalda solo con el primer sonido. Después de tantos años...

—¿A mí, quizá? —Soltó una leve risa—. Penny. Mi Penny.

Ella forzó la vista, pero no tenía a nadie delante. ¿Dónde estaba escondido?

—¿Trabajas aquí? —preguntó para que volviera a hablar y poder localizarle.

—Bueno... podríamos decirlo así, sí. —Se rio de nuevo, luego apareció una lucecita a la izquierda de Penelope.

Una linterna diminuta colocada en una calavera de animal arrojó su luz temblorosa sobre aquel torso conocido, siempre al descubierto, pero esta vez casi negro. Liam agarró la mano de Penelope y la guio por su pecho en un gesto sensual.

—Cenizas, solo son cenizas. Nada de sangre. —Sonrió.

—¿Qué haces aquí? —dijo ella en un susurro, e intentó soltarse.

—Podría preguntarte lo mismo. Este sitio no es muy adecuado para una... —Se quedó callado, la soltó y paseó la mano con descaro por su vestido, las mangas, luego bajó como por casualidad hacia la cintura y subió hasta el pecho.

—¡Para! —le ordenó ella, y le dio un golpe.

—Me lo imaginaba. Olía tan... trapitos elegantes, dama elegante. Mi Penny se ha convertido en toda una dama. —Liam ya no se reía. Se acercó un paso más a ella y levantó la linterna. El pelo desgreñado y casi gris y la barba densa que sobresalía en todas direcciones decoraba la cabeza, solo los ojos se mantenían igual, brillantes, traviesos, verdes. Apestaba. Del hombro le colgaban armas atadas con correas de piel, como las que Penelope conocía de los negros.

—Eres... eres un hombre de la selva —dijo ella—. Eres uno de los...

—Exacto. —Liam asintió—. La última vez que me azotaron con el látigo pensé que mi espalda ya no iba a encontrarse más con ese maldito cacharro. —Se dio la vuelta, y Penelope no pudo evitarlo... tenía que tocarlo. Él la agarró en silencio cuando cayó sobre las rodillas del susto.

»¿Ves? —dijo—. Es mejor estar tumbado boca abajo al aire libre si quieres, o sentado... es mejor no arrastrar objetos pesados, y no tener que llevar ropa. Incluso es mejor buscarse uno mismo la comida porque así puedes elegir, y no tener que aceptar la comida que nadie más ha querido. —Esbozó una sonrisa triunfal—. Ya ves, me va estupendamente.

—Vaya, ¿de verdad? —dijo ella en tono burlón, pensando a toda prisa dónde demonios estaba la casa.

Liam la observó en silencio. Luego le acarició el rostro con la mano y ella no pudo hacer nada para resistirse.

—Estás enamorada, mi Penny. Quieres a un hombre, lo veo —dijo con la voz ronca—. ¿Te he perdido?

—¡Nunca me tuviste! —exclamó ella casi en un grito, entonces él se echó a reír y las cejas marrones daban brincos como dos cuervos pequeños.

—Sí te tuve, mi niña. ¿Es que ya no te acuerdas? Con la piel y el vello. Te he tenido de una manera que nunca podré olvidar, maldita sea... sueño contigo. —Se quedó callado de repente. Luego susurró—: Sigo soñando contigo, Penny.

—Vete —protestó ella—, vete, no quiero oírlo, ¡vete!

—Hemos estado juntos. Durante todo el maldito viaje estuvimos juntos, Penny. Lo superamos juntos y me salvaste de la muerte. ¿Ya no te acuerdas? —Liam vaciló un instante—. Y tenemos una hija en común.

—No la tenemos —le interrumpió ella—. Déjalo ya, Liam.

—¿No? —Se quedó cortado—. Pero estaba esa niña...

—Se ahogó, Liam. Por favor, vete... —Levantó las manos en un gesto de rechazo y bajó la cabeza por instinto cuando él la agarró de los hombros como si quisiera besarla. Tal vez era lo que tenía en mente, pero ella lo detuvo con sus palabras.

—Ahogada, sí, eso me dijiste aquella vez. Con esa mierda de barco, en el maldito incendio —dijo, inexpresivo—. El maldito incendio que yo provoqué, con la maldita luz que me dejaste. —Su voz transmitía una profunda amargura.

Penelope cerró los ojos. Terminaría, si no se movía en algún momento acabaría, siempre había sido así. Solo tenía que permanecer imperturbable el tiempo suficiente.

—Maldita sea —dijo él.

Estaban muy cerca, separados por sus mundos. Habían llegado en el mismo barco, pero se había quemado, y ya no había nada que les uniera.

—Cásate conmigo, Penny.

Ella levantó la cabeza y le miró. Aquel día la humilló y la utilizó, y la herida era más profunda de lo que ella quería admitir. Jamás la habría cuidado como hacía Bernhard. Nunca le habría dado la libertad.

—Estoy casada, Liam. Y feliz. —Tragó saliva—. Soy feliz.

—Vaya. —Liam dio unos cuantos pasos y luego retrocedió—. Crees que eres feliz, con tus trapitos elegantes. ¡Es ridículo! Pues vete a tu nuevo mundo refinado si crees que perteneces a él. Pero si quieres saber mi opinión, no es tu mundo.

—¡Desaparece! —le interrumpió ella con aspereza.

—Te voy a decir algo. —Se acercó tanto a ella que Penelope le veía los ojos sin necesidad de la terrorífica linterna. Estaban llenos de ira—. Eres una chica humilde de Southwark, necesitas a un tipo humilde de Southwark que trabaje duro todo el día y por las noches te enseñe en la cama todo lo que tiene a pesar del cansancio. No necesitas a un tipo fino con reloj de cadena y un cristal en el ojo. Vienes de la calle, Penny, cuidado con apoyarte en el alféizar de la ventana, están todos bastante inclinados y te resbalarás.

—¡No dices más que tonterías! —gritó ella—. He hecho algo con mi vida, ¿y qué has hecho tú?

—¡No puedes cambiar de bando sin más, Penny! —le increpó él—. Naciste en tu bando, y ahí te quedarás, ¡nadie sostiene una mentira durante toda la vida!

—¡Yo no miento!

—¡Claro que mientes, te mientes a ti misma! ¡Nadie puede cambiar de bando! Todos los que dicen que se puede empezar una nueva vida mienten.

—Se puede, Liam —dijo ella en voz baja—. Si uno está dispuesto a dar el salto, a nadar contracorriente, se puede ir a donde uno quiera.

Liam se quedó callado. Luego se echó a reír, primero en voz baja, luego de una forma cada vez más desagradable.

—¿Sabes lo que eres, Penny? Eres una prostituta. Una maldita prostituta con un anillo en el dedo.

Oyó que los hombres de la selva gemían por el peso de su botín, pero seguían haciendo bromas y se decían obscenidades.

—Pero debería... por lo menos a su edad puede hacerlo en ayunas... quién sabe si le encontrará el gusto... ¿la habéis visto? —Un barril avanzaba a trompicones por el suelo—. ¡Ayúdanos con esto! El último lo hemos trasladado a rastras...

Penelope echó la cabeza hacia atrás. Encima de ella estaba colgada la campana del barco, la que marcaba el inicio de una nueva vida para el comandante. El contorno brillaba de un modo casi inquietante y le indicaba dónde estaba la tira de piel. Penelope levantó el brazo y rozó la tira con los dedos.

Entonces dio la alarma con todas sus fuerzas.

12

Te daré hadas que te sirvan,
y te traerán joyas del fondo del mar,
y te arrullarán con sus cantos cuando en un lecho
de flores reposes.

W. SHAKESPEARE,
Titania *en Sueño de una noche de verano*

—¿Y cómo fue cuando empezó a ver llamas alrededor? Explíquenoslo.
El pintor se inclinó hacia delante y apoyó los codos en las rodillas.
—En realidad eso solo lo puede pintar quien lo ha vivido en persona. —Sonrió—. Me temo que es difícil, pero me lo puede contar.
—Deje tranquila a mi pobre amiga —interrumpió Elizabeth Macquarie disgustada con el pintor, que estaba entusiasmado—. No a todo el mundo le parece tan emocionante el fuego como a usted.
—No fue un «fuego», querida señora Macquarie —compartió su interés el pintor—. De momento es el único barco que ha ardido en este puerto, y Dios quiera que sea el último.
—No crees que te puedan salvar —interrumpió Penelope la discusión.

—¿Perdone? —Los dos se la quedaron mirando perplejos, Penelope lo notó. Solo podía ver las siluetas. Desde el invierno su vista iba de mal en peor, y le daba un poco de miedo lo que pudiera suceder en adelante. Pero aún se las apañaba bien, pensaba. Y tenía ganas de acabar con el pintor.

»No crees que puedan salvarte del fuego cuando arde alrededor —repitió—. Te rodea, ¿por dónde escapar?

—Bueno, se puede saltar al agua. —El pintor se echó a reír.

—¿Sabe nadar? —le replicó ella.

—Yo... bueno, por supuesto que sé nadar, ¿usted no?

—Muchos de mis conocidos se ahogaron. Los lanzaron a los botes salvavidas, y si no acertaban se ahogaban.

Penelope se estremeció al oír sus propias palabras. Sí, ella estaba presente. Estuvo junto a la borda, con miedo al salto, pero aún más a las llamas, había mirado de frente a la muerte. ¿Cuánto tiempo hacía de eso? Ni cinco años, quinientos años. Los recuerdos se volvían borrosos. Ahora lo sabía: caminó en el agua, y tras ella ya no había olas como antes. Pero el pintor no lo entendería.

—Vaya, qué horrible... —Se volvió avergonzado, parecía arrepentido de haber iniciado la conversación.

Penelope sintió un diablillo en su interior. Una persona que consideraba más importante su arte que las personas merecía que le dieran una lección.

—Podría hacer un experimento en primera persona para averiguar qué se siente. Los experimentos están muy de moda en nuestra patria, por lo que he oído.

—¿Me está aconsejando que me prenda fuego? —Soltó una risa infantil.

—No, podría ir al puerto y saltar al agua desde un barco. Así sabría lo que se siente al saltar a un callejón sin salida. Y luego piense en cómo sería con llamas a su espalda.

Cuando el pintor se fue, Elizabeth posó un brazo sobre su amiga.

—Ay, querida, siento mucho que la haya importunado... no pensé que...

—Él es el que no ha pensado nada. —Penelope sonrió—. Pero ahora ya tiene algo sobre lo que reflexionar. —Buscó a tientas el plato del pastel—. Y si de verdad quiere pintar un cuadro, no puedo controlar si lo ha hecho bien. ¡Quién sabe quién sigue vivo aparte de mí de los pasajeros del *Miracle*!

Ensimismada, probó el pastel de frutos del bosque. Habían muerto tantos de aquella época... Jenny, Ann, Esther, su madre, Lily. Liam.

Al final Liam había terminado en la horca. Tras su detención lo enviaron en un barco a Norfolk Island, donde no consiguieron tenerlo mucho tiempo encadenado. Tras una huida exitosa durante un traslado de presos se había unido a dos hombres en las montañas. Los rostros aterradores de aquellos tres hombres ocuparon numerosas páginas de la gaceta de Sídney, Bernhard solo le leía lo esencial para no asustarla, pese a que no sabía que ella conocía bien a Liam. Tampoco imaginaba que todas esas historias se comentaban a la hora del té en el salón de casa de los Macquarie.

Uno de los tres fue asesinado por sus compañeros de fuga, por hambre, se lo comieron. Liam declaró ante el tribunal que no había sido idea suya, pero al final ya no importaba. Encontraron el cadáver descuartizado y en el fardo de ambos hombres hallaron restos de carne asada. Un rastreador negro los descubrió. Enseguida fueron trasladados encadenados a Sídney. Amelia, la institutriz, presenció la ejecución y le había horrorizado la espalda destrozada de la infinidad de latigazos recibidos de uno de los ahorcados.

Sí se podía cambiar de bando, en ambas direcciones.

La vida devora a los débiles. Penelope había sobrevivido, era la prueba viviente de que todo era posible.

El salón de los Macquarie se consideraba la mejor fuente de noticias de la ciudad. Allí fue donde llegaron primero las noticias de los trabajadores marrones de William Browne.

—Amelia se ha encontrado hoy con un indio en la ciudad. Le ha reconocido —explicó Penelope.

Elizabeth alzó la vista de sus labores.

—¿De dónde le ha reconocido?

Penelope a veces olvidaba que tenía mucho más tiempo para pensar y recordar que los demás.

—Uno de los hombres morenos que vimos aquella vez en las tierras de William Browne. Se lo han llevado a la India con otros treinta.

Macquarie había llevado el asunto inmediatamente ante un tribunal porque a su juicio la situación era insostenible para los trabajadores indios. Sin embargo, también fue decisivo el asco que sintió al ver el río cada vez más sucio: la mayoría de los habitantes de Parramatta bebían agua del río y, cuando se enteraron de que los trabajadores defecaban dentro, hicieron oír sus enérgicas protestas.

Finalmente los treinta y nueve trabajadores fueron enviados de vuelta a la India. El viaje de regreso causó un gran revuelo, pues el comerciante se negó a pagar las 330 libras que costaba el trayecto, tal y como le había condenado el tribunal. Era listo, así que enseguida puso el asunto en manos de tres abogados, y uno de ellos de pronto encontró un error en la demanda. Así, la sentencia quedaba anulada y el gobierno colonial tuvo que asumir las 330 libras. Lachlan Macquarie jamás volvió a invitar a Browne a una cena, lo que tampoco preocupaba mucho al comerciante, pues su comercio con la India iba estupendamente sin esas cenas.

—Amelia me contó que parecía un príncipe.

—¿Cómo sabe Amelia qué aspecto tiene un príncipe?

—Supongo que era su primer príncipe. —Penelope sonrió—. No habla de otra cosa.

—¿Y él la ha reconocido? Entonces ¿dentro de poco celebraremos una boda real?

—Lo que le faltaba a la colonia. —Penelope reprimió una risa burlona y rebuscó en su regazo. Por la mañana le había caído en las manos la vieja aguja de hueso de pájaro que le había regalado un marinero en el *Miracle*. Y se le ocurrió probarla. Aquella aguja había bailado una sola vez con un hilo... para producir una obra de arte.

Observó las pequeñas flores que tenía delante e intentó no pensar en la persona para la que las había tejido. Había sido muy especial. Su primera labor propia creada del amor había pasado de una vida a la siguiente. La esperanza había unido los puntos, la paz los había cerrado. Se quedó con la mirada perdida. Las pequeñas flores de melocotón formaban parte de su corazón, para siempre. Las lágrimas cayeron sobre su regazo.

Siempre la había ayudado mover las manos cuando la abrumaban los sentimientos. Los puntos conseguían restablecer el orden, aportaban calma en el caos, la ayudaban a reflexionar. Seguía siendo así. La vieja aguja se movía en su mano derecha como si tuviera vida propia, el hilo rodeaba el dedo de la izquierda, jugaba con los puntos.

Durante los últimos años de servicio había remendado infinidad de prendas, había cosido vestidos y arreglado encajes. Cuando se supo que también sabía hacer puntilla las señoras empezaron a acosarla, su vida habría ido por otro camino si hubiera podido enriquecerse desde el principio como la primera comerciante de puntillas de Nueva Gales del Sur. El encaje era un producto de lujo que aún se importaba desde Francia, de forma que las señoras experimentaban un hormigueo de ilusión al ver un barco en el puerto que había roto el bloqueo de Napoleón en Europa. Disfrutaban con la sensación de sacar los baúles llenos de mercancías de Inglaterra y meditar en los grandes almacenes del señor Lord sobre el largo viaje que tenía detrás ese pañuelo de bolsillo con el borde de puntilla. Solo ella lo sabía: el pañuelo venía de manos de una pequeña encajera con los pies fríos y los ojos llorosos de forzar la vista hasta la colonia de presos de Nueva Gales del Sur, donde otra encajera, ella, cumplía condena y en vez de ocuparse con el hilo de seda había estado luchando por su pura supervivencia.

Por suerte había llegado Bernhard a su vida. No obstante, se propuso volver a tejer con frecuencia para no olvidar demasiado.

—El señor Gregory me enseñó ayer su primer esbozo del cuadro del fuego. —Elizabeth traía como siempre un montón de novedades de la ciudad.

—¿Y qué le ha parecido su fuego? —preguntó Penelope—. ¿Parece de verdad, o es más bien un fuego de pintor?

—Bueno, un fuego normal. ¿Ha probado a pintar alguna vez? Si alguien le mezcla los colores, podría pintar un fuego mucho más expresivo...

—Ya tengo bastante que hacer, Lizzy —la interrumpió Penelope—. Mire, aún sigo con esta cosa vieja. —Hizo un amago de sonrisa cuando le enseñó a su amiga la pequeña labor—. Antes esto era mi vida. ¿Se imagina que algo como esto en el pasado me diera de comer? —Se quedó con la mirada fija, distraída.

El salón de la señorita Rose no tenía nada que ver con ganarse la vida: era su refugio. Algún día se lo contaría a Elizabeth.

—¡Es maravilloso! Pero utilice mejor su aguja de plata, es más bonita que ese hueso raro. Penelope, ¿qué le parecería enseñar a las demás a hacer puntilla? —Elizabeth se levantó de un salto—. Tengo una idea... —No paraba de caminar de un lado a otro junto a la ventana, murmurando, con Lucy haciendo el tonto alrededor diciendo que se podrían plantar flores a su paso.

Sin embargo, las cavilaciones de Elizabeth no dejaban rastro solo en el suelo. Al día siguiente ya estaba su coche en la puerta, pues había conseguido su coche propio, elegante, que podía conducir ella misma, incluso sabía cómo ponerle los arreos al caballo blanco, aunque Padraic opinara que no era trabajo para mujeres.

—Mi amiga, la señora MacArthur —le replicó Penelope—, engancha ella misma su caballo porque así sabe que se ha hecho bien. Y porque no tiene tiempo para esperar. —Y Padraic murmuró malhumorado que las prisas solo servían para llegar antes a la tumba y que las mujeres acabaran en el pescante.

Liz MacArthur seguía sentada sola en su granja junto a Parramatta, demostrando a los criadores locales de ovejas merino que una mujer también podía participar en los grandes negocios. Casi nadie aparte de Elizabeth Macquarie conocía su frustración por el hecho de que su marido la hubiera dejado sola con los niños todos esos años para hacer su rehabilitación en Londres.

A veces Penelope pensaba que sin duda para un hombre no era fácil volver a poner los pies en un imperio de mujeres tan bien organizado. Probablemente era uno de los motivos por los que John MacArthur prolongaba su estancia en Londres de una forma tan desmedida. ¿Acaso dejaría su mujer el timón tan fácilmente? No obstante, ni siquiera con su amiga se atrevía a especular sobre semejantes indiscreciones.

El coche estaba preparado, y Elizabeth le entregó a Penelope el abrigo.

—Venga —dijo—, nos vamos de excursión. Tengo una idea maravillosa.

La idea era la mitad de emocionante de lo que sonaba, pues el coche se detuvo de nuevo en el orfanato de Sídney y bajaron. Penelope suspiró. Desde que el orfanato había llegado al límite de su capacidad, le parecía que había un ruido insoportable. Las vigilantes y profesoras hacían lo que podían por atar corto a las niñas, pero en las pausas las risas y el griterío volvían a llenar todo el edificio, y ya no se podía hablar en los pasillos.

—Pensaba que tal vez le gustaría enseñar a estas niñas a tejer cosas tan bonitas —soltó al final Elizabeth—. Como ya sabe, parte de la financiación del orfanato es propia, y se vende lo que las niñas hacen. De momento no pueden ofrecer puntillas. Estoy segura...

—¡Pero Lizzy! —Penelope suspiró—. ¿Cómo voy a enseñar algo que ya no puedo ver?

Pero sí podía porque las ganas de aprender de las niñas eran enormes. Las profesoras habían hecho algo maravilloso: de un montón de huérfanas pobres y descendientes de almas perdidas que habían exhalado el último suspiro de vida en algún lugar de la colonia habían crecido algunas niñas fuertes, preparadas para hacerle frente a la vida. Después de que el año anterior dos de ellas desaparecieran en misteriosas circunstancias y las encontraran tras varios días de búsqueda en el puerto, las reglas de la casa se habían vuelto más estrictas, y sobre todo las niñas mayores ahora vivían vigiladas y protegidas en un convento.

Las damas y caballeros de la comisión del orfanato no pensaban trasladar ese espíritu a Parramatta cuando por fin en octubre de 1818 estuvo terminado: el orfanato se declaró listo para ser ocupado. Los años de pequeños y grandes desastres en las obras habían quedado atrás. Los obreros incompetentes, el alcoholismo y las continuas discusiones sobre el pago finalmente habían deteriorado de tal manera incluso la relación entre el inspector de las obras, el reverendo Marsden y el gobernador, que apenas se dirigían la palabra. Sin embargo, ahora ondeaban las banderas al viento, las sábanas de las camas olían a limpio y junto a cada brasero esperaba un montón de leña para las nuevas habitantes, que debían mudarse durante el fin de semana.

—¡Vamos con el barco fluvial a Parramatta! —le explicó la delicada Charlotte emocionada—. Iremos todas juntas, y nos gustaría que nos acompañara, señora. Se lo hemos preguntado a la señora Hosking, y no tiene nada en contra. ¡Va, señora, tiene que acompañarnos! —le rogó, y se arrodilló al lado de Penelope para dar más peso a sus súplicas.

La directora de la escuela la hizo volver a su silla.

—Es una tontería, ya te lo he dicho —le riñó—. ¡El viaje es demasiado agotador para la señora! Seguro que irá a visitaros en Parramatta, pero ahora se acabó: ¡nos vamos! —Dio un golpe enérgico en la mesa con su bastón de caña.

Penelope dejó su labor en el regazo.

—Señora Hosking, estaré encantada de viajar con las niñas. —Sintió que su espíritu aventurero renacía. Le gustaban sus alumnas. Eran demasiadas para conocerlas a todas por el nombre, y algunas eran demasiado tímidas para atreverse a ir adelante y hablar con ella. Esbozó una sonrisa. Penelope MacFadden de Southwark se había convertido en una auténtica dama.

»Será un placer acompañaros en este viaje —dijo.

Su clase de labores estalló en gritos de júbilo, y Charlotte le besó las manos. Guardaron los vestidos y zapatos, calcetines, libros y ropa de cama en multitud de baúles, que fueron trasladados con el carro del orfanato hasta el río, donde una barca de transporte ya esperaba la carga.

Las niñas caminaban en una larga fila de dos hacia el lugar de amarre, y medio Sídney las seguía con la mirada, entre orgullosos y aliviados. Orgullosos porque las convertirían en personas decentes, y aliviados porque la situación en el viejo orfanato era vergonzosa.

—Entonces nos veremos en Parramatta. ¡Qué día tan maravilloso! La señora Molle y la señora Wylde ya están esperando en el coche... querida, ¿está segura de que quiere viajar con esas cotorras? —Elizabeth revoloteaba incansable alrededor de Penelope, le puso la bolsa en el regazo y se colocó el sombrero.

Penelope se echó a reír.

—Querida Elizabeth, estoy estupendamente. —Sonrió—. Pasaremos un día festivo fantástico juntas, y se arrepentirá de no haber estado. —Se inclinó y le dio un beso en la mejilla a Elizabeth—. Gracias por su amistad, Lizzy.

Habría sido bonito tener a Elizabeth o a Bernhard a su lado, pero él se había ido con Lucy al hospital. Lo hacía a veces, y luego la pequeña negra se pasaba días contando todo lo que le había enseñado él. También habría agradecido la compañía de Amelia, tal vez habría puesto freno a la melancolía. Su alegría por pasar el día con todas las niñas vaciló cuando la ayudaron a subir a la barca y por primera vez después de tantos años volvió a verse sobre el suelo oscilante de un barco.

Las náuseas no procedían del estómago, pues a fin de cuentas iban por un río. Penelope sintió auténtico alivio cuando una mano pequeña se posó sobre la suya y la acompañó a su asiento acolchado.

—Si estás sentada no lo pasas tan mal —dijo una voz de niña. La niña se quedó callada a su lado mientras el señor y la señora Hosking se esforzaban en reunir a sus vivarachas alumnas en la barca y no perder a ninguna junto al barquero o en el agua cuando finalmente zarpó la barca y Sídney se fue alejando cada vez más.

Penelope luchaba contra las imágenes de los recuerdos. Ya los esperaba. Parramatta estaba a un tiro de piedra, y aquel barco suponía un viaje al pasado, más de lo que pensaba. Una vez subió a aquella barca paralizada, amedrentada y medio muerta de hambre, pensaba que su viaje durante meses por medio mundo jamás tendría un objetivo. No sabía adónde iban, quién les daría de comer o les pegaría, o si al final las abandonarían en la selva virgen y simplemente las dejarían morir allí.

Recordaba el chapoteo alrededor, oía cómo el agua lamía la borda. Recordó el olor del agua dulce porque el Parramatta parecía inerte y no había ni un solo borboteo alegre. Recordó el insoportable bochorno, que no aliviaba ninguna ráfaga de viento, los sonidos de los animales ocultos en la maleza. Crujidos, susurros, ruidos en el monte bajo. Y recordó con más precisión la sensación al tacto de la madera de la barandilla sin barnizar, manoseada por cientos de manos, tanto esperanzadas como indiferentes.

Se acordó de Ann Pebbles, que la acompañó en aquel momento, y cómo Liam se había pasado al bando contrario, en la dirección equivocada, de cuando estaban acurrucadas todas las mujeres juntas en la barca, presas del miedo a las bestias y débiles de hambre porque el barquero había preferido cambiar su comida por ron; no había un mañana. Solo había miedo y el ligero alivio de no tener que soportar sola ese miedo.

Todos los que la habían acompañado ya no estaban. Su madre. Jenny, Ann.

Penelope se había quedado sola, era como un pequeño pez atrapado por el destino en una red, y ese viaje al pasado era una prueba de que nadar en aguas turbulentas es el arte de dejarse llevar y extender los brazos en el momento adecuado para ir hacia delante.

—En el río no hay olas, señora —dijo la niña a su lado—.

No debería marearse, uno solo se marea cuando está en el mar. Penélope sonrió. La pequeña era delgada y tenía el pelo rojo, por lo que veía. Era una de las alumnas que nunca se sentaban delante y cuya voz no había oído nunca. Era una niña tímida, como ella hacía mucho tiempo.

—Explícame lo que ves —le pidió—. En la orilla, en el agua. Cuéntame qué hay.

La niña empezó a enumerar con la voz entrecortada lo que les ofrecía el río como si fuera una bandeja. Ondulaciones de brillos plateados cuando el sol se abría camino entre las espesas hojas de eucaliptos, peces irisados y flexibles que desaparecían a lo lejos en cuanto la superficie del agua se movía un poco. Mucha agua, mucha más que en Sídney, según la niña. Y agua negra, con pelo verde donde las algas se movían arrastradas por la corriente. Y vegetación, oscura y clara.

—Verde medio... ¿hay más verdes? —preguntó Penélope.

—Se ven todos los verdes, todos lo que pueda imaginar. Y he visto a un hombre negro que caminaba en los árboles. Y a una mujer con el pelo largo. Y un canguro... ¡otro! ¡Muchos! ¡Mire! —La pequeña se levantó de un salto, entusiasmada, y Penélope la agarró del brazo para que no cayera por la borda.

—¿Cómo te llamas?

La niña se dio la vuelta.

—Me llamo Marie —dijo con timidez.

—También estás en mis clases de labores, ¿verdad? —preguntó Penélope. Seguía sujetando con fuerza a la niña al tiempo que se preguntaba por qué lo hacía, pues hacía tiempo que se había vuelto a sentar a su lado.

—Sí, señora. Sé tejer florecitas.

—Florecitas. Yo también lo hacía antes. —Penélope sonrió—. Tejía flores de melocotón con un hilo de seda de color rosa, con muchos pétalos pequeños...

—Sé cómo son, señora —le interrumpió la niña, emocionada—. Nací con un pañuelo así.

Le agarró la mano a Penélope y la pasó por el cuello de la camisa, donde debajo había tejida una flor roja con hilo de seda. Es-

taba colgada de una cadenita, un poco arrugada, era una joya de un mundo en el que las mejillas brillaban como si fueran al- hajas. A Penélope le empezó a temblar la mano.
Solo había un lugar en el mundo donde esas flores podían haber estado a buen recaudo.

Epílogo y agradecimientos

A los europeos, con nuestra historia secular, nos resulta incomprensible que hace apenas doscientos cincuenta años surgiera un nuevo país en la otra punta del mundo a partir de una pequeña colonia insignificante. Probablemente tampoco fue la intención de sus fundadores.

A mediados del siglo XVIII Inglaterra se encontraba al borde de la catástrofe, pues con el inicio de la industrialización en las ciudades la gente iba cayendo progresivamente en la pobreza. La miseria llenó las cárceles hasta el límite de su capacidad. En los grandes ríos estaban los llamados *hulk*, barcos de guerra fuera de servicio que se transformaban en cárceles flotantes. Las condiciones allí eran si cabe más desesperantes que en las grandes prisiones. En mi historia los he bautizado como «barco de la desesperación».

A casi nadie le horrorizaba que los delitos menores se castigaran con la pena de muerte, aunque no fuera una mentalidad criminal lo que impulsara a la gente a delinquir, sino más bien la extrema pobreza. Las reformas sociales estaban aún en pañales en toda Europa, y las autoridades británicas ya no sabían cómo manejar a los ejércitos de delincuentes.

La colonia americana del algodón había cumplido su cometido tras las guerras por la libertad como cárcel en ultramar: los pretenciosos americanos se negaron a cargar con el problema de los presos británicos. El descubrimiento del nuevo continente de Australia llegó justo a tiempo. A partir de

— 375 —

1787 empezaron a conmutar cada vez más la pena de muerte por la deportación, y a enviar presos en barco a la otra punta del mundo.

Al principio se hizo en condiciones infrahumanas, encadenados bajo cubierta. En algunos de esos traslados los presos morían en masa víctimas del escorbuto y enfermedades contagiosas, su vida no valía nada. La situación fue mejorando poco a poco, también gracias a la intervención regular de médicos, que debían velar por el bienestar de los presos.

Si alguien está interesado en leer más sobre el tema, la obra *The Fatal Shore*, de Robert Hughes, resulta una lectura tan emocionante como impactante sobre los inicios de Australia. Los presos de Nueva Gales del Sur no vivían como esclavos. Aunque Inglaterra los consideraba muertos, tenían derechos, y en las fuentes históricas aparecen suficientes ejemplos donde se les permite a los presos ejercer su derecho a comida y ropa adecuada ente un tribunal. La metáfora de una cárcel al aire libre es muy acertada, y si uno respetaba las reglas era completamente posible salir adelante. A pesar de los amiguismos de las autoridades y los monopolios del comercio, tras cumplir su condena, el preso se encontraba frente a un mundo tan abierto como en su patria, Inglaterra, jamás habría sido posible. Para muchos el viaje en barco a Australia significaba también la esperanza de empezar una nueva vida.

En el extremo inferior de la jerarquía se encontraban las mujeres: en eso Nueva Gales del Sur no era distinta de Inglaterra. Eran despreciadas, pisoteadas y vejadas en una época de mojigatería en la que las prostitutas eran el mal personificado. Me ha conmovido especialmente leer sobre el destino de las mujeres, y siento un respeto muy profundo hacia aquellas que consiguieron salir del infierno.

Dado que hace tiempo que la historia de los presos en Australia no se actualiza, en esta novela me he dejado llevar por la cautela y el respeto. La mayoría de los personajes secundarios tienen referentes en el pasado, pero desde el punto de vista histórico el tema de las historias familiares individuales me parecía demasiado sensible para trabajar desde la perspectiva biográfica. Así, algunos acontecimientos que rodean a los personajes secundarios son ficción y otros no.

Me gustaría dar las gracias a todos lo que han estado a mi lado durante el último año y sin los cuales este libro jamás se habría terminado.

A mis amigas Sigrun Zühlke, Tanja Wedemeyer y Fanny Franzen: gracias por vuestra confianza y amistad.

Gracias a Kirsten Jennerich y Dorothea Lubecki por las innumerables buenas conversaciones y comidas cuando no estaba por comer.

Gracias de corazón a Petra Lingsminat, de la que tanto he aprendido.

Ég þakkar Jens fyrir að kenna mér einmanaleika, þar sem ég fann sjálfan mig. Pú ert alltaf í hjarta mínu.
Kærar þakkir til bestu arn frá Takk, Eivör Pálsdóttir. Tónlistin þín er eins og vinur. Hlemmiskeið – Páll, Krit, Malmquist – sem vorn mér nærri þegar ég að dimma.